你是我整个世界

love

云仔
枕梦绎心 著

中国广播影视出版社

另一个世界

——对村上春树的一种读法

目 录

1　寻找味茶 / 001

2　茶园初见 / 014

3　愿者上钩 / 031

4　花树之下 / 051

5　登门考验 / 068

6　雨幕初吻 / 084

7　意外 / 098

8　无能为力 / 112

9　各自的世界 / 131

10　坦白 / 147

11　他乡之遇 / 164

12　永生花 / 183

13　执子之手 / 200

14 兵荒马乱 / 218

15 无声电影 / 239

16 花语心愿 / 251

17 爱与祝福 / 271

18 海洋馆 / 281

19 心里的NO.1 / 292

20 官宣 / 310

21 全是你 / 324

番外 / 336

1 寻找味茶

巳时十分,阳光穿过玻璃洒入室内,照暖一室的原木色,檀香淡淡的气味在茶室内散开的时候,水也开始在铁壶内沸腾了。

这是一间位于湄溪河岸大厦内的茶室,闹中取静,视线投到窗外,能俯瞰都市繁华,视线转回室内,又可享受紫檀与花梨造就的古韵。

宋代的茶室风格,并入几件明式的家具,整间茶室只有木、石、水、植,道法自然,雅韵天成,没有繁杂的装潢,只配简洁的雕梁,考究与天然相融,含蓄与凝练相合,工巧之美与文人清雅跃然而来,配之以茶,静清和美,一半禅意,一半文,令人梦回古时,浑然忘机。

"至若救渴,饮之以浆;蠲忧忿,饮之以酒;荡昏寐,饮之以茶。"喝茶,说复杂也复杂,说简单也简单。一只手以烧热的泉水淋茶杯、茶壶等茶具,进行温具,再将茶壶、茶杯沥干,取茶则置茶,以泉水泡茶,动作行云流水,姿态闲雅,茶、水、器,然后就是等待。

五十多岁的长者放下茶壶,等茶慢慢在水中舒展开来，笑吟吟地问坐在对面的年轻女性："听你爸妈说你最近对茶颇有兴致，我还不信，你这丫头，该爱喝酒才对，怎么开始喝茶了？"

苏沐暖朝他笑笑，明艳的笑容像时尚杂志封面上的模特，她穿着简单的白衬衫、黑西装、阔腿长裤，袖口卷在大臂与小臂交会处，下摆扎在西裤中，潇洒随性又简洁精干，尽展现代职场女性的自信与风采，此刻待在风格古朴典雅的茶室中，显得有那么一些错乱感。

"要拓展新方向嘛。"

"你呀，你妈妈最骄傲的就是你的上进心，最忧愁的也是你这上进心。"老人将泡好的茶倒入茶海，再由茶海倒入茶盏推给苏沐暖，"事业要有，生活也要顾，就像这茶，要做一道好茶，茶之外，热火炒制，好水冲泡，缺一不可。你性格像烈火，不能总这么单着，要找和你相投的水才行。来，尝尝。"

苏沐暖略过林伯委婉的催婚，端起茶盏，雪白的杯，碧透微黄的茶汤，氤氲的热气升腾，气如升龙，飘摇于茶盏之上。苏沐暖轻嗅，清香恬淡，品起来十分甘爽，有种奇特的清透感，比她刚刚尝过的十几种茶都要特别。

林伯欣慰："不错，赏、观、闻、品，学得很快。"

苏沐暖问："这是什么茶？"

"喜欢这个？"

苏沐暖点头。

林伯："岳麓毛尖。"

苏沐暖奇道："岳麓山的茶？"

林伯莞尔，将一小罐茶递给苏沐暖："岳麓山自古产茶，以毛尖著称，明清时已是著名的贡品啦。这是一位小友送我的，喜欢就拿去喝吧。"

小罐内茶只剩小半，内置的牛皮纸上无标无识，苏沐暖看不出出处，直言问："您能告诉我是哪家茶园吗？"

"我给你个地址。"林伯起身取了笔墨回来，笑呵呵地边给她写地址边道，"你们岁数差不多，年轻人多认识认识。"

苏沐暖顿时有点头大。她将茶封好，从林伯手里恭恭敬敬接过蝇头小楷写的字条：濯心茶园，岳麓山×××号，顾西凉。

苏沐暖有些疑惑怎么没写电话，不过岳麓山就在附近，她定要亲自去茶园看看的，即使没有地址，她也能一家家茶园找过去。

"来,再尝尝这个,君山银针、高桥银峰、湘波绿、狮口银芽、青岩茗翠、龙虾茶,还有洞庭春、南岳云雾、岳北大白,这些都是咱们本地茶。"

又品尝过几种茶品,婉拒了帮父母催婚的林伯,苏沐暖带着她最喜爱的那小罐岳麓毛尖告辞离开。

林伯的茶室开在湄溪河岸,从楼上俯瞰,能看见咸嘉湖的粼粼波光,再向南就是著名的岳麓山,苏沐暖看看时间,犹豫着要不要去岳麓山的茶园看看时,手机忽然响起。

电梯降至一层,苏沐暖踩着高跟鞋从里面走出,与入电梯的男子擦肩而过,她忽地嗅到一丝清爽的茶香,不像她所知的任何一款香水,难不成是整日泡在茶香里熏出来的?她皱皱鼻子,边接电话边回头,只看见被电梯门遮挡的半道修长的身影。春末,那人穿着一身有些学院风的薄风衣,深色的长裤下,腿又直又长。可惜,没能看到样貌。

电梯门关闭的同时,苏沐暖接起电话,秘书小颜甜美的声音传过来:"苏总,苏副总到公司了。"同时传来的还有一道熟悉的、趾高气扬的男音:"苏沐暖呢?让她给我过来!"

"呵。"苏沐暖冷呵一声,注意力转至手机上,她这堂哥可真是属不倒翁的炸毛孔雀,几天不见就要跳脚开屏,"知道了,让他等着。"

苏沐暖匆匆离去,没看见在她说完话时电梯内的男子霍然抬头,修长的手指急切地按向电梯开门键,但电梯门已然关上,待他从楼上再匆匆赶下来,苏沐暖早已不见了身影。

顾西凉呆呆地站在一楼电梯门口,怀疑自己刚刚产生了幻听,但平静无波的心,像是被砸下了一块巨石,掀起无尽的水波。他站在原处叹气,转身时却在脚边看到一枚小小的水晶钥匙扣,造型是只憨态可掬的小鲸,不知主人是谁。

顾西凉弯腰捡起。

*

苏氏大楼毗邻芙蓉广场,已有十多年的历史,但依旧崭亮如新。苏沐暖驱车到公司,时间才刚刚过上午10点。

她将茶罐和纸条交给秘书小颜:"去岳麓山所有茶园买一份儿茶,任何品级的我都要,尤其这家,所有品级、种类的茶,都要。"

"是。"小颜接过纸条细细看着地址。

苏沐暖问:"苏跖呢?"

"苏沐暖,今天开董事会你还不在公司,又往哪儿乱跑?"

她话音刚落,苏跖端着一杯咖啡从办公室走出来。他穿着一身黑色的西服套装,扣子散开,领带也松松散散地挂着,一手端着咖啡,一手插在西裤口袋里,身高腿长,和苏沐暖有三分相似的相貌透着股趾高气扬的劲儿,一张口就不客气:"是不是知道我回来了故意躲着我?你这个总经理座椅,坐得心虚吧?"

苏沐暖朝他笑笑,瞬间又收起笑容,朝小颜勾勾手:"把我日程给苏副总看看。"

小颜熟练地将记录日程的平板恭恭敬敬地递到苏沐暖手上。

苏沐暖点开满满当当的日程表推到苏跖面前,不待他看完又还给小颜,冷然道:"今天一早我有一场跨国晨会和一场茶会,从茶会回来的路上刚刚替你解决你下属要跳槽的问题。小颜,李经理新岗位协调好了吗?"

小颜凛然道:"已经安排好了。"

苏跖茫然,嘀咕道:"我下属要跳槽我怎么不知道?"

苏沐暖无视他的问题,低头看看时间,对苏跖道:"现在是10点21分,距离董事会还有9分钟,我准备听一听你的业绩报告,5分钟够吗?"

苏跖傻眼:"报告?"

"嗯。"苏沐暖走向总经理办公室的脚步突然一顿,转头朝小颜道,"今天起,公司茶水间停掉咖啡和饮料,只供茶,统计好不同茶的消耗比例。"

小颜:"是。"

"你又搞什么?你不会真要搞茶饮料吧?"苏跖追着苏沐暖进了总经理办公室,不知不觉又跟在苏沐暖身后追问不休。

待两人走远,助理秘书小声嘟囔道:"我越来越明白为什么明明苏副总才是董事长苏恪信的亲儿子,董事长却要任命苏总当总经理了。"

小颜赶紧捂住她嘴巴:"嘘,苏副总一直因此愤愤不平,以他的自尊心,要让他听到,咱们都完蛋了!"

小颜交代好助理做会议纪要,拿着苏沐暖给的纸条前往岳麓山。

*

晚上10点,都市的夜生活刚刚开始,酒吧、影院、娱乐会所等吸引年轻人的场所人满为患。

"现代工业艺术品都是智商税?这我是不认同的,量产就不能出精品吗？我不认为成熟的工业艺术品比古典艺术品蕴含的艺术性差，何况工业艺术品还更加稳定。"

"但你不得不承认，艺术品数量和价值成反比，凡·高的画，传世的只有十几幅，每一幅都独一无二，工业艺术品却是可复制的，价值必然不如举世无双的艺术品。"

"那工业艺术品没价值吗？"

"我不是这个意思……"

唐曦冰手掌撑着下巴，饶有兴趣地听两名男士就满屋子的限量款潮玩收藏品展开辩论。她面前放着两部手机，一部正展示着那些动辄百万的玩偶照片，一部则展示着上周才从佳士得拍回的古董。唐曦冰如葱白的手指划着照片，一边欣赏这些或典雅，或古朴，或可爱，或新潮，或怪异的艺术品，一边听两个算得上"成功人士"的优质青年高谈阔论。争论从专业见解到互相不认同对方审美观时，唐曦冰知道今天大概讨论不出什么有价值的东西了。她啜了一口波尔多红酒，正红色的口红在高脚杯杯口留下一个比酒更红的唇印，之后将杯子放下，从手包中取出口红和小镜子开始补妆。她小声嘟囔了句："光线不太好。"

两名势要一决高下的男士马上默契地切换了话题，一个给她拿镜子，一个用手机电筒给她打光。

唐曦冰略显歉意地问："我是不是打扰你们欣赏艺术品了？"

"怎么会！最漂亮的艺术品就在眼前。"

"和唐小姐比，我的收藏都黯然失色！"

两名男性终于想起来今天不是来参加辩论赛的。

唐曦冰咯咯直笑，发出银铃般的笑声。

陆之鹄进门时就是这么一副场面。

妙龄女郎坐在高脚椅上，穿着一身即使在娱乐会所也显得过度艳丽的暗红色时装，笑容明快而娇媚，在两名为她争风吃醋的男子面前慵懒地补妆，像块发亮的红宝石，在略显昏暗的环境中吸睛夺目。

陆之鹄只做片刻思索，便带着女伴坐到了唐曦冰邻桌，目光越过同伴，光明正大地投到唐曦冰的侧影上。

唐曦冰很快就感觉到落到她身上的灼灼视线，转过头来直视陆之鹄，迎着他的目光眨了眨眼，不似挑逗，而像挑衅。

陆之鹄没想到她这么大胆，怔了下，失笑举杯。正为唐曦冰唇枪舌剑的两名男士顿时朝陆之鹄瞪过来，陆之鹄的同伴也醒悟过来，他看的不是自己！于是回头，只看见以手半遮，慵懒明媚的一个侧影。

唐曦冰已对陆之鹄无甚兴趣地转回头，继续引导着两名男士聊他们的关于事业、社会、经济和性别等话题的观点，从头至尾，游刃有余地引导着话题，让两个竞争者的火药味蔓延在适宜的程度，远望过去，还以为他们相见恨晚，相谈甚欢。

陆之鹄啜着酒。有意思，之前怎么没见过她？整晚，他都没能认真听自己女伴的声音。散场时，他故意和邻桌的女郎前后出来，找机会凑上去。

"小姐是最近才来这边吗？以前似乎没见过你。"

摆弄手机的唐曦冰歪歪头看他，笑笑，将只装了一只耳机的空蓝牙耳机壳塞进手包，等他下文。

陆之鹄没被她冷淡的反应劝退半分，热情不减地问："陆之鹄，交个朋友？"

唐曦冰上上下下打量着他，笑容更盛，眸中却透着某种高傲冷淡："哪种朋友？"

陆之鹄被她有些刺人的眼神击中了，一箭穿心。他平息着激烈的心跳，正欲开口，胳膊却被人从后方猛然抱住，女伴语气娇嗔："你怎么一转眼就找不见了？下一场去哪儿？去唱歌还是看电影？"

被唐曦冰看着，陆之鹄竟然感到赧然，他抽开胳膊很有涵养地问："我送你回家？"

女伴再次抱住他的胳膊，挽得紧紧的："不，就要你陪我。"

陆之鹄再次抽走胳膊，笑道："不合适。"

女伴嗔怒："为什么？你是不是想去找别人？还是看上她了？"

呵……唐曦冰含笑看着这场闹剧，心想怎么还扯上她了？她撇撇嘴，不屑看这种场面，她在陆之鹄和他女伴间来回扫视一遍，声音带着天生的凛然："抱歉，这种朋友我没兴趣，我车来了，再见。"言罢，她朝闪灯的网约车招招手，拉开车门坐进后座。

陆之鹄忙追到车旁："等等！"

司机："一起的？"

唐曦冰冷酷潇洒地关门："不认识，走。"

陆之鹄的声音在后面扬起："小姐，你还没告诉我你的名字！"

起速的汽车车窗忽然落下，唐曦冰坐在车内朝他挥手做了个飞吻。

同时，她耳畔响起一声轻笑，挂在右耳上的耳机传来清丽的女音，带着浓浓笑意："你又上哪儿招蜂惹蝶去了？"

唐曦冰将左边的耳机也戴上，无辜道："是他招惹我。"

"听上去不怎么满意，不帅？"

"不，挺帅的，不过嘛，"唐曦冰语气傲然，"我从来不招惹有伴的男人。"

对面戏谑地笑起来："我明天要去几个茶园，咱们改晚上约？"

"可以。又出差？"

"不，就在岳麓山。"苏沐暖指尖敲敲已经不烫的玻璃杯，油润青绿的茶叶在杯中舒展，秘书用纯净水随便冲泡，味道依然甘爽可口，果真是好茶，"有家我秘书搞不定的茶园，需要我亲自去看看。"

*

清明前后，正是采茶的时节，岳麓山山脚和山腰的茶园到处四散着背着茶篓的采茶人，四处都是繁忙又恬静的气氛。

苏沐暖的车一路直奔地址上的茶园。秘书小颜昨天被拒之门外，听说他们苏氏的名片在这儿都不好使，苏沐暖决定亲自看看这家她从未听说过的茶园究竟有多难谈！

穿着十公分高的高跟鞋的大长腿从车内探出，细跟踩向地面，苏沐暖戴着墨镜，甩上车门，她撩撩头发，头颅微扬，往四周打量一番，一身纯黑色的紧身西装与春意烂漫的茶园格格不入。无论对方是何方神圣，气势上绝对不能输！她今天特意穿了身商务风的西装，上谈判桌也能碾压全场。

果然，从她下车起，每一步都踏在别人注意力上。忙碌的采茶人隔着层层茶树直勾勾地盯着她。

"请问你找谁？"很快，有人出来搭话。

"你好，我是苏氏饮品总经理苏沐暖，请问你们老板在吗？"

"又是你们啊……"搭话的人一脸无奈，"我昨天不是说明白了吗？我们茶园不接陌生采购大单。"

苏沐暖温和地笑道："你们老板在吗？我想和他谈谈。"

"不在，在也不见客。"接待员往山腰一处房子一指，"喏，看到了吗？那些都是找我们老板的，有的都来了好几天了，我们老板一个都没见。小姐，请回吧。"

苏沐暖顺着他所指看去，小屋前的凉亭下坐着二十多人，有老有少，不乏西装革履的商业人士，也有一看就精明干练的采购员。

苏沐暖问："那些人都是来谈采购的？"

接待员道："是呀。"

苏沐暖若有所思地望着远处的小屋子，忽然道："那间屋子很别致，凉亭也很漂亮，是干什么的？"

"那是茶室。"

"我能去看看吗？"

"啊？"接待员怔了怔，瞬间有些摸不到头脑，"能倒是能，不过不能进去。"

"我就在外面看看。"苏沐暖得了允许，迈着步子往山腰上走。

见她真的只是看房子，没去找采茶女或茶园其他人询问交谈，接待员也随她去了。他们茶园景色好，每年都有踏青的游客误入进来拍照，他们已经习惯了。接待员又往凉亭的茶壶里蓄了水，拎起筐子去采茶了。

苏沐暖沿着小径往茶园内走，小径边不时有一片花田，明明是人工栽种才能长在这儿的品种，却旺盛恣意地像是自己的主场，鹅黄柳绿、姹紫嫣红，或是粉嫩可爱地争着春。黄的迎春、白的杏花、粉的桃花，还有粉中透着白的樱花，更有许多她叫不上名字的花草……若不是两侧都是茶树和采茶人，苏沐暖要误以为自己这是进了什么公园。

这家园主可真有闲趣，已经多年没逛过公园的苏沐暖闻着或浓或淡的花香，享受着视觉与嗅觉的双重陶冶，心情变得轻快起来。

她对茶园的主人越加好奇了。

拐过一处山道后，入眼便是一座颇有古韵的木屋茶室，茶室外种着翠竹，一片如玉的翠绿融在满山茶树的葱茏间。远处，岳麓山山脊高低起伏，树木间似乎生成了几道绿色雾霭，成了小屋的背景，将小屋衬得玲珑别致。

主人若如这茶室，应当是清雅恬淡的隐士。

苏沐暖绕着小屋细看，朴素、娴雅又精致，整个茶室从室外可见的，无一处华而不实的装饰。茶室旁也有一个竹制的小凉亭，凉亭内放着一个热水桶，旁边放一张木桌，桌上的手编篮子里倒扣着两排陶瓷杯和一摞玻璃杯，另一旁，是个白瓷茶罐，上方柱子上挂着一个木雕的牌子，以规整漂亮的楷书写着"山泉水园中茶，请自取"。

苏沐暖从水桶旁的木篮子里取出一个陶瓷杯，打开茶罐，用茶匙取茶,接水冲泡。比她在林伯那儿喝到的茶更新鲜的茶香味扑鼻而至。

苏沐暖尝完茶,将陶杯放到矮桌的回收框,继续沿着茶室走。忽然,一道竹帘映入她的视野。

竹帘后,一个年轻的男性坐在窗边,垂着头,似乎在倚窗看书。灿烂的春日阳光穿过竹帘照到他身上,将人照得光影斑驳。苏沐暖只看清是个年轻男性,穿着一件米白色的薄毛衫,乌黑的头发发顶被光照得发亮。

苏沐暖只看到了他的侧面,窗框如画框,男人的侧影如画,在青绿间如淡墨勾勒,俊逸儒雅。苏沐暖莫名对他生出好感。她从来不信什么一见钟情,此刻却觉得缘如春芽,破土萌动。她心里没来由生出一种感觉,这个人一定与她合得来。她忽然想起林伯所说的,人生如烹茶,她如火,那她缺的那道水,应该就是这样的。

今天她准备得不对,妆容服饰也不对,苏沐暖没贸然打扰他,悄悄离开,继续沿着山路观察茶园。规模、茶树、人员、景色……待到了高处凭栏远眺,又是别样的风景。但她总觉得这景色似乎在哪儿见过。

"哎呀,你是谁呀?怎么穿着高跟鞋爬这么高!"一名年轻的采茶女抱着茶筐,看见苏沐暖,瞪大了圆圆的眼睛,用方言问她。

苏沐暖闻声朝她望来,露出温柔的笑容,也以方言回她:"我穿惯了不要紧。怎么这片只有你一个人呀?"

采茶女笑道:"这片是新品种,和别处不一样的,我一个人就能采完啦。你也是来买茶的吗?"

"是呀。"苏沐暖好奇地走过去,细看采茶女口中"不同"的茶树,完全看不出和山下的有什么不同。

采茶女笑起来:"你看不出来的!老板不指出来,我也看不出来。得尝,还得化验呢!"

苏沐暖莞尔:"这里有很多种茶吗?"

采茶女点头:"不晓得有多少种,这家是茶种类最多的,老板研究这个。"

苏沐暖想起茶室见的年轻人,便问:"老板是在茶室看书的那个人吗?"

采茶女频频点头:"对,就是他,好帅吧?"

苏沐暖莞尔,饶有兴趣地听小姑娘八卦老板:"这整个茶园都是他的?"

"是呀。"

"真年轻!"

"别看年轻,可厉害了,这些新茶都是他种出来的!整个岳麓山,这里茶最好,别的茶园都来这儿买呢……"

苏沐暖笑起来,心想,难怪小颜出师不利,山腰下蹲守的人也都没戏。一个坐拥几十亩茶田,别人抢着买,不缺钱不爱出门,又帅又有涵养,每年免费为四邻送茶,向寺庙、学校捐茶,还给误入茶园的游客搭凉亭的人,怎么会喜欢有人乌泱泱地冲过来谈钱呢!

*

从茶园离开,苏沐暖径直驱车回家,一进家门就看到她爸爸苏恪仁正在家中新挖的池塘边钓鱼。

"爸。"苏沐暖停好车,拿着一罐在茶园买的新茶走到苏恪仁一旁的小椅子上坐下,

"沐沐回来啦。"苏恪仁看看她,视线又回到鱼竿上,"你在董事会上又欺负你哥了?你不能仗着你职务高就老欺负你哥,知道吗?"

"谁告诉你的?苏跖?我那是正常的工作交流……就会告状……他比我大,整天让我让着他,好意思吗?"苏沐暖将茶放到小茶几上,掀开鱼桶查看苏恪仁的收获,几尾小鱼在水桶里游来游去。

苏恪仁莞尔:"你让着他?你从小就欺负他!"

苏沐暖哼哼两声,手指伸进水桶里点点探头的小鱼,低声问小鱼道:"想不想回家?"说着,她端起小桶连水带鱼通通倒进池塘里。

"喂!喂!你怎么给我倒了?!"温文尔雅的苏恪仁马上急起来。

苏沐暖忍笑,耍赖道:"反正要倒的,你又不吃。"

"我这还没数呢!"

"总共也没几条,有什么好数的,关在桶里都快死了。"

"胡说,我这是加氧气的桶。"苏恪仁看着空桶直心疼,看看扬扬得意的女儿又十分无奈,"我和你妈打赌,今天能钓到20条,这星期她每天给我加一道菜,你这,把证据都给我倒了!"

苏沐暖笑出声:"小李女士呢?"

"没大没小,小李是你叫的吗?"苏恪仁嗔怪地点了她额头一下,"和你张阿姨她们跳舞去了。"

"你怎么不去?"

"我哪儿会跳爵士。"怎么都钓不够20条了,苏恪仁干脆收拾渔具。

"不钓了?"

"不钓了，尽给我捣乱。"

苏沐暖笑盈盈地挽着他胳膊往屋内走："太阳这么大别钓了，一会儿该晕了。"

"在家吃饭吗？让阿姨去买菜，吃剁椒鱼头、红烧肉、麻辣仔鸡。"

"不了，我和曦冰约好了。"苏沐暖掏出手机打开相册，将在茶园拍的风景给苏恪仁看，"爸爸，这儿看着眼熟吗？"

"这是？"

"岳麓山的一个茶园，我总觉得在哪儿见过这个景色。"

苏恪仁和苏沐暖对视着，不大确定地问："我见过？"

"见过。"苏沐暖想了想，"应该是幅画，我小时候见过。"

"那应该是你爷爷的，你去收藏室找找，要是没有问问你二叔。"

"嗯。"

苏沐暖拿了钥匙去收藏室翻找。她爷爷年轻时候种果树，后来带着两个儿子创业做果汁饮料，骨子里却是个文艺青年，喜欢书法、喜欢画，有钱后还收藏了不少古籍。她爷爷过世前，出名的和价值高的藏品都捐给了各个研究机构、出版社和博物馆，只剩下些不那么知名的，还有朋友赠送的和自己画的收藏在家里。为此，他们家专门建了个收藏室。为了保存，收藏室内的画都用特殊的纸包着储存在收藏柜里。苏沐暖带着家里的家政阿姨一幅幅打开寻找，翻了大半天，终于找到那幅她有印象的山水画。苏沐暖将手机相册打开，翠绿的茶园山景与浓淡相宜的墨色对应，这画连山间的雾霭都绘了出来。

"是这个。"苏沐暖关掉手机，露出欣喜的笑容。

除了这些年新修建的建筑略有不同，这幅写意的山水画几乎处处能和真实景色相对应。只是苏沐暖看遍全画，也没找到署名。于是她拿着画询问苏恪仁，对书画爱好全无的苏恪仁爱莫能助，她只好又向继承了爷爷文艺细胞的二叔苏恪信求助，可这次连二叔也不知道画的来由。

苏恪仁猜测："说不定是你爷爷画的。"

"也有道理。"苏沐暖深以为然，爷爷自己画画时，经常不署名。

苏沐暖卷好了画装进木盒里，准备用这幅画投石问路。想必，与茶园有渊源的画，那位雅致的园主会喜欢吧！

"老苏，我走了。"

"路上慢点儿，别光顾着工作，周末多回家知道吗？"

苏沐暖嗯嗯应着。

苏恪仁送她出门:"叫曦冰有空来家里吃饭。"

苏沐暖上了车:"好,我跟她说,你保证见了她不催婚她大概就愿意来了。"

苏恪仁笑着摇头,待苏沐暖的车开远了,才从门口回家。

*

唐曦冰听了苏沐暖的转述笑得不行,边喝酒边向苏沐暖道:"叔叔想让你在家吃饭,你打电话告诉我一声就行了。"

苏沐暖摇摇头:"你以为老苏同志留我是想我了吗?才不是,他就是借着我的名头让阿姨做他爱吃的菜……"

唐曦冰不可思议地盯着苏沐暖。

苏沐暖又揭短:"自从老苏同志查出'三高',他最爱的李女士就这也不让他吃,那也不让他吃,他馋了就说想我了。有一次我们家李女士问我'你什么时候爱吃臭豆腐了?'"

"然后呢?"

"我能怎么说,我说我好奇,我想尝尝,然后我妈就跟我念了十几分钟臭豆腐有多不健康……我一个长沙人,从小到大没吃过臭豆腐,像话吗?"

唐曦冰忍俊不禁,冷艳的脸上也不由得露出笑容来:"然后呢,阿姨买了吗?"

"买了!买了一块!老苏同志亲眼看着我吃下去的。"

唐曦冰想到苏恪仁眼巴巴隔着餐桌盯着苏沐暖,苏沐暖夹起那唯一的臭豆腐放进嘴里,苏恪仁默默咽口水又不敢吱声,父女俩在苏妈妈注视下心虚地眼神碰撞的场面,当即不顾形象地大笑起来。

"苏叔叔不偷偷出去吃吗?"

"他不敢呀……"苏沐暖无奈又好笑,"我们家李女士有时候怕憋坏了他,又要保持威严,故意隔几天就去和她的小姐妹们唱歌、跳舞、听戏,告诉我爸她晚上才回来,暗示老苏同志中午可以自己偷偷打牙祭,我们家老苏同志呢,"苏沐暖摇头,"非但不敢出去打牙祭,还生怕我妈怀疑他偷吃,我妈一回家,他就跟在我妈后面汇报中午吃了什么……"

唐曦冰笑喷了,她看看餐盘里肥瘦匀称、咸香可口的神户牛排,深感罪孽深重,感慨道:"结发为夫妻,恩爱两不移,让人羡慕。这年代,已经少见这样的伉俪情深了。"

苏沐暖问:"你不是刚认识了几个还不错的吗?"

唐曦冰收起向往的神色,刀叉伸向盘中的牛排:"研究需要而已。"

苏沐暖笑着切牛排:"我真好奇你会喜欢什么样的人。"

"我也好奇。"唐曦冰轻笑一声,语气像在讨论别人的事,她又没什么感情地平静道,"人的择偶观很大程度上会受到家庭影响,你很可能会选个像苏叔叔一样的人。"

苏沐暖带着一抹不相信:"老苏?"

唐曦冰:"也很有可能像阿姨一样,颜控。"

苏沐暖怔了怔,忽然想起在茶园看到的侧影。那道侧影在苏沐暖眼前越加地清晰,连那时茶室窗边的光影,在光中飞舞的微尘似乎都重新活了过来。

唐曦冰客观道:"不过像苏叔叔那样老了都好看的人可是很难找的!"

心情有些微妙,苏沐暖抿着的嘴唇忽然一翘,弯着漂亮的眼睛,神秘道:"可能我恰巧就遇到了那么一个符合的。"

2 茶园初见

晨间一场小雨后，空气湿润而清新，茶园满眼的绿色浸了一层润色，太阳从云后出来，暖洋洋地蒸发绿叶上薄薄的水雾，晨色如洗，有种透明的舒爽感。

最是一年春好处，苏沐暖带着画，又一次来到茶园。许是她来得太早，或是别人见无望而放弃，上次来时人满为患的凉亭此刻空空荡荡的，只有雨落樱花的花瓣落在凉亭台阶尚无人收拾，道旁的迎春、海棠、桃花，比上次来时开得还要灿烂，茶也绿得可爱。

苏沐暖将装画的紫檀木盒递交给和上次一样负责接待的采茶员，小哥端着木盒警惕道："送礼也没用，我们老板不会收的。"

"就一幅画，不是什么贵重东西，给你们老板看看，他不喜欢你再退给我就好了。"苏沐暖将木盒推到他怀里，"快去，也许你们老板喜欢呢。"

接待员十分无奈地叹了口气，苏沐暖从他那复杂的神色上都能读懂他料定她必然失败，他已经在想象她被退回礼物伤了自尊灰溜溜逃走的模样了。

苏沐暖失笑，目送接待员抱着画进入茶室后，便闲适地在茶室前的小道上信步闲逛。她蹲下身嗅路边盛开的一朵不知名的花，洁白色的花瓣剔透，如脂如玉，香气清幽，她正好奇这是什么花时，忽然感到什么，下意识地抬起头，一道纯白色的人影便从青竹掩映的茶室走出来。

那天在窗边惊鸿一瞥只看到侧影的人，穿着一件纯白的衬衫站在晨光里，阳光照亮他的白衣，犹如一株在微风中摇曳的白色山茶花。他们俩安静地对视，一站一蹲，一高一矮，因缘际会在春日晨光里相遇。

蓦地，苏沐暖无声地笑起来，垂眸望她的顾西凉也笑起来。

他开口道："那是白山茶。"声音温柔而有磁性。

这个人长得和她想象中一样，温文尔雅、清朗俊逸，有种难见的文人气质，像不蔓不枝的出水青莲。他看上去二十多岁，气质相当温和纯真，和老苏那种顺遂生活中温养出的随和不一样，这种含蓄温雅的气质，像是远离尘嚣而保存下的天性。

苏沐暖迎着他站起来，笑问："礼物喜欢吗？"

从站在他旁边的接待员的表情就能看出来，他一定是喜欢的，不然刚刚还等看她笑话的接待员不会那么不可置信，表情还有点郁闷。可她问完后，顾西凉的反应又让她有些不太确定——他刚刚还温和有礼的模样，在听到她说话后忽然变得很震惊，比身旁的接待员更加震惊。

她说错什么了？还是她脸上有什么不对的？

短短一瞬，顾西凉就意识到自己失态了，他马上调整了情绪，从口袋中掏出一个小小的水晶钥匙扣挂坠，水晶小鲸摊在他手掌心，将明媚的日光反射得绚烂夺目。

苏沐暖诧异，这不是她不知落到哪儿去了的小鲸吗？苏沐暖当即问："怎么在你手上？"

顾西凉目光沉了沉，将小鲸还给她："无意间捡到的，捡到那天，我好像听到过你的声音。"

站在他身旁的接待员蓦地瞪大眼睛，不可置信地指着苏沐暖，声音磕磕巴巴："她……她……就是她？"

"对，是她。"顾西凉目视苏沐暖，眼睛却像穿过苏沐暖看向更远的方向，"我那天听到的声音就是她。苏沐暖，你是苏沐暖。"

"我是苏沐暖，苏氏总经理苏沐暖。"苏沐暖将名片递给他，看到顾西凉伸过来接名片的手时，她忽地想起来了——那天从林伯茶室出来时，在电梯前擦肩而过的男人！

"你是那天上电梯的……"

"对。"

"我们这缘分！"苏沐暖接过小鲸，不由得感叹，"你那天是去找林伯？"

"是，我去给林伯送新茶。"

苏沐暖叹气道："早知道那天我就多留一会儿了！"要是她多留一会儿，就能在林伯那里顺理成章地见面、认识，不用辛苦小颜上山，也不用特地找了画来接近他。

顾西凉猜到她在想什么，柔声笑问："那幅画是？"

苏沐暖道："那可能是我爷爷画的，我小时候见过，所以上次看见山上的景色觉得很熟悉。"

顾西凉表情错愕了一瞬，当即笑得有些苦涩，又有些玩味，不待苏沐暖细想，只听他低声道："进来说吧。"

"好。"

苏沐暖带来的画展开放在宽大的茶桌上，水墨茶园风景在画中一览无余，苏沐暖看着那画，想起顾西凉刚刚略显促狭的笑容，疑惑道："这幅画有什么问题吗？"

顾西凉道："画没什么问题，不过这幅画是我爷爷画的。"

苏沐暖："……"她举拳放在嘴前垂头掩面，轻咳了一声，抬眼再看顾西凉，视线恰恰撞进他满含笑意的目光里。

苏沐暖不禁也笑起来，边笑边叹息道："我可很久没有这么丢人了！"

顾西凉且笑不语。

苏沐暖打量着他，虽然尴尬，却不讨厌。和上学时自信满满地举手答题却答错那种尴尬不同，现在更像是猜盒子里装的糖果是什么味道，无论答对答错，任何口味的糖果都是甜津津的。

苏沐暖看到桌上的茶具，忽然很想尝尝她喜欢的茶从她感兴趣的人手中泡出来会是什么滋味。她盯着顾西凉俊秀的脸，开口道："请我喝杯茶吧？"

"好。"顾西凉温柔地回答。

修长的手，透明的茶杯，材质普通却有些胖胖的茶壶，顾西凉泡茶和林伯那样专业的茶师天差地别，最讲究的似乎也只是注意了水温。等水温变化时，他温柔的表情认真地像是个理科研究员在做实验，而不是一个茶园老板在招待来采购的合作方。

苏沐暖忍俊不禁，顾西凉听到她的笑声有些疑惑不解，笑问她："怎么了？"

"没。"这时候她哪好意思说想起了中学时看老师做化学实验的样子，她盯着油润的茶叶在水中舒展开，白毫浸润了水色，晕染了水色，她的肩往椅背靠了一点，神经也不自觉地放松下来，"我以为你会有更好的茶具呢！"

"喝绿茶，玻璃杯就已经足够了。"顾西凉笑起来，他将泡好的茶推给她，继续道，"大多数人喝茶也不过是普通的瓷杯或玻璃杯，如果为了喝茶要准备昂贵的茶具，那就本末倒置了，那杯茶也就太高冷了，我想种的不是那种茶。"

"嗯，"苏沐暖点点头，"你想要种不挑茶具都好喝的茶？"

"只是任何人都可以随心喝的普通茶。"

"我觉得好喝的茶就已经不是普通的茶了。"苏沐暖摇了摇头，又放下杯子，十分自信地阐述自己的观点，"任何人都会喝的茶才不普通，龙井、碧螺春、铁观音……人尽皆知的可都是名茶，你野心好大。"

顾西凉被她诡辩的说法说得哑口无言，一时竟然有些呆住了。

苏沐暖兴致高昂。这人身上没有一点儿商务气，连怎么谈判都生疏无比，难怪别人找上门来他只躲着不出去，除了不想，也因为不会应付吧。苏沐暖心底好笑，坐拥半山的宝藏，却从来没想过怎么使用吧！她道："我听说同样品级的茶，你们茶园的茶要比别人的贵一点，每斤多10块钱？"

顾西凉下意识顺着她的思路回答："对，是因为……"

"因为如果同样的价格，客人就只买你家的茶，别人的茶就卖不动了。"

顾西凉点点头。

"10块钱能有多少差距，你干吗不干脆定高点儿？比如，100块，200块？定再高想买的人还是会买的。"

顾西凉笑起来，他摇摇头，认真道："不是这么算的。喝茶最多的是普通人，对一个爱喝茶的人来说，一斤差一两百块已经差别非常大了。古人言，开门七件事，柴、米、油、盐、酱、醋、茶。茶不该是奢侈品，和稻米、小麦、青菜没什么不同，至少对我而言是这样的，尤其在产地，每个人都应该喝得起。"他朝窗外望去，漫山的茶树在晨光中璀璨碧绿，生机勃勃。

顾西凉总是温和的神色郑重起来，倒不是严肃，而是像每个追求梦想的人谈及梦想时那样，变得认真、专注、充满希望，自内向外地发着光，在不经意间深深地感染着旁人。他转回头，迎着苏沐暖的目光谦逊道："我能做的，就是提高茶树的寿命，提高茶的品质和产量。"这是他们见面来，他看着她最专注的一刻。那不只是陈述，更是他的追求和梦想，他不是在告知，而是想要得到认可和共鸣。

苏沐暖听懂了。她和他交谈不用像曾经发生过的任何一场商务谈判，也不是天真的理想主义，而是追逐梦想的人在逐梦路上要对可能成为同伴、朋友的人敞开心扉。她现在要做的，只是保持真诚，打开心扉，但依旧需要一些小技巧。于是问："你想让更多的人喝到你的茶吧？"

顾西凉听懂了她的小心思，温和道："种茶和售茶，都是件随心随性的事，茶的生长和制作与开机器生产标准商品不一样，我不会签采购合同，也不会把茶代理给任何一个公司。"

"哦。"苏沐暖故意沉吟了一下，端起茶抿了一口，叹息道，"这么好喝的茶，我是在林伯那里喝到才知道岳麓山有这么好喝的茶呢，更远地方的人就更不可能有机会喝到了，这不是很不公平吗？"接着又狡黠地问他，"你的老顾客比我更高贵吗？"

顾西凉不料这都会被她将一军，忙摇头否认。

苏沐暖乘胜道："那让我来帮你把茶带到每个人眼前吧。"

好一会儿，顾西凉表情变换了几次，最终归于无奈，他忍笑措辞："你和别人谈合作也一直这么……嗯……想法清新脱俗吗？"

苏沐暖道："你可以直说强词夺理。"

顾西凉轻声笑起来："你说的不是全无道理，有很多我没考虑到的地方，不能算强词夺理。不过我不能马上答应你。"

"这么说，你是松动了？"苏沐暖心满意足，"没关系，你可以仔细考虑。"

顾西凉道："我会考虑的。"

等待第二道茶时，苏沐暖好奇地打量着整个茶室。

茶室内的书架上放了很多植物类的书，大多关于茶树，也有其他植物，还有许多外文书籍，看上去都很学术，一本本厚得像字典似的。墙上挂着几幅小画，看笔触与苏沐暖带来的画十分相近，应该也是顾西凉爷爷画的。

苏沐暖问:"你会画画吗?"

"我只会画标本。"

苏沐暖视线移向置物架上放着的几张工整的标本画,果然像科普读物里的插画,详细画着花的根、茎、叶状态。苏沐暖道:"能画科普也很厉害。我爷爷也爱画画,不过我一点儿艺术细胞都没继承到。"

顾西凉似乎并不意外地笑起来,问她:"苏爷爷身体还好吗?"

"四年前就过世了。"

顾西凉怔了下:"抱歉。"

苏沐暖摇摇头:"他过世前身体挺好的,爱画画、爱喝茶,还爱锻炼,精力旺盛,我以为他能长命百岁呢。"她叹了口气,盯着杯中的茶叶叶片,感慨似的又呢喃道,"做茶也是他的梦想之一!"

顾西凉再次凝视苏沐暖的名片,便问:"如果你得到茶,你想怎么卖呢?茶味果汁吗?"

苏沐暖莞尔,被他的"思考"逗笑:"我们家公司的确主要生产果汁,不过又不是只会生产果汁,我打算研发新的茶饮料。"

"茶饮料?"顾西凉呢喃了一下,不太认同道,"我喝过一些茶饮料,太甜了,应该也没有茶,是用香料调出的味道。"

"我想要做的,是真正的茶饮料,只用水和茶。"

"会有人喜欢吗?"

苏沐暖自信满满:"这是需要我来操心的!"

顾西凉马上露出不认同的表情。

苏沐暖妥协道:"当然,如果用的茶都是由你来提供的,你也可以关心。不过不是现在,目前我只能给你看一些很基础的规划资料。"

顾西凉点头。

苏沐暖没带太多资料,茶饮料的项目还在初步的规划阶段,她凭口述将她的宏伟蓝图大略讲给顾西凉。顾西凉听得认真,但除了专注地盯着她外,再没有任何反应。

沉默……

沉默……

沉默得让人泄气……

苏沐暖觉得她不是在和潜在合作方一起畅想未来,而是在做毕业答辩,对面坐着的也不是她的供货商,而是要给她论文打分的学院教授。

苏沐暖问:"听得懂吧?"

顾西凉:"嗯,听得懂,你说得很清晰。"

苏沐暖忍不住道:"那给点反应呀!"

顾西凉怔了怔,略带迟疑地鼓起掌,那一点儿也不坚定的掌声充分体现了他对"给点反应"是多么茫然和不知所措。

这人真是绝了!

苏沐暖被他那掌声逗笑了,于是饶有兴趣地问他:"顾先生,有没有人夸你是活跃气氛的高手?"

"这时候是不该鼓掌吗?"顾西凉自己也笑了,他收起手,像小朋友上课一样将双手放到桌下,虚心问她,"我该给你什么反应才对?"

这还用人教吗?听的时候示意对方他在听,而不是直勾勾地绷着脸盯着对方。

苏沐暖腹诽完,忽然发觉顾西凉听人说话时似乎特别喜欢盯着对方,一个眼神都不错开的。适当地看着对方是礼貌,长久地盯着对方就让人心虚了……她想说点什么,可一对上他那双清澈、无辜、单纯、专注又特别漂亮的眼睛,连委婉的批评都说不出口了。唐曦冰说得不错,她就是随了她妈妈的颜控。看着这小鹿一样湿漉漉亮晶晶的眼睛,她说不出重话。

顾西凉忽然道:"你说得很好,数据充分,逻辑清晰,论证也很有说服力。"

苏沐暖眨眨眼:"嗯?"

顾西凉问她:"我这么回应可以吗?"

苏沐暖:"……"

天啊,这世上怎么会有这么呆萌的人!

*

苏沐暖在插花教室向唐曦冰转述的时候,唐曦冰努力忍笑。

"他就这么说的?"

"对呀。我都不知道该高兴还是挫败,是成功还是失败了……"

唐曦冰以事不关己的态度客观分析:"按照做实验或写论文的思路,下一步就该做可行性分析了。"

苏沐暖:"……"

那也太离谱了!

*

茶园里,正被她们讨论着的顾西凉猛地打了两个喷嚏,他揉揉鼻子,继续看手中的汇总数据。

陆之鹄来茶园做客,正举着画帮忙往墙上挂,听到他接连打起喷嚏,玩笑道:"阿凉,是不是有人正想你?"

顾西凉像没听到一般,一动不动地低头看资料。

陆之鹄对顾西凉的沉默习以为常,挂好画跳下椅子,边退边看墙上的画,待绕到顾西凉面前,拍拍他肩膀,直到他抬头看自己,才指着墙上的画,放慢了语速问:"画挂那儿行吗?"

"可以,谢谢。"

陆之鹄也很满意,他看着画,疑惑道:"不过这画哪儿来的,看装裱不像是顾叔叔的手艺。"

采茶员小丁端了今天新采的样茶进来,听见陆之鹄的疑问,接口道:"这画可厉害了,是个女老板送来的,我哥似乎对她很特别呢!"

"很特别?女老板?"陆之鹄吃了一惊。他饶有兴趣地走到小丁一旁,让小丁仔细讲讲,"是个什么样的女老板?阿凉真对她不一样?"

"可不是吗!我亲眼看见的!"小丁眉飞色舞地朝陆之鹄讲经过。

陆之鹄眉头紧了松,松了紧,有些隐忧地望顾西凉:"她就是你小时候说的那个……"

顾西凉一直无声地看着他们俩对话,直到陆之鹄看过来时朝他点点头。陆之鹄爆发出巨大的惊喜,他猛地站起来,眼睛亮晶晶的:"那还等什么,她在哪儿?我们现在就去找她!"

小丁忙道:"走了呀。"

"走了?你们就这么让她走了?"陆之鹄追问小丁,"问过她住址吗?单位?联系方式?"

小丁被他问得发蒙,顾西凉都没问,他问那么多干什么!

陆之鹄又问顾西凉:"她忽然想起来你,要干什么?特意来找你再续前缘的?"

顾西凉摇头。

小丁撇撇嘴:"人家根本不认识老板!"

陆之鹄:"那她是来干吗的?"

小丁道:"来茶园还能干吗?买茶呀!"

陆之鹄不可思议,看看一心扑在茶上又低头继续检查数据的顾西凉,再看看理所当然的小丁,顿觉前路一片黑暗。他将视线投向茶室桌上多出来的那张名片,责备道:"可真够没良心的!"

在选花的苏沐暖猛地连打了三个喷嚏，唐曦冰抽纸巾递给她："过敏？"

苏沐暖摇头。

老师讲完中式插花和西式插花的区别，由她们自由选择。唐曦冰选了中式，苏沐暖选了更好理解的西式。

唐曦冰修剪好高低两枝木槿花，插入琉璃瓶中："有人在背后骂你？"

苏沐暖拿纸巾擦擦鼻子，用玫瑰和绿绒球将花篮填满、填圆，笃定道："除了苏跖谁会骂我？"

唐曦冰不置可否，给出一个人选："那个美人老板？"

"不可能！他……"苏沐暖很自信，她酝酿了下情绪，稍稍露出些难为情，"喜欢我还差不多。"

苏沐暖回想起顾西凉盯着她时那种专注的神色，将玫瑰对称地插入花篮中，和唐曦冰比画："眼神是骗不了人的，如果你不喜欢一个人，会那么直勾勾地、眼睛眨也不眨地盯着一个人的脸吗？一直盯着。"

唐曦冰眯起眼睛，沉吟道："你们才见了一面，他就对你一见钟情了？"

*

茶园内，陆之鹄靠在左边，半倚半坐地抱胸站在顾西凉身旁："等了她十几年，她对你一点儿印象都没有了吗？无情！"

唐曦冰断言道："照你的形容，他属于典型的社会化失败。他多大？还这么……幼稚！"

唐曦冰和陆之鹄，隔着大半个长沙市，对苏沐暖和顾西凉进行肯定地判断。

*

"苏氏总经理……"陆之鹄拿着桌上的名片念叨，迅速在手机上搜索到苏氏的官网和苏沐暖的照片，将官网上放出的苏沐暖的资料迅速浏览一遍，啧啧有声，"长得漂亮，学历也漂亮，家世背景也够漂亮，家族企业第三代，正经长公主。人家大权在握，你……"

陆之鹄说了半天，顾西凉没有一点回应，他转头，看见顾西凉根本就没搭理他。陆之鹄也不气馁，反而绕到顾西凉面前，扳起顾西凉的头，谴责道："你怎么不听我说话？"

顾西凉妥协："好，你说，我听着呢。"

"我刚才说半天不是对牛弹琴了？"陆之鹄顿了下，"这比喻不对，牛是听不懂，你是听不清。"话说完陆之鹄马上意识到不对，连忙道，

"我没笑你听力障碍的意思,你知道的,我这人人帅心善的,把你当知己,对你不离不弃,不像某些童年白月光,骗你单向死心塌地。"

顾西凉只笑笑,他知道陆之鹄是无意的。从小到大认识的同龄人中,也只有陆之鹄一直这么口无遮拦又有度地赖在他旁边,把他当倾诉树洞,也真心把他当好朋友。他从出生就有听力障碍,学音乐的妈妈难以接受,她自己才华横溢已经逼近首席,孩子竟然被拒绝在声音世界的大门外。她不肯将年幼的顾西凉送进特殊学校,而是找了同龄的孩子来家里玩儿,同时积极地带他治疗,可收效甚微,甚至他的听力障碍更加严重,根本听不见他们说什么,游戏听不见规则,看动画也听不见角色在说什么。因为听不见,他不知道发音应该说什么腔调,很长时间甚至都无法讲话。别人说笑时,他因为总是需要别人费劲地解释而被排斥在外,甚至连别人谈论他、嘲笑他都听不见。可小朋友都是敏感的,时不时瞟来的眼神,未加收敛的讥笑,都被他看在眼里,他只好一个人将孤独慢慢消化掉。但几岁的孩子是没有足够的能力独自消化那么多负面情绪的,在他理解爱的同时,也在理解他是被讨厌的。他渐渐不愿意见人,抗拒、逃避、讨厌治疗……而他的父母也在彼此舔舐伤口,未曾第一时间发觉他的异常。

当他完全不愿意出门时,父母才发现事情的严重性,再想劝他积极配合治疗已然没用。于是,爷爷把他接到山上,住进茶园,妈妈也因为受到的打击过大,放弃了音乐。从那之后,他的童年、少年、青年,几乎都是在茶园度过的。

植物不会说话,却自若地发芽、开花、结果,顾西凉开始爱上植物,慢慢地,性格也比之前开朗一些。七八岁时,在他就要真正接受自己终身不能听见任何声音的时候,很快,在他再一次尝试发音时,便遇见了苏沐暖和陆之鹄。

"阿凉,要不要直接找她说清楚?"陆之鹄突然拍了他一下,把顾西凉从回忆中拉回来。

顾西凉坐在座位上,仰头看着陆之鹄。

陆之鹄:"山不就我,我来就山。她不找你,你去找她嘛,男女相处,理应男性主动一些,现在她人来过了,名片都给你了,总该你提醒提醒她的。我想这位苏小姐会对自己的言行负责。"

顾西凉失笑:"那时候她只有七八岁。"

"七八岁怎么了?我七八岁就说和你当好兄弟,到现在不还是吗?"

顾西凉无言。童年相识在他的人生中留下深刻划痕的两个人,一个比一个会强词夺理。顾西凉不理陆之鹄,继续低头看自己的数据。不料两行还没看完,资料就被陆之鹄抢了。

"这是什么?茶园过去五年各类茶品产量统计?"陆之鹄哼了一声,"你不会真打算要卖茶给她吧?"

是有这个想法,但不确定是被苏沐暖说服的,还是只因为她是苏沐暖。

*

接下来几天,顾西凉详细检查当年茶园各类茶的生长情况,结合前几年的数据、今年的气候情况等预估产量。他忙着的同时,苏沐暖也在进一步调研市场上所有茶类饮品,进行更细致的产品规划。

苏跖见完客户回公司时,苏沐暖刚结束一个商业杂志的采访。那名女记者也采访过苏跖,但对他可不如今天对苏沐暖这么和颜悦色。苏跖凑过去,恰巧听到最后一个问题。

女记者问:"苏总任职来,苏氏果汁不只止住了销量下滑的颓势,市场占有率也恢复到五年前的水平,您对未来的规划是什么?是要带领苏氏重回您爷爷那个时代的巅峰吗?"

苏沐暖笑起来:"那我的压力可就太大了。"她爷爷掌管苏氏的时候,苏氏果汁独占鳌头,全国占比五成以上。现在的市场和那时候相比,不可同日而语。

苏跖听到了都直撇嘴。

苏沐暖打趣了片刻,继续道:"让苏氏果汁重回辉煌是我毕生努力的方向,不过关于未来,也许还有更广的空间。"

"苏总已经有新计划了?"

"有想法,只是现在还不方便透露。"

"我们拭目以待。"

送走记者,苏跖三步并作两步跟上苏沐暖:"你又搞什么名堂?你真想做新产品?茶?你了解茶吗?你有靠谱的货源吗?我爸和董事会那帮老头不会同意的。"

苏沐暖垂眸看着他手中端着的陶瓷咖啡杯问他:"好喝吗?"

"还行吧。"苏跖低头,咖啡杯中此刻盛的是汤色碧绿的茶,他又啜了一口,从小爱讲究的苏大少爷开始发牢骚,"不是我说你,你换成茶就换吧,好歹换点茶具呀,咖啡杯喝绿茶,这都串味儿了,懂吗?"

苏沐暖挑眉。

"还有啊,你那秘书泡茶水平还不如我妈呢!随便拿个杯子,随便抓点儿茶,也不看水温、比例,不温杯、不洗茶,开水一冲这就好了?浪费!"

苏沐暖:"有人跟我说,喝茶不用挑茶具,普通玻璃杯,普通水,冲泡一下就行了。"

"他懂个屁!"苏跖马上道,他瞥一眼苏沐暖,眼带不屑,"是个人就把你忽悠了,就你这点道行,还想开发茶饮料呢!"

"唉,是呀,虽说你上学成绩不如我,工作能力不如我,从小挑食、惹祸!"苏沐暖故作叹息,见苏跖眉头越聚越高,又转了调,夸赞道,"但是,谁让咱们全家只有你继承到爷爷那敏锐的舌头呢!"

苏跖紧皱的眉头又舒展开,扬扬得意道:"什么叫挑食?那叫从小天资过人,一般东西入不了我的眼,懂吗?"

苏沐暖点点头:"也对。"

苏跖不可思议地看看苏沐暖,又低头看看茶,再看看她,接着恍然大悟!苏沐暖这是想求他帮忙采购茶!呵呵,谁让他爸、他大伯,还有自视甚高的苏沐暖,味觉都不行呢!他就知道早晚有一天苏沐暖会求到他头上!苏跖指指舌头:"这叫什么?天赋!天赐的财富!"

苏沐暖眼看他摇起尾巴,但笑不语。

"对一般人来说,吃喝那叫玩乐,对我,吃喝那叫艺术!这艺术你懂吗?董事会那群大爷懂吗?"苏跖扬扬得意地靠在桌角,开始吹嘘,接着又痛心地绷脸摇头,"根本不懂!同样是杯咖啡,同样是个橙子,你们能尝出区别吗?"

苏沐暖刚要点头,只听苏跖说:"不能!"

苏沐暖:"……"

"你们就知道好吃,没了,但是在我眼里,两个好吃的橙子,味道就像彩虹有七种颜色,一个跟一个是大不相同的,你懂吗?"

苏沐暖摇头。

苏跖嗤笑一声,得意扬扬地喝了口茶:"就知道你不懂!他们都说你上任后产品销量倍增了,为什么?因为你上任时候我也上任了,那批果子是我亲自挑的,所以果汁好喝了。"

苏沐暖展示出礼貌的微笑,耐心听他絮叨,丝毫不提苏跖采购时突然违约,没要已经签完合同的果品,而是搬走了人家果园精包装供给果超的特级品,造成公司赔偿加补款,最后多付了三倍的钱,导致那批果汁成本飙升,他这"功臣"被亲爸骂得狗血喷头,再不让他参与采购的事,只是虚心地问:"那你敏锐的舌头觉得茶水间的茶,味道都及格吗?"

他就知道!

"都是一家人,你想问我什么直说,叫声哥我会不告诉你吗?"苏跖又品了一口,指指茶,"有几个还凑合的,这个就还不错,就这杯子这水,能有这香味,不错!"

苏沐暖笑颜如花,她朝不知何时躲在墙边的小颜招招手:"小颜,拿上本子,跟苏副总去茶水间记哪几种茶是及格的,再综合公司消耗最多的茶品类型,统计好每种的采购价格,做个报价表给我,哦,特殊的那家不用管,我自己来谈。"

小颜点头,飞快地记录好。

安排好小颜,苏沐暖朝办公室大门口挥挥手:"暂时用不着你了,出去吧。"

苏跖不可置信地指指自己:"我出去?"

"不然呢?"

"好好,你等着!"苏跖愤然摔门离开。

苏跖大步走进茶水间,正在茶水间聊天的员工慌忙叫了声"苏副总",便端着水杯,脚底抹油溜了。

小颜小跑跟过来,人还没站稳,就听苏跖朝三排茶盒一通指:"这个,这个,这个……还有这个。"

小颜飞速记下编号。

苏跖抬脚要走,忽然看见第二排偏左的位置消耗最快的16号绿茶。茶水间以同样的盒子盛放了四十多种茶,茶盒上只写编号,除了编号,无任何信息,但这么放了几天后,消耗量就显出了差距。

苏跖问:"编号是固定的吗?"

小颜:"不,是乱序的,每三天重新排号。"

苏跖:"苏沐暖搞的鬼?"

小颜:"苏总说,只有不做区别,才能判断最大的区别,好喝的,不好喝的,只看最后哪个消耗最多就知道了。"

苏跖哼笑了一声:"算她还有点脑子!"

小颜沉默,这话她可不敢接。

苏跖叉腰盯着那些茶，突然从小颜手上拽走平板，不顾小颜阻拦，点开编号信息，用手机拍走他刚刚点名的几款茶的存档信息。

小颜着急道："苏副总！"

苏跖将平板扔还给她后，便昂首阔步直奔停车场："想免费用我舌头，走着瞧！"

*

一个小时后，苏跖将车开进顾西凉的茶园："谁是老板呀？"

茶园忙碌的人被轰鸣的引擎声吸引，诧异地回头看见苏跖从跑车上下来，一个个又若无其事地忙自己的事。

苏跖等了一会儿没人接待，又喊了两声，才有个年轻人慢慢悠悠地过来，一副忙得没空理他的架势，直到听说他姓苏，是苏氏的，才一脸失望地带他进茶园内。

小丁带苏跖往茶室走："上次来那个女老板呢？"

"没时间。"

"没时间？"

苏跖漫不经心道："我们公司那么大，她能天天往你们这儿跑吗？"

小丁当即就皱了眉头："那以后都是你来了？"

"怎么了？你们卖茶还要看男女吗？"

小丁更不高兴了。怎么说话呢！要不是老板嘱咐过，苏氏的人来了直接请到茶室，那女老板人也还不错，小丁早就怼他了！

苏跖看着满山茶园，心情愉快。苏沐暖根本不懂茶，如果他能截胡让这家茶园和他合作，他就能说服苏沐暖由他来负责采购业务，就算苏沐暖不同意也没关系，他还能说服董事会。等他拿到采购权，到时候整个项目都能抢过来！谁让苏沐暖也还在策划阶段，没通过董事会呢！等他掌握整个项目，他就能证明自己比苏沐暖强，到时候再把苏沐暖赶下台。

苏跖越想越得意，但见了面，顾西凉和苏跖都有些意外。

苏跖惊讶于顾西凉的年轻，问小丁："这是你们老板？"

"是呀。"

"岳麓山有这么年轻的茶园老板，我竟然不知道。"苏跖笑了，他掏出名片，有涵养又摆足了派头，"我是苏跖，苏氏饮品副总经理，幸会！"

顾西凉接过苏跖的名片问道："苏沐暖小姐是你的……"

"是我妹妹。"苏跖快语道,"她只是职务听上去比我高,但喝茶她可比我差远了,你肯定更愿意和懂行的人合作。"

顾西凉忽地想起童年时,幼年的苏沐暖安慰他没玩伴:"一个人也没什么不好的,安安静静没人打扰,我有个一起长大的堂哥,又吵又笨又自恋!"

顾西凉忍笑。

苏跖已经语速飞快地和顾西凉谈起茶,询问他茶园的规模、产量、品质、价格、品牌,还有以前的合作方,等等。他语速太快,顾西凉非常辛苦才能听清他的话,他听得专注,面无表情,眉头微皱,苏跖却觉得他在挑衅。表情这么高冷是什么意思?对他不满?不愿意合作?他语气不由自主有些拔高强硬:"这些信息是跟我们苏氏谈合作必须提供的,不要以为你们茶质量还行就高枕无忧了,任何一项考察内容不达标,我们都是不会和你们谈采购合作的!"

小丁听得直撇嘴,越听越窝火:"你搞错了吧?是你们求着我们卖,我们还没同意跟你们合作呢!你出去打听打听,我们家茶有的是人排队抢着要,你们考察严格?我们考察也严格!你不买,我们还不卖呢!"

苏跖没承想被个小接待员给怼了,怒道:"你谁呀?"还有没同意合作是什么意思?苏沐暖没搞定这家茶园?

小丁高声道:"员工!"

反正他们老板听力不好,他大小声都不会挨批。

苏跖质问:"你们就这么和采购商谈合作的?"

小丁家就在茶园附近,从他爷爷起就给茶园炒茶,小丁更是毕业后就进茶园工作,虽说是员工,但跟顾西凉弟弟相差也不大,私下也是叫他哥的。对茶园对日常管理,小丁比他操心得多,听到苏跖的质问,顾西凉当然要护着他。顾西凉没回应苏跖的质问,而是问道:"苏先生拿到茶后有什么规划呢?"

"当然是开发!至于怎么开发就不用你管了,我们苏氏有十足的经验。"

顾西凉点点头:"苏先生爱喝茶吗?"

"嗯?"苏跖茫然,马上道,"爱喝!我是白沙源和上海湖心亭茶楼的会员。"他就说嘛,相比苏沐暖,顾西凉肯定愿意和爱喝茶的人聊。虽然他更爱喝咖啡,只偶尔陪人才去茶楼。

顾西凉笑问:"苏先生认为喝茶应该去茶楼?"

"当然,就像咖啡,速溶咖啡和手磨咖啡能一样吗?想喝好茶,不但要有茶、茶具、水、沏茶的人、气氛,缺一不可。"

"那苏先生觉得苏氏能生产出这样的茶饮品吗?"

苏跖卡壳,带着顾西凉"你应该代表茶楼、茶室,而不是苏氏来"的评价悻悻离开。自大、自视甚高、目中无人的小白脸!苏跖边腹诽着,边往茶园外走,来时怎么看都清新悦目的景色,此刻也面目可憎起来。他走着走着,忽然感觉头上一凉,有什么东西从做过造型的乌黑头发上流到脑门上,他伸手一抹,灰白色的鸟儿屎粘了满手。苏跖愣了愣,脸黑了,随即像只被踩了尾巴的猫一样炸毛蹦起来,朝着天空咆哮:"哪只干的!是谁?!"

*

受了无妄之灾,苏跖对顾西凉和他的茶园印象都十分差。他自己碰了壁,觉得苏沐暖肯定也不行。那个小白脸老板太难搞了,纯纯一个顽固不化的傻子。

董事会上,苏沐暖正式提出茶饮料产品的策划案,并拿顾西凉茶园产出的茶当第一采购名单时,苏跖转着笔,满怀八卦地想:苏沐暖把其他家沟通交给秘书,只留这家亲自对接,是看上顾西凉那张小白脸了吧?既然她喜欢挑战,他怎么能不成人之美呢?他朝苏沐暖笑得不怀好意。

苏沐暖演说完,感到他的视线,一阵恶寒,不知道苏跖这是又在哪儿吃多了,憋了一肚子坏水。

苏恪信沉默地听着,观察着各个董事。几名保守的董事不置可否,一心扑在果汁上的董事被苏沐暖的果汁产业依旧会是公司战略重点的保证说服,其他的董事被苏沐暖甩出的一系列数据说动了。

低脂、低糖、健康,是未来饮品市场的趋势,尤其他们近些年一直在丧失年轻用户,以健康轻型茶饮品打开针对都市白领和大学生的年轻市场,绝对是极好的思路。

苏恪信不动声色地思索着,但年轻人真能接受茶饮品吗?苏恪信忽然道:"苏跖,你怎么看?"对亲儿子,苏恪信什么都能不信,唯独那条舌头不由得他不信。

全董事会都朝苏跖瞅过去。

苏跖迎着苏沐暖略有警惕的目光,大大咧咧道:"我觉得挺好的,但最重要的是货源品质，如果能拿下这家茶，我觉得——大、有、可、为。"反正那小白脸是不可能轻易卖茶的，去吧去吧，等你搞不定撞了南墙，再回头由我来找一家品质更好的，茶产品的项目就归我了。

苏沐暖抱拳看他，不知苏跖这葫芦里卖的什么药。凭着多年互坑的默契，苏沐暖抛过去一个眼神："你搞什么名堂？"

苏跖朝她眨眨眼，苏沐暖秒懂——"放心，我支持你，加油，我等着坐收渔翁之利"。她眯起眼睛。

苏跖从座位上站起来："董事长，各位叔叔伯伯，产品要紧随市场变化，我投票赞成苏总经理！产品一定要好，品质一定要高，不然咱们没有竞争力，不过预算成本还是要控制，我认为应该再多算算。"

没钱看你怎么谈！

苏沐暖勾勾嘴角，她列的预算完全经得起核算，董事会再算也不会差到哪儿去，在预算审批上，她比苏跖信誉可好得不止一星半点儿！是什么给了苏跖自信，她的预算一定会出问题？

直到董事会散场，苏跖都没再找苏沐暖其他麻烦，倒是反复搭腔，一定要用品质好茶。

苏沐暖想起小颜前两天说苏跖偷拍了茶园的资料，有种不太妙的预感涌上心头，苏跖这棒槌不会去找顾西凉谈采购了吧？像要应验她预感似的，苏沐暖从会议室一出来，小颜就匆匆跑来："苏总，濯心茶园的顾西凉先生来找你，现在正在会客室等着。"

苏跖刚跨过苏沐暖的脚步突兀地停下来，一副要看苏沐暖好戏的样子。

苏沐暖握拳，忍下想锤死他的冲动，将会议资料扔给小颜："走，别让客人等久了！"

3 愿者上钩

过去的路上苏沐暖飞速地补了个妆,在脑海中分析苏跖说了什么,竟让顾西凉亲自找到公司来,她该怎么把人安抚好呢?她那天明明都说动顾西凉了……苏跖这个成事不足败事有余的棒槌!

"他过来时状态看着怎么样,生气吗?"

小颜回忆了她带顾西凉进会客室的全程,道:"很平静,不过我跟他搭话他都没理我。"

看来是生气了!苏沐暖的担忧又重了一分。站到门前,她深吸一口气,才推开门。

顾西凉身姿挺拔地坐在椅子上,他今天特意穿了身西装,双手放在桌面上,手旁放着厚厚一沓文件,双目直视门的方向,似乎就在等着她来。

苏沐暖没从他的面色看出一丝不耐、生气,倒是看出了点……乖巧?

"抱歉,久等了。"苏沐暖关了门,忍下了疑惑,飞快地看了同样茫然的小颜一眼,也将等着看热闹的苏跖一起关到门外。

"你来了。"顾西凉拉开椅子站起来,如在茶室相见时一般,依旧是一番谦谦君子模样。

她刚刚竟然脑补他会发火生气!

"这是?"苏沐暖在他对面坐下,看到他一旁的座椅上放了一个黑色的双肩背包。桌上的资料应该就是装在背包里带来的。

"这是我的茶园今年预计的各类茶品产量和产出日期,每种都有详细的介绍。"顾西凉将资料交给苏沐暖。

苏沐暖打开,上面不但有茶树的具体数量、种植位置、种植时间、种植条件、种植方式,以及五年来的产量数据,还有是否出现过病虫害等信息,苏沐暖觉得她看的不是一份产量数据预估,而是茶树的档案报告。

苏沐暖好奇道:"每棵树都有档案吗?"

顾西凉道:"养殖植物不像养殖动物那么方便建档。"

她知道,她只是随口一问。

"信息比较杂乱,我没有全都带过来,如果你需要我可以……"

"不,不用了,这已经非常详细了。"苏沐暖被深深震撼到。

竟然真的有!

她再次看顾西凉,眼中充满敬佩,这个人竟然给每棵树都建了档!

她翻到后面,顾西凉做了供货的假设性估算,他预留了要留给老客户的最低供货量,并附带列举了给苏沐暖参考的其他茶园,不限岳麓山,可以说遍及全国各个茶产区!事无巨细,面面俱到。

苏沐暖合上资料,心下震撼。在她还不能确定合作,甚至相互还没给对方任何许诺时候,顾西凉准备了这么一份详尽到让苏沐暖闻所未闻的资料。

苏沐暖忍下心中的触动,问:"这算是商业机密,直接给我,不要紧吗?"

顾西凉摇摇头,神色沉静:"还在试验阶段,数据不稳定的茶树我没列举上来。"

也就是说除了那些不稳定的,全在上面了?苏沐暖顿时觉得这份资料相当沉重,顾西凉相当于把整个茶园的估价都给了她。

"顾先生,这么说来,你是愿意和我签采购合同了?"

顾西凉摇摇头:"我还是要看过你的详细规划和产品方向后才能决定。"

苏沐暖:"我们什么合同都没签,你就敢给我这个?"

顾西凉:"我觉得,你也许需要了解这些。"

苏沐暖："我转头利用这个资料打压你呢？"

顾西凉朝她笑笑："不会的，我信任你。"

苏沐暖听见了心脏与平时不一样的跳动，频率更高，更加雀跃，她无懈可击的妆容下，升起一抹天然的粉霞。对爱情持保留态度的苏沐暖，在那瞬间确定，她因为一个人的笑容沦陷了。顾西凉温柔无害的明媚笑容，明显的卧蚕，弯起的眼角，还有长而翘的睫毛，如一幅特写画，轻柔又清晰地刻到苏沐暖脑海中。

苏沐暖无意间咬了咬下唇，笑道："我不欺负你，等着。"

苏沐暖快步打开待客室的门，叮嘱等候的小颜："打印一份双向保密资料。"

小颜："是！"

苏跖看见苏沐暖毫不掩饰的笑容，不可置信，低声问道："你给他灌什么迷魂汤了？苏沐暖你是不是使了美人计？"

苏沐暖懒得理他，去找小颜要资料，签字盖章，交给顾西凉："我不会泄露你茶园的任何信息，我的产品规划你也有权看，但你也要保密。"

顾西凉点头，郑重签名。

苏沐暖的资料都是现成的，她打算删掉和产品研发无关的内部资料后，重新打印一份儿新的给顾西凉。她回办公室取电脑时，待客室又有新的预约，小颜于是带着顾西凉去另一侧的会议室。顾西凉跟小颜走在走廊，忽然看见苏沐暖一边托着电脑，一边笑靥如花地和一个面色冷峻、身姿挺拔的年轻男性在交谈，她姿态十分放松，和对方交谈时仰头盯着对方的脸，双方的言谈举止，体现了十足的信任。

那名男性气场内敛冷峻，脸颊线条分明，剑眉浓郁，鼻翼高挺，唇形薄而清晰，透着一股冷峻的气息，他低头看苏沐暖时，却带着一丝纵容。为了迁就和靠近苏沐暖，将近一米九的身体微微弯曲，他敏锐地觉察到顾西凉的注视，朝顾西凉望过去，微曲的身形挺直，马上露出同性相斥的攻击性来。

同时，小颜也注意到顾西凉没及时跟上，退了两步回来叫他，顺着他的视线看见了和苏沐暖站在一起的沈凌城，惊喜道："沈总你回来啦！"

苏跖闻声跟过来，朝沈凌城敷衍地挥挥胳膊，他的胜负心还在顾西凉身上，忍不住站在顾西凉身后半步问道："你不是不肯卖茶吗？怎么今天又愿意卖了？"

顾西凉的注意力在沈凌城和苏沐暖那儿，压根没注意到苏跖已经站在他一旁,更没注意到苏跖被他气得表情扭曲。

苏沐暖引着沈凌城过来:"这是濯心茶园的顾西凉先生,这是我们公司董事沈凌城。"

顾西凉客气道:"你好。"

沈凌城颔首:"幸会,我是沈凌城,苏沐暖的朋友。"

两人相互打量着对方,顾西凉能感到沈凌城身上清晰的敌意,他朝对方笑了笑,转头望向苏沐暖。沈凌城微微眯了眯眼睛。

苏沐暖没注意他们俩之间暗潮汹涌,忙着要向顾西凉介绍茶饮品规划,而沈凌城因飞机航班延迟错过董事会,也要求旁听。

苏沐暖不允:"坐了十几个小时飞机你不累吗?你还是赶紧回家睡觉去,回头让小颜给你单独汇报!"

沈凌城以玩笑的口吻嗔笑道:"又把我打发给小颜,你就不能单独给我讲吗?"

苏沐暖用资料夹拍拍他的背:"谁让你航班延误了。"说着把他推给小颜打发走,带顾西凉去会议室聊资料。

沈凌城问留在原地的苏跖:"那是谁?苏沐暖好像很重视。"

苏跖火冒三丈:"见色起意!仗着点资源目中无人的小白脸!"

一个多小时后,顾西凉随小颜下楼,又遇见了那位沈先生。沈凌城非但没回家休息,还在等着苏沐暖忙完一起去吃晚餐。他们远远点点头,顾西凉继续走,小颜被助理叫走。实际上,即使不压低声音,顾西凉也听不见,不过,他远远看见小颜助理的口型,她要给苏沐暖找个茶叶方面的顾问。

顾西凉从苏氏大厦离开,掏出手机从通讯录里翻出师兄的联系方式,发信息问:"岳师兄,你上次要找的顾问找到了吗?"

师兄秒回:"你又有兴趣了?"

*

顾西凉来过的第二天,苏沐暖约了闺蜜唐曦冰。自己这位好闺蜜虽然回国不久,但在人脉上不容小觑,尤其是研究领域。现在,茶园的资料她拿到手了,详细到她看不懂,她亟须找能看懂的专家进行分析。找专门的人负责专门的事,是提高效率的捷径之一。而这一重任,除了让秘书联系知名的茶专家和实验室,苏沐暖自然想到了闺蜜。

唐曦冰果然不负所望,苏沐暖半个月前向她提过一次,她已经动用人脉寻找到备选人,当苏沐暖再问时,她很快就整理出了十几份人选资料。

苏沐暖到达约定见面的酒店时，唐曦冰正在五星级酒店的露天泳池游泳，看到苏沐暖，唐曦冰从对岸游过来："游吗？"她上岸摘掉泳帽瞬间，感到周围的目光都朝她们聚集过来。

苏沐暖摇摇头，将毯子递给她："美人，你约我在这儿见面合适吗？"

唐曦冰甩甩头发，将毯子批到肩上，擦擦头发，淡定道："游泳能放松身心，增强心肌功能，是十分推荐的有氧运动。"

她目光瞥向与她们只有几步远，从她上岸就一直盯着她盯到失神的人，冷漠道："对吗，先生？"

那人脸倏地红了，干咳一声，转头喝果汁，不承想喝得太急被呛得直咳嗽。

苏沐暖忍笑摇头，和唐曦冰一起离开泳池。

唐曦冰冲过净水，没脱下泳衣，只在外面披了件浅金色的长衫，扎了一个松松的麻花辫，散漫地搭在右肩，又穿了双高跟水晶拖鞋，拎着包进了酒店的咖啡馆。她从包里拿出文件夹递给苏沐暖："喏，这些都是能担任顾问的专家，不过大多都在外地，你选好了最好亲自去拜访一趟。"

"好，谢啦。"苏沐暖翻看资料，抬眼看看她问道，"你不去换身衣服吗？"

唐曦冰搅动着冰咖啡，平静道："不用，我约了人游泳。"

苏沐暖："帅哥？"

唐曦冰没否认，但表情也看不出多少兴趣，只是事不关己似的评价道："身材不错，运动员。"

苏沐暖满脸钦佩，调侃道："为了调研，你可'牺牲'得太多了。"

唐曦冰被她逗笑，如其名般总是冷冰冰的脸上终于露出笑容来："乐在其中，不算牺牲。"

苏沐暖直摇头。

唐曦冰提供的资料很多信息是圈外人查不到的，她好奇地问："你是从哪儿问到这些的？"

"我有个师兄是农学博士，他有这方面的人脉。他有个本地的朋友是这方面的专家，自己有实验室、有茶园，研发培育过十几种新茶，拿了不少奖，就是人特别不爱交际，师兄还在帮我说服中。"唐曦冰放下咖啡杯，发现苏沐暖在咖啡厅点的都是茶，她不由得好笑，"你这是和茶杠上了？"

苏沐暖从包里掏出茶盒摇了摇:"乐在其中,很好喝的,要不要?送你一盒。"

唐曦冰接过去打开茶盒嗅嗅味道,暧昧道:"你那个白色山茶花美人送的?"

苏沐暖浑身一阵恶寒,被她调侃的语气别扭到,但又不由自主地想起昨天顾西凉的突然到访,于是忍不住向唐曦冰控诉苏跖竟然敢背着她去找顾西凉。

"要是我的合作被苏跖毁了,"苏沐暖眼睛眯起来,"我就把他调到车间搬箱子!他永远都别想回总部!"

唐曦冰气定神闲地帮她总结:"苏跖瞒着你去茶园把人惹了,你的山茶花非但没生气,还拿着那么大一份儿资料给你?"

苏沐暖点头。

"为什么?"

"为什么?"

两人眼神默默相撞,看到对方和自己一样的眼神,默契而肯定地缓缓开口——

"他对你有兴趣。"

"他对我感兴趣。"

苏沐暖靠到椅背上,自信道:"还能有别的原因吗?如果是看好项目或者看好苏氏,他到现在也没完全同意,而且从来没和我谈过合作条件和模式,好像无条件信任我一样,这是为什么?"

唐曦冰捧场:"人格魅力。"

苏沐暖忍俊不禁:"太自恋了!"调侃结束,她又重新将注意力放到顾问人选上。

唐曦冰好奇道:"不过他要是真对你有兴趣呢?"

苏沐暖:"那就追我嘛!"

唐曦冰指尖叩叩茶盒:"你怎么知道这不是在追?"

苏沐暖一顿,不由得回想起和顾西凉的茶园初见。

或许那天景色太好,或许当日气氛很足,她对顾西凉印象非常之好,但这种好感是不足为外人道的,尤其是对她从小到大人际交往异常清晰的闺蜜,苏沐暖矜持道:"现在还不够,他还得再努力点儿才行。"

唐曦冰看破不说破,笑得越加暧昧。忽然她手机响了下,便拿起手机看信息道:"说什么来什么,师兄说他的专家朋友同意了,约我明天一起去实验室见面。"

*

同一时间,岳彦正在湘大办公室和顾西凉一起吃盒饭。一墙之隔的实验室正在进行检测实验,顾西凉随时要跟进实验数据,不能走远。

岳彦的眼睛又圆又大,相貌憨厚,气质踏实,让人一见就心生好感,愿意亲近,在学校人缘也十分的好。岳彦的研究方向是农田杂草防控,他比顾西凉高两届,因为工作有交叉,导师相熟,他偶尔会找顾西凉借实验室,加之他性格热情活泼,一来二去,两人关系不错,是发小陆之鹄外,顾西凉联系比较多的朋友。

"我给你问过了,学妹说是苏氏饮品在找顾问。"岳彦睁着一双大眼睛看顾西凉,"我都不知道是不是苏氏找顾问,你怎么知道的?"

半个月前学妹唐曦冰第一次让他推荐人,他第一个想到的就是顾西凉,那时候顾西凉可是回绝得果决干脆。不待顾西凉回答,岳彦自己已经跳过这个他认为不那么重要的问题:"算了不重要,正好我明天借你实验室,我叫上学妹一起,有什么你们见面谈。"

顾西凉看他说完,才低头吃饭。

岳彦快速地扒几口饭,喝水的空当,见顾西凉慢条斯理地吃着,他拍拍顾西凉的肩:"有空多下山,你不能老闷在山上种茶,系里有学妹想认识你都见不着人。"

顾西凉疑惑道:"认识我?我平时就在山上,要用实验室联系小丁就可以。"

"不是那种认识!"岳彦恨铁不成钢,于是凑近,八卦地眨眨眼,"你就不想和学妹、学姐多认识认识?谈恋爱的那种认识?"

顾西凉一时无言,他自嘲地摇摇头:"我听不到,没女孩想和我认识的。"

岳彦:"可你帅呀!"

顾西凉失笑。

"笑什么,你可是咱们农院大帅哥,女生很在乎好不好看的。听力虽然重要,但是也不是那么重要,比如我家,我妈就经常说我和我爸有耳朵跟没耳朵没区别。你现在不是好多了吗?平时戴着助听器,又不影响基本交流,重要的不是听没听见、听没听清,而是你关不关心、关不关注人家姑娘。用心灵去听,只要你愿意,咱们学校好多学妹学姐在打听你呢!"岳彦语气忽然从正经转到不正经,嘿嘿笑着,隔着桌子凑近顾西凉,左右看看,八卦道:"告诉师兄你喜欢什么样的?"

顾西凉顿了顿,怅然笑道:"我能不借助外力,听到她声音的人。"

世界上有几十亿种声音,而对他来说独一无二的就那一个!

*

苏沐暖在办公室和沈凌城对计划表,正说着手机忽然振动。

沈凌城站在她身后,一手撑着桌子,一手搭在她椅背上,下意识地一瞥,看见唐曦冰给苏沐暖发来的消息:"竟然真有你说的那种白色山茶花一样的男人"。

苏沐暖边在表上写写画画,边伸手摸向手机,待看到消息后,瞬时无语。唐曦冰说替她去见见传说中的专家顾问,就发来这种情报?苏沐暖放下笔给她发了一串:"???"

沈凌城松开她椅背站直,好奇道:"白色山茶花一样的男人是谁?"

苏沐暖干咳一声,批评他:"上班不许偷看老板私人信息!"却不说她手机摊放在桌上,也从来没避着沈凌城。

沈凌城应付道:"是是是。"并未当回事。他和苏沐暖、唐曦冰都熟,见过她们俩私下闲聊分享明星剧照。

他们对完工作,沈凌城抱着文件夹往外走,忽然想起什么,顿住脚步回头问她:"周末还用我陪你回家吗?"

苏沐暖头也不抬:"不用了,我妈已经不信了,我跟她说我正和你冷战闹分手呢。"

沈凌城:"……"

苏沐暖:"咱们得演得曲折婉转,我妈才能信。"

沈凌城点点头,又忍不住提醒她:"可是我怎么会和你冷战?"

苏沐暖:"我说咱们俩工作矛盾转移到生活,我要吃甜,你要吃辣,然后积累爆发,吵翻了。"

沈凌城哭笑不得。他们怎么会因为工作吵架?他什么时候又爱吃辣了?他不得不屈从编剧的天马行空:"那我今天起喜欢吃辣?"

苏沐暖稀奇道:"你不是一直喜欢吃辣吗?"

那是因为她喜欢……沈凌城叹气:"行!"

苏沐暖从抽屉掏出一颗奶糖扔给他:"别光让我想,你也想想这次以什么理由分手。"

沈凌城揉揉额头习以为常:"好,我想。"

自从他们俩步入大学，开始被催着找男女朋友起，苏沐暖就突发奇想地拉他当假男友。到现在，他们分分合合已经有七八部连续剧的长度，他妈妈追连载都要接不上情节，可身为演员兼编剧，苏沐暖都从未入过戏。沈凌城含着糖，沉思片刻，又拉回工作："对了，我明天要飞趟上海……"

打发走沈凌城，苏沐暖伸个懒腰，拿起手机看消息，那串"？？？"后也不见唐曦冰回复。苏沐暖发一句："*长什么模样？有没有照片？*"看看时间，又放下手机起身去开会。

一直到苏沐暖开完两场会，唐曦冰终于有了回复："你一定感兴趣。"消息后附带着好几张实验室的照片和几份 PDF 资料。

苏沐暖看见时已经是唐曦冰发消息十几分钟以后，她调侃一句："*说好的照片呢？*"随即打开资料细看。

那份资料的陈述方式让苏沐暖觉得莫名熟悉，越看越觉得哪里不对劲。她切换回聊天窗口，唐曦冰已经发来一张背影照片。照得有些远，两个年轻男性并肩站在一个操作台前，似乎在讨论什么东西。左边稍胖的苏沐暖不认识，右边站着端端正正的那个……

苏沐暖问唐曦冰："*专家叫什么名字？*"

随后再打开文件拉到最底部，看到了实验室地址：湖南省长沙市岳麓山×××号，和顾西凉的濯心茶园地址一模一样！

唐曦冰也回了消息："顾西凉。"

这回换苏沐暖发过去一串惊叹号。

果然！

那个背影她没认错！

她一个电话打过去："你还在茶园吗？"

"离开了。"唐曦冰坐在出租车上，快言快语道，"胖的是我师兄，右边那个是专家，背影和你的山茶美人比，谁更赏心悦目？"

苏沐暖哭笑不得，她找顾问是为了看懂顾西凉给她的资料，没想到又问回顾西凉头上了。

唐曦冰还自顾自说着："本来想给你拍张正面，我一走到他正面的位置，他就直勾勾地盯着我，我没机会。"

既然知道了是谁，苏沐暖心情反而放松了，问："帅吗？"

"嗯，温文尔雅大少爷的类型，他也有一大片茶园，办茶会不错，改天陪你过来看。"

苏沐暖忍笑，问她："你没留下喝茶？"

唐曦冰傲然道："对我没兴趣的人，我也同样没兴趣。"她回忆刚刚见过的顾西凉，相貌的确惊人，但一搭话就面无表情，眼都不眨，直勾勾地看着人，实在是太认真了！像监考老师在抓作弊。这人八成控制欲、占有欲和对爱的依赖性都很强。

唐曦冰评价道："美人如莲，只可远观不可亵玩焉。人好看，高冷了点。"

苏沐暖隔着电话忍不住又将照片放大仔细看，十分怀疑唐曦冰见的到底是不是顾西凉。高冷？她怎么也没办法把顾西凉和高冷拼到一起去，他们见面不多，哪次他都是温柔可爱的，哪儿高冷了？难道顾西凉私下是这样的？想到也许顾西凉对她和别人不同，苏沐暖不禁有点高兴，又马上疑惑，凭什么他对她不同？他有什么目的？

电话那边，唐曦冰继续道："我还有一会儿到你公司，我拿了些他们实验室的纸质资料和一些实验汇报之类的材料，撇开外貌和性格不说，那个实验室还是很厉害的。"

"嗯，好。"苏沐暖挂了电话，详细地看起唐曦冰发来的电子文档，里面有顾西凉简单的简历和实验室介绍，学历、参与过的实验、研发改良的茶树品种、参与茶树基因档案工程建造，还有实验室参与的众多项目，包括和众多高校实验室合作的项目等都很简洁地列在上面。苏沐暖越看越惊奇。她还以为他只是个单纯的茶园老板，没想到如此深藏不露。可为什么不说呢？低调？还是有什么问题？她在网上搜索实验室的名字，能搜到实验室参与什么项目的只言片语，实验室甚至没有官方网站。

"神神秘秘的。"苏沐暖咕哝一句，难怪小颜找顾问时没找到他实验室的资料。

苏沐暖想了想，拿起内部电话问小颜下午的日程安排。得知自己下午有一批必须要处理的文件，晚上还有场推不掉的聚餐，苏沐暖兴致不高地"哦"了声："明天呢？有能推掉的行程吗？"

"您预留了下午陪苏董钓鱼。"

"取消。"

"啊？好。"小颜委婉提醒道，"苏总，您已经连续取消过三次了，新买的鱼竿一次都没用过呢！"

"那你再挑一副新鱼竿给老苏送过去吧，带份臭豆腐，要是李女士不在家就偷偷给他；要是李女士在，你就说是你饿了路上买来自己吃的，最多三块儿，知道吗？"

小颜："……"

苏董会拉黑她的！

唐曦冰到苏氏大厦时，苏沐暖有个临时会议，她等了一会儿没等到苏沐暖，将资料交给小颜离开。唐曦冰刚刚按了电梯下行键，就见沈凌城和苏跖一起从电梯下来。有趣的是，他们俩一左一右各站电梯一端，谁也没同对方搭话。苏跖朝唐曦冰点点头，瞥了瞥沈凌城，仰着头傲气地走了。沈凌城停下来和她搭话："来找苏沐暖？"

"她开会，我要走了。"唐曦冰望望苏跖的背影，"又拉拢你了？"

沈凌城失笑。

苏氏到第三代，就苏沐暖和苏跖两个接班人，学历、能力都很优秀，但苏沐暖偏偏从小总比苏跖强那么一点点，尤其是苏沐暖跳级和苏跖成同班同学后，对比就尤为惨烈。苏跖考99分，苏沐暖考100分；苏跖拿银奖，苏沐暖拿金奖，苏跖拿一等奖学金，苏沐暖就拿国家奖学金……在公司实习时，他们俩各凭本事，苏跖盈利百万，苏沐暖盈利破千万，连本来和苏跖关系不错的沈凌城，最后都选择了苏沐暖的阵营。苏沐暖本就有董事长苏恪信支持，苏家以外，作为占股最多的大股东，沈凌城居然也站在苏沐暖一边，这让苏跖的夺权之路变得异常艰难。可这位苏副总屡战屡败，屡败屡战，意志坚决，从未放弃。只唐曦冰听见的版本，苏跖对沈凌城的策略已经从拉拢、威胁、利诱、排挤，又重回拉拢了，光手段就用了一大圈。他对沈凌城的"背叛"尤为不忿，他和沈凌城同级不同班，本来他们俩竞争好好的，颇有些既生瑜何生亮的惺惺相惜，不料半路杀出个苏沐暖，她插进来后，沈凌城非但不帮他，还和苏沐暖打成一片了。苏沐暖刚跳级时他本来有机会成绩超过苏沐暖的，都怪沈凌城非帮苏沐暖补习。但在唐曦冰看来，那根本是苏跖自作多情，有点自恋。沈凌城从小就偏爱苏沐暖一些，从沈凌城认识苏沐暖起，他就一直围在苏沐暖身边。苏跖至今都不知道，苏沐暖跳级就是受了沈凌城的鼓励，而他因招惹苏沐暖而受到家里责备，很多时候也不是苏沐暖告状，是沈凌城不着痕迹地透露给他爸妈的。

唐曦冰有时候真搞不懂苏跖为什么还以为他能拉拢沈凌城……

沈凌城问："到我办公室坐坐吗？"

唐曦冰看看腕表："不了，晚上有个临时工作，一会儿得去准备。"

沈凌城稀奇道："临时工作？"

唐曦冰掏出酒吧的名片塞进他西服口袋，隔着名片用指尖按了按沈凌城胸口："欢迎光临。"

*

夜幕降临，霓虹灯将城市点缀出别样的色彩，忙碌一天的年轻男女们开始找各样的场所放松神经、联络感情，酒吧、KTV、电影院、舞蹈教室、健身房等都成了选择之一。

听说酒吧新来了美女调酒师，陆之鹄便下班和同事结伴来消遣，刚到就一眼看见了站在吧台后低头擦杯子的唐曦冰。

酒吧的彩灯从头顶打下来，在玻璃器皿上反射出琉璃般的光，折射到她葱白的手指、挽起的袖子、挺而有型的衬衫，一抹红光散散地映到她脸上，照出一片梦幻的影子。

陆之鹄挑挑眉，这不是不肯告诉他名字的美女吗？他安排好同事落座，独自走到吧台前和唐曦冰打招呼："还记得我吗？"

唐曦冰抬眸，看见了撑着吧台，姿态慵懒散漫，又有些洒脱自在的陆之鹄。这人明明一副公子哥模样，可不管怎么站、怎么靠，都显得很挺拔，加之灿烂的笑容，偏就让人觉得他是个在哄你开心的正人君子，十分具有欺骗性。

不过，这是最近第几次遇见了？

第一次是被搭讪，昨天在酒店餐厅偶遇过，三天前在拍卖会见过，五天前在时装展见过，再之前还在一个企业十周年聚会上远远见过一次……真是人生何处不相逢，每次相逢，这人身边的女伴都不同呢。

唐曦冰冷淡道："不记得。"

陆之鹄笑容依旧，含情脉脉的眼睛却泛起股伤心："我们昨天才见过。"

陆之鹄弯腰，问坐在唐曦冰正对面的女郎："请问，可以把座位让给我吗？"

买醉的女郎明显心情并不愉快，酒杯早已见底，一个人坐在那儿盯着手机发呆，头垂得很低，情绪低沉得让人一眼就能看出她很不高兴，最好不要招惹。女郎果然十分没好气地冲他吼了声："你谁啊？"可看见他那副笑颜，又有些呆住。

陆之鹄没因为被吼有一丝不悦，反而更温柔了语气道："我来买单吧。"

女郎积蓄了一晚的怒气被他点燃了，涨红了脸，握着手机在吧台上狠敲了一下，怒气冲冲对他破口喊骂："凭什么听你的，你以为你是谁啊！你管得着我吗?！"

附近的人都朝他们看来，唐曦冰也边擦酒杯边朝他们看过来。

陆之鹄却似乎和尴尬绝缘，他笑得更加温柔了，声调也变得轻柔："你喝醉了，喝闷酒伤身，我替你叫辆车送你回家，泡个热水澡，好好睡一觉，睡到自然醒，然后起来吃点好吃的，好不好？"

女郎呆呆地盯着他的笑，不知想到了谁，眼泪"哗"一下就涌出来了。陆之鹄保持宽容宠溺的笑容，温和地和她对视。

女郎问："我很讨厌吗？"

陆之鹄："怎么会？"

女郎："你想和我看电影吗？"

陆之鹄点点头，又看看唐曦冰："嗯，不过今天不太行。"

女郎应激攻击性的神情软化下来，破涕为笑："我失恋了。"

"每个人都有属于自己的缘分，你的前男友很可惜，他错过了你。"

女郎"扑哧"笑起来，抹了抹眼泪，对店员道："买单。"

陆之鹄阻拦了她，笑道："我来吧。"

女郎："为什么？"

陆之鹄："因为命运恰好让我遇见了你。"

女郎终于开心起来，提起椅背上的包让开座位："好，谢谢命运，不过不麻烦你帮我叫车了，祝你好运。"

陆之鹄笑吟吟地和她道别，占了座位。

附近的人叹为观止！竟然哄走了？

陆之鹄旁若无人，用比刚刚更温柔、更明朗的语气问唐曦冰道："今天有什么推荐吗？"

唐曦冰冷然道："朗姆绿茶。"

"好呀。"陆之鹄十分期待地看着唐曦冰拿量杯倒酒、泡茶，把冰块放入调酒器，双手扣住壶盖和壶底充分摇晃。他眼睛眨也不眨地盯着她调酒的动作，纤细而结实的手臂线条流畅，赏心悦目。

竟然真会调酒！

他上次见到唐曦冰和别人比赛游泳，虽然速度比不上同行的男士，但也没被对方甩开，整个泳池都看他们竞速；上上次，她一身西装当拍卖员；再上上次是一身时装在看秀；再之前，是在某个企业聚会上跳舞……这次竟然是调酒师？

陆之鹄好奇道："你的工作是调酒师？"

唐曦冰："要给你看看证吗？"

陆之鹄笑起来，摇头："我们很有缘分。"

"命运告诉你的？"唐曦冰边调酒，边冷漠地扫他一眼，"可惜我不信命。"

陆之鹄笑得更开心。

唐曦冰将调酒器停到他正前方的操作台，取开壶盖，往杯中倒酒，动作行云流水。待酒放到陆之鹄面前时，薄荷叶和青柠片点缀在杯沿，淡绿色的酒中冰块还没有化去，晶莹剔透的酒水，看上去让人赏心悦目。

陆之鹄端起杯子抿一口："茶微苦清香，和朗姆、柠檬中和，有特别的清新，这酒叫什么名字？"

"还没名字。"

"那我来取一个吧。'空山新雨'怎么样？"不待唐曦冰回答，他又自己摇摇头，"不行，时节不对，'草色如酥'怎么样？"

唐曦冰笑了笑："要再来一杯吗？"

"好呀！"

唐曦冰没问他要什么，而是自己取了波本威士忌、安高天娜苦精、方糖、橙皮开始调制。

棕红色的酒，入口有微微的苦味，陆之鹄放下酒杯："迷人的苦涩暗藏着甜味，这酒叫什么名字？"

唐曦冰浅笑："Old-fashioned。"

陆之鹄怔了怔，Old-fashioned，这是在吐槽他起名老派还是举止过时？他笑起来，将酒一饮而尽："可以再点一杯吗？"

"要什么？"

"Hanky-panky。"

唐曦冰笑起来，她微微眯了眯眼睛，她不吃委婉的一套就马上换成直球进攻吗？她语气不怎么客气道："不如换成Between the Sheets？"

陆之鹄被戳破了调侃，面上不见一点尴尬，依旧笑容如故，摇头道："那不含蓄。Cosmopolitan怎么样？"

Cosmopolitan曾一度是年轻人派对的最爱。她才没兴趣和陆之鹄进行什么派对，唐曦冰道："适合初次尝试鸡尾酒的人用，太入门了。"

陆之鹄盯着唐曦冰笑道："Angel-face。"

那眼神、那语气,不知是在点酒还是说人。可惜唐曦冰不打算当他的天使,她轻笑一声,低头看看腕间的表:"抱歉,我下班了。"

陆之鹄马上起身,追着唐曦冰的脚步往休息室的方向走:"我送你?"

"我朋友来接我了。"唐曦冰举起手机,来电提醒显示"沈凌城"。

这名字陆之鹄有印象,他前两天帮顾西凉查苏氏时刚刚见过。

陆之鹄半个身子不着痕迹地半挡在唐曦冰身前,稍稍阻拦她的脚步,笑问:"男朋友?"

唐曦冰微眯眼睛,抱胸停到原地:"是,怎样?不是,又怎样?"

"想知道我还有没有机会。"陆之鹄沉吟道,"不过也没什么区别,如果他是,我等你分手就好了。"

唐曦冰笑得有些无语,推开他接通电话,进了休息室。

陆之鹄眼睛盯着她,靠在门边,轻声地吹了个口哨。刚才她接电话的眼神,是他妈妈看到蟑螂时候的眼神,所以,以他的经验判断,唐曦冰的语气不像是接男朋友电话。

再出来时,唐曦冰已经换上了一身摇曳的黑色长裙,看都没看陆之鹄,径直从他面前走过。

陆之鹄兴致越加地升起来:"介意告诉我名字吗?"

唐曦冰不理他,出了酒吧,朝等在路边的沈凌城招手。

沈凌城看见她示意:"这里。"

唐曦冰应了声,继续走。

陆之鹄低声道:"交换个联系方式?"

唐曦冰只当没听见。

沈凌城朝他望来,陆之鹄无奈地耸耸肩,示意他没恶意。直到目送唐曦冰上车离开了,他才漫不经心地往回走。

陆之鹄重新坐到吧台,向当班的调酒师点酒:"Angel-face。"

旁观了全程的男调酒师当即想笑。

等调酒的空档,陆之鹄问:"刚刚那位 Angel 的名字方便告诉我吗?"

调酒师摇头。

"你们叫她什么?"

调酒师想了想,反正挺多人知道的:"Summer。"

"Summer?"陆之鹄晃动酒杯喃喃自语,"Winter 才更合适吧!"他无声地笑起来,端着酒杯回了同事那桌。看了一路热闹的同事们起哄举杯:"庆祝老板追人第一次失败!"

"老板别伤心，我们爱你！"

陆之鹄好笑，不领情道："你们爱的是我钱包！今天我请客，想喝再来，别喝太多，明天不舒服就不值了，知道吗？"

同事们欢快碰杯："老板万岁！"

陆之鹄抿着酒，忍不住给顾西凉发信息："*我遇到了和我绝配的女孩。*"

*

车离开酒吧街区汇入主路，沈凌城问："追求者？"

"谁知道？"唐曦冰坐在车上摘耳环卸妆，"不是苏沐暖来接我吗？又加班了？"

沈凌城："太晚了，她一个人深夜来这里不安全。"

唐曦冰笑起来，戏谑叹道："只有你还当她是小孩！"

沈凌城："没有，只是不放心。"

唐曦冰不置可否地笑着。

沈凌城道："你怎么跑来这儿调酒了？"

唐曦冰："调酒师能看到毫无防备的人生百态。"

沈凌城摇摇头："不安全！你的顾客们知道你这么想也会伤心的。"

唐曦冰无所谓地收起扣盖的化妆镜，问："什么时候有空让我采访下？"

沈凌城谢绝："我还是算了，我们太熟。"

唐曦冰："也是，真问了什么，你也不见得会跟我说实话。"

沈凌城轻笑："想问什么？"

唐曦冰狡黠地笑起来："你喜欢苏沐暖吗？"

"谁让你问的？沐暖？"

"苏跖怎么拉拢利诱你都不为所动，我好奇嘛。"

"因为我更欣赏沐暖的能力。"

"哦。"唐曦冰转头看他，"那沐暖和别人谈恋爱，你不会介意了？"

车内一阵沉默，沈凌城棱角分明的脸上看不出任何情绪波动，依旧是她所熟悉的胜券在握的样子。

好一会儿，唐曦冰以为沈凌城不会回答了，沈凌城忽然突兀地问："和谁？"

唐曦冰笑得开怀了几分："我以为你真不在意呢！"

沈凌城摇头笑了："相比恋爱，沐暖有更在乎的，她比苏跖更理智、更有目标，她比任何人都更热爱苏氏，苏氏只有在她手上才能壮大，我会帮她实现梦想。"

"你们是知己嘛。"唐曦冰笑了,"不过你甘心只做事业上的最佳伙伴吗?你们俩过家家似的假恋爱,连苏家的家政阿姨都看出来不是真的了。她90%的精力都在工作上,但人不可能只有工作的,如果你喜欢她,最好直接告诉她,我们苏美人在感情上还挺迟钝的。我到了,谢啦,拜拜。"

"曦冰,"沈凌城叫住她,"苏沐暖准备恋爱了吗?"

唐曦冰怔了怔,随即笑道:"你干吗不自己问呢?"

送走唐曦冰,沈凌城一个人坐在车里抽完一根烟,他不能确定喜欢不喜欢的问题是唐曦冰一时心血来潮的玩笑,还是苏沐暖想知道,他忽然魔怔似的想起白天看到的那条短信。第二根烟抽完时,沈凌城翻出了苏沐暖的电话,过了一会儿,手机屏又慢慢熄灭。庸人自扰,以苏沐暖的性格,如果是她想知道,一定会亲自问的。而她会不会恋爱……沈凌城想,即使有,最终她会选的也一定会是他!世界上没有人比他更了解苏沐暖,她果断、高效……所以还有谁比他更适合吗?他们一起长大,未来也会继续同行下去,无论是工作,还是生活!

沈凌城拉开车内的抽屉,看向宝蓝色的钻戒丝绒礼盒。如果苏沐暖某天想要恋爱,他会第一时间站出来。

*

转天,苏沐暖一大早便开车来了茶园。按照资料上显示的详细地址,她将车开到位于茶园边缘的实验室前,她不喜欢被动,既然顾西凉明知道是苏氏要找顾问还同意了,她总得亲自问问他想要干吗!

苏沐暖按响门铃,一名穿着长衫制服的研究员给她开了门:"买茶吗?我们这儿不卖茶,你出门往左往右都有茶园。"

"不,我找人。顾西凉先生在吗?"

"他还没来,你找他有什么事吗?"

苏沐暖边打量着实验室边道:"我想请他当我们公司的顾问。"

"顾问?"那名研究员笑起来,他将早饭放到桌上,从桌后拿出一本花名册递给苏沐暖,"顾西凉从来不接顾问工作,你们公司想咨询什么?你看看有没有其他人选,我给你推荐别的实验室也行。"

"从来不接顾问工作?"苏沐暖咀嚼着这句话,正要问问为什么,顾西凉恰好从实验室出来。

顾西凉一开门,就见值班的师兄正对苏沐暖说:"是啊,顾西凉只做我们自己的实验,没空参加商业合作,我们实验室其他研究员也挺优秀的。你想咨询茶吗?赵教授和冯博也……"

顾西凉出声道:"我有空。"

苏沐暖和研究员师兄闻声齐刷刷朝门口望来。

顾西凉穿着一身纯白及膝的实验服身长玉立地站在实验室门口,他衣领、衣袖都整齐服帖,衣服上褶皱都比别人少一些。苏沐暖不禁想,个子高的人穿这种长款的衣服果然好看。

师兄呆滞道:"你不是没空接这种工作吗?"

顾西凉温声肯定道:"最近我刚好有空。"

同事们:"……"

随后,他温声叫苏沐暖:"苏小姐。"

苏沐暖抱胸哼笑:"顾先生、顾老板、顾博士,失敬了,我都不知道你还是个专家。"

*

岳彦一早从学校赶到顾西凉实验室的时候,只见实验室的研究员们齐刷刷地排了一排,或坐或站,全面朝接待室,姿态要么活泼要么呆滞地在休息室吃早餐,像是遇到了什么世纪难题。实验失败了?岳彦纳闷,昨天不是还挺顺利的吗?

"这是怎么了?"他凑过去,弯腰隔着玻璃接待室看。

休息室和接待室中间只隔了一道玻璃门,上面是磨砂的,只有最下方的半米高是透明的,岳彦以为是哪个教授过来交流了,刚一探头就被其他人拽着衣服揪起来。

"不能偷看!过分了啊!"

只那么一瞬间,岳彦还是看清了,里面哪里是什么白胡子教授,分明是个身材相当不错的美女!

"女的?"

研究员们齐齐点头,他们自发地围成一个小圈。早上接待苏沐暖的研究员压低声音道:"阿凉从来不接非实验类的合作,尤其是和企业合作,都让我们说没空打发了。"

众人点头。

"但是他今天早上说他有空!他愿意给那个女的公司当顾问!他还知道人家名字!"众人互相对望着,眼神交换着信息,"难道是……女朋友?"

那名研究员咬牙切齿、愤懑道:"都不下山,凭什么他有女朋友?"

岳彦呆呆地站在一众不忿的研究员中若有所思，忽然问："哪个公司？"

"苏氏饮品。"

"嗨！"岳彦直起身，他就知道，他拿起个肉包子边啃边笃定道，"什么女朋友，阿凉有女朋友我能不知道吗？这公司还是我说服阿凉当顾问的，这人肯定是来接洽工作的。"

"是吗？"研究员朝接待室看看，满面狐疑。

＊

接待室内，顾西凉亲自给苏沐暖泡了茶，端来茶点，手足无措地坐到苏沐暖对面："茶点是茶园自己做的，味道还不错，你尝尝？"

苏沐暖"嗯"一声，捏了一块儿。糯米、茶粉和红豆，黏、糯、甜、软，味道相当可口。看他又乖又紧张地巴巴望着她，苏沐暖升起点戏弄人的小心思来，她慢条斯理地吃完那块儿茶点，从背包抽出顾西凉前几天交给她的资料："顾工、顾博、顾专家……"

顾西凉尴尬道："还是叫我名字吧。"

苏沐暖点点头："顾顾问，我这次找贵实验室合作呢，就是想请您帮我分析这份资料，给我一些专业性的参考建议。要不您现在帮我分析分析？"

顾西凉拿着他自己交出去的资料，哭笑不得，求饶道："这份儿资料数据就是我实验室得出来的，抱歉，我不知道你找顾问是为了分析这个，我也认识其他实验室，我帮你联系吧。"

苏沐暖将资料抽走："数据是真实可靠的就行了，把你们实验室的资质文件复印一份儿给我，我让秘书来对接合作手续。"

顾西凉没想到会这么简单，疑惑道："不用再验证一遍吗？"

苏沐暖惊奇道："国家认证过的实验室，不会出假数据吧？"

顾西凉严肃地摇头。

苏沐暖合上资料："不过为了说服董事们，我还是再找家单位验算一遍吧。"

顾西凉笑道："好。"

苏沐暖放下资料，身体向顾西凉靠近了些："我现在有个严肃的问题想要问你，你要严肃、真诚地回答。"

"好。"

"你以前从来不和企业合作？"

顾西凉点头。

"那你为什么要给苏氏当顾问呢,你以为顾问是干吗的?"

"测算数据、解答咨询、专业建议、分析资料……"顾西凉低头看苏沐暖放在桌上的资料,自己也笑了。他正正姿态,认真又温柔地注视着苏沐暖的眼睛,"我想帮你。"

苏沐暖想,这不是也把想合作说得清新脱俗吗?他们俩说服对方也半斤八两。她要帮他把茶带到每个人面前,他想当顾问是为了帮她。

"如果别人这么说,我肯定不信,不过你这么说嘛……"苏沐暖抿唇,将那份资料掀开拍到顾西凉胸口,"准顾问先生,劳烦你详细给我讲讲你的这份资料吧。术业有专攻,老实说,有很多地方你写得太专业了,我看不懂。"

顾西凉带苏沐暖从接待室出来时,在休息室吃早餐摸鱼的同事们已经各回各的岗位继续自己的研究了。八卦是闲暇调剂,盯紧实验才是他们的使命。实验室走廊上空空荡荡的,苏沐暖隔着玻璃窗看着早上打过照面的研究员们,无论腼腆的还是活泼的,现在都是一模一样地认真工作,丝毫不见和她说话时的局促。他们严肃紧张,但身上带着无比的专注和自信。这就是科研的魅力吧!沉默无声,全心投入,工作时像发着光一样!

苏沐暖快速地打量着顾西凉,真好奇他穿一身雪白实验服做实验会是什么样子!

4 花树之下

实验室后有一间大温室,一旁还有一片用栅栏半圈起来的茶田,里面种着还在培育和实验阶段的茶树新品种。

顾西凉带着苏沐暖参观,问:"你想先看什么?"

"嗯……看看茶树是怎么种出来的?"

"好。"

顾西凉带着苏沐暖从茶树组培室开始参观。不到一掌大的茶树苗罩在玻璃容器内,整整齐齐地排列在置物架上,像一片小小的森林。植株更大的茶苗则种在温室里,一颗颗栽种在小花盆中,插着编号小旗,沿小道走过去,像是逛花卉市集。

顾西凉向她科普了好一会儿不同编号茶树的差别,苏沐暖听得云山雾罩。摒除那些专业词汇,苏沐暖总算听懂了他的实验目标:"你想培育寿命更长的茶树?"

"对。"

"可据我所知,云南不是有上千年的古茶树吗?"

"乔木茶树可以活千年,国内的确有许多树龄两三千年的古茶树,尤其在云南。但种在茶园的,大多是灌木茶树,就是你看到的这些。这些灌木茶树的经济寿命,也基本等同它们的寿命。"

顾西凉带着苏沐暖从温室出来,看着园子里迎风生长的茶树道:"茶树生长像人一样,从幼苗期经过幼年期、成年期到衰老期,短则一二十年,长则四五十年。当它们衰老到再长不出优质的茶叶,就会被拔掉换种新树,那时候它们的生命也就结束了。"

苏沐暖之前未了解过这些,听他说完再看向远处的成树,顿时生出别样的感觉——它们是生机勃勃的,像人一样有自己的生命和性格。

参观完培育中的新茶品种,太阳已经升高,苏沐暖囫囵吞枣地记下了适合茶树生长的土壤pH值、生长遗传特性和基础的生长环境条件。

顾西凉自己说得兴致勃勃,眼睛温和有光,说着说着,人就蹲在地上检查起叶片土壤。苏沐暖失笑,觉得他像个孩子家长,骄傲地夸着自家孩子有多棒。

顾西凉听到她笑,抬头看见苏沐暖有些戏谑的神情,讪讪道:"无聊吗?"

苏沐暖摇头,按着裙摆蹲下来:"不,挺有趣的。看见你,我就想起我爷爷。"

顾西凉茫然:"嗯?"

苏沐暖:"你知道苏氏是怎么起家的吗?"

顾西凉摇摇头。

"我爷爷是种果树的,种了大半辈子。创办苏氏以前,我们老家家家户户种果树,但果子根本卖不出去,卖不了果子就养不了家,更没钱让我爸和二叔考大学。那时候已经恢复高考好几年了,我爷爷就盼着两个儿子能出人头地上大学。为了卖钱,他跑遍了能去的果汁厂、罐头厂,可看来看去总觉得别人不会选果子,做的果汁不好喝,罐头也不好吃。于是,他一狠心,决定拉着亲戚朋友一起做果汁,做真正好喝的果汁,说出去人人夸赞的果汁。"

苏沐暖想起小时候坐在爷爷腿上,听爷爷自夸:"我就是种果子的行家,我的果子好吃,榨出来的果汁能不好喝吗?"

想到这里苏沐暖不禁笑起来:"苏氏是靠好喝站稳市场的,而好喝的基础是我爷爷懂果树、懂水果。你种茶已经种到这个分儿上了,作为你的采购方,我特别满意。"

顾西凉不由得想起他们小时候,他给苏沐暖沏茶,告诉她这茶是他爷爷种的,很好喝,苏沐暖却自傲地说茶真苦,她不要喝茶,她要喝果汁,世界上最好喝的是她家的果汁!但茶是回甘的,只是他那时候没来得及告诉她,她就风风火火跑去玩儿了。这么久,他都没机会告诉她,茶是甜的。

顾西凉站起来:"太阳太晒了,我们去喝茶吧。"

"嗯。"苏沐暖刚刚站起来,忽然觉得什么东西擦过她的脖颈,一转头就看见一只巨大的飞虫落在她衣领上,不知是蜜蜂还是马蜂。她吓得尖叫一声,猛地退后两步,右脚踏空,歪倒向田垄一旁。

顾西凉想也没想,跟着跨出一步,回过神时已经抓着她乱摆的手,将人捞进怀里。

苏沐暖眨眨眼睛,受惊的心脏怦怦地跳着,不知何时人已经扑在顾西凉怀里。她紧紧地靠着顾西凉胸口,只隔着两层衬衫,能清晰地感到袭来的温度,听见不知是自己还是顾西凉"扑通扑通"的心跳声。

"是蜜蜂,已经飞走了。"顾西凉的声音从她头顶传来。

靠这么近的时候,他温和的声音比在远处听更加清晰有力、有磁性,一句就振得她耳朵发痒、发麻。她顿时大脑空白,再听不清他在说些什么,全部的注意力都聚集到这温度上。属于另一个人的温度,正在渗进她的皮肉,像极小极小的石子扔进无波的湖面一样,惊起一圈一圈涟漪,从相触的地方向指尖散去。她的脸倏地红了,她从来没有像现在一样真切地感受到一个异性的存在。她甚至嗅到了他身上淡淡的茶香。

忽然,苏沐暖听见背后什么东西碎了的声音,像打破的窗,惊醒了迤逦的梦。她慌忙推开顾西凉站直。一转头,她看见一个没见过的穿着白制服的研究员不可置信地盯着他们,玻璃水杯碎在他脚边,很大的眼睛瞪得溜圆溜圆的,体型看上去还有点眼熟。苏沐暖轻咳一声,朝对方微笑颔首。这种时候,谁先怯场谁尴尬。

果然,岳彦低下头,似乎比他们俩还尴尬。苏沐暖心想,等她走了让顾西凉自己解释去吧。她动了动刚刚踏空的脚:"好像崴到了。"

顾西凉反应极快:"我看看。"刚刚还欲言又止,为难该不该向岳彦解释的顾西凉,瞬间顾不上解释,蹲下身去检查苏沐暖的脚腕。

"疼吗?"

"一点点。"

顾西凉指尖只敢隔着丝袜轻按她的脚踝,看了半天也没看出红肿:"以后别穿这么高跟的鞋了,危险。"

"嗯。"确实崴了一下,但崴得还没她最初学穿高跟鞋时严重。她自己清清楚楚,骨头没事,筋也没事。她再抬头时,岳彦人已经不见了。

顾西凉站起来,担忧道:"不能穿这双鞋走路了,我背你。"

苏沐暖大惊:"啊?"

他们还没熟到要背的关系吧?而且从这里到茶室和停车场都不近,她脚没什么大问题,哪好意思让顾西凉背她!

"不用了,只是轻轻崴了一下,我能走。"苏沐暖坚持,扭扭脚示意没事。

顾西凉想了会儿,见苏沐暖坚持要自己走路,忽然想起什么来:"等我一会儿。"说完,他大步走回实验室。片刻后,拎着一双毛茸茸的熊猫头棉拖鞋走来。

苏沐暖:"……"嗯,还挺可爱的。

顾西凉将拖鞋摆到苏沐暖脚前道:"之前买器材别人送的,时节不大对,一直放在办公室里,是新的。"

苏沐暖纠结,她家里的拖鞋都没这个可爱!又道:"这是室内拖鞋吧?"

顾西凉:"好像是。"

算了,他都不介意,她还在乎什么?这份好意她领了。苏沐暖脱掉高跟鞋,穿上了毛绒棉拖。春末初夏的季节,脚伸进去,捂得热乎乎的。

他们沉默地走在茶园小径上。

从实验室回茶室要经过温室,穿过茶田,在茶田另一边,还有一片植物园,种着顾西凉多年来栽种的各类花草果树。粉白色的海棠开得正好看,一半花开,一半待放,红的花苞、粉白的花瓣、黄的花蕊,还有翠绿的叶片映衬在花朵下面,花团锦簇,娇艳动人。

苏沐暖拎着高跟鞋停在树下,看着阳光穿透的花瓣,脑海中忽然闪过少年时背的一句诗,她背诵出来:"秾丽最宜新著雨,娇饶全在欲开时。"

顾西凉接道:"莫愁粉黛临窗懒,梁广丹青点笔迟。"

苏沐暖笑接:"朝醉暮吟看不足,羡他蝴蝶宿深枝。"

顾西凉可惜道:"现在宿深枝的是蜜蜂!"

苏沐暖哈哈大笑:"顾顾问,我发现你也不是只会种茶做实验嘛。"

顾西凉莞尔，幽默道："嗯，我还会画画。"
*

回到茶室，顾西凉先让小丁去找了附近的中医大夫。老先生正巧在茶园喝茶，听说有人崴了脚，便过来帮忙检查。

"这下记住了吧，在山里走要穿平底鞋！"老先生揉着苏沐暖的脚腕检查，"脚没事，要是不放心，下山了再去医院拍个片子看看。"乐呵呵嘱咐完苏沐暖，他又喝茶去了。

顾西凉终于放下心，兴致勃勃地开始往外搬茶具、磨盘、茶刷、罗筛、黑釉斗笠盏、黑漆茶托、长嘴执壶、茶筅，和上次玻璃杯全然不同了。

苏沐暖吃惊道："你这是要点茶？你会点茶？"

顾西凉笑着点头："嗯，画画给你看。"

苏沐暖将信将疑。林伯会点茶，但嫌麻烦轻易不点，偶尔有人找他斗茶，或教徒弟时，才会露一手给他们看。苏沐暖去茶室少，一次都没看见过，不承想今天竟然在这儿看到了点茶。顾西凉全然是心血来潮，连茶粉都没准备，需用青石小磨将茶磨成茶粉。墨绿色的茶末如烟雾般飘出来，发出幽幽然的香气。

顾西凉道："古人用茶碾碾茶，我就偷懒，取其意韵，不取繁盛，用石磨碾茶粉了。"磨好茶粉，顾西凉又用罗筛筛滤了一遍，烟雾般的茶粉轻盈得要飞起来。

苏沐暖本好奇味道，看他不急不慌地一步步磨茶筛茶，也不急了。只是看，已经是在品茗。她掏出手机，时不时拍一拍他点茶的过程。用热水温过茶盏、茶筅，顾西凉将来之不易的茶粉放入盏中，注入少许水，用茶筅将茶粉调开，以七汤法进行筛打。只第一汤，茶盏内已出现稠密的泡沫，七汤过后，茶汤如奶沫一般，在黑釉茶盏中如粉雪。

顾西凉："'雪沫乳花浮午盏，蓼茸蒿笋试春盘。人间有味是清欢。'说的就是点茶。"

苏沐暖接道："苏轼的词。我可算懂什么叫'雪沫乳花浮午盏'了。"

顾西凉拿起茶匙笑问："画什么？"

"是你要画，自己想。"

顾西凉思索了一小会儿，以茶匙蘸茶水，在茶沫上作画。蜿蜒的一笔，信手而涂，苏沐暖以为他要画云，不想他画的是海。一只鲸跃然出水，翻起海波。苏沐暖想到了她的小鲸钥匙扣。

绘制完毕,顾西凉将茶推给她:"尝尝看。"

苏沐暖万分期待,忍不住还是先拍照做纪念。点茶不易,这可是第一次有人为她点茶。茶沫入口,有种奇妙的绵软感,茶香融在茶沫里,茶沫在口中破灭,又生出一丝苦涩感,再之后,方是回甘。

顾西凉笑问:"怎么样?"

"不错。"苏沐暖点点头,她又品了一口,小鲸被扯变了形,接着放下茶盏,坦诚道,"不过,我个人感觉,好像上次泡的茶更好喝一些。"

"点茶出来的味道确实稍微有些苦涩。古时碾茶粉不易,宋人点茶、分茶、斗茶,过于烦琐,也甚为奢侈,喝茶还是泡茶更实用些。"顾西凉忍俊不禁,又为苏沐暖冲了茶,"现在点茶虽已经算不上奢侈,但挑选配备一套点茶用的茶器,也算有些麻烦,只适合空闲时点来赏玩。改天你有空,我带你去看专业的。"

"好。"苏沐暖顺着他的话往下思考,感慨道,"这么想来,喝茶也分图清淡,还是图热闹!"

顾西凉怔了怔,笑起来。点茶不易,为人点茶,一定是心甘情愿为之付出耐心、时间,筛打茶沫,叩问心弦,绘之以情,陪之共度浮生半日闲,是清静,也是陪伴。

一如此刻。

*

离开茶园,苏沐暖心中生出一种她不熟悉的焦躁感。她按住那份陌生的焦躁感,平静地回公司处理工作,安排小颜催法务拟订顾问合同,整理成汇报材料提交董事会。

忙完因去茶园堆积的工作,已经到晚上九点。苏沐暖揉揉饿扁了的肚子,想要找个人一起吃饭。这时,她看见唐曦冰发来的照片——她扑在顾西凉怀里。她想起了那个碎了杯子的研究员,恍然大悟,难怪觉得体型眼熟,他不就是曦冰那个师兄吗!

照片下唐曦冰发来信息:"你的白茶花美人怎么办?喜新厌旧?"

这都什么跟什么!苏沐暖拍了拍额头,她忘了,她还没告诉唐曦冰"专家"和"白茶花美人"是同一人呢!

正欲回复唐曦冰,沈凌城下班绕到她办公室,见她低头看消息,叩门问:"还没下班?要不要一起去吃饭?"

于是,两个人吃饭,变成三个人聚餐。

唐曦冰捧着苏沐暖的手机看点茶的照片,听她讲点茶经过,后悔没跟她一起去看看。碍于沈凌城在，唐曦冰虽然吃惊"专家"就是"美人"，还是忍住了八卦，只意味深长地感叹一句："也对，一个山上不可能有那么多青年才俊！"

沈凌城翻看着苏沐暖给他的资料，快速浏览顾西凉和实验室的介绍："人是曦冰介绍的？"

苏沐暖："曦冰托他师兄找的，茶和检测茶的是同一个人。你不放心？"

沈凌城摇头，只是觉得好像苏沐暖提起这个人时态度分外不同了些，或许是他太敏感，至少从资料上看不出任何问题。他合上资料："你挑选的人肯定没问题，实验室和茶园也都达到了和苏氏合作的标准。不过保险起见，提交董事会前，最好再找别的实验室验证一遍。"

苏沐暖点头道："嗯，顾西凉介绍了其他四五家实验室给我，他会准备好茶样、鲜叶和土壤之类的材料给我们送去检验。"

沈凌城点头、下意识又想起那天见到顾西凉时对方给他留下的印象，文质彬彬、儒雅安静，有很浓的文人书卷气。明明应该是个很好的合作伙伴，他却莫名生出些不安。他端起水杯喝一口，他在怕对方不只是个合作伙伴吗？如果对方想骗苏沐暖……接着又无声轻笑，除非苏沐暖自愿，否则十个顾西凉绑在一起，怕也骗不了她！如果自愿……他按下胡思乱想，托着下巴安静地听苏沐暖和唐曦冰聊酒和八卦。苏沐暖哪有对感情开窍的样子？大概又是他庸人自扰。

将苏沐暖和唐曦冰送到苏沐暖公寓，沈凌城目送她们上楼才驱车离开。

没了沈凌城，唐曦冰终于忍不住问："沐沐，你是不是看上顾西凉了？"

苏沐暖换鞋的动作僵住，问："这么明显？"

"一般，"唐曦冰靠在玄关入口，抱胸冷淡道，"不过是非常、特别、相当明显。"

苏沐暖："……"

"也没什么不好的，能遇到让人心动的人是值得高兴的事。"唐曦冰拍拍苏沐暖，径直进了苏沐暖家的客厅，熟络地走向客厅角落的冰箱，从里面拿出冰块和酒，"罗伯特·斯滕伯格认为完美的爱情是个三角形，亲密、承诺、激情各占一边，亲密加承诺叫相伴之爱，亲密加激情叫浪漫之爱，激情和承诺叫愚昧之爱，没有激情不成浪漫，你最缺的就是浪漫。"

苏沐暖："……"

唐曦冰道："人一辈子也遇不到几个心动的，不要错过！"

好像哪里不对，好像又有点道理。苏沐暖一下午又一晚上的焦躁，在唐曦冰一番话后，奇妙地散了。

苏沐暖正欲再问，唐曦冰手机上忽然弹出一条消息："**周五我们公司参投的电影首映，要看吗？**"

唐曦冰挑眉，飞速回了句："好，给我留张票，不见不散。"

苏沐暖："你的调研还没结束？"

唐曦冰道："样本当然是越多越好。"

苏沐暖问："没有一个真正心动的？"

唐曦冰将一杯酒递给苏沐暖："男人哪有你可爱！来，喝酒。"

苏沐暖："我明天还要上班的……"

唐曦冰用不容拒绝的口吻道："现在要陪我！"

*

同一时间，陆之鹄端着夜宵进入顾西凉的茶室中，在顾西凉一旁坐下："在查什么？点茶？要去看点茶？"

顾西凉："嗯，预约一下。"

陆之鹄问："需要我陪同吗？"

顾西凉摇头："不用了，我带苏沐暖去。"

陆之鹄笑得暧昧："哦，带苏小姐呀！用不用我教你怎么和女孩聊天？"

顾西凉转回头，视线从陆之鹄脸上转到电脑屏幕，开始看论文："你不是为了躲女孩才跑来山上的吗？"

陆之鹄懒洋洋道："她想和我结婚，而我没那个想法，又不好伤她心，只好借你这儿暂时躲躲，等她冷静后再去解释。"

顾西凉盯着他，纳闷道："你交往过那么多女孩子，你对哪个才是认真的？"

陆之鹄笑起来："当然每个都是认真的。"

顾西凉自动翻译："那就是没有一个是认真的。"

陆之鹄也不否认："不过，最近我遇到一个特别的，她到现在还没正眼瞧过我。"

"……"顾西凉不懂，他大为吃惊，于是他感慨道，"终于有个火眼金睛的姑娘！"

陆之鹄依旧自信满满："时间问题，我会让她记住我。两个人的关系,就像游戏,有的人一开始觉得不合适,但能过一辈子;有的人怎么看都合适,但就是过不下去。这种游戏,只有参与才有意思,不过最后赢家一定是我!"

顾西凉淡漠道:"人和人相处怎么会是游戏?和朋友相处都要真心相待,何况是对喜欢的人?你这样朝三暮四,是不会有人真的喜欢你的!"

陆之鹄:"你什么时候又进修哲学了?"

顾西凉:"总之,人要对自己的感情和行为负责!这样下去,你不会有女朋友的!"

"……"陆之鹄难得被噎,忍不住回怼他这脾气甚好的朋友,"我一年换十个女朋友,你十年没有一个女朋友,你说我们俩谁更惨一点?"

顾西凉:"……"

都挺惨的!

*

只有惨的人才会和人比惨,顾西凉忙着实验室、忙着茶园,到了时间要忙着约苏沐暖去观摩点茶,唯独没空和陆之鹄比惨。他很快将陆之鹄的调侃抛之脑后,预约好了时间,询问苏沐暖是否有空。

苏沐暖意外收到邀请受宠若惊。她当顾西凉那天说带她去看点茶只是说说而已,不想这么快就要成行。

茶室在郊区深山里。山腰上悠然一座精致的茶室,下车需步行百米,还需在青石铺的步道行进,道旁草木丛生,让人油然升起"庭院深深深几许"的感慨。

入门时,有人提醒他们关掉所有电子设备,女士的包可以存放到外面储物箱内,等等。

苏沐暖看看顾西凉,将手机关机,塞进包里,一并递给提醒的人。既来之则安之,她放下手机轻装踏入茶室,也许因为有了不会有消息打扰的心理预设,她瞬时有种时间变慢的错觉。

进入茶室,里面处处透着考究,比林伯在市内的茶室更要宽敞优雅。典雅的布局,与自然山景浑然一体,屏风窗棂分隔视野,错落间已然移步换景。茶席前方,是整块的落地窗,窗外是满目山景,偶有鸟鸣,坐在木椅或蒲团上,看窗外飞鸟经过,风动树叶,透出一种东方审美意蕴。除了他们,茶室内已有几人,他们零散地在窗附近,有的低声闲谈,有的闭目打坐。其中,仅有的两个年轻人甚至穿了一身简单的宋制汉服。

顾西凉带苏沐暖在空位坐下。

茶席上每人面前放着黑色的兔毫茶盏。

苏沐暖低声问:"你怎么知道这个地方?"

顾西凉道:"别人介绍的。"

苏沐暖望着窗外山景,今天天气有阴云,山中有湿漉漉的雾气,她心想要是下雨了一定更加漂亮。

10点左右,点茶师傅到了,由他讲解,由一名身着汉服的茶艺师来点茶。因有新来者,师傅将点茶的历史、工具、文化,依次娓娓道来。

"宋徽宗时,采择之精,制作之工,品第之胜,烹点之妙,都已到达顶峰,宋徽宗更是写了《大观茶论》,创七汤点茶法流传至今。今天,我们就以七汤点茶法来点茶。"

为尽可能复原宋代点茶,茶室用的是建瓯凤凰山茶,仿制宋代北苑贡茶,做小龙团茶饼,茶碾也是银制茶碾,尽显奢华。炙茶、碾茶、罗茶、候汤、建盏、点茶。即便已经在顾西凉的茶室见过一遍,当身着汉服的女茶艺师素手点茶时,苏沐暖依旧被深深吸引。

"碾必力而速,不欲久,恐铁之害色。罗必轻而平,不厌数,庶已细青不耗。惟再罗则入汤轻泛,粥面光凝,尽茶之色。"

苏沐暖看着女茶艺师将炙热的茶团在银碾内快速碾粉,再以罗筛一遍遍筛茶粉,不由得看向顾西凉。顾西凉一半心思看点茶,一半心思看她,苏沐暖转头他就注意到了。顾西凉看看别人并没注意,悄悄凑近苏沐暖,苏沐暖在他耳边嘀咕:"我想起你那个小石磨了。"

顾西凉莞尔。

为了体验宋人的闲情雅趣,这里并没偷懒用磨,而是靠手工碾茶,为保茶色,需快速碾茶,为要茶粉轻细,必须多次的筛茶。几遍过后,轻如烟雾的茶粉便可放入热过的茶盏开始点茶。

"量茶受汤,调如融胶。"

"一汤,环注盏畔,勿使侵茶。势不欲猛,先须搅动茶膏,渐加击拂,手轻筅重,指绕腕旋,上下透彻,如酵蘖之起面。疏星皎月,灿然而生。"

"第二汤自茶面注之,周回一线。急注急上,茶面不动,击指既力,色泽渐开,珠玑磊落。"

"三汤多置。如前击拂,渐贵轻匀,周环旋复,表里洞彻,粟文蟹眼，泛结杂起，茶之色十已得其六七。

"四汤尚啬。筅欲转稍宽而勿速，其清真华彩，既已焕发，云雾渐生。

"五汤乃可少纵，筅欲轻匀而透达。如发立未尽，则击以作之；发立已过，则拂以敛之。结浚霭，结凝雪。茶色尽矣。

"六汤以观立作，乳点勃储则以筅著，居缓绕拂动而已。

"七汤以分轻清重浊，相稀稠得中，可欲则止。乳雾汹涌，溢盏而起，周回旋而不动，谓之咬盏。"①

茶艺师将雪白的茶沫分给他们："请品。"

苏沐暖尝过，口感如同咬了轻到不能再轻的雪，只不过，这雪是温热的。茶艺师解说"香甘重滑"的茶方为上品，苏沐暖尝不出那么细微的层次来，只尝出新奇的味道。

品茶结束，苏沐暖没急着拿回手机，见别人或打坐参禅，或低声论道，她也拉着顾西凉找个窗角坐下："这里真舒服。"能让人把凡尘忘掉。

顾西凉笑起来："要学学吗？"

苏沐暖摇头，忘掉尘世当然好，可惜她身在尘世，没办法全然抛掉："太烦琐了，古人都这么喝茶吗？"

顾西凉摇头："据说只有宋徽宗才七汤点茶，即使蔡襄那样精于茶的大臣，也不会点水七次之多。朱元璋更是觉得点茶过于奢靡烦琐，所以明代废点茶之风，改为鼓励煎茶、泡茶了。"

苏沐暖深以为然："以后还是你点给我看好了。"

顾西凉笑应。

苏沐暖回忆着茶沫的味道："不过今天的茶好像没你点的苦，因为茶种不同吗？"

"不只是茶不同，工艺也不同。他们采的是惊蛰前后的茶芽，比明前茶更嫩、更早，制茶也仿宋代蒸青、压榨工艺，去过苦味的。"见苏沐暖疑惑，顾西凉举例道，"日本抹茶和宋代点茶一大区别，就是宋人做茶有'榨膏'的过程，日本抹茶讲究要尽可能少造成营养流失，因此味道很苦。但宋代的茶追求极致口感，为此不惜反复锤炼榨膏，反而不在乎成分流失。无聊吗？"

---

① 以上内容引自《大观茶论》。

"不,挺有趣的。"苏沐暖摇头,尤其顾西凉放低了声音后,只是说话声音就已经足够让人沉醉,她一语双关,"听上去很奢侈。"

顾西凉道:"是呀'龙团凤饼'名冠天下,现在几十万一公斤的茶与之相比都是天上地下。"

苏沐暖笑起来:"你似乎不太认同宋徽宗的茶。"

顾西凉笑起来:"点茶在他手中成了顶峰艺术,对茶的理解总结也登峰造极,我当然钦佩,只不过……"

苏沐暖道:"只不过很难不想后来的靖康之难?"

顾西凉点头。

苏沐暖道:"但错不在茶、不在画、不在书法、瘦金体和《大观茶论》《宣和画谱》在艺术上功不可没,没有他,也就没《清明上河图》《千里江山图》了,对吧?"

顾西凉笑着点头。

苏沐暖逗他:"茶的乐趣在于饮者,现在好茶那么多,点茶也已经不似当年那么奢侈了,重要的是修身养性、陶冶情操。看你点茶就很陶冶情操。"

顾西凉不禁失笑,心情变得轻松畅快:"好,以后我再点茶给你看。"

*

忙忙碌碌大半个月,苏氏和顾西凉实验室经几番协调沟通,送去其他实验室的测验结果也悉数出了结果,顾问合同过完全部流程,正式生效。又几轮沟通后,顾西凉又以顾问身份看到了更多苏氏茶饮品新项目资料,同意和苏氏签订长期采购合同。

周末,苏沐暖带着沈凌城来茶园参加奠基仪式,正式介绍他们认识。

苏沐暖道:"茶饮品项目的主要负责人就是我和沈董,还是正式介绍你们认识为好。"

沈凌城和顾西凉寒暄,看上去似乎都挺正常的,可不知是不是她的错觉,总觉得这两人没有那么友好。果然,奠基仪式结束,他们俩就谁都没理谁了,一点儿要深入交流的意思都没有。

苏沐暖趁着顾西凉被人叫走,小声问沈凌城:"你不舒服?"

沈凌城:"没有呀。"

苏沐暖:"那你今天是怎么了?冷冰冰的。"

沈凌城:"有吗?"

苏沐暖叮嘱他:"既然没有,来者是客,你对人家客气点儿。"
沈凌城:"你以前可不会注意这些。"
苏沐暖:"我一直可是很关心你的。"
苏沐暖见顾西凉和人说完话似乎是在找她,便拍拍沈凌城:"不舒服一会儿早点儿回家,这里没什么事了,难得周末你在长沙,去陪阿姨吧。"
沈凌城望着她远去的背影,心想她关心的真是他吗?
苏沐暖边走边捉摸,和顾西凉茶园对接的事,要么还是交给小颜吧,她平时闲着也方便。
顾西凉迎着她走来,意兴盎然地问她:"要看看炒茶吗?"
"炒茶?在这儿?"
顾西凉点头:"批量炒制都是由机器完成的,不过每年我们还会找炒茶师傅手工炒一些。今天炒茶师傅正好在,要看看吗?"
苏沐暖想了想下午的日程安排,又将和父母约好的聚餐时间推掉,反正回去不是陪李女士跳舞,就是和老苏钓鱼,要么就是被催相亲,还不如在茶园清静自在:"好!"她最近恶补了不少茶的各类资料,但纸上得来终觉浅,有实观的机会当然不能错过。

炒茶的师父是采茶员小丁的爷爷,老爷子已经七十多岁了,精神矍铄,杀青炒茶,手指跃动得快而柔,站在那儿浑身动静如画。新采的茶叶,在他手中快速地变成茶。只有休息时候,老爷子精神才会放松,人也看着比炒茶时和蔼得多。

苏沐暖请教了几个问题,老爷子都耐心地同她讲,解释得甚为细致。他兴致勃勃地观察苏沐暖,像是亲朋邻里看晚辈第一次带女朋友回家一样。饶是苏沐暖见惯了各种场面,被这么盯着也有些受不了,她推脱想去四处逛逛,老爷子生怕她无聊,给她出主意:"去采茶,让阿凉给你炒,他会炒,他炒比我给你炒喝着香。"

闻言,苏沐暖逃窜一般跑去找小丁要采茶的小筐。

苏沐暖挎着小篮子跟着顾西凉上山,跟小朋友春游似的,兴致勃勃:"顾老板,你会炒茶?你还有什么惊喜是我不知道的?一次说了吧。"

顾西凉也取了个小筐,带苏沐暖往山上清静处走:"古人云,茶之香,原不甚相远,惟焙者火候极难调耳。丁爷爷胡说的,我只是会炒,水平不到家,他炒的比我炒的香。"

苏沐暖被他逗得"扑哧"笑了:"顾西凉,你怎么这么呆?"

顾西凉呆呆地望着苏沐暖,不知他实话实说怎么就呆了,他好脾气地笑笑，呆就呆吧，他总不能骗她。

苏沐暖本没打算让顾西凉帮她炒茶的，拿了采茶的竹筐也只是装装样子，散散步而已，现在她却被激起了兴致，要准备采茶大干一场。下午不是采茶的最好时间，但好在今天太阳不大，采下的茶，水分不会被太阳烤干。

顾西凉站到苏沐暖身旁示范："用指尖掐断茶芽，不要用手指揉茶。"

"嗯，凡断芽必以甲不以指，以甲则速断不柔，以指则多湿易损，对吗？"

顾西凉笑道："对，你做了很多功课。"

苏沐暖以指尖举起一片茶，笑道："应该的，总不能在专家面前露怯。"

顾西凉轻笑。

"啊，别动。"苏沐暖看见他头上不知从哪儿沾上一片草叶，于是从茶丛中转过来，踮脚取走顾西凉头上的青草叶。

顾西凉从她托着草叶的手心看到她倒映着烂漫春光的眼睛，无声浅笑。

他们采了两小筐鲜茶拿回来，一路上被茶园员工远观取笑。苏沐暖不知道顾西凉听不到，只当他心态特别好，信步走在前面，淡定无比，不以为意。听到她笑，顾西凉疑惑地回头，下意识地将视线放到她脸上，生怕错过了她说话。

苏沐暖道："顾老板，我发现你还挺高冷的嘛！"

顾西凉又是一头问号，他和苏沐暖眼里看见的世界怎么这么不一样？

丁爷爷见他们回来了，朝他们扬扬头，自顾自地坐在一旁喝茶下棋，没有要搭手帮忙的意思。

顾西凉将衣袖挽高，站在炉子前试炒锅温度。

苏沐暖顿时产生了些割裂感。

纤尘不染、文质彬彬的研究员和汗流浃背挽着袖子的徒手铁锅炒茶工，怎么想都不该是同一个人，可顾西凉就这么穿着白衬衫，将鲜茶叶倒入锅中，开始炒青。

苏沐暖站在一旁，不一会儿就感到热浪来袭，不由得往后退了一点儿。她听见丁爷爷的笑声，于是问："这算是杀青吗？"

丁爷爷点头："对，杀青。"

"杀青还有蒸青和晒青的方式，对吗？"

丁爷爷再点头："绿茶，分蒸青、炒青、烘青和晒青，炒青用得多，咱们用炒青。"

"都要这样炒吗？"苏沐暖在锅上比画着。

丁爷爷道："蒸青不用，其他三种都要下锅。"

顾西凉低头盯着锅中的茶，仔细观察锅中茶叶的叶片卷曲变化，聚拢、抖开，均匀地翻炒。苏沐暖低头注意着他炒茶，每当他手伸向锅中，她人就紧张一下，生怕他会被热锅烫伤。

丁爷爷见她和自己搭话，眼睛却一直盯着顾西凉的手，揶揄道："烫不着。"

苏沐暖的脸颊顿时发烫，她轻咳一声掩饰尴尬，顾西凉闻声马上抬头看她。苏沐暖紧张道："小心手！"

顾西凉笑："没事。"

丁爷爷继续打趣："小姑娘来这儿坐，你不在那儿看着他准烫不着。"

顾西凉见苏沐暖脸色发红，以为她是热的，温声道："你离稍远点儿，有点热。"

苏沐暖"哦"一声，四处看看，搬了把椅子坐到顾西凉身旁。她还是想看看茶到底是怎么炒成的。

丁爷爷见状笑起来，他象棋也不下了，拽着正抓耳挠腮想棋该往哪儿走的小丁一道散步去，临走前，还故意大声告诉她，他今天都不回来了。

苏沐暖失笑，这老人家真有趣，但回头看顾西凉，顾西凉竟然一点儿反应都没有，还在认认真真全情投入地炒茶。苏沐暖索性将椅子拖近，托着下巴看他炒茶。与丁爷爷比，顾西凉的姿势算不上熟练，更谈不上多潇洒，但也许是他科研出身的缘故，即使炒茶，也不疾不徐，稳稳当当，有种特别的沉稳韵律。实验急不得，喝茶急不得，做茶更加急不得。

苏沐暖工作时候雷厉风行的性子被迫慢下来，跟着顾西凉一点点观察茶叶的变化。老苏同志带她钓鱼都没憋下来的急性子，坐在顾西凉身旁竟然就这么慢下了。炉火烤得人发热，苏沐暖却没有一点燥热感。

茶还没炒好，顾西凉先被烤出一头汗，苏沐暖眼见这汗珠从他额头聚到鼻尖，在他鼻尖悬挂着，亮晶晶的，闪着一旁的灯光。他全身心投入，任汗珠悬着，也不得空去擦。在汗珠就要掉下前，苏沐暖鬼使神差地伸手用袖口蹭向顾西凉鼻尖。

顾西凉刚刚抬起的手顿住，鼻尖已经没有要擦的汗珠。他抬头瞪大了眼睛呆愣愣地盯着苏沐暖,看见她也同样在发怔。他们就那么直直地盯着对方,不知该作何反应,什么反应才恰当。

苏沐暖闻到煳味,连忙回神道:"煳了!"

顾西凉连忙翻茶。

最后,这锅茶的确如顾西凉所说,远不如丁爷爷炒的好喝。

*

苏沐暖自己烧水泡茶,等水开、等茶凉,放松身心等被炒紧的茶泡开。一会儿,收紧的茶叶舒展开,将香味浸入水里。

等茶的时间,苏沐暖就坐在初见顾西凉时他坐的位置,从她那天看他的窗户向外看去。她看见从云后透出的日光照在树叶、草叶上,照出深浅斑驳的色彩,听见茶园有鸟声啾鸣。那些是她已经不知多少年都没注意的色彩和声音。

"我见《茶经》上记着蒸青工艺,那时候都是蒸青吗?"

"嗯,蒸青工艺是出现最早的杀青方式,唐宋普遍用的都是蒸青。蒸青比之炒青,不容易损坏茶叶里的叶绿素、氨基酸,颜色也比炒青的方式更绿一些,味道上会带些青气,口感上小众一些。"

"炒青口感更香浓吗?"

"炒制的时候,高温会破坏茶的多酚氧化酶活性,也能更有效地清除鲜叶的青草气,所以香味更浓郁一些。哪种好喝,就看品茶人各自的喜好了,不分高下。"

"哦。"苏沐暖捧着茶杯喝一口,果然,炒煳的茶焦香明显,回味有一点点苦,但不算难喝。

顾西凉有些赧然:"我拿一盒好的茶给你吧。"

"我要这个就行了。"那么两筐炒完,只有小小一盒,花了他们那么多时间采,又花了他那么多时间炒,就这么小小一盒。她将茶盒塞进背包,阻止顾西凉"毁尸灭迹"。

"虽然不是品质最好的明前茶,采摘时间也不是最佳时机,也没有大师傅帮我炒,"苏沐暖晃晃茶盒,笑容明媚而狡黠,"但这可是我人生中最珍贵、最特殊的茶,对我而言,这就是最好的,我会好好珍惜。"

顾西凉欲言又止,安安静静地注视着苏沐暖,看了许久许久,忽然笑了。

尽管苏沐暖说只要那盒,顾西凉依旧本着他一贯的实事求是的作风,从储藏柜选了品质最好的茶送给她,并委婉地告诉她,她宝贝的那罐残次品质量不行。苏沐暖依旧牢牢记着那个雨霁天青,他花苞初绽般的笑容。明明她夸他炒的茶好时,他自己也挺高兴的。

这人真是,一点儿都不诚恳!

5 登门考验

苏跖外出回公司,将跑车停到地下停车场,哼着小调上电梯,刚升到一楼,就遇到在等电梯的沈凌城。两人都没想到会遇到对方,一个多次拉拢,一个多次拒绝,表情都淡淡的,谁也不想搭理谁。苏跖本以为沈凌城见到他多少会尴尬,谁知道他竟然若无其事地上来了。苏跖顿时有点闹心,开始找茬儿:"你不是和苏沐暖一起去参加奠基仪式了吗?怎么,她自己回家陪我大伯过周末,不带你去?半道把你赶回来了?"

沈凌城表情变也不变,完全不受他挑拨:"苏沐暖在茶园。"

苏跖喷了一声:"她是看上那个茶园的小白脸了吧!女人就是容易被迷惑。"

沈凌城纠正:"她是在工作。"

"她今天不就是出席奠基吗?早就该结束了。"苏跖嗤笑一声,接着幸灾乐祸地用胳膊撞撞沈凌城,挤眉弄眼,"随便来个什么人她就抛弃你了,跟她混你能有什么前途,还不如跟着我。"

沈凌城依然神色不变,并不受他挑衅,而是问道:"为什么?在工作上你还远不如她!"他语气坦诚,论述事实,不带一点讽刺,反而更把苏跖气到想跳脚。

"我不如她?我那是让着她,我——"

"我到了,再见。"电梯停下,沈凌城没听苏跖狡辩,下电梯离开。

电梯关门后,苏跖气得在电梯里挥了趟空拳,挥完发现,他本来要去12层,电梯却已经到15层了,又赶忙按楼层键。

苏跖到了12层,出了电梯门刚刚转弯,迎面就撞上端茶的小颜,小颜托盘上的大半杯热茶水全洒在他身上,苏跖烫得直跳脚:"你怎么看路的!"

小颜连忙放下托盘抽纸巾给他擦。

苏跖想发火,挥起拳又收回去,咬牙恨恨道:"苏沐暖就是料定了我不跟女的发火,故意招一群女秘书!"

小颜:"……"说话就是拱火,她还是保持沉默吧。

苏跖擦擦身上的水渍,不耐烦道:"给我倒杯咖啡来。"

"苏副总,公司没咖啡,只有茶。"

"……"苏跖无语了,他刚被茶泼了,才不想喝茶!

"走,赶紧走,看见你我就想起苏沐暖,想起苏沐暖我就生气!"

小颜吐吐舌头,端着托盘赶紧溜。她就回公司取个快递,顺便上来处理份文件,谁知道这都能遇到苏跖……

苏跖回到办公室,边扇风吹干衣服,边想怎么整整苏沐暖,工作上对她毫无办法,那还不是苏沐暖仗着职位压他?他还不信了,还没人能治她苏沐暖!忽然,苏跖灵光一现,他不行,有人行呀!苏跖摸出手机,划开通讯录,翻到"伯母"的对话框上:"嘿嘿,等着苏沐暖,看我不找你妈安排死你!"

*

另一边,苏沐暖品完茶,又尝了茶园新做的小点心,就继续听顾西凉科普茶的历史故事。

山茶花已经开到最后一批,花朵将要落尽,傍晚的夕阳将白玉般的花瓣染成淡淡的橘色。苏沐暖一边拍照,一边不免有些惋惜:"'愿春暂留,春归如过翼,一去无迹'。这么好看的花,再过几天就落完了。"

顾西凉正要安慰她,苏沐暖已经又想起别的:"说来我小时候还采花做过标本,在树叶上写过诗、画过画呢,我觉得只要把花留下来,春天也就留住了。是不是很幼稚,你干过吗?"

顾西凉点头:"那些标本你还留着吗?"

苏沐暖摇头:"后来学习变忙,哪还有闲工夫做标本,早就忘了弄到哪儿去了。"

顾西凉脑海闪过年幼时苏沐暖将花压到书页里,信誓旦旦保证:"等我下次来,这些花就是标本啦!"但她后来再也没来。那些不许他偷看的诗,也没有再来翻。

顾西凉道:"喜欢哪些?我帮你做成标本吧。"

苏沐暖眨眼:"我只是随便一说……"

"不麻烦,现在有很多制作标本的方法,我工作需要,有时候也会做的。"

苏沐暖心动,正选着花,手机忽然响起来,来电显示"至尊大魔王"。她面色一僵,猜测八成是她又翘掉了家庭活动,李女士要发飙了。她指指一旁:"我接个电话。"随即便抓着电话往稍远处去接了。

李女士一开口,果然语气不善:"你和曦冰又去泡酒吧了?"

天地良心!谁胡说八道告黑状!

"你们偶尔去玩儿我不反对,可万一遇到坏人怎么办?"

*

酒吧中,唐曦冰重重地打了个喷嚏。她本是约了人在上次兼职的酒吧见面,可对方现在还没来。她转头擦鼻涕的时候,没注意坐在她一旁的人飞快地换了她的酒,接着给她杯中续酒,她没察觉,端起酒杯喝了一口。

对方压抑着笑,手肘和头又靠近唐曦冰一些,暧昧道:"一会儿换个地方玩儿?"

唐曦冰冷漠道:"有约。"她看看时间,再等十分钟,如果人还没来她就回家。

对方手覆到唐曦冰的手背上,声音越发黏腻:"被放鸽子了?我家就在附近,不如去我家休息,去酒店也行。"

唐曦冰嗤笑一声,拽回自己的手:"谢谢,我有家。"

唐曦冰站起身来,将那杯酒一饮而尽,去和调酒师打招呼。孰不知她一转身,那人就盯着她后背的蝴蝶骨笑得一脸贪婪狡诈。她眼神有些重影,摸摸额头,怀疑自己真是发烧了。

相熟的调酒师问:"我帮你叫车?"

客人点单正多,唐曦冰挥挥手示意他不用。她靠在酒吧外的小巷子口,点开手机叫车。酒吧街的霓虹灯一晃,她头晕得更厉害了。她今天早上只是有一点儿风寒，到晚上怎么会这么严重？唐曦冰意识到有点不对，看到从她一来就纠缠暗示她的客人时，她立马明白了。对方朝她走过来抓她的手臂，被她用力挥开，"啪"的一声将附近人的注意力全都吸引了过来："滚！"

那人脸上有些挂不住，见街上的酒客也朝他们看过来，那人马上一副哄女朋友的架势说："别闹了，走，跟我回家。"

街上的酒客只当他们是情侣喝多了闹别扭，多一事不如少一事。

唐曦冰觉得一阵阵地头疼，烦躁感如火翻腾上来，在那人又一次想抓她时，她的耐心告罄。

正在这时，她后方传来一道略熟悉的男声，威严且含着怒意，凛声喝道："放开她！"

伴随着那道声音，唐曦冰扔下包，一把抓住面前男人的衣襟："我最讨厌没品的渣男了！"

那人显然还没搞清状况，猛地被唐曦冰抓住前襟、拽住胳膊，紧接着"咚"一声，天旋地转，被唐曦冰一个过肩摔，狠狠摔到街角的垃圾桶旁。

街上顿时鸦雀无声。

匆匆跑过来的陆之鹄呆立一旁。她……她根本不需要帮忙！

唐曦冰拍拍手，从地上捡起包，一转身便看见呆呆站在一旁的陆之鹄。

哦，是他。难怪觉得声音有些熟。

陆之鹄跨过地上哀号的渣男，亦步亦趋跟着唐曦冰关心道："那是谁？需不需要我帮忙？"

"报警，或者帮我叫个车。"刚刚那一摔耗尽了她的力气，唐曦冰看似稳健地走着，意识已经有些模糊，"我要去趟医院……"

"医院？"听到医院陆之鹄皱了眉头。

不待他再问，唐曦冰的手忽然搭到他肩上，铿锵地命令道："洗胃！"随即栽倒。

陆之鹄连忙将她搂住："喂，Summer？"

唐曦冰已歪倒在他怀里，不省人事。

陆之鹄："……"

*

茶园里，苏沐暖挂掉电话，表情悲壮沉痛地走回来，顾西凉已经将几朵盛开的山茶花剪下来，放进铺了纱布的竹篮里。

"顾西凉。"

"打完了？标本晚上就能做了，要留下来吃晚饭吗？"

苏沐暖深吸一口气，沉声道："顾西凉，做我男朋友吧！"

顾西凉手中抱的花篮直直落到地上，他呆呆地重复道："男朋友？"

"嗯。"见顾西凉人都呆滞了，苏沐暖有些不知他愿意还是不愿意，挂电话时饱满的信心马上缩水一半。李女士不知受了谁的煽动，先是对她没空回家有空去泡吧一通批评，又开始催她找男朋友结婚的事。八成是苏跖！最近才老实了几天，又开始给她找麻烦，一定是给他工作安排少了！

李女士念叨着给她攒了多少相亲对象，谁谁是青年才俊，哪个哪个是行业精英……苏沐暖懒洋洋地应付着，耳边听着李女士喋喋不休，无意一瞥，看见顾西凉剪花的侧颜，鬼使神差地忽然说："一个都不见，我有男朋友了。"说完她才意识到她口不择言说了什么。

电话那边悠悠问："又是凌城？你不是说和他彻底没戏了？怎么又和好了？"

苏沐暖被噎："不是沈凌城！"

沈凌城的妈妈都瞒着他们跑去找她爸妈谈婚论嫁了，她还敢找沈凌城吗？她又不是真喜欢沈凌城！

哪知李女士根本不信，特别嘲讽地笑了一声："那你带回来给我看看呀！"

苏沐暖成功被挑衅到了："我一会儿就带他回去吃晚饭！"

挂了电话，苏沐暖一鼓作气来找顾西凉。说出口后，她自己反而有些不确定是因为被李女士的语气挑衅到，还是借着这个理由试探顾西凉。可顾西凉意外犹豫的反应着实有些打击到她，从小到大可从来都是她拒绝别人，难道这第一次告白就要被拒吗？

"应付我妈催婚，伪装一下我男朋友，吃一顿饭就行了。我原本都是拉我发小的，不过他妈妈是真想让他结婚了，我就不好再耽误他。"苏沐暖马上给自己找了个台阶下，接着尴尬地呵呵笑着，给自己找足借口，"你家也催婚吧？我妈恨不得把我所有时间都安排上相亲……你如果不方便也没关系，哈哈。"她碎碎念着，笑得有些心虚。

"伪装男朋友……"顾西凉喃喃自语。他刚刚有些躁动的心又沉寂下去。他的心就像一口井，里面藏着一只被封印的妖怪，从来只能在水下偷窥井口上方小小的一片蔚蓝。苏沐暖的话犹如饵料，撬开了封印的缝隙，蛊惑着妖怪探出触角。他才感到一阵意料之外的风吹进来，又被"伪装"重新按回水下，蜷缩在幽暗角落。

"好呀，我做你男朋友。"哪怕伪装的也好。

"嗯？可以吗？"

"嗯，你不介意我配不上你就好。"

苏沐暖怔了怔，笑容绽开，她拍拍顾西凉胸口："这么帅，拿出点儿自信来！放心，我妈肯定会喜欢你的。"

顾西凉笑笑，一点儿都没被安慰到，他拎起篮子大步往茶室走："我去换件衣服。"

苏沐暖不可思议地看他，怎么走路好像都比以往僵硬了？

见家长谁都会胆怯，哪怕是假的也不例外。

苏沐暖坐在茶室等他，顾西凉的卧室在茶室内侧，她已经百无聊赖地等了二十多分钟，顾西凉还没出来。难不成男的也会像女孩一样对着衣柜发愁吗？苏沐暖不禁开始脑补起顾西凉纠结的样子。她正想得有趣，就看见顾西凉换了一身烟灰色英伦风西装，手里捧着两个盒子出来了，好像还整理了头发。平日的顾西凉已经很夺目了，今天更加耀眼。

苏沐暖往他腿上多看了几眼才转到他手中的礼物上："带两盒茶过去就行了。"

"不行，我就是种茶的，第一次见面只带茶去太失礼了。"虽然这么说，顾西凉还是准备了两份最贵的茶，亲自包进礼盒。

"那两个盒子里是什么？"

"一对镯子，还有一个空盒子，要装酒。你爸爸爱喝酒吗？"

苏沐暖点头："还行。"

"那我们去趟实验室。"

"实验室？"

"嗯，我爸怕储藏不好，酒都藏在我实验室。"

苏沐暖叹为观止。

路上苏沐暖见顾西凉在副驾驶位坐得笔直，整个人都绷得紧紧的，忍不住想逗他："顾顾问，紧张呀？"

"啊！比汇报演讲还紧张！"

苏沐暖忍俊不禁："有那么恐怖吗？我爸妈都是普通人，很好相处的。你见我这个正牌甲方不紧张，见我爸妈紧张？"

顾西凉摇摇头:"不一样。"
"有什么不一样?"
"他们是你父母。"
苏沐暖猛地顿住,一时有些失语。怎么搞得像认真的见家长似的?
"顾西凉。"
"嗯?"
"我们商量下称呼吧!"
顾西凉正襟危坐,点头。
"你父母朋友怎么叫你,阿凉?"
"嗯,你呢?"
"沐暖,或者沐沐。"
"沐暖,沐沐。"顾西凉重复道,声音软软的。
"嗯。"苏沐暖握紧了方向盘,心道他的声音真好听啊……

＊

苏家。

因为苏沐暖说要带男朋友回来,苏恪仁正嘱咐厨房阿姨赶紧多做几道菜。

李婉穿着一身旗袍改良的连衣裙,端庄又不过分正式。她坐在客厅淡定喝茶:"别瞎忙了,你那宝贝闺女你还不知道?一会儿就带着凌城回来糊弄我了。让阿姨菜做淡点,凌城口轻。"

苏恪仁和收拾客厅的阿姨对视一眼,沉默不语。苏恪仁只敢在心里偷偷吐槽,你要真不在乎干吗挂了电话就去换了衣服,还让阿姨打扫收拾?

李婉注意到他表情,能将他的心思猜个七七八八,马上羞恼道:"你看我是什么眼神?"

苏恪仁讪笑,连忙坐到她身边陪她干等。

"苏沐暖尽跟我打马虎眼,也不说是谁。"李婉放下茶杯自己嘟囔,她摸摸头发,又问苏恪仁,"我今天这发型行吗?"

苏恪仁赶紧竖起拇指:"好看,还是咱们家第一朵鲜花,闺女都比不了你三分。"

"没正形。"李婉白他一眼,眼角、嘴角却带着笑意,她从茶几的抽屉里抽出一个纸袋坐到苏恪仁旁边,里面鼓鼓囊囊装满了相片,"一会儿给你闺女看看,让她选几个明天见面。这次你可不能再袒护她打哈哈了,老大不小了,一点儿都不开窍!"

"还看什么呀,凌城不是挺好的吗?"

"凌城是好,你闺女喜欢吗?"李婉声音拔高。

"怎么就不喜欢了?"

"怎么不喜欢?你是傻还是瞎呀?她从大学就拿凌城装男朋友应付我,每次问都是凌城,凌城妈妈就来打听了一下,我一提,她就说和凌城不可能了。她喜欢凌城?亏你也信!她要是喜欢凌城,我现在外孙子都抱上了。"

"孩子们不急,你让他们自己处嘛,顺其自然,说不定哪天假着假着就真了呢!"

"真什么!我生的我不知道?她和我一样是一见钟情类型的,从小玩到大都没擦出一星半点的火花能真什么?你就做梦吧!我不管啊,这次你必须站在我这边让她相亲!"

"对!伯母说得对!"正说着,苏跖跟着父母也到了,他跟苏恪仁、李婉打过招呼,坐到了李婉一侧的沙发,拿起桌上那一沓照片挑起来,"结婚是大事,苏沐暖是到了该谈男朋友的年纪了。"

四位家长顿时有些看不懂了,怎么苏跖今天也关心起这个了?

戴静竹凉凉道:"你自己还没女朋友,别瞎捣乱!"

"我不急,苏沐暖是总经理,她婚姻稳定,对公司发展有益。"苏跖抽出一张照片给李婉看,"伯母,这个人,辉信的副总裁,我见过,一表人才。"

李婉皱眉:"不行,听说是个花花公子。"

苏跖又拿起一张:"这个,易行的总经理,人品很好。"

李婉摇头:"年纪太大。"

"这个呢?丰汇的继承人。"

"太小了。"

"这个?"

"太胖。"

"这个?"

"脾气不好。"

"这个?"

"学历不行。"

"这个"

"眼睛太小。"

"这个?"

"嘴唇太厚。"

"……"

"唉,这些都不行!"李婉叹气。

苏跖看着那一桌照片也无语了。苏沐暖找不到男朋友的原因他可算明白了!

戴静竹放下茶杯,问:"凌城不是挺好的吗?"

苏恪仁和苏恪信齐齐点头。

李婉叹气:"是不错,可沐沐不喜欢呀!"

"唉!"一屋子人叹气,只有苏跖狠狠松了口气,心说:那可太好了!

苏跖没忍住,吐槽道:"伯母,你这挑得也太细了,人哪有完美的?"

戴静竹和李婉眼神齐齐朝他扫过来。

戴静竹:"你妹妹又不是你,不能凑合。你挑得倒是不细,你有女朋友了?多大的人了,没一点儿定性,整天就知道胡闹!工作,做不好!女朋友,谈不成一个!你爸爸也不管不催的。"

苏家三个男人齐齐低头,苏恪信无端被殃及,瞪了儿子一眼,起身道:"我带了瓶酒,我去车上拿。"

苏跖也想溜,但他今天目的还没达成。不行!今天说什么也得鼓动伯母给苏沐暖安排相亲,然后求婚、结婚、蜜月、生孩子、坐月子……他就不信苏沐暖还有时间和精力在公司,到时候,公司还不是他的?他不能跑!苏跖又翻出几张照片:"伯母,我觉得还是应该选几个,给苏沐暖见面聊聊,照片可能失真,风评也可能是杜撰的,关键还是要见面看看合不合眼缘,这几个我觉得就不错。"

正说着,忽然听见院外传来车声。苏沐暖回来了。

"二叔。"苏沐暖清脆的声音传进来。

"沐暖回来了。"苏恪信声音也远远传来。

"叔叔好。"一道男声跟着传进来。

正往门口走的李婉和苏恪仁脚下猛地一顿,他们不大肯定地对视一眼。这声音怎么听着不像沈凌城呢?苏恪仁夫妻俩惊了,苏跖也惊了。紧接着就看见搬着礼物,落后苏沐暖半步的顾西凉。

苏恪仁和李婉谁也没想到苏沐暖不声不响真能带回个男朋友。苏跖更没想到,他敢给苏沐暖添堵,苏沐暖就敢把小白脸领回家!

李婉盯着顾西凉呆了好一会儿，将顾西凉上下打量了一遍，身高、身材、穿着、姿态、气质，最后目光停在他脸上，似乎懂了。她悄悄拉拉苏恪仁衣角，苏恪仁回过神来，连忙叫阿姨接东西，将顾西凉带到客厅。

李婉热情地招呼顾西凉进门，却把苏沐暖堵在后面，在她进门前飞速向苏沐暖扫过一个眼神，小声指责她："也不提前跟我说一声！"

苏沐暖无辜："我说了要带男朋友回来。"她刚要进门，又被故意等在那里的苏跖拦住。

"你又带个假男朋友骗伯母？"

苏沐暖停下，她进门看见二叔就知道，今天这事肯定少不了苏跖瞎掺和。她吸口气压了压火，笑盈盈地问："是你杜撰我整天和曦冰泡吧的？"

苏跖挂着一副揭穿她老底的畅快笑容："杜撰？可能是一不小心误会了。"

苏沐暖眨眨眼，一脚踩到苏跖脚背上，可惜她今天去茶园没穿高跟鞋！苏沐暖一边碾一边笑吟吟地道歉："哎呀，一不小心就踩到你了，疼吗？"

苏跖猛地缩脚，忍痛咬牙："你说呢？！"

苏沐暖："抱歉，抱歉，毕竟有些人总是站到我面前也没什么存在感。没看见，不好意思。"

苏跖："苏沐暖——"

"苏跖你又干什么呢！"客厅内，苏家家长和顾西凉温和寒暄，气氛是多么和谐，苏跖杀猪似的号叫简直破坏气氛！

苏跖和苏沐暖互瞪一眼，苏沐暖笑吟吟地进门，将一瘸一拐的苏跖甩在后面。

苏恪信看看顾西凉，再看走路东倒西歪的苏跖，又抑制不住地想教训儿子。他低声斥责："坐好，坐没坐相，站没站相，像什么样子！你脚怎么了？"

苏跖缩回脚："没事。"

苏恪信看看就知道怎么回事："踩你一脚能多疼？大呼小叫的让人笑话。"

苏沐暖听到二叔和苏跖的对话，回头朝苏跖笑得越发灿烂无辜。

苏跖手捏着膝盖，咬牙切齿。

苏恪仁和李婉没空注意苏沐暖、苏跖互掐，注意力都在顾西凉身上。看这孩子长得，眉清目秀、一表人才！看这谈吐，温文尔雅、彬彬有礼。李婉十分满意，几句过去，称呼已经从"小顾"变成"阿凉"。

李婉："阿凉现在在哪儿工作呢？"

顾西凉："在植物实验室上班。"

苏沐暖："不只是做科研，他在岳麓山有个规模很大的茶园，实验室就在茶园旁边，也是他自己的，参加过好多很厉害的工程。"

顾西凉闻声，转头看苏沐暖，只见苏沐暖凑到李婉旁边悄悄说小话："他是曦冰的学长，和曦冰他们学校也有好多合作。"

注意到顾西凉看她，苏沐暖俏皮地朝他眨了下眼。

李婉将他们俩的互动看在眼里，对苏沐暖这个"男朋友"信了八成。她和苏恪仁对视一眼，做学问、搞科研的，工作可以，脾气看着也挺好，这相处看来也是他迁就他们宝贝闺女的。

苏跖嗤之以鼻，编，继续编！

李婉又问顾西凉："你们是怎么认识的？"

不待苏沐暖和顾西凉回答，苏跖抢道："总共没认识几天。"

"嗯？"李婉诧异，怎么好像还有别的情况？

苏跖快速道："他的茶园就是和咱们家公司刚合作那个，今天苏沐暖还去茶园参加奠基仪式了，昨天还是合作商，今天就是男朋友了？呵呵，苏沐暖，不会是伯母催你找男朋友，你就随便拉个人回来骗我们吧？"

基于苏沐暖的前科，李婉和苏恪仁神情顿时就有些微妙。

苏沐暖朝苏跖笑道："我什么时候谈恋爱原来需要向堂哥你报备吗？"

苏跖心道：这就跳脚了？

苏跖问："不用，那你们算是工作认识的？谁追的谁？"

顾西凉和苏沐暖对视一眼，张口就道："我追她。"

苏沐暖低头，轻咳一声。

苏跖追问："哪天表白的？"

顾西凉："今天。"

今天？苏跖笑了，你怎么不说刚刚！

"你喜欢苏沐暖？"

"是。"

"喜欢她什么？"

顾西凉怔了怔。

苏跖不等他想明白,已经开始给他编选项:"漂亮、有钱、能力?还是因为她是甲方,你不能反抗?"

苏沐暖当即变了脸色:"苏、跖!你晚上不是约了人谈工作吗?"

"延期了。"他还要留下看戏呢,就不走!"哎,小顾,我宝贝妹妹第一次带男朋友回来,我不免好奇心重一些。你喜欢我们家沐暖什么?总不能是脾气好吧?"

苏沐暖想要去厨房拿刀了。苏跖无视父母的呵斥,和苏沐暖互瞪,她敢骗,就别怕拆穿!

不料顾西凉笑道:"脾气是一方面。"

苏跖都要听不下去了:"认真的?"

顾西凉点头,语气认真恳切:"嗯,当然是认真的!她真实坦荡、热烈如火,和我互补。你可能觉得她有些强势,但我觉得那是因为她坚定、有原则,她脾气是种很可爱的直率,我很喜欢。"

苏家人诡异地寂静了。

顾西凉面向苏跖,继续补刀:"我们相处时,沐沐很温柔。我想,她不是脾气不好,她只是不喜欢被质疑、挑衅,也可能只是和堂哥你气场不和。"

什么意思,都怨他找茬儿是吗?从小到大被欺负的是他苏跖!用得着别人说风凉话?还有,谁是你堂哥?苏跖怼道:"对家里人当然和外人不一样!"言下之意,苏沐暖的本性我们家里才知道,对你个外人当然要装一装的。

顾西凉含笑:"我是独生子,也没有同龄的亲戚,真羡慕你们这么好的兄妹感情。"

哪里好了!用得着你羡慕吗?苏跖转头向亲妈寻证明,可怎么他们家家长都很感动似的?苏跖握拳,等着!

吃饭时,顾西凉已经有了半个儿子的待遇,全家家长都给他夹菜,嘘寒问暖。谁同他说话,他都放下筷子认真听,在苏跖看来就是装乖。苏跖不断给他倒酒,灌他个半醉还怕你不说实话?

苏恪信怕儿子找茬儿而顾西凉又不好意思拒绝,问:"阿凉能喝酒吗?咱们家宴不讲究虚礼,能喝多少喝多少。"

顾西凉:"不要紧,我爸爸爱喝酒,我常和他喝,没喝醉过。"

苏跖:"……"

苏沐暖悄悄戳顾西凉，飞去一个眼神：真的？

顾西凉点头。

这下放心了，苏沐暖拿起酒瓶给苏跖狂倒："阿凉爸爸的酒都放在他实验室里呢。来，堂哥，兴致好就多喝点儿。"

"……"苏跖忍了，接着又喝掉半杯酒，继续找茬儿，"小顾你父母是做什么工作的？"

顾西凉："我爸爸是做文物修复工作的，我妈妈以前是音乐家。"

"哦，艺术世家呀！我们两家环境还挺不一样的，你和我们沐暖有共同爱好吗？"

"我爱好还挺广泛的，而且无论沐暖想做什么，我都可以陪着她。"

苏跖一阵恶寒，再看看桌上的女同志们，怎么越来越满意了……便道："我们沐暖一周工作六七天，从早忙到晚，没什么兴趣爱好。"

苏沐暖放下筷子眯眯眼横扫苏跖。

顾西凉道："她这么年轻就能挑起这么大一家公司，我很佩服。"

苏跖："……"

怎么连他爸和他大伯都点头了！

"你们天天见不着面也没关系？"

顾西凉道："我从小住在山上，父母经常出差，我认为距离不会影响感情。而且，现在我们在合作，因为工作，我们见面机会更多。"

苏跖手指烦躁地叩桌子。

李婉对顾西凉越看越满意，笑道："别光聊天了，吃饭。"

一场晚餐宾主尽欢。

苏跖故意刁难人，李婉他们也有意放任，借机看看顾西凉的性情。

阿姨端来汤，顾西凉顺手就将没小葱的一份儿给了苏沐暖，每次给苏沐暖夹菜，也都是苏沐暖爱吃的。苏沐暖不爱吃姜，但招待客人不放足调料味道不正，她便让阿姨按正常放，顾西凉没有一次给苏沐暖夹姜味儿重的菜。一顿饭他自己没吃多少，除了回话，大部分心思都在苏沐暖身上，别人说话他认认真真地听，回答完还总会看看苏沐暖。而苏沐暖只要对上顾西凉，即使前一秒还和苏跖赌气，下一秒马上就能笑。

李婉暗暗摇头，眼神的关切和下意识的反应是骗不了人的。苏沐暖对别人可不是这种反应。就算他们俩没到热恋程度，肯定也互有好感！

饭后，苏恪信一家很快提出告辞，戴静竹哪里看不出李婉和苏恪仁对顾西凉的满意，拉着一晚上尽捣乱的苏跖赶紧走人。

送走苏跖一家，苏恪仁叫阿姨泡了顾西凉带来的茶。李婉取出一套荣宝斋油烟漆盒墨锭送给顾西凉。

苏沐暖悄悄道："我爷爷收藏的。"

苏恪仁笑道："我们家这代和沐暖这代都没继承她爷爷的艺术细胞。听说你喜欢书画？"

顾西凉道："工作需要会画一点儿工笔，书法和水墨只学过一点皮毛。"

苏恪仁："没事练练，陶冶身心。"

顾西凉笑道："好。"

苏恪仁问："会钓鱼吗？"

顾西凉老实摇头。

苏恪仁兴致不减："走，叔叔教你。"

茶和茶点端到院子，苏恪仁拿着鱼竿兴致勃勃地教顾西凉钓鱼。

苏沐暖洗了水果刚要过去，却被李婉叫住："你爸和阿凉单独聊聊，你过来和我聊聊。"

苏沐暖于是将水果交给阿姨，被笑容满面的妈妈拉去单聊。

院子里，苏恪仁细细向顾西凉解说了一遍垂钓甩竿技巧，便将鱼竿递给他："来试试看。"

顾西凉按照苏恪仁刚刚演示过的方法，稳稳将鱼竿甩入池中。

"嗯，不错不错，第一杆，80分。"苏恪仁很满意，叫顾西凉一起在小椅子上坐下，"有悟性，比苏沐暖、苏跖都强，以后常来，钓钓鱼，修养身心。"

顾西凉笑应。

"阿凉是独生子？"

"嗯。"

"家里长辈都在吗？"

"父母都在，外公外婆都在国外，爷爷奶奶已经过世了。"

苏恪仁点点头："你父母对你找女朋友有什么要求吗？脾气呀，工作呀什么的？"

顾西凉摇摇头："合得来就好。"

苏恪仁笑笑点头，心想我就是怕你们合不来呀！

他斟酌片刻："我们家沐沐呀，她性格比较要强，工作也忙，一忙，生活上、脾气上，就容易急躁，你们相处呀，时间久了难免会有矛盾……"

顾西凉听懂了，忍笑连忙摇头："叔叔，我说喜欢她的脾气不是糊弄堂哥，我是认真的！"

苏恪仁看了他一会儿，见他真是认真的，笑起来："哦，挺好，挺好，哎呀，你们能处得来就好呀！我们家的情况，想必你也了解一些。苏沐暖他们兄妹俩也有家里的平台，在物质条件和工作环境上比一般年轻人优越一些。我们也希望给她足够的支持，让她放开手脚去拼搏闯荡。她那个身份，希望不要给你压力。我们父母的心都是一样的，只要你们相互合得来，我们都会支持。"

顾西凉怔了怔，郑重道："谢谢叔叔！我和沐暖都有信心兼顾好工作和生活，工作合作和生活交往也都是平等的。我知道职业女性要面临的压力比男性更大，也更需要亲人的支持，我会尽己所能帮助、照顾她。"

苏恪仁见他不卑不亢，语气诚恳，彬彬有礼，越看越高兴。他相信顾西凉家庭环境一定相当不错。苏沐暖不适合找一个与她一样争强好胜的人生活，也不能找一个性格软弱处处被她欺负的，交朋友、谈恋爱，都需要相互支撑得住，才能长远下去。

"我和你阿姨对你印象都很好，希望你们能顺顺利利走下去。"苏恪仁笑起来，他在鱼钩上挂上饵料，也将鱼竿甩进池塘里，"你不错，稳稳当当。你们做科研的是不是都跟你似的？"

顾西凉笑了："各种各样性格的人都有的。"

"也有急脾气？"

"挺多的。"

"那要是一直没成就不是挺受挫的？"

"失败是成功的必要过程，习惯就好了。"

"工作枯燥吗？"

"挺有趣的。"

"比钓鱼呢？"

"钓鱼也很有趣。"

苏恪仁的笑容越加爽朗。也许是新手运气好，最后顾西凉钓到的鱼竟然比苏恪仁还多。苏恪仁连连说有时间再带他去海钓。

*

苏沐暖送顾西凉出来，沿着河边散步到主路。晚风拂面，扫去一天的疲惫，令人倍感舒爽惬意。

苏沐暖负手慢行，夸道："表现不错，我爸妈对你都很满意。"

顾西凉笑道："叔叔阿姨很温和，也很好相处。"

"我就说我妈肯定喜欢你吧！"苏沐暖绕到他前面，和顾西凉面对面，倒退着走路，"想知道为什么吗？"

"为什么？"

"因为我妈和我一样，都是颜控。"

顾西凉怔了怔，哑然失笑。他想起小时候第一次见苏沐暖时，她牵着苏爷爷的手，隔着老远就死盯着他看，还问："爷爷我能自己玩吗？"

两个爷爷忙着讨论画，松开手她就一阵风一样跑到他面前说："你真好看，你也是来这儿玩的吗？我叫苏沐暖，你叫什么名字？"

那是顾西凉第一次听见声音。

他像是重新打开了世界的大门一样，第一次真正听到了声音，他满心不可置信。一个将他拒之门外的世界忽然打开了大门。"声"如疾风，呼啸而来，吹进他的耳中，吹乱了他的世界。

见顾西凉忽然发起呆，苏沐暖停下脚步，伸手在他眼前晃起来："想什么呢？这么投入？"

顾西凉摇摇头："没什么。"

"顾西凉……"苏沐暖面向他，倒退着走路，夜风从后方撩起了苏沐暖的长发。她走在他面前，盯着他看，似乎在思考什么，又像是在下定某种决心。

几缕发丝吹到顾西凉脸上，痒痒的，他笑着应一声："嗯？"

苏沐暖笑吟吟地问他："要和我约会吗？"

6 雨幕初吻

唐曦冰睁开眼睛，看到一片陌生的天花板。没有消毒水的味道，空气中有精油的芳香，绝对不可能是医院。她头痛欲裂，坐起来观察四周。

商务简约风的装饰风格，桌上只放了笔记本电脑和几本设计杂志。她掀开被子下床，除了鞋被脱掉了，头发有些乱，着装和晕倒前一样。窗帘拉着，她掀开一条缝隙往窗外看，楼下是繁华的夜景，她想此处应该是位于商业区附近的高档公寓。

唐曦冰紧绷的心放松了些。鞋和包就在床边，她拎起鞋和包赤脚走到卧室门口停顿片刻，没有听到任何声音，便拉开门走到客厅。

同样简洁风的客厅兼具办公作用，电脑桌和办公设备占了很大的空间，使客厅稍显凌乱。客厅内烟味儿还未散尽，似乎刚刚有人在。

唐曦冰在玄关穿鞋，这时，大门密码锁开锁的电子音响起来。陆之鹄拎着外卖开门回来，和唐曦冰撞个正着。气氛一时有些尴尬。陆之鹄打破沉默，像对相熟的老朋友一样，自然地询问她："醒了？有哪儿不舒服吗？我买了粥，要不要喝一点？"

唐曦冰直起身："说明下情况？"

陆之鹄好脾气道："你的包里没有身份证件，我甚至连你名字都不知道。"

"所以就从医院变成……"唐曦冰回头看看，"你家？"

"我找了做医生的朋友来检查过，你喝下去的是安眠药，大约两个小时就会醒，没到要洗胃的程度，但对胃不好。"陆之鹄晃晃另外一只手里的购物袋，里面装着几盒药，"饭后半小时。"

唐曦冰盯着他手里的粥和药不置可否。

陆之鹄换了鞋，拎着粥和药进来："或者有其他想吃的吗？我去做或者买。"

唐曦冰放下鞋，转身跟陆之鹄回了客厅，用手机点开扫码界面，准备付款："多少钱？"

陆之鹄笑着打开手机二维码，却是添加好友而非收款的界面："加个好友？"

唐曦冰盯着他看了一会儿，笑起来收回手机从付款扫描，变成她自己的二维码，陆之鹄马上扫了她。在微信上看到"陆之鹄"请求添加好友时，她依旧觉得微妙。

陆之鹄殷勤地给唐曦冰打开外卖盒，拉开椅子说："招牌皮蛋瘦肉粥和香浓八宝粥，一咸一甜，喜欢哪个？"

两份粥热气腾腾地冒着白气，还有一份晶莹透明的虾饺和清炒时蔬，都是好消化又清淡可口的食物。在食物的香味刺激下，唐曦冰对陆之鹄的好感度又上升了一些。她顺势在椅子上坐下，拿勺子搅动皮蛋瘦肉粥道："那个人渣呢？"

陆之鹄掰开筷子递给她："已经交给警察了。你是咸党？"

唐曦冰正欲说话，忽然听到密码锁开锁的声音。她和陆之鹄同时一怔，齐齐望向玄关。接着，陆之鹄家的玄关便被自外而内地打开。

"陆之鹄——"开门者人未至声先到，年轻女性带着哭腔的声音从玄关传进来。

唐曦冰刚刚放到嘴边的勺子刹了车，只见一个年轻女郎跟跟跄跄地跌进客厅。

陆之鹄："韩畅？"

韩畅扑进陆之鹄怀里，红扑扑的脸上泪眼汪汪的："陆之鹄！"

冲天的酒味从她身上飘散出来，陆之鹄躲开韩畅的脸，搀着她防止她摔倒，不禁嫌弃道："你这是喝了多少？"

"你是不是嫌弃我？"韩畅撑着陆之鹄的手臂稍稍站直，盯着陆之鹄看了看，紧接着她高声道："人渣！"手上的包摔到陆之鹄身上，随后"啪嗒"一声掉到木地板上，发出"咚"的一声。

陆之鹄："……"

化妆品滚了一地，唐曦冰不经意从里面看见了安全套的包装盒。

不待陆之鹄将包捡起来，韩畅又"哇"一声扑到陆之鹄怀里放声号啕，委屈得让人难以招架："我好难受，我要睡觉！"

陆之鹄一阵头大："好好好，你先睡觉。"

唐曦冰放下勺子站起来："我先走了。"

"啊？我送你。"陆之鹄搀着韩畅，可韩畅连站起来都困难。

唐曦冰："不用了。"

韩畅："我想吐。"

陆之鹄忙喊："不许吐！"

唐曦冰："你们忙。"

韩畅："卫生间！"

陆之鹄顾得上这个顾不上那个，左右为难地看看唐曦冰和韩畅。韩畅自发地往卫生间挪，见韩畅捂着嘴真是要吐，陆之鹄只好拖着韩畅赶紧去卫生间："等我5分钟，马上——"

韩畅："我忍不住了——唔……"

陆之鹄："忍住！"

唐曦冰换好鞋，在玄关和他道别："再见！"

陆之鹄将韩畅扶进卫生间，回头朝唐曦冰急急忙忙道别："抱歉，招待不周，改天我们……"

"嘭！"唐曦冰已然关上大门。

陆之鹄："……"走得这么果决无情吗？

韩畅难受的呕吐声响起，陆之鹄顾不上其他，只得帮她拍背递水。好一通忙活后，才将韩畅扶进卧室，让她躺到床上。

陆之鹄脱掉韩畅的高跟鞋，无奈道："又和表姐夫闹分手了？"

韩畅有气无力道："别和我提那个人渣！"

陆之鹄无语摇头，到厨房去给她冲蜂蜜水，路过客厅帮韩畅捡包时，看见里面的东西后，脑海里忽然闪过唐曦冰离开时略显嫌恶的表情。

"啊……"陆之鹄头疼扶额,不会被误会了吧?!他放下水杯,连忙拿手机在微信找唐曦冰的头像。

几分钟前唐曦冰刚刚给他发了两个红包,附言"**谢谢,医药费**"。陆之鹄稍稍松口气,边打字边忍不住朝卧室内的韩畅喊:"你包里装的这都是什么?酒量不好就少喝点儿,大姨知道又该骂你了!"

韩畅有气无力地威胁他:"不许告诉我妈!"

陆之鹄懒得理她,韩畅和她男朋友三天两头斗嘴吵架,每次委屈喝醉没地方去就往他这儿躲。他倒是不介意收留韩畅,但要是被唐曦冰误会就麻烦了。他急忙将解释发过去:"不好意思,原本想好好招待你的,没想到我表姐突然来了,下次一起喝一杯?我知道家不错的慢酒吧。"

陆之鹄输完字,发送,消息秒回而来:"对方开启了好友验证,需要发送验证,添加为朋友之后才能进行聊天。"

"……"陆之鹄抿唇握拳,扔下手机。这删得是不是太快了?罪犯还有申请减刑的机会呢!

*

就在陆之鹄被消息弄得怀疑人生时,顾西凉正在城市另一端,惊于苏沐暖的约会邀请。

"我是说,很久没有去岳麓山散步了,你如果有时间,介意带我逛逛吗?"苏沐暖意识到她说得似乎有些太急太快了,马上挽回解释。

顾西凉点头:"好。"

"那……"

"明天?"

"嗯,明天见。"苏沐暖和顾西凉挥手道别。

回家途中,她嘴角一直是翘着的。

到家后苏沐暖上了楼,阿姨问她要不要喝茶,她边上楼边回绝。

李婉和苏恪仁看在眼里,直摇头。当事人没聊天的打算,他们两个陪聊的也没等着的必要,回屋休息去喽。

苏沐暖打开衣柜挑明天要穿的衣服。她常住在公寓,家里放的几乎都是为了工作准备的西服、礼服,不然就是居家服,没有适合约会爬山的。苏沐暖看看时间,将取出来的衣服又塞回柜子,关上柜门跑下楼。

李婉正在客厅浇花,见苏沐暖又跑下来问:"怎么了?"

苏沐暖:"我回公寓了。"

"这么晚了你回去?"

"有点事。"苏沐暖跑过去抱了抱李婉,便拎着车钥匙往外跑。

"叫司机送你。"

"知道了。"

苏恪仁听到动静从卧室出来时,苏沐暖人已经不见了,纳闷道:"她干吗去了? 莽莽撞撞的。"

李婉抱胸哼一声,高深莫测道:"这叫青春的活力。"

*

纠结了好一阵儿,苏沐暖最终选了浅绿色的连衣长裙、平底小白鞋、米色拉菲草草帽、奶白色的小手包。她对着化妆镜左右照照,自行吐槽:"像个少女似的。"

她少女时期沉迷碾压苏跖的时候都没这么琢磨过该穿什么。

*

苏沐暖将车停到停车场,走到景区门口时,顾西凉已经买好票在入口等着了。他今天穿了身休闲装,安安静静地站在那儿,在人来人往的入口成了一道风景,路过的人都忍不住放慢脚步偷瞧。他旁若无人似的站着,硬是显出种气定神闲的风度,更吸引小姑娘了。他抬腕看时间,往行人方向张望,忽然笑起来招手。

苏沐暖附近的小姑娘们蓦地都驻了足,相互打量着。苏沐暖就在别人的瞩目中,脚步轻快地朝顾西凉走去,心里生出种幼稚的愉悦感——看,别人都悄悄盯着的人在等我呢。

"久等了。"

"我也刚到。"顾西凉打量她的打扮,夸道,"很漂亮。"

苏沐暖虚荣的小触角又活跃了一点儿。

他们排队去坐登山索道,虽然昨晚说要散步,但两人都默契地忽视掉了。双人吊椅索道的护栏从上方扣下,双脚悬空或踩在脚蹬上,开启后,乘客 360 度直观地接触大自然,四周能接触到的就只有同伴和风,比封闭的吊篮更加刺激。

工作人员扣好护栏后,顾西凉又检查了一遍安全装置。苏沐暖倒是不怕,但有这么个认真靠谱的同伴,尤为省心,她笑问:"安全吗?"

"安全的。"

索道滑动,两侧的树木在晨雾中越显苍翠,远处白雾茫茫,像蒙上了森系的滤镜。苏沐暖在空中深呼吸，享受着山色中清新湿润的空气。经过中间的索道支架时，一直平稳的索道忽然晃了一下，苏沐暖连忙抓紧护栏，却碰到了顾西凉手指，心悸渐渐地消失。

"看那儿。"顾西凉指向她那侧的树冠。

苏沐暖转头，看到一只白鹭停在上面，长喙埋在翅膀下梳理羽毛。她都没注意到，顾西凉竟然看见了？她回头，看看顾西凉，又转头看白鹭。游客们也呼喊着拿手机拍照。

长颈的白鹭抬起头，高冷地盯着滑动的缆车，忽然振翅飞起，从他们头顶飞过，飞到顾西凉一侧，渐渐从视野中消失。

苏沐暖视线追着白鹭，却看见了顾西凉的侧脸。她忽然明白了，刚刚正是因为他一直看着她，所以才看到了比她更远处的白鹭。

在缆车晃动间，苏沐暖的指尖再次挨上顾西凉的，一触即离，再悄悄靠近。以往也不是没有出门旅游过，从小也多次来过岳麓山，她以前从不觉得岳麓山的树像今天一样漂亮。

是一片树，是绿色的河，是墨绿的雾。

苏沐暖再次偷偷看向顾西凉，同样的景色和不同的人看，看到的是不同的。顾西凉先下缆车，苏沐暖扶着他伸来的手臂跳下，意犹未尽。

"挺好玩的。"

"嗯。"

苏沐暖松开手，小指勾着顾西凉的衣袖，两人没说话，随着从缆车上下来的游客往前走。

天气晴朗时，从观景台可以俯瞰橘子洲头和长沙市貌，今天云雾很大，放眼望去远处一片雾气蒙蒙，但依旧挡不住游客的热情。

苏沐暖拍了张风景，重新勾起顾西凉袖口道："雾失楼台，'日'迷津渡。说不好会下雨。"

顾西凉道："不要紧，我带了伞。"

苏沐暖看看他后背的书包，好奇道："你还带什么了？"

"水果、点心、豆干、纸巾、雨伞、钱包，还有你家的果汁。"

苏沐暖"扑哧"笑出声："我的天，顾问先生，我们家李女士见你都要佩服。"

顾西凉笑道："我没带茶叶蛋和火腿肠。"

苏沐暖笑得更开怀："很懂嘛！"

他们跟着人流爬山，看见有人在山顶地标点拍照。

苏沐暖拍了张风景，问顾西凉："要不要拍？"

"我帮你拍。"

"不要。"

苏沐暖朝刚刚拍完的女游客走去："你好，能麻烦你帮我们拍张照吗？"

"没问题。"

苏沐暖将手机交给女游客，拉着呆滞的顾西凉一起站到"300.8"的标志台下，在女游客喊"要拍了"前，她往顾西凉那边挪了半步，手肘不小心撞到了顾西凉，在他看她时若无其事一笑。

"顾顾问，我发现你很上镜嘛。"苏沐暖翻着手机中的连拍，拍照技术十分好的游客按了连拍，把她的小动作和他们俩的对视全拍了进去。顾西凉先呆、后惊，最后低头笑全部囊括进她相册里。苏沐暖有点懂为什么情侣旅游走哪儿都要拍照了。她低头翻手机，余光忽然看见一片红色———一面墙的爱心锁。刚刚帮他们拍照的女游客正和男朋友在红心卡上写字。

"你们要写吗？那边有卖许愿牌的。"

苏沐暖和顾西凉对视一眼，齐齐摇头。

"有点幼稚。"苏沐暖低声道，但忍不住走过去看别人写了什么，她翻看着，看到一张翻出来给顾西凉看，"也有人许愿健康长寿嘛。"

顾西凉点点头，在苏沐暖继续翻的时候朝旁边的小店走去。

"这儿还有许愿一起考同一所大学的……"苏沐暖转头，看见顾西凉拿着爱心锁朝她走来。

顾西凉将笔递给她："要写什么？"

到底是拉不下那份矜持，苏沐暖决绝摇头："不要，太幼稚了！"

"那……"

"买都买了，"苏沐暖将心形的卡片取下来，只将锁子锁到墙上，"就这样！"她顺手将心形卡片塞进手包，一副大功告成的模样，拉着顾西凉继续走，"前面就是观景长廊了吧……"好像多看一眼锁子就会追来咬人似的。

顾西凉回头看着爱心墙，含笑跟着她继续往前走。

"顾顾问，你就住在岳麓山，以前没来许个愿什么的？"

"我也很少来景区。"

"那这次多亏我了。"

"多亏你。"

"景色真好!"

"嗯。"

苏沐暖漫步在古意盎然、景色幽深的长廊,心想要是和苏跖一起来,一定会觉得全是树有什么好看的,而和顾西凉一起,就觉得仿古的长廊也诗情画意了。一定是顾顾问足够诗情画意,把景色也感染了!电视塔、禹王碑、黄兴墓、云麓宫、穿石坡湖……逛完外环他们决定到白鹤泉看看。传说有一对仙鹤常飞到这儿,因此起名白鹤泉。白鹤泉为"麓山第一芳涧",泉水从石罅中溢出,冬夏不涸,清冽甘甜,和岳麓山茶是绝配。旁边就有茶室,顾西凉带苏沐暖到茶室休息。

苏沐暖好奇:"这儿有你家的茶吗?"

"有。"

苏沐暖笑道:"我要是早来这儿喝茶也许早就认识你了。"

喝完茶,他们继续往麓山寺逛。从麓山寺出来,天上的云越加多了。

顾西凉问:"要出去吗?"

"去爱晚亭看看吧,我记得小时候来爱晚亭,老师让我们读匾额上的诗,我认不出来,只能靠印象背。'湘江北去,橘子洲头。看万山红遍,层林尽染;漫江碧透,百舸争流。'"

苏沐暖站在爱晚亭内,抬头再看匾额上的《沁园春·长沙》,这次每个字都能辨别出来,再读,更能理解其中的豪情。苏沐暖问:"你小时候老师组织过来岳麓山学习吗?"

顾西凉摇头,将纸巾展开铺到座椅上。

"谢谢。"苏沐暖坐下来,边看顾西凉剥橘子边道,"我小学时候,老师组织过好多次来爱晚亭、岳麓书院,还有橘子洲。我们老师特别浪漫,一即兴就让我们背诗。尤其是在岳麓书院,总让背古诗词。"

顾西凉意味不明地笑起来,将橘子递给她:"那你背会了吗?"

苏沐暖道:"当然,我记性很好的。"

顾西凉笑得越发神秘。

"好甜。"

顾西凉打开餐盒,一个个胖嘟嘟、圆滚滚的卡通小鲸造型的点心露出来。

"哇,可爱,这是谁做的?"

"我。"

"你?"

"让茶园亲戚家的妹妹教我做的。"

苏沐暖看看顾西凉,再看看手中夹馅的小点心,惊讶得说不出话来。她郑重地将一个放进嘴里,糯米、茶粉、黑芝麻的香味和糖的甜味恰到好处地在口中散开。她边嚼边朝顾西凉竖起大拇指。

顾西凉松了口气,指指餐盒里的其他小鲸:"还有抹茶味和红豆味的。"

苏沐暖忍不住想掩面,她一道菜都不会,身边也没一个擅长厨艺的。她控制不住地脑补顾西凉围着围裙在厨房里一板一眼地调馅料、捏点心,最后把点心做成这么可爱的模样……

"我想参观。"

"嗯?"

相比吃,她更想看顾西凉做点心,那才开胃下饭呀!

"点茶、炒茶、做糕点、做实验、画画,你还会什么?"

顾西凉:"好像,也就这些了。"

"包粽子会吗?"

顾西凉点头。

"那端午来我家包粽子吧!"

"嗯?"

"我奶奶,我妈,我婶婶,我们家女眷全都会包粽子,只有我不会,明明是她们不教,还每年都笑我学不会,你教我!"

顾西凉笑道:"好。"

"说定了。"

顾西凉笑意越深:"好。"

苏沐暖和顾西凉休息完从爱晚亭出来,天上的云好像散了些,但依旧有下雨的可能。苏沐暖逛得有些累了,但是不想回家。她补充完能量,体力尚存,时间尚早,下午也能一起去哪儿逛逛。看演出?看电影?酒吧?不行,顾西凉这种性格肯定不爱去酒吧!现在有什么展览吗?

顾西凉问:"累了吗?"

"没有,再逛逛吧。你有什么提议吗?"嗯,问问他不就知道要去哪儿啦?

顾西凉沉思片刻道:"岳麓书院就在旁边,要去看看吗?"

苏沐暖有些打退堂鼓。她其实对古建筑兴趣不是那么浓郁,尤其是小时候来过不知多少次的岳麓书院。她更想和顾西凉一起去能独处的环境,哪怕再去坐索道呢……可……好吧,谁让她选了个爱好清新脱俗的约会同伴。苏沐暖不禁道:"每个长沙人都来过不止一次岳麓书院吧?"

顾西凉道:"不是每个北京人都去过故宫。"

苏沐暖纳罕:"你没来过?"

顾西凉摇头:"小时候来过一次。你来过很多次?"

"嗯。"老师组织的、家长带着游玩的,加起来起码有十多次,她不禁有些感叹,"说来,我们明明生活在一个城市,距离这么近,而且年龄也相近,以前竟然没见过、不认识!"

顾西凉但笑不语。见过的,就在岳麓书院。

既来之则安之。苏沐暖脑补了一番顾西凉父母忙于工作,没时间带他玩的悲惨童年,自动担当起导游。但细看,发现很多地方她其实也记不清了。重新看,这座小时候想起来就脚软的书院,也不像童年中那么大、那么远,竟有些清秀迷人。

进去不久,他们就遇到几个家长带着孩子在参观,年龄参差不齐的小朋友,正在背《论语》、玩接龙,大的几个倒是能对答背诵,小的显然还不太行。哥哥姐姐们一人一句,从"吾十有五而志于学"背到"五十而知天命",小朋友到"六十"卡了壳,"六十而……六十而……"重复了好几遍。

苏沐暖恰好走在那个小朋友后面,马上就勾起自己的童年经历,脚步不由得慢下来,替小朋友紧张,她提醒道:"耳……"

那小朋友还是没想起来,正集中精力自己想,没注意到苏沐暖在提醒他。

苏沐暖暗暗替他使劲儿,轻咳一声:"耳——"

顾西凉稍后一步差点儿笑出来。

那小朋友抬头看看苏沐暖,看见苏沐暖无声的口型,猛地想起来:"六十而耳顺,七十而从心所欲!然后呢?姐姐,后面是什么?"

苏沐暖卡壳:"呃……"

其他小朋友齐齐看向苏沐暖,苏沐暖尴尬,还有?她怎么记得就到七十?

顾西凉站到她一旁,低头温声道:"七十而从心所欲,不逾矩。"

小朋友眼睛亮起来:"对!不逾矩!谢谢哥哥姐姐。"

一旁的家长趁势教育他们:"你看看,哥哥姐姐工作了还记得,你们才念完就忘了。"

小朋友们吐吐舌头,那个答不上来的小朋友可怜巴巴地看着苏沐暖和顾西凉。苏沐暖迎着他们崇拜、好奇的目光,矜持地点点头,拉着顾西凉快步从其他小路溜走。姐姐心虚,再问下去,欺负小朋友,或者不记得,都很丢人的。

一路穿过大门、二门、教学斋,苏沐暖看到了她最熟悉的地方。

"就是这儿!"苏沐暖来到讲堂院前的广场,指着廊前的空地道,"我小学每次来都是在这儿背东西。"

顾西凉点点头,风景和他记忆中对上。

他小学时候,爸爸正好放假回来,爷爷让他们父子俩培养感情,他爸爸就近带他来岳麓书院看赫曦台山墙上的彩色堆雕,他自第一次听见苏沐暖的声音后,唤醒了他尘封的内心,开始积极配合治疗,并戴助听器,同时加强语言训练。那时他词汇和知识储备都不足,听爸爸讲专业词汇非常吃力,看见其他家长带着孩子参观,似乎都很开心,不由自主地被其他孩子吸引。他爸爸见他跑神看别的小孩,也意识到八九岁的小孩不是自己的学生,听不懂术语,更何况他才恢复治疗不久,于是歇了心思,带他进书院里参观。进了讲堂,他爸爸又忍不住和他讲起朱熹写的"忠孝廉节"、乾隆题的匾额……他忽然听到一个小女孩磕磕巴巴背《关雎》,正是前不久他在山上刚刚见过的苏沐暖。她站在一群小朋友中间,他们全穿着一样的校服,一群人齐声背"关关雎鸠",顾西凉再次神奇地听到了她一个人清晰的声音,自然听得出、看得出她背得不熟练,到了熟悉的句子就很大声,不熟悉的句子就打磕绊,到了"求之不得,寤寐思服"时她完全忘了,干脆只张嘴不发声,划水混过去,等所有人都背完了,她才低头迅速翻书,低声嘟嘟囔囔快速背"求之不得,寤寐思服。悠哉悠哉,辗转反侧"。但《孟子》她背得很熟,"天将降大任于是人也"背得声音很大。

苏沐暖道:"刚刚是失误,我《论语》《孟子》和诗词都背得很好,尤其是李白、苏轼的,读几遍就背会了。"

顾西凉问:"《诗经》呢?"

苏沐暖愤愤不平:"你不觉得《诗经》对小学生而言太难了吗?生僻字、难理解、时代差异特别大,韵律也不像唐诗宋词那么上口。只有《无衣》《蒹葭》最好背。"

顾西凉问:"《关雎》呢?"

苏沐暖张口即来:"关关雎鸠,在河之洲。窈窕淑女,君子好逑。

参差荇菜，左右流之。窈窕淑女，寤寐……"她忽然看见顾西凉看她的眼神儿——"窈窕淑女，寤寐求之。"

"寤寐求之。"顾西凉望着她温和地接下去。

穿堂的疾风吹过，吹乱了一室"理还乱"的情绪。风吹过顾西凉的衣摆，苏沐暖忽然觉得，他和每一组院落、每一块石碑、每一枚砖瓦、每一支风荷都闪烁着时光淬炼的人文精神的书院十分般配。他身上的书卷气和这历久弥新的青山翠绿融为一体，成了一幅迷人的画。

"窈窕淑女，寤寐求之。""寤寐求之"的，也许不只是君子。

风卷过苏沐暖的长发，雨落到她的脸颊。她呢喃道："下雨了！"

苏沐暖按住头顶的草帽一把拉住顾西凉往长廊下奔跑。

顾西凉被她拽得一个趔趄。苏沐暖涌起中学时在雨中奔跑的心情，不由得朝顾西凉笑道："快走！"语气中是连她自己都没注意到的调皮天真。

顾西凉追上她，和她并肩跑在雨中。细如丝的春雨微凉，落在身上都是温柔的，苏沐暖的心情忽然变得很愉快。跑到屋檐下，苏沐暖拍拍身上的水，笑意溢满心头。有多少年没有做过这种不成熟的事了？要是让公司的同事看到可不得了，他们一定会觉得她疯了。但苏沐暖疯得很愉快，心扑通扑通地跳着，像小女孩一样，整颗心单纯因为快乐叮叮咚咚地跳。

苏沐暖看看外面的雨雾，再看看顾西凉，忽然伸手抓住了他的手。顾西凉望过来，苏沐暖躲也不躲，迎着他的目光无声地笑，顾西凉也露出笑容，回扣住了她的手。他们牵手望着廊外的细雨——世界变得寂静，院子里疾走的人、躲雨的人都不见了，世界上只剩下雨、古亭、苍翠的树和他们两个人。苏沐暖呼吸渐渐平静下来，依旧带着甜津津的回甘，想把这一刻记录下来。雨丝变密了，苏沐暖忽然看见一旁讲堂屋顶上黄色的脊兽。

她指给顾西凉："看！"

顾西凉探头，被屋檐遮了视角看不分明。

苏沐暖将手机伸到廊外，但取景总会拍到人。她兴致来了，扶着顾西凉的手臂，踩到廊外的石头上，踮着脚拍雨幕中可爱的屋檐、脊兽。高处的世界的，如雾如诗，如一幅写意的水墨画。顾西凉怕她失足掉下，无声地站在石头下护着她，只在她要下来时能伸手扶她。

在下来的一瞬忽然起了风，苏沐暖心思一转，迎着风跃下。顾西凉吓了一跳，连忙向后弯腰。风吹落了她的草帽，扬起了她的长发和裙摆,衬得她像展翅的蝴蝶,顾西凉就这么看着她稳稳落入他怀里。顾西凉低眸,对上苏沐暖得逞后莹亮的眼睛。四目相对,那双仿佛落入星辰的眼睛在他视线中放大。接着,苏沐暖垫脚,在他唇上落下蜻蜓点水般的一吻。

时间、世界、梦,都停滞在那一秒,久久不散。

下山是怎么下的?顾西凉已经浑然不觉了。他人恍恍惚惚,和苏沐暖从南门出来,又想起车停在东门的停车场,只好又绕路去东门取车。路上,他们牵了手,顺流或逆流走在人群里。那么远的路程,他们沉默地走着,连雨什么时候停了都没察觉。待回过神,他们已经取完车,在陪苏沐暖回家的路上。他像个陷在美梦中不愿醒过来的小孩子似的,每三五分钟就要看一遍苏沐暖,确定她还在他的美梦里。

苏沐暖被他看得不好意思,脸颊越来越红。她握着方向盘,有些招架不住,嗔怒问顾西凉:"你一直看我干什么?"

"啊……"顾西凉被当场抓住,顿时不好意思地收回目光,手放在膝盖上端端正正坐好,目视前方,不敢再看。

苏沐暖被他这小学生般的坐姿逗笑,调侃道:"顾顾问,你是不是整天窝在山上哪儿都不去呀?"

"嗯?"

苏沐暖轻哼一声,抱怨道:"连驾照都没有,我们俩约会,竟然是我来开车。"

顾西凉怔了怔,不由得握紧了双拳。他是考不了驾照的,因为听力障碍,直到现在他也根本不能驾车。顾西凉转头看苏沐暖,心里翻起一阵挣扎。她全然信着他,可他一直在隐瞒、欺骗她。他忽然想告诉她,告诉她他的不完美,他第一次听清的声音是她的,他们小时候就认得,他等了她很久,也找了她很久……

顾西凉捏着安全带:"苏沐暖……"

"不过也没什么关系,反正我喜欢开车。"到了红灯,苏沐暖先一步开口了,趁着红灯时间还久,她十分愉悦地拍了拍顾西凉的头,笑道,"我们多才多艺的顾问先生也有不擅长的东西嘛。"

顾西凉嘴边的话卡了壳。

"顾西凉。"

"嗯?"

苏沐暖转头看他:"下次一起去看日出吧!"

顾西凉怔了怔，笑道："好。"

苏沐暖的语气越加轻松愉悦："一起去江边露营也不错。"

顾西凉道："好。"

苏沐暖："过些天有场不错的展览，可以一起去看看。"

顾西凉："好。"

他们一句一答地说着，无论苏沐暖说什么，顾西凉一概说好，坦白的冲动却在一点点消散。也许，只要一开口，他的梦境就会彻底碎裂，无影无踪。久一点，再久一点……等到下车就告诉她，等到约会结束就告诉她……

顾西凉边回应着苏沐暖，边默默专注地盯着苏沐暖。人总希望在喜欢的人面前是完美的，顾西凉发现自己也不能免俗。他只希望，时间长一点，路再长一点，他们的梦境能长一点儿，能永远停留在岳麓山上。

阴雨的天色比平日更早变暗，城市早早亮起霓虹灯，红红绿绿的灯在湿漉漉的街道上闪着光。川流不息的车辆亮起尾灯，红色的灯将公路映成一片红海。苏沐暖的脸在夜色里比白天更多了一层朦胧的美，迎面的车经过时，将她的脸照得很亮，转瞬又重新藏到夜色里。在光里很近，在黑暗里又很遥远。顾西凉好像迷失了方向，也迷失了距离感。不知不觉，车已经到了苏沐暖公寓附近的停车场。他回过神来时，苏沐暖已经将车稳稳地倒进停车位了。

"我到了。"

"嗯。"顾西凉点头，笑容勉强。

苏沐暖已经解开安全带，他依旧没动。现在，车内就像梦境的游乐场，如果下车，他们的约会就结束了，美梦也要结束了。

"阿凉？"苏沐暖叫他。

梦总是要醒的。顾西凉缓缓松开握着安全带的手，去按安全带的解锁扣。他手刚刚按到身侧的解锁扣时，苏沐暖却忽然靠近，比在岳麓山时更轻的吻落到他脸上。顾西凉愣住了，安全带骤然松开。苏沐暖慢慢从他身边挪开。顾西凉转头，只见苏沐暖正笑吟吟地看他，脸颊是可爱的粉色，神情充满希冀和忐忑。

"顾西凉……"苏沐暖抿抿唇，在他看不见的地方，手指压在一座上，指尖因为用力变得发白，脸上却是尽在掌握的模样，"我亲你了，要我负责吗？"

顾西凉的眼睛骤然睁大。

7 意外

心跳乱了节拍。

顾西凉升起马上向苏沐暖表白的冲动，可下一秒，又及时止住。不，他不能，至少在他坦白告诉她所有之前，他不能。

后方的车鸣笛，苏沐暖在他回答前先一步打开了车门："下车吧。"

"好……"顾西凉握着车门把手，知道他犹豫间又错过了坦白的机会。

从停车场到苏沐暖公寓，需要步行穿过马路。他们沉默着，彼此整理各自的心情。

说出要负责的苏沐暖是紧张的。她的人生原则，向来是想了就去挑战，恋爱当然也是。她从来不认为恋爱必须男方来表白。那不是太被动、太没效率了吗？可事到临头，她却说不出"我喜欢你""我们交往吧"之类的话来直接表白，而是绕个了小小的弯。她远没看上去那么自信。顾西凉的片刻犹豫被她敏锐地看在眼里。谈几千万的订单合同时，她都没有这么仔细地观察过谈判人。苏沐暖挫败地想，啊，真是……丢人！

她率先打破僵局，顺势给了彼此台阶，在开门的那刻，心情却不可抑制地变低沉。她一整天亮晶晶的目光暗淡下去，雀跃的感觉也逐渐沉寂："我先回家了，谢谢你陪我逛了一天。"

顾西凉怔了怔，低声道："我送你。"

苏沐暖捏了捏手提包的带子："不用了，就在前面，你也累了，早点回去休息吧。"快走吧，再不走她要忍不住质问他，他陪她回家，假扮她男朋友，和她出来约会，难道都是因为工作关系吗？他们算什么关系？工作伙伴？甲方乙方？他会陪每个甲方爬山约会吗？！既然不喜欢她，就不必再勉强下去了。

不待顾西凉回答，苏沐暖便快步离开停车场。

顾西凉停在原地，看见路口的红灯倒计时闪烁，再有几秒，苏沐暖就要穿过马路从他的视野消失。理性告诉他，他该让她离开，可身体已经先于思考开始行动。哪怕只有不足百米，追过去也只能再看她的背影几分钟。顾西凉在绿灯亮起时，慢苏沐暖两步沉默地跟在她后方，连助听器不小心滑落都没有察觉。

苏沐暖生气地闷头走着，却听见顾西凉跟来的脚步声，她既想甩开他快走，又想放慢给他机会追上来。苏沐暖快走两步，又故意放慢了脚步，想等顾西凉追上来。可顾西凉偏偏慢她两步，不管她是快是慢，他就那么不紧不慢地跟着。苏沐暖更生气了，到底要怎么样？最后几步，她又加快了步速。

"闪开闪开！刹车失灵快闪开！"

可就在她即将穿过马路时，斜后方路上响起了急促猛烈的鸣笛和呼喊声。人行道上零星的路人慌忙躲开，落后她两步的顾西凉未觉察一般依旧匀速地走着。摩托车的鸣笛发出刺耳的长音，向着顾西凉撞来。苏沐暖想都没想，飞速回身，冲过去将顾西凉推开。摩托车司机双脚触地紧急刹车，车擦着她的后背，撞上她的右臂和右腿，连带着她和司机失控地冲进道边的绿化带，车头撞上道边广告牌，发出一声巨响。

苏沐暖意识到疼前已经摔进绿化带里，但视野的残像是顾西凉的眼睛。他不知道为什么，似乎没听到，忧心忡忡地看着她，好像眼里只有她，可怜巴巴的，像只迷路的小狗。那个笨蛋！总是文质彬彬、慢慢吞吞的，一看就知道没她长年锻炼的运动神经反应快。

一切都迟了。

顾西凉快步冲过去,将苏沐暖从绿植中拉出来。

"沐暖!沐暖!"他急切地叫着。只差两步,但一切都来不及了。在她推开他时,顾西凉知道,他最担心的,他最恐惧的,就在他优柔寡断时发生了。他再也没有机会、没有立场告诉她,他是多么喜欢她。摩托车照在她脸上,她惊慌的脸深深印到顾西凉脑海里。

他没能保护她。他没有能力保护她。是他害她受伤。他依旧是只会带来不幸的存在。

"沐暖!"

苏沐暖意识有瞬间的空白,只听到有谁惊慌地喊她名字。路两侧的行人同时被吓到,都怔在原地,好一会儿才围过来。沈凌城从人群中冲出来,比任何人反应更快。他挤开人群和顾西凉,蹲到苏沐暖面前检查她的伤势。

沈凌城急切地追问:"沐暖,能听见吗?撞到哪儿了?哪儿疼?"

顾西凉放开了苏沐暖,默默挪开了位置。

苏沐暖摇摇头:"不疼。你怎么在这儿?"问完,她忽然想起来,半小时前沈凌城发信息说晚上要找她对合同信息。她有点晕眩,想揉揉额头,又看见右臂上有大片的血。

沈凌城抓住她右臂检查:"别动。"

苏沐暖看到血才感到疼痛,痛感像是比意识慢了一拍,直到此时,钻心的疼痛才从右臂和脚腕传来。苏沐暖试着动了动,眉头紧皱,糟了!

"别乱动!"沈凌城脱掉西装外套盖到她身上,飞速拨打120,朝沉默地站在一旁的顾西凉道,"打电话报警。"

可顾西凉不知为何迟疑了。他单膝蹲跪在一旁,捡回了苏沐暖掉远的包,无声地望着她。

苏沐暖靠在沈凌城肩上,痛得想骂娘,可不知为何,看见顾西凉的神情时,脑海中莫名觉得就在刚才,他好像变得离她更远了。他的平静之下,掩饰着她看不懂的悲伤,好像他比她更需要安慰,好像她不安慰他,他会流出泪来。苏沐暖坐起来用左手抓住顾西凉的手,朝他笑笑:"我没事的。"

嘈杂阻塞的马路上,苏沐暖耳边响着各种声音,人声、车声、鸣笛声……她抓着顾西凉的手比刚刚更用力,坚定地重复道:"没事的。"

沈凌城举着电话看着他们,克制着阵阵翻涌的负面情绪,控制语气尽力平静地向交警说明情况。

7 意 外

*

苏沐暖和摩托车司机被送进医院。

苏沐暖清洗完伤口并进行止血后,又被送去拍X光片和核磁共振,沈凌城打电话通知了李婉和苏恪仁,不久后又到大楼外接他们上来。他们赶来就看见顾西凉坐在化验室外,拿着苏沐暖的手包和单据独自等待结果。他手搅在一起,望着化验室厚重的门,连李婉和苏恪仁什么时候赶来的都没发觉,直到李婉拍他,才猛地回过神。

他站起来把座椅让给李婉和苏恪仁,捏着单子向他们道歉:"对不起,叔叔阿姨,是因为我沐暖才受伤的。"

李婉焦急难安:"到底是怎么回事呀?"

苏恪仁拍了拍她的手,李婉顺着他的视线看到顾西凉胳膊上血淋淋的一大片擦伤。

李婉忙道:"这是怎么弄的?还有别处伤着吗?快让医生看看。"

顾西凉摇头:"摔倒时候不小心擦到了,没事。"

李婉抓过他的手看:"怎么没事,都渗血了,这儿有我和叔叔呢,你去让医生看看伤没伤到骨头,确定没事再过来,快去吧。"

顾西凉点点头,将单子交给沈凌城,低头去找医生。

苏恪仁和李婉看着他低落的模样,长叹一口气。待顾西凉走出走廊,李婉忙问沈凌城:"凌城,到底是怎么回事?"

沈凌城将他看见的经过简练地讲了一遍。他本是去找苏沐暖对工作的,在她公寓楼下等她回来。他看得分明,苏沐暖是为了推开顾西凉才受伤的。他闭上眼睛就是刚刚那一幕——他低头看手机,听到摩托车的轰鸣,一抬头就是苏沐暖推开顾西凉被失控的摩托车撞飞进绿化带里。苏沐暖穿的不是她平日会穿的风格,那样清新可爱的裙子,她只在家庭聚会或放松游玩时才会穿。她把白天可以做的工作推到晚上,是为了和顾西凉约会。

化验室门打开了,护士扶着苏沐暖从里面出来,沈凌城快步过去扶她,苏沐暖将手搭到他肩膀借力,却问:"顾西凉呢?"

沈凌城眸子低垂,目光暗淡:"他去包扎了。"

苏沐暖:"包扎?"

李婉和苏恪仁谢过护士过来扶她:"没什么事儿吧?"

苏沐暖看见父母,心里暗道不好,赶忙道:"没什么事。"

她转头瞪沈凌城:"是你叫他们来的?"

李婉拍她:"你瞪凌城干什么!出这么大事你还想瞒着我们吗?"

苏恪仁赶紧打圆场:"好了好了,先检查、看医生,孩子都吓着了,等安定下来再说别的。"

苏沐暖马上往苏恪仁身上靠,不忘继续瞪沈凌城。

沈凌城移开视线,轻笑一下,将她交给李婉,拿着李婉带过来的医保卡道:"我去办住院手续。"

顾西凉包扎完,在走廊遇到沈凌城。沈凌城靠在墙边,似乎是在等他。

顾西凉问:"沐暖怎么样?"

沈凌城道:"已经住院了,不算严重。你呢?"

顾西凉将胳膊向后遮掩,摇头:"挫伤,不要紧。"

沈凌城看见他绑着绷带的手腕,顿了顿,移开视线,语气变得不善,近乎咄咄逼人地问他,"顾先生,我听说昨天沐暖带你回家了?"

顾西凉抿了抿唇,低声道:"是。"

沈凌城:"你们现在是什么关系?"

顾西凉沉默。

沈凌城了然,他盯着顾西凉沉默片刻:"我和沐暖从小一起长大,无论工作还是生活,没有人比我更了解她,也没人比我更爱她!"

顾西凉眼睛猛地睁大:"沐暖说你们是为了应付父母催婚——"

沈凌城迎着他的目光,打断他:"我从来不是为了应付。"

顾西凉:"……"

沈凌城继续道:"所以,我不能更不会把她让给一个不能保护她的人!"

顾西凉捏紧了拳,刚刚止住的血重新渗了出来。

沈凌城道:"不管之前发生了什么,如果你当时能及时追上她,她就不会为了回身救你被撞到。"

顾西凉沉声道:"抱歉。"

"抱歉?"沈凌城笑起来,有些难以控制情绪,他极力压抑着,"我现在还能理智地站在这里和你说这些,不过是庆幸当时撞过来的不是辆汽车,沐暖也没有发生更严重的意外。但即使这样,也不是一句'抱歉'就能抵过的。"沈凌城停顿了一下,深吸一口气,郑重道,"顾先生,能请你和沐暖保持距离吗?"

鲜血染红了绷带,顾西凉垂下了眼睛。苏沐暖锁同心锁时的笑颜,在雨中奔跑的背影,在车上问他要不要负责的狡黠笑容闪过他脑海。

其实不用沈凌城指责，他已经决定离开，没有谁比他更清楚，他没有资格继续留在她身边。顾西凉闭眼，眼前恍然又浮现她亲他时颤动的长睫毛。

"好。"顾西凉望着沈凌城，"我会的。"

*

"没事的。"
"会好起来的。"
"不是你的错。"
"这不怪你。"
……

童年时，顾西凉"听"到最多的就是这样的安慰。可他依旧很长时间听不到声音，依旧和别人不一样，如果没有苏沐暖出现，可能一切都不会好起来。

不会好起来……

一切。

他坐在医院住院楼下的长椅上，头埋进双手里。

糟透了！

手腕的疼痛和一天的疲惫感涌上来。晚上又刮起风，风里夹着雨丝，沾湿了他的发梢和裤脚。楼下的人渐渐少了，别人都到楼内大厅或屋檐下避雨，顾西凉依旧躲在双手的黑暗里。他累极了，主动摘掉了来医院路上重新戴好的助听器，不想去看、不想去听任何声音。听不见也只有这样的好处了，当他不想时，只要摘掉助听器，就能躲进无声的世界里，一个人承受孤独和宁静。

"阿凉，阿凉？"李婉和苏恪仁买了给苏沐暖住院用的物品，撑着伞从超市回来，就见顾西凉一个人坐在椅子上，连把伞也不打，就那么疲惫地坐在楼下。她低声叫顾西凉，顾西凉却没半点反应。她和苏恪仁对视一眼，原本还有的气恼消失了大半。

李婉从购物袋里又取出一把伞撑开，举到了顾西凉头顶："阿凉。"

顾西凉慌忙抬头："叔叔，阿姨。"打完招呼，在苏沐暖父母尚未注意到时，赶忙重新戴好助听器。

"你怎么自己坐在这儿？"李婉看见他被雨水打湿的绷带和发红的眼眶，睫毛也湿漉漉的，仅剩的不满也烟消云散。到底是意外。他的自责也许比他们更甚。

李婉心软，担忧地问他："手要不要紧？"

"没事。"顾西凉如梦方醒，站起来接过伞，又看向苏恪仁手中沉甸甸的购物袋，"叔叔我来。"

"我来吧，手受伤了要注意。"苏恪仁拍拍他肩膀，"都是意外，别往心里去。"

李婉回到苏恪仁伞下，笑道："沐暖住在1206，一起上去去看看她吧。"

顾西凉沉默。

苏恪仁道："她一直在找你。"

顾西凉："好。"

他从苏恪仁手上提走了购物袋，苏恪仁没再拒绝，和李婉走在前面，带着顾西凉朝住院部走去。

*

李婉推开病房门，在走廊听得不甚清晰的声音从门缝里倾泻出来，顾西凉听到苏沐暖嗔怪的声音质问沈凌城："这么点小事，谁让你告诉我爸妈的？"

沈凌城依旧是不冷不淡的语气，但任谁都听得出他语气中的宠爱："等他们自己发现，你一个月就别想出家门了。张嘴，啊——"

苏沐暖："不想吃。"

沈凌城："再吃一点儿，饭后吃药。"

苏沐暖："我自己来。"

沈凌城："你右手不能动。"

苏沐暖："这样显得我像个残疾人似的。"

沈凌城："是伤了。"

顾西凉站在门外，隔着病房门的缝隙和玻璃，看见病房内沈凌城端着餐盒用勺子喂苏沐暖吃晚饭。

苏沐暖右臂、右腿都打着石膏，人靠在床头，不乐意地躲开勺子。"不想吃香菇。"她看见了门外的李婉、苏恪仁和顾西凉，躲开沈凌城的勺子，愉快道，"顾西凉！"

李婉推开门和苏恪仁一并进来。

苏沐暖注意到顾西凉手上的绷带，问："你手受伤了？"

顾西凉将日用品放到苏沐暖床号对应的储物柜里："不要紧，只是擦伤了。"

沈凌城和李婉、苏恪仁打了招呼，看看顾西凉，低头将粥里的香菇撇开,重新舀一勺粥递到苏沐暖嘴边:"来。"

苏沐暖的脸一下子红了。没人看着就罢了,有人看着,尤其是顾西凉看着,她哪能要别人喂?

"我自己来。"苏沐暖左手抢过勺子,让沈凌城将碗放到她的小桌上。

她忽然换左手甚是不习惯。人生少有做件不擅长的事,还被四个人盯着,苏沐暖压力山大,尤其这四个人都想过来替她拿勺子。她放下勺子问:"你们吃晚饭了吗?一定没有,快去吃吧!"

四人:"……"

李婉笑起来,替她打圆场:"那凌城和我们一起去吧。"

沈凌城怔了下,站起来。他明白,李婉是在给苏沐暖和顾西凉留独处空间。他经过顾西凉问:"顾先生要吃什么吗?我帮你带回来。"

顾西凉笑笑:"不用了,我朋友一会儿来接我回山上。"

苏沐暖惊讶:"这么晚?"

顾西凉道:"明天要开会,我得回去整理会议资料。"

沈凌城点点头:"我很快就回来。"

顾西凉:"好。"

待沈凌城随李婉和苏恪仁走了,病房内只剩下他们两人,苏沐暖指指床边的椅子,示意顾西凉坐下。顾西凉点点头,在床边的看护椅上坐下,身体却有些后倾。

苏沐暖看到他充满不安的防守姿态,猜测他八成还在自责。"我这不好好的吗?"她用轻松的语气道,又朝顾西凉笑,指指绑着绷带的右臂和打石膏的右脚腕,"不严重,医生说我身体素质特别好,人又年轻又健康,一两周就不要紧了。"

"嗯。"顾西凉拘谨地坐着,盯着她脚上的石膏。

苏沐暖:"我爸说你手伤到了,严重吗?"

顾西凉摇头,看见苏沐暖要吃东西,便将勺子要过来:"我来吧。"

苏沐暖没拒绝,将勺子交给他。

顾西凉端着碗舀了粥送到她嘴边,可过多的粥和微微抖动的手都能看得出他是个新手。

"烫吗?"

"不烫。"

两人都不再说话,病房里再没其他声音。

苏沐暖低头喝着粥,看见顾西凉打湿的绷带,故意轻松道:"都过去了，车祸不是你的错，我也已经没事了，而且我已经好久没休长假了，正好趁机偷个懒。"说完，苏沐暖从顾西凉手中取走勺子放回碗里，慢慢掰开他的手看。血丝渗透绷带，在手掌洇出一片红色。

顾西凉望向她。

苏沐暖道："不要自责，好吗？"

顾西凉点点头。

苏沐暖笑道："谢谢你和我约会，除了晚上这么一点儿不愉快，我今天很开心。"

顾西凉道："你回来时生气了。"

苏沐暖怔了怔，想起车祸前她确实正在生气闹别扭，可……可那难道不应该吗？况且都已经过去了，她都心平气和地让他坐在她病床前喂饭了！苏沐暖无语地捏着床单，问："顾顾问、顾老板、顾专家，有没有人说过你很较真？"

顾西凉摸不着头脑地看她，语气低落地道歉："对不起，我——"没说完，手机却振动起来。

苏沐暖更加无力："算了，你早点回去休息吧。"

顾西凉沉默地坐着。

在手机振动结束，再一次响动起来时，苏沐暖催他："你不接吗？"

顾西凉摇头站起来，挂掉了电话："我朋友到了，我走了。"

"嗯……"电话都不用接就知道对方要说什么吗？看来是很好的朋友。

天色已经不早，她只好和他道别："路上注意安全。"

"嗯。"顾西凉看着她一步一回头地往门口挪动。他其实不想离开。

苏沐暖心情却明媚起来，正朝他笑着挥手："再见。"

"再见。"顾西凉站到门口，手覆上把手又回头看她，"沐暖。"

"嗯？"

他绑着绷带的手在把手上握紧，轻轻发着抖，语气却极为平静："我最近……实验很忙，我们可能很久不会再见面了。"

"嗯。"苏沐暖点头。她理解的，工作嘛，总会有忙碌无暇的时候。可顾西凉朝她笑笑离开后，失落感还是覆盖了她的全身。直觉上，好像哪里不太对。他是用这种方式在拒绝她吗？

苏沐暖困扰地靠在床头，看见枕边的包，她打开包，从里面拿出那片粉红色心形的木牌卡片——从岳麓山同心锁那儿带回来的空白卡片。

7 意 外

*

顾西凉快速从病房出来,大步向电梯间走去,渐渐地,步速越来越慢,走到电梯前时,像是耗干了力气。短短不足一分钟,他已经开始尝到离别的滋味。他靠在电梯旁的墙上,目光涣散地看来来往往的人流。电梯上下来回了三次,他口袋中的手机也振动了三次。赖在这里只能给别人徒添麻烦,他该走了,他早就该走了……

电梯第五次停下来时,上电梯的小朋友问他要不要下去,顾西凉的目光重新聚焦,道了声"谢谢"走近电梯里。

终归是要走的。

电梯关闭,他从只剩一掌宽的缝隙里看见一闪而过的沈凌城。她从来都不缺人选的。只要她回头,身边已经有比他优越太多的人守在那里。一边是深爱着她完美无瑕的青梅竹马,一边是听力障碍会有万般不便的他。既然如此,就由他来做选择吧。

电梯门关上,在极轻的晃动中直坠十几层,即使此刻冲去再按开门键,运行中的电梯也不会有返回的余地。纵有千般不舍,自此一别,也该收起妄念。顾西凉闭上眼睛,眼眶发着只有他自己知道的酸胀。他一步三回头地望着住院部大楼的灯光,望着苏沐暖病房所在的方向。手机再次振动起来,顾西凉低头看手机,陆之鹄发来信息略显着急:"好好的怎么跑到医院来了?你在哪个科室?要不要我过来?"

顾西凉看着陆之鹄的信息,飘散的思绪回拢一些,强打着精神回复他:"我马上到停车场了。"

刚到停车场范围,顾西凉就远远看到陆之鹄的车。陆之鹄趴在窗边撑着下巴往医院方向张望,看见他平安无事地走出来,担忧转成欣喜,远远地朝他打起了双闪。

顾西凉挥挥手示意他看见了,笑了笑,脸色很快又暗淡下去。

陆之鹄注意到他的精神不对,将车开到顾西凉旁边:"怎么来医院了?谁生病了?"

顾西凉摇摇头,隔着车窗忍不住又回头望了望住院楼的方向。

陆之鹄注意到他手上的纱布:"你手怎么了?"

顾西凉摇摇头:"没什么事,谢谢你来接我。"

陆之鹄追问:"拍 CT 了吗?医生怎么说?"

顾西凉道:"只是擦伤,上过药,没事了。"

陆之鹄思索着"没事"的可信度。顾西凉从小是不喜欢医院的,他和顾西凉家人都知道。今天顾西凉说他在医院着实把陆之鹄吓了一跳，好在看上去确实没什么事，陆之鹄只当他是因为来医院不适应环境所以才心情不好。陆之鹄这才启动车，半调侃半提醒地吐槽顾西凉："注意点儿哦，你这双手可是要做精密实验的。"

顾西凉"嗯"一声，低头看看手，低声道："过两天就好了。"

见顾西凉兴致实在不高，陆之鹄转移了话题，问："阿凉，我魅力下降了吗？"

"嗯？"顾西凉莫名其妙。

"你人在我身边，魂不知在哪里。"

顾西凉："……"

陆之鹄见他注意力被拽跑，逗完人，不禁向顾西凉讲起他被"不听解释""恩将仇报"，到"惨遭删除"的经过。他没好意思告诉顾西凉，他打听到唐曦冰在附近的俱乐部出现，才着急忙慌地找过来，可他刚到，对方已经走了。他郁闷到没心情去喝酒，这才想找顾西凉安安静静吃顿饭。

"那个场面看上去是很容易误会，可好歹给我个解释的机会吧，我看上去那么不值得信任吗？"陆之鹄边抱怨边开车从停车场离开，全然没注意到在他车开出的同时，唐曦冰开车进入医院停车场，两车擦肩而过，陆之鹄专注地看着路口，就这么和唐曦冰错过。

晚餐时，陆之鹄一直试图逗笑顾西凉，可任他说得口干舌燥，顾西凉依旧是半跑神的样子。

"要是再遇到她……我一定好好问问她为什么要删掉我！"陆之鹄咕咚咕咚地喝着水，他顿了顿问，"要给你点杯酒吗？"

顾西凉："嗯？"

"你看上去比我还适合喝闷酒，不然晚上你到我家将就一下，我陪你喝完闷酒，一醉消愁，醉了我叫代驾。"

顾西凉摇头："心情不好不该喝酒，我不想喝酒。"

陆之鹄放下酒杯，不禁问："你刚刚听我说什么了吗？"

顾西凉点头，认真地建议道："我觉得，你如果再见到那个女生，应该什么都不要问，而是第一时间向她解释清楚。"

陆之鹄："……"他的确是认真听了，一字不落。

顾西凉继续道："你喜欢的想必也是很聪明的女孩子，你认不认真对方能感觉到的。"

"爱在灵魂，如酒在杯，看去似水，内藏灵犀。"陆之鹄沉默，忽然笑了，他晃晃酒杯，调侃道，"听听，一心只知种茶、做实验的顾博士教起我怎么追人了？"

顾西凉尴尬。

陆之鹄兴致被勾起，好奇道："你做什么都真诚认真，打动那位苏小姐了吗？"

顾西凉沉默，刚刚升起的一点儿活气瞬间又灭下去。

不是约会遇挫了吧？陆之鹄惊呆了，他认识顾西凉这么久，他都没做过出格的事，不喜欢他风格的人另说，能好好相处的一定能发现他身上的优点，绝不会讨厌他！这是怎么了？被甩了？

陆之鹄谨慎地问："小丁说你今天去约会了，约会不顺利？"

顾西凉沉默着，好一会儿，在陆之鹄以为他不想说，就要这么揭过去时，顾西凉开口了："约会很顺利，但不会有后续了。"

陆之鹄："为什么？"

顾西凉道："我没有告诉她我听力有问题。"

"……"陆之鹄漫不经心的神色收敛住，换成了认真。

"我希望她永远都不用知道，永远都把我当作普通人。"顾西凉平静道，他笑起来，是个十分温情的笑，"有一次约会我已经很满足了。"顾西凉盯着陆之鹄，却像在告诫自己似的，"我没有遗憾了。"

这次换成陆之鹄沉默。

服务员端上香气袭人的菜肴，可他们两个谁都没心情动筷了。

陆之鹄看着桌上菜的热气渐渐变弱，好一会儿，他开口道："阿凉，你知道吗，有时候人对在意的事会正话反说，越是强调的，心里越是相反。"

他知道呀，可不这么想，他该怎么办呢？不这么想，他还怎么抑制自己想去向她坦白、告白的冲动呢？

*

顾西凉不再下山，全身心地投入茶园和实验室里，把那些不紧急的工作也悉数调出来，让自己完全忙碌，忙到没有时间停下来去思念。傍晚，顾西凉又一次进入试验田，进行每日例行检查。

"顾工今天又加班吗？"同样来检查登记的一男一女两名同事看见顾西凉，调侃道，"我们都快要被他卷失业了。"他们看见顾西凉平静的神色忽然一变，随即蹲下身去检查D区的新种茶。两人对视一眼，在顾西凉叫他们前，拿着记录本跑过去。

顾西凉抬头，女同事将上月和本月的登记册给他，上边有每日温度、水、土壤、施肥的状态登记。男同事从文件架上取出每株茶树的生长记录，大步走过来查找顾西凉面前的 D-217 号。

"没有生病史，这个月生长状态良好。"男同事将记录册也交给顾西凉。

顾西凉仔细看着 D-217 号茶树的信息："肥料含量偏高了，也许是正常代谢。明天再看看吧。"

"嗯。"两名同事在记录本上记录着，"要采样吗？"

顾西凉："嗯，以防万一吧。"

顾西凉谨慎地对 D-217 周围的八株茶树都做了采样并将样本放入化验器皿中，又对和 D 区相邻的 C 区、E 区的茶树抽样进行化验。一直忙到深夜，初步化验没测试出什么异常来。陪同加班的两名同事放下心，放松安慰道："这下能回去睡个好觉了！"

顾西凉换下实验服，心中却隐隐升起些不好的预感。

夜里下起雨，风雨交加，吹开了茶园未关紧的窗。顾西凉躺在床上陷入梦魇。

梦里，苏沐暖的亲吻真切可感，汽车里香氛的气味、潮湿的空气、温暖的触感，还有她明媚的眸子，略带羞涩、略带狡黠的笑容，缓慢地、逐帧地在他眼前浮现。

苏沐暖问："要我负责吗？"

顾西凉重重点了头。

他们携手走在街上，眼里只有彼此，十指紧紧相扣。

顾西凉含情脉脉地盯着苏沐暖，向她表白："沐暖，我喜欢你，一直一直都喜欢你。"

可苏沐暖神情突变，惊慌、恐惧。

顾西凉被她的反应惊在原地。

苏沐暖狠狠甩开了他的手："我根本不记得你！"

汽车的灯像聚光灯一样照过来，他再一次被苏沐暖推开，亲眼看着一辆卡车撞飞了苏沐暖，鲜血流了一地，淹没他的脚踝……

抢救的灯熄灭了，医生再向他说着什么，可他什么都听不清。李阿姨绝望地捶打他的胸口，苏叔叔泪流满面。

沈凌城冷漠地盯着他："如果不是你，就不会发生这一切！"

玻璃窗重重砸到墙上，玻璃伴随着惊雷碎裂，冰凉的雨吹了满室。

顾西凉从噩梦中惊醒。他大口大口喘着气，手紧紧抓着胸口的睡衣，感受心脏怦怦地跳动，提醒他这才是真实世界。连日的压抑，在梦里放大、扭曲，却暴露出他内心真正的恐惧。风裹着雨丝从窗外飞进来，零星的雨点落到他一头冷汗的脸上，也落到了他被冷汗打湿的睡衣。许久，顾西凉松开手，真丝的睡衣被他抓出深深的褶皱。他按亮枕边的手机，凌晨3点04分。顾西凉睡了不到3小时，又陷入噩梦带来的失眠。

茶室的灯亮起，顾西凉默默收拾着一室的狼藉。窗户已碎，对凌乱的夜雨他无能为力。太多事，只要有一个小小的缝隙，在风雨袭来时，就可能像碎掉的玻璃一样不可挽回。

一夜风雨过去，茶园惨遭暴雨冲刷，好在试验田没受到什么影响。

一早，不放心的实验员们冒雨走到实验室，不到5分钟，都被打成了落汤鸡。他们狼狈地收起伞，准时出现在实验室。顾西凉已经检查完实验室内所有设施，又撑着伞进试验田检查D-217号茶树。昨天稍显枯萎的D-217号，今天彻底失去了生机，连隔壁的216号、218号、207号和227号也露出枯叶的痕迹。

8 无能为力

顾西凉觉得,上天像要与他开玩笑似的,他失意地躲回茶园,茶园却出现了巨大麻烦。他们培育三年的耐低温、耐干旱的新品种出现了未知疾病,短短几天,病状从D区蔓延至整个试验田,他们三年的付出,即将就此功亏一篑。

顾西凉被迫接连几天耗在试验田、实验室,取样、化验、推测、实验……从茶种的基因性状、土壤的微量元素,到种植时每个阶段的数据变化,对比不同对照组的差异,从头一点点排查……给植物诊病,一点儿也不比给人治病简单。即使拼尽全力,也只能眼睁睁地看着它们叶片变黄、干枯、死去,无能为力。顾西凉仰躺在椅背上,手中握着手机,上面是苏沐暖刚刚发来的消息——

"最新的茶饮料我尝到了,果然不如你泡的好喝,苦恼……新口感的正在尝试。"

手机再次振动,苏沐暖发来"工作加油"的可爱表情包。

顾西凉忍着回复的冲动。不行,他不能,不能回复,不能安慰她,不能带着茶上门亲手泡给她喝!

彻底死亡的 D-217 号被装在密封储存罐内，就放在他的面前。有些事，无论怎么努力都不一定能开花结果，比如他的听力，比如只剩下最后一片叶子的 D-217 号茶树；还有些事，如果努力，最终只需交给时间，比如遗忘，比如对失败的习惯。他不能再和她产生更深的关系，就这样……总有一天她会像小时候一样再次忘记他，不受他的牵连。他现在唯一能做的，只有抢救仅剩下的茶株。

顾西凉将报刊从脸上取下来，到卫生间洗把脸，再次进入实验室，化验最后一片树叶。

实验室内一片愁云惨淡。

外联的研究员看见顾西凉浓重的黑眼圈，迟疑片刻，又走上前汇报不好的消息："顾工，国际上也没有疑似的病原。"

顾西凉点点头，洗手消毒，平静道："没关系，我们重新开始，数据共享给其他合作的实验室。"

"嗯。"

顾西凉想起什么又道："土壤、肥料也都重新检测一遍，不要漏掉任何细节。"

"是。"

实验员忙问："还有吗？"

顾西凉摇头，笑道："辛苦了。"

实验员怔了下，忍不住道："我们有轮班，顾工你也要适时休息。"

顾西凉："不要紧的。"更困难的他不也已经抗住了吗？

晚上 10 点多，小丁来给值班的研究员送夜宵，见别人都去吃夜宵了，顾西凉还一个人坐在电脑前看数据，小丁端了份儿好消化的粥送到顾西凉眼前。

顾西凉被突然出现的粥吓了一跳，一抬头，就见小丁板着脸吐槽他："我没见过给自己打工还能过劳死的……"

顾西凉莞尔，他往四周看看，办公区已经没人。他听不见，根本没注意到别人都是什么时候不在的。

小丁可不会以为是别人故意不叫他，因为顾西凉工作起来投入程度非常高，让人看见了会产生不忍心或不敢打扰的感受。小丁给他剥茶叶蛋，忍不住抱怨："哥，休息会儿吧，你再瘦下去，阿姨和伯伯出差回来会扣我奖金的。"

"你的工资、奖金都是我发的。"顾西凉轻笑，他边喝粥边看电脑上的数据分析信息,"早一天找到问题原因,能挽回的茶树就越多。"

小丁见他又忙起来了,深感无奈,顺手替他收拾桌面上散乱的资料,正巧看见顾西凉手机振动,来了新消息。小丁看见备注名称"沐暖",反应了一会儿才想起来苏老板的大名,连忙将手机递过去:"苏老板的新消息。"

顾西凉怔了怔,看见20分钟内苏沐暖已经发来三条消息。

"明天有时间下山吗?"

"我明天出院哦。"

"一起吃顿庆祝大餐吗?"

顾西凉看着消息,手按在输入键上正想回复,又生生忍住了。

小丁偷偷看,见手机屏都暗了,顾西凉也没输入一个字,敲敲他肩膀:"不回复吗?" 他见顾西凉发着愣,怀疑顾西凉加班把脑子都加成糨糊了,呆成这样可怎么追人!愁死他了。

"哥,你是不是不知道该怎么回?我教你呀,你就说明天下山去接她,问她想吃什么,然后现在就预定好餐厅!"小丁跃跃欲试地问,说着摸出手机开始查餐厅好评榜,"这家不错,这个气氛好,这个也不错。"

可顾西凉竟然将手机放下了。

小丁看呆了:"不回吗?女生等消息的时候都是没什么耐心的。"

顾西凉摇摇头。

小丁无奈。

顾西凉去约会那天,是小丁送他下山的,那天顾西凉的开心肉眼可见。头一天做了好多小糕点,还分给小丁不少。早上小丁也亲眼见了顾西凉准备了零食、饮品和雨伞,小丁还特意告诉他岳麓山哪儿好玩。可那天回来后,顾西凉就变得异常沉默。已经一周多了,他都没再提过那天的事,也没有再下过山,连和苏氏饮品的合作对接,都像公事公办一样。小丁也没再见苏沐暖来过山上。他们几个年轻的偷偷交流过,怀疑他们单纯的老板是和苏老板吵架了,毕竟苏老板看上去就很厉害,顾西凉哪是对手。最坏的情况就是,顾西凉被分手了!他们谁都不敢问。可这两天小丁来送饭,又见过几次苏沐暖给顾西凉发消息,顾西凉每次就盯着消息看,发呆好一会儿,只是也不见怎么回。

这也不像是被甩了呀!小丁好奇心爆炸,他自己也好别人也好,可从没见谁谈恋爱是这样的。见顾西凉又有些发呆,小丁已经自行脑补出了前因后果,他问:"哥,你是不是不会哄女孩子,惹苏老板生气了?"

顾西凉眼神呆呆的,盯着手机看了好一阵儿,粥都要冷了,才轻声"嗯"了一声。

他一定惹苏沐暖生气了!而且正在惹!

*

医院里,苏沐暖看见"对方正在输入"持续了好一阵儿,最后竟然一个字都没发来。她爽直的脾气实在受不了这种纠结,何况等消息的还是她自己。苏沐暖十分想直接去质问顾西凉:你到底要说什么!就在她输入一串"???"就要打电话过去时,顾西凉终于回复了:"抱歉,实验室走不开,不能为你庆贺了,祝早日康复。"

苏沐暖顿时泄气了,她放下手机问唐曦冰:"我这样,是不是就算被甩了?"

*

实验室内,小丁扶额哀叹:"有这么多人在呢,不至于抽不出半天时间吧?要拒绝也委婉点呀!"怎么就能这么实在?这样下去迟早要单身!"你想追她,这种时候才最该表现呀!"

顾西凉笑笑,放下手机端起碗,一口气喝掉半碗粥,又开始继续看数据。他就是知道,才更不该表现呀。明天……沈凌城会去接她吧……

*

病房内,苏沐暖忍着一肚子的憋闷,强打起精神双手捧着手机一条条回复。

"好吧。"

"我已经没什么问题了,不用担心。"

"不要太辛苦。"

"加油。"

她也有加班到什么都顾不上的时候,她能理解,可到了要忍受的换成自己时,怎么就这么难以忍受呢!苏沐暖靠在床头,将手机狠狠地按到床头,用枕头压住:"我今天不看手机了!"

唐曦冰在一旁切水果,笑而不语。

苏沐暖叹口气,玩笑似的抱怨完,还是拿出手机继续处理工作上的事。她批阅着企业系统上的待处理消息,快速浏览一个申请消息,皱眉毙掉,在回复内填"项目分析不清晰,补全资料重新提交"。如果她对顾西凉也像处理工作一样雷厉风行就好了，何至于拖拖拉拉到现在的田地。

"我那天就该问个清楚，让他说明白。"苏沐暖惆怅又懊恼，她叹口气，忍不住还是切换到顾西凉回的消息，朝唐曦冰抱怨，"难道要我再问他一次要不要和我交往吗？"

唐曦冰冷不丁道："蔡格尼克效应。"

苏沐暖："什么效应？"

唐曦冰："意思是得不到的永远在骚动。"

苏沐暖嘀咕道："我是真对他有好感。"

唐曦冰端来水果，坐到苏沐暖床边递给她叉子："吊桥效应。"

苏沐暖："……"

唐曦冰解释道："在初见环境影响之下，你对他产生非理智的好感。"

苏沐暖指指自己："看着我，重新说。"

唐曦冰淡定道："也可能是一次由多巴胺驱动的兴奋而已。"

苏沐暖气笑了："我？我有那么不靠谱吗？"

"别的另说，感情上面嘛……"唐曦冰笑起来，她斟酌了下，评价道，"白纸一张。"

苏沐暖："……"她眨着眼，一时竟反驳不出来。

"你把他当什么呢？"唐曦冰拍拍她，温言笑道，"在你想清楚怎么定位顾西凉前，我建议你还是不要着急表白为好。"

"……"

她怎么定位顾西凉？她从来没想过。苏沐暖躺在被子中望着熄灯后的天花板发着呆。第一印象很好，长相、声音、气质、性格都在她的审美上，从第一次见面，她就被吸引了。随后逐渐了解，好感没有打折，是一直在稳步递进的。心跳会加速、脸会发烫、人会害羞，又正好到了要交男朋友的时机，顺理成章地"和他交往应该不错"的想法，这不是很自然吗？当断不断反受其乱，以她从小到大的经验而言，不管是学习还是工作上产生这么顺畅的直觉，她已经成功一半了。难道顾西凉不是这么想的吗？她明明能感到顾西凉是喜欢她的。初见时的反应，在她家说的话，在缆车上看她，还有吻他时的眼神……喜欢是骗不了人的！她纵横商场阅人无数，难道还是她的错觉吗？苏沐暖辗转反侧。她不死心地问唐曦冰："他会不会是太呆了，听不懂我什么意思？"

黑夜中，躺着玩游戏的唐曦冰笑起来："你自己信吗？"

苏沐暖："……"这么显而易见的问题她就不该问。

唐曦冰退出游戏，见苏沐暖真有点郁闷了，她叹气道："你们还有合作，有的是机会见面，不要因为一时卡壳就钻牛角尖，来日方长。"

"嗯。"苏沐暖郁闷中又升起点希望，手机又振动起来，她连忙拿过来看，刚刚浮起的笑容碎裂，声音低低的，"凌城说他明天来接我出院。"

"嗯。"唐曦冰翻看着手机上未处理的消息，又叹了口气。

"怎么了？"

"没什么，只是觉得这么多年你都没喜欢上沈凌城，是谁比较不幸呢……"

"……"苏沐暖警惕道，"我不认为我和凌城适合合作伙伴以外的关系，不要再替我爸妈当说客了。这样我们见面好尴尬的。"

唐曦冰敷衍地"嗯"一声，心道：只有你这么觉得。她默默替沈凌城掬一把辛酸泪，悄悄假设如果是她的话，沈凌城和顾西凉……都不选。这两个都是不是她喜欢的类型。

正胡乱想着，唐曦冰手机来了新消息。她的酒友们告诉她，陆之鹄又在打听她。唐曦冰道了谢，暗叹，这倒是有个对她口味的，可惜人品太差！

*

外勤结束，陆之鹄回公司放文件，刚到门口就重重打了个喷嚏，他捏捏鼻翼进了公司，见同事们都还在，笑问："这么晚了你们怎么还不下班？是不是我给你们定的任务太重了？怎么没人跟我反映？"

"这会儿路上堵车，等人少再走。"同事和他打着招呼。

"好香的味道，谁又喝奶茶了？"陆之鹄拉开椅子坐下，注意到垃圾桶内的奶茶空杯。

众人："小雅！"

叫小雅的女孩不好意思地笑起来，全办公室都知道她最爱喝奶茶，小雅道："那家出了新款，实在抵不住诱惑就买了，超好喝。"

陆之鹄严肃道："那怎么行！把链接发给我，每人点一杯，一起陪你'抵抗'诱惑。"

"耶！老板英明！"办公室欢呼。

陆之鹄手机上也闪入新消息："你打听那位调酒师好像神隐了，最近哪家都没去。"他暗暗叹气，他现在喝全糖的奶茶也不会觉得甜了。

*

出院当天，苏沐暖心怀一点微弱的期待，一早发消息告诉顾西凉她出院时间，可等办完所有手续，离开病房、离开医院，顾西凉依旧没有出现。她翻看顾西凉的朋友圈，还是只有约会那天在观景台拍的一张风景，之后就再也没内容了。也许真在忙吧……

苏沐暖退出微信，在离开医院前拍了张住院楼的照片，发到朋友圈，设置仅家人和顾西凉可见："恢复良好，再见了医院，比心。"

"沐暖。"沈凌城将车开出医院，上了主路。

"嗯？"苏沐暖边编辑朋友圈信息边应了声。

沈凌城好脾气地问："想吃什么？"

苏沐暖放下手机，又拿起车上沈凌城带来的文件翻看："没什么想吃的，回家点个外卖吧。"

陪同的唐曦冰坐在后排望着窗外，心道昨天苏沐暖邀请顾西凉一起吃大餐的消息可千万别让沈凌城看到。她事不关己地躲着前排两人的视线，尽量做到没有存在感，不料沈凌城又将话题转向她。

"曦冰呢，想吃什么？"

唐曦冰左看看又看看，选了个折中方式："去邵家私厨打包几份菜吧，沐暖想吃那家的剁椒鱼头。"

苏沐暖百忙中应了声："嗯，好久没吃了。"

沈凌城笑容深了几许："好。"

唐曦冰无声吹了个口哨。她看着窗外的风景，恰好瞥到陆之鹄站在街边，手上拖着一个粉色的行李箱，护着一个年轻女性过马路。她无声冷笑一声，转回头。

十字路口绿灯亮起，沈凌城的车在车流中快速穿过路口，将陆之鹄甩到身后。

马路边，陆之鹄将行李箱放到女孩脚边，指着马路尽头道："你顺着这条路直走到第二条街，右转有一条小路，要找的店就在那条小路上。"

女孩连连道谢。她定的餐厅地图上显示不清，正愁该怎么办时，陆之鹄恰巧看见她一个人拖着两个行李箱在路边徘徊，不但帮她指路，还帮她拎行李过马路，而且，人还这么帅！女孩忍不住"星星眼"。

陆之鹄莞尔："是来旅游的？女孩子一个人要注意安全。"

"我朋友在路上了。"女孩连连点头，她又好奇道，"长沙是不是经常能偶遇明星呀？"

陆之鹄沉思片刻，笑道："还好吧。"不过某个人明明不是明星，却比明星还难见到。

陆之鹄目送女孩走远，工作手机响起来，他打开消息，只见活泼的秘书发来信息："有个大客户在招标，咱们要不要冲一把？"

陆之鹄："资料发来。"

秘书秒回，陆之鹄打开资料，"苏氏饮品"赫然出现。陆之鹄看着资料失笑，这不是巧了吗？

*

陆之鹄找顾西凉帮忙推荐的时候，顾西凉正在实验室内忙得焦头烂额。陆之鹄在实验室外等他，见他坐在仪器前一动不动，也没让人去叫他，自己在茶园闲逛了一大圈，等到午饭时才再来找顾西凉。

听明来意，顾西凉罕见地迟疑了。

陆之鹄从自己的餐盒里给顾西凉夹肉："才几天不见，你怎么憔悴成这样了？"

顾西凉咽下饭，表情为难，但还是答应了陆之鹄的请求。

收到陆之鹄发给他的电子资料时，顾西凉在通讯录上盯着苏沐暖的头像迟疑了。他不该再主动找苏沐暖的。几天的不冷不淡，苏沐暖也不像前几天那样每天给他发十几条信息了，好不容易就要成功了，现在再去找她，这些天故意的冷漠也许会功亏一篑。可……顾西凉靠在墙边捏紧了手机。他骗不了自己，在陆之鹄找他向苏沐暖推荐时，他内心动摇了——没有比这更冠冕堂皇的借口，他是为了朋友才不得不主动联系她的……重新点开通讯录，看着资料发送成功后，他盯着手机愣了好一会儿，抬头看见玻璃墙面反射出自己的影子，懊恼不安的神情清晰可见。

*

午后，苏沐暖在书房批文件。她父母知道拦不住她要工作的念头，公司也的确有不少事需要她处理，只能睁一只眼闭一只眼同意她回公寓住，但坚决不许她在恢复前走路。苏沐暖只好把书房变成临时办公室。

小颜每天下午来一趟，将一天需要她审批的资料带过来，同时汇报公司大小事宜。小颜例行汇报苏跖又怎么刁难她，怎么被她装傻化解，苏沐暖听得津津有味。她就知道她生病在家这段时间苏跖不会老实待着，好在他还算有分寸，只对茶饮品的口味指手画脚、挑三拣四，没做什么挑战苏沐暖底线的动作。何况，她本来就是要利用他那好使的舌头的，他自己都跳起来了，她客气什么。

"既然他工作热情这么高涨，那就把他调到品控去好了。"苏沐暖不轻不重地说着，狡黠道，"别让他觉得太容易。"

"我知道。"小颜秒懂，她轻咳一声，故作为难地开始模拟，"苏副总，在您负责的华东区销售增长率达到百分之三前，苏总是不会同意您调岗要求的。"

苏沐暖露出赞赏的微笑，夸道："孺子可教。"

唐曦冰端着两杯咖啡进来，调侃道："小颜都跟你学坏了。"

苏沐暖笑道："上学时候不知道是谁总跟苏跖说，沐暖作业可是第一个交的。"

唐曦冰莞尔。她有一阵负责收小组作业，苏跖知道她和苏沐暖是闺蜜，故意刁难她不交作业。只要她故意漫不经心地说一句"沐暖作业可是第一个交的"，苏跖一定会立马拿出作业给她，还催着她马上去交给老师。唉，谁让苏跖心思太好猜了……只要小颜那么说了，苏跖一定会想方设法提高销售额增长率，然后理直气壮地来找苏沐暖必须让他负责品控。唐曦冰暗暗摇头。

苏沐暖翻着招标递过来的意向投标公司资料，看见一家规模不大但作品很新颖的本地产品设计公司，脑海中竟然没什么印象："这家公司是谁推荐的？"

小颜凑过来看："哦，这是沈董推荐的。"

"凌城？"苏沐暖诧异，她将那份儿资料抽出来翻看着，纳了闷儿了，"他要推荐干吗不自己发给我，还让你混在资料堆里？"沈凌城可是个举贤不避亲的性格，更不会为了形式而牺牲效率，如果遇到认为合适的一定会第一时间告诉她的。

小颜道："好像是濯心茶园那边向沈董推荐的。"

苏沐暖翻动资料的动作猛地停顿："谁？"

小颜："濯心茶园呀。"

苏沐暖道一声"不可能"，直接拨通沈凌城的电话。沈凌城很快就接了："沐暖。"

不知是因为隔了手机一道滤音还是沈凌城私下和老板说话就是这

样的，小颜被沈凌城异常温柔的声音暖到了，和在公司公事公办时候完全不一样嘛！奈何苏沐暖习惯了沈凌城的任何一面，直截了当地问："你推荐的公司是濯心推荐给你的？"

沈凌城顿了两秒，道："是。"

苏沐暖："谁？顾西凉？"

沈凌城这次没停顿，爽快道："是他。"

苏沐暖"嗯"一声："好，我知道了。"她平静地挂了电话，欲将资料塞回原本的位置，但因单手整理资料反而将原本整齐的资料弄得越来越乱。

小颜连忙帮忙："我来吧。"

苏沐暖松手，将剩下的工作快速处理完，镇定地喝咖啡。待唐曦冰送小颜离开，她依旧坐在原位一动不动。

唐曦冰笑道："受打击了？"

苏沐暖发了脾气："我每天都和他发消息，他推给我不就好了？好，就算是怕打扰我养伤，至少告诉我一下吧！"她边说边忍不住拍着桌子，想到连日来顾西凉不冷不淡给她的委屈，这股火气从一个点扩散成一大片，气得她手发抖。她翻到顾西凉的电话，重重按下拨通键。

"我要问问他是怎么想的。"可苏沐暖注定失望了。电话响到最后一声，无人接听。苏沐暖播了第二遍、第三遍，依旧无人接听。

就在顾西凉手机在办公室桌上振动时，整个实验室的人都围在化验室内。他们攻关多天，病原排查终于有了进展。记录、复验、讨论，实验室沸腾着，紧急开会，重新规划每个人的任务和安排，疲惫一扫而空，每个人都打了鸡血似的重新昂扬起来，没人注意到半掩在书下的亮了三次又暗下去的手机。

苏沐暖将手机从耳边挪开，绷着脸咬着下唇将手机放到桌面上沉默不语。委屈、怒气从惊起波纹演变成惊涛骇浪，她怒道："我不会再主动跟他说任何话了！"

*

顾西凉回到办公室已经将近子夜一点，又紧接着坐下来编辑资料、整理记录，等要紧的工作整理好，他端起桌上凉透的茶一饮而尽，发出一声喟叹，终于能稍稍放松一些。猛然一松弛，困顿疲倦席卷而来，他头痛欲裂，体力严重透支，连重新站起来回茶室的力气都没了，只想趴在办公室睡一觉。他摸索着手机看时间，这才注意到三通未接电话。松散的精神猛地一个激灵,顾西凉霍然站起来,人清醒得不能再清醒,手在大脑控制前已经按向拨通键,回过神来又连忙挂断。已经是深夜,又隔了这么长时间,顾西凉拿着手机焦躁地在办公室来回踱步。万一她有事……不,不会,得找谁问问……他不安地翻着苏沐暖的朋友圈,将这两天从头翻到尾,没有任何异常。他又不放心地翻了沈凌城的朋友圈,也没任何异常。顾西凉重新坐下。他闭目沉思着,心里依旧焦躁难安。

顾西凉不再犹豫,他抓起外套,拨了小丁的电话:"不好意思,能麻烦你送我下山一趟吗?"

小丁睡得正迷糊,听到后连顾西凉听不见都忘了,直吼了声:"现在?"

说罢,他想起来吼也白吼,连忙挂了电话给顾西凉发信息:"你在哪儿?"

顾西凉给小丁发了位置。待小丁开车到实验室外的主路时,顾西凉已经在路边等他。夜风吹乱了他的一头乌发,他双手插兜,在路边踱步张望,憔悴的样子让小丁不忍心责备他不看时间。

车一路驶下山,抵达苏沐暖公寓外。

顾西凉再次路过他们出车祸的地方。那片已经重新种好的绿化带,但那天的事像根根倒刺一样扎进他的心窝。当时一丝一缕的感情在记忆中苏醒,苏沐暖被车撞向绿化带的情境又再次出现。顾西凉捏紧了衣衫。

小丁按照导航将车停在路边,碰碰顾西凉胳膊,提醒道:"到了。"

顾西凉如梦初醒。

夜凉如水,凌晨的城市浸了墨色一般的沉寂。

顾西凉从车上下来,站在公寓楼下仰望着一扇扇已经熄灯安眠的小窗——苏沐暖就在某间小窗里面。

小丁也从车上下来,站在顾西凉一旁和他一起往上看,不过看得一脸茫然,他拽拽顾西凉:"咱们这是找人?要不打个电话,或者按门铃?"

顾西凉摇摇头。他手机隔着裤子口袋振动,顾西凉收到沈凌城刚刚发来的回复:"我把你朋友的公司推荐给她了。"上一条是他在车上时发的:"苏总下午打电话找我,你知道是什么事吗?"

顾西凉回复"**谢谢**"将手机重新收回口袋,对小丁道:"回去吧。"

"啊?"小丁半个哈欠还没打完,备感不可思议,"回去?咱们大老远下来，这就回去？"

顾西凉歉意道："嗯，回去。抱歉。"说完他便低头回到车上。

小丁一声长叹，摊摊手，认命地拉开车门钻进去。

大半夜把小丁拉下山，顾西凉深感歉疚，本想在山下酒店住一晚，但他们下山匆忙，谁都没带身份证，只好打道回府。路过街边的烧烤摊，小丁下车去买夜宵，顾西凉主动帮他报销。小丁询问了他想吃什么，精神抖擞地去排队。待小丁将现烤好的烤串拿回车上，顾西凉已经靠在副驾驶椅背上睡着了。夜风送来烧烤摊上油脂与香料碰撞的诱人香味，奈何食欲也战胜不了困顿，顾西凉就在这充满烟火味的深夜里疲倦地入眠了。小丁没叫醒顾西凉，向烧烤摊老板要来打包盒，将顾西凉那份儿装好，启动车子，平稳地将车开回茶园。

明天，也许一进实验室，又是不眠不休的几天。

模糊中，顾西凉闻着食物的香气，又梦到了童年的厨房。

幼年时，很多记忆已经模糊不清了，剩下的几件，非但没有随着时间忘却，并且在经过时光的打磨后，越加历久弥新。

他记得爸爸烧得一手好菜，妈妈进厨房却手忙脚乱，只有纤长漂亮的手指落在黑白的琴键时，会变得异常灵活。那时即使他听力障碍，妈妈行云流水的指法，如痴如醉的神情，依旧如油画般清晰地留在他脑海深处，纤毫毕见。那时候妈妈总是活泼的，世上似乎没有任何难事，总是笑吟吟的。她是什么时候忽然不再弹琴的？

睡梦中的顾西凉深深皱起眉头。

他记得，彻底的转变是在他的听力问题越发严重，一度不配合治疗后。他们从医院回来，妈妈一口气给他买了好几种玩具，但视线一离开他就不再笑了，变得异常沉默。

回家后，父母都若无其事地陪他玩，妈妈拿着新买的小火车玩具推向他："小火车嘟嘟嘟——"顾西凉将手摸向小火车头上闪烁的小彩灯，朝她露出天真的笑容。那时他听不见，也说不了话，幼年时只会发出些无意义的音节，用笑和哭表达最直观的感受。那一刻他是高兴的，被彩灯吸引了全部注意力，一不小心碰到小车的音乐开关，却根本不知道小车在唱歌。他只将他当作普通的闪灯玩具，在地上推来推去。

顾妈妈听见小车里天真无邪的儿歌唱着《世上只有妈妈好》，泪水夺眶而出。她情绪失控，掩面跑到厨房里。顾西凉不知道妈妈为什么忽然哭了，茫然地抱着小车跟着爸爸跑过去，站在厨房门口仰头看着妈妈趴在爸爸怀里压抑地痛哭。

顾妈妈茫然自问："是不是我透支了他的听力……"

幼年的他听不到也看不懂，不知道儿子听力障碍对从小听力敏锐、年纪轻轻就成为乐团首席钢琴家的妈妈有多大的打击。他们都知道世界上是不存在母亲透支孩子听力这种事的。他清晰地感受到，因为他，妈妈深陷痛苦，她辞掉工作，收起琴，将家里的唱片、音响、乐器全都收起来，一步不离地守着他、看着他。他再没任何能发出声音的玩具，也越加沉默，家里变得死寂。而他们家盛开的花，在无声中枯萎了。

直到有一天，妈妈在厨房做饭，他自己在门口玩小车玩具，被绊倒磕到头，妈妈从厨房出来看到他受伤，惊慌地抱他去医院，厨房火都忘了关。他被妈妈抱在怀里，看到她惊慌失措的脸。她什么都顾不上，只剩下紧张，要不是邻居闻到煳味打电话叫爸爸回来，他们家房子就要烧着了。回家后，妈妈挨家向邻居道谢道歉。之后，妈妈也开始看心理医生。再之后，为了他的身心健康，为了让他有更好的生活氛围，爷爷把他接到茶园，但他再也不碰玩具车，他不明白妈妈为啥突然离开他。

直到有一天，他看见其他小朋友和自己的妈妈一起玩玩具车，他终于明白了，妈妈离开他，不是玩具的错，一切都是他的错。妈妈是为了照顾他才生病了，如果不是他，妈妈就不用去看医生，不用吃那么多药，更不用放弃音乐。因为他，她变得不再是她！

梦中的伤感感染了顾西凉的真实情绪，童年难以承受的窒息如千斤重锤压向他，顾西凉挣扎着想要逃离。梦中，他推开门在茶园漫无目的地跑着，忽然看见童年的苏沐暖蹲在茶花边嗅着花香，他蓦然停住。苏沐暖听到脚步声朝他转头，粲然一笑，茶园起了风，风吹过她的发梢，吹向他，在那片绿海中，他们由童年变成大人，苏沐暖活泼地叫他名字："顾西凉……"

车拐弯一个颠簸，顾西凉从梦中幽幽转醒。车灯照亮茶园的一片，恍惚中他似乎看见苏沐暖在茶园中捏着一朵花，如丛林的灵鹿，深海里自由的鲸，悠然负手而行，渐行渐远，慢慢从他的幻想中飘然不见。

是呀，顾西凉望着车窗外的夜色，他爱的是她的自由自在，是她的恣意洒脱，他不想受人迁就，尤其是被她迁就。他若是束缚她的藤蔓，在她察觉前，就由他来亲自割断。

*

时间如河流，有条不紊地流淌着。

被删掉好友后，陆之鹄依旧没有唐曦冰的消息，对方像失踪了似的，任他在曾经见到的地方怎么找都没再见过。情场失意，事业得意，他争取的几个合作进展顺利，不只入围了苏氏最后的招标审核，之前看来已经不抱希望的几个客户也回头找起了他。有合作方送了他一大堆公司产品，都是些卤味类的小零食，他留了一小半在公司当员工福利，剩下的全给顾西凉送来。

因为实验忙碌，午休时间也从两小时压缩到一小时，顾西凉端着盒饭坐在实验室外树下的台阶上，吃着陆之鹄带来的小零食。

陆之鹄喝着实验室准备的冰茶，问他："之后你没去看过她？"

顾西凉咀嚼停住，腮帮子鼓鼓地，脑海中模拟演算的数据轰然散去。

"真是狠心啊！"陆之鹄看着他，感叹道，他将一次性纸杯扔进垃圾桶，坐到顾西凉对面，"听说苏氏包了场庆祝苏小姐康复，我打听到地点了，要不要一起去？"

顾西凉捏着饭盒摇头。

"好吧。"陆之鹄拍拍腿站起来，"我帮你带份儿礼物？"

顾西凉："不用了。"

陆之鹄笑问："难道你打算以后都不见面了？"他可不信，如果喜欢，怎么可能是理智压制得住的？

陆之鹄听见鸟鸣，抬头看见树梢上停着一只黑白花纹的胖喜鹊。"阿凉，我现在觉得缘分就像停在树梢上休息的鸟，你不经意间总能看到，可一旦试图接近，它就扑棱棱飞走了。"比如，他至今不知道名字还拉黑了他的那位姑娘，"像你这样，好不容易等到它落在眼前了，真要这么放弃吗？"

顾西凉不语，抬头看着树梢上歪头四顾的喜鹊，低头继续吃饭。他在脑海中拼命地将散去的数据和公式重新拽回来。好不容易才用数据将脑海占满，就这么轻易地被击溃了。第二只喜鹊飞来，在树上盘旋，树枝上那只喜鹊鸣叫一声，振翅追着另一只飞走了。

陆之鹄呢喃道："说不定要交好运了。"

陆之鹄要走了两份儿茶，当作给送他零食那位顾客的回礼，下山前，将一个地址发给顾西凉道："地址我发你了，去不去随你。"

顾西凉故作镇定地收拾了饭盒回去工作，看得陆之鹄很是无奈。他那么积极地找人，偏偏找不到。别人都已经把地址送到这家伙手上了，这家伙却不为所动。陆之鹄朝给他送茶的小丁吐槽："千万别学他这种口不应心的别扭性格，会'注孤生'的。"

小丁将精致包装好的礼盒重重放到陆之鹄手上，替顾西凉愤然："你有那么多女朋友，倒是教教他嘛！"

陆之鹄望天悲凉道："胡说，我也单身。"是以前他太不认真的报应吗？不认真时，机会多得触手可及，好不容易认真了，却连见都见不到面。

*

也许是运气终于眷顾了顾西凉，也许是多日的辛劳终于有了回报，就在当天下午，顾西凉排查出了病原菌。他们从患病叶片和茎干分离出菌落形态一致的细菌菌株，经过病原菌的分离纯化，利用细菌的表型特征和分子生物学技术确定病原菌的分类，做致病性测定。实验室内欢欣沸腾，一直忙到傍晚，病原确定，多日的焦虑尘埃落定。

实验员们从实验室内出来，激动欢呼，蹦蹦跳跳。明明疲惫得眼皮直打架，连日盼着能好好睡一觉，可攻关后的亢奋刺激着神经，把瞌睡一扫而空，他们只想尽情发泄，将剩余的全部精力和焦虑全都一股脑儿丢出去。

好几天没回家的实验员激动地给老婆打电话："我们发现了没有记录的病原菌，我们成功了！"

单身的一番激动："我们去唱歌吧！下山唱歌！"

顾西凉从实验室出来，靠在休息区椅背上，连日的疲惫如波纹般自内而外地在全身扩散，整个人都散发着劫后余生的疲倦与慵懒。顾西凉点开手机，不由自主地点开了苏沐暖的头像。全心投入工作才放下的思念此刻卷土重来，他摩挲着手机上放大的头像，想要告诉她他成功了，他即将能挽回剩下四分之一茶苗的生命，他守护住了倾尽心血培育的这片绿色。这些幸运的、弱小的、顽强的小生命和他们一起抗下了考验，未来会成为实现他们梦想的希望。也许，也许也能再实现一个梦想……

办公室的门自外被猛地推开，岳彦被推在最前面："阿凉，去玩吧！"

顾西凉还没弄清情况就被他们拉出实验室，塞进车，拉进KTV。这会儿人全被兴奋裹着，谁也顾不上体谅他听不见，点餐的点餐，聊天的聊天，玩骰子的玩骰子。没多久，烧烤、比萨、小吃、啤酒、饮料、水果占满了最大包间里的两张大桌子。

顾西凉看着他们口型整齐地"老板英明、老板威武"，哭笑不得地掏钱结账："这么晚了，为什么不点点儿健康的？"

岳彦将一个摇铃塞进他手里："这时候就是要怎么爽快怎么来！"

没人听他的善言，在实验室稳重文静的同事们抢着麦克风放声对唱。

顾西凉不是第一次来KTV了，位置被安排得明明白白——摇铃、鼓掌、吃水果，坐在沙发上默默地看MV。平时总是体贴敬重他的同事们，这时候纷纷选择性忽略他，只默契地认定他们出来玩不带他，他太可怜，玩high了时，还总有谁一不小心将麦克风递给他。

顾西凉见他们气氛又热起来，端着果盘默默挪到角落，看他们十几个人勾肩搭背拿着三个麦克风动情地大合唱。但因为他自身的问题，金属和民谣有什么区别？唱完后打分的标准是什么？高音和低音到底是什么意思？天籁之音到底是什么声音呢？对他而言，仍不是那么容易的事，可他知道音乐的世界有多么浪漫。他将视线从《一生所爱》的歌词上挪开，拿手机给他们点外卖加餐。微信上收到了陆之鹄新发来的消息，他将地址定位又发了一遍，其实不用发顾西凉也知道的。苏沐暖发了朋友圈，她就在与他们相隔不到500米的河对岸。

就在一水之隔，某个会所内，聚会的"主角"苏沐暖坐在角落喝着闷酒。过来和她打招呼的人络绎不绝，公司里的，还有不少朋友，该来的，不该来的，都来了，而她最想见的，迟迟不来。苏沐暖又翻了一遍朋友圈，烦躁地按掉手机，揉着额角喝酒。

"还没正式开始你就要把自己灌醉了！"唐曦冰和熟人打了一圈招呼，在苏沐暖旁边坐下，"直接打电话叫他过来不就好了。"

苏沐暖倔强道："我说过再不会主动联系，就不会主动联系！"

唐曦冰莞尔，如果那么坚定，干吗明明很烦，还同意了让苏跖给她办聚会，如果那么坚决，干吗还要发朋友圈？还一看一晚上。唐曦冰调侃苏沐暖，"别看了，你再看下去别人会以为你在数谁没给你点赞。"接着撞撞苏沐暖肩膀，凑过去耳语，"我看见好几个和你打完招呼后躲到你盲区补赞的。"

苏沐暖："嗯？"

唐曦冰："别人都紧张了。"

苏沐暖叹气，喝掉杯中残酒站起来。苏跖提议说举办个小规模的内部的活动,庆贺她顺利出院,当时她就知道苏跖一定没安什么好心,但她一时鬼迷心窍,想再给某个人间蒸发的科学家创造见面机会,就答应了。没想到苏跖说的十几人的小聚会,变成了包场舞会。苏沐暖暗自握拳,她近期被顾西凉搅得心神不宁,竟然会被苏跖给算计了,简直是奇耻大辱!一切都怪顾西凉!罪人!但到场的都是来为她庆祝的无辜人,她不能因为自己心情不好就把别人晾在一旁。

苏沐暖深呼吸,调整情绪。她看看时间,距离开场还有不到5分钟,她整理整理妆容,将碎发撩到耳后,又成了驰骋商场的苏沐暖。

苏沐暖:"妆?"

唐曦冰:"可。"

苏沐暖拉拉领口,站起身来。

陆之鹄卡好时间,不早不晚地进入会场,将礼物交给侍者,在场内寻找沈凌城和苏沐暖的身影。前者,是因为沈凌城将他的公司资料拿进招标筛选,他还没正式道过谢。后者,则是他得替顾西凉看看让他口不应心的姑娘现在是什么状态。他四下看着,目光扫过会所尽头的角落,随即,他目瞪口呆。

从阴影中站起来的,不就是他苦寻不得的"拉黑姑娘"Summer吗?真是踏破铁鞋无觅处,得来全不费工夫!陆之鹄正要过去,会场内的灯忽然暗了。

在众人小声惊呼中,会场中间的聚光灯亮起来,苏跖拿着麦克风利落地站在聚光灯下。他春风得意、志得意满地做开场致辞:"感谢各位朋友,各位同事们,百忙之中来参加苏氏的舞会,庆祝我妹妹苏沐暖小姐顺利康复……"

苏沐暖和唐曦冰面面相觑,不知道苏跖这是又要干什么。

附近的朋友看看苏跖,又看看苏沐暖,和她交好的朋友低声笑问:"苏总,这是哪一出?"

苏沐暖笑道:"我堂哥怕我脚伤刚好站着辛苦,不用管我,大家开心玩。"说罢,她又安然坐回去了。既然苏跖愿意忙,她还乐得清闲呢,甚至还拿出手机拍起苏跖表演的照片,发了个家庭成员可见的朋友圈:"今天的苏跖同学,神采奕奕光彩照人。"

唐曦冰从路过的侍者托盘中取了两杯鸡尾酒,坐到苏沐暖一旁,好奇道:"你猜一会儿还有什么?"

苏沐暖无所谓,闲适地从桌上果盘里取了个橘子剥开吃:"不知道,看戏嘛。"

　　苏跖一番致辞后，满意地收尾："再次感谢大家到来，下面请宋梓玥小姐为大家献舞，祝大家有个愉快的夜晚！"

　　唐曦冰低声问："那是谁？"

　　苏沐暖摇头："不认识，苏跖新交的女朋友，要么就是哪个网红？"

　　沈凌城不知道什么时候从黑暗中走到这边，低声解答道："是个女子组合的成员。"

　　苏沐暖恍然，随即投以探究的目光："你还追星？"

　　沈凌城无奈道："是你让我接洽代言，现在当红的明星资料，公司全有。"

　　苏沐暖耸耸肩，和唐曦冰百无聊赖地看那位女子组合的成员热舞。性感火辣，赏心悦目。苏沐暖想，在审美上面，苏跖做得还不错。

　　气氛很快热起来，暖场结束，会所响起相对舒缓的舞曲，大厅成了舞池。嘉宾们各自找着舞伴，很快开始交际、舞蹈。庆祝会变成了社交场，她这个东道主倒是真没什么事了。若是平时，苏沐暖还会穿梭在人群中招待客人，聊聊天，和朋友们换换情报，不着痕迹地鼓励鼓励苏氏的员工们，心情好还愿意跳跳舞。但现在她穿高跟鞋站久了脚还隐隐作痛，也根本没有跳舞的心情。她看着热闹的人群，明明是她的主场，心里却觉得有些索然无味。

　　沈凌城注意到她有些无聊地问："怎么了？"

　　苏沐暖摇摇头，托着下巴道："看苏跖孔雀开屏，挺有意思的。"

　　沈凌城闻言看去，果然看到苏跖替代了以往苏沐暖的位置，正游走在各路来宾间聊得欢畅。

　　苏沐暖看着看着，忽然道："他是特意没让小颜来吧？"

　　沈凌城当即笑出声。要是小颜来了，至少会替苏沐暖招待好苏氏的来宾，苏沐暖就是坐在那儿闲聊，也能顾得过来其他人。"阿跖也是用心良苦。"沈凌城幽默道，他将苏沐暖的酒杯放到侍者托盘上，换了杯果汁给她，"我替你去招待客人。"

　　"辛苦辛苦。"苏沐暖提起兴趣，看沈凌城去给苏跖添堵。

　　唐曦冰暗暗摇头，恋爱使人昏聩，为了让她开心，连一向高冷的沈董都去替她欺负人了。

　　陆之鹄则靠在墙边远远看着，琢磨沈凌城和苏沐暖是什么关系。

　　"沈董和苏总公开了吗？"

"还没吧？"

"应该快了。"

听着旁边低声交谈的来宾，陆之鹄心想，看来有人和他一样关心那边的情况。他故作不经意地回身看了看，交谈的人似乎是苏氏的员工。阿凉处境不妙呀……应该有点危机感才对！他拿出手机，快速地给顾西凉发了消息："你有情敌了。"

9 各自的世界

舞曲音乐结束,趁着换曲,陆之鹄穿过人群走到苏沐暖和唐曦冰身旁,绅士道:"这位小姐,我可以请你跳支舞吗?"

唐曦冰正和苏沐暖闲聊,闻言猛地僵住,有些难以置信陆之鹄是多么阴魂不散,竟然能追到这儿来!她浅浅一笑,果决道:"没兴趣,抱歉。"接着转回身,背对陆之鹄,继续和苏沐暖聊天。

"是对我没兴趣,还是对跳舞没兴趣?"陆之鹄绕到她侧面,彬彬有礼地快速解释,"我想我欠你一个解释。"

唐曦冰不理他。

陆之鹄继续道:"上次在我家见到的是我表姐,我大姨的女儿。"

唐曦冰敲酒杯的指尖停了停,转头朝他笑笑,疑惑道:"好像与我无关?"

陆之鹄无言,好脾气地笑着。音乐又一次开始,他从侍者托盘中取了杯酒,和苏沐暖打起招呼:"苏总你好,我是悬鹄工作室的创始人,我叫陆之鹄。"

苏沐暖正在他和唐曦冰间悄悄地打量,她可

没听唐曦冰说过认识这么个人,还去了对方家里,但听到"悬鹄工作室",苏沐暖神色一变。她上次在投标公司资料里见到的就是这家工作室。苏沐暖问:"你和顾先生是朋友?"

陆之鹄道:"我和阿凉是发小,他实验室出了些状况,没办法过来,让我替他向你问好。"

苏沐暖淡淡地笑了笑,客气道:"工作重要。"但笑容很快就消失了,托别人来问候她?那就是说他看到那条朋友圈了?既然看见了,就忙到连发条留言的时间都没有吗?

唐曦冰在桌下重重地踩了陆之鹄一脚。陆之鹄吃痛,悄悄向下瞄,茫然地望着唐曦冰,用眼神问:"说错话了?"

唐曦冰竟然看懂了,随即微微点头,甩给他一个责备的眼神。接着站起来:"你不是想跳舞吗?走吧。"

不料他们还没走出去,苏跖先端着酒杯凑了过来。他堵在了唐曦冰和陆之鹄出去的路上,他们只好暂时停下。苏跖没有要让开的意思,而是笑眯眯地问苏沐暖:"沐暖,哥给你准备的舞会满意吗?"

苏沐暖应付地"嗯"了一声:"还行。"

苏跖得意扬扬,故作神秘道:"还有更精彩的。"

音乐结束,舞池灯光变换,从暖色的光变成五彩光,闪耀几次后,宋梓玥换了一身绣着亮片的性感紧身裙,踩着台阶登上中央的表演舞台。音乐突变,再次变成快节奏的舞曲,宋梓玥再次热舞。衣服上的亮片闪耀着射灯缤纷的色彩,像碎宝石的光芒一样,将她曼妙的身材衬托出来。

苏沐暖眯了眯眼睛,语气危险地问苏跖:"在我的欢庆会上表演这种?"

苏跖笑得更深:"还有还有。"

宋梓玥热舞结束,气喘吁吁地拿着麦克风,腼腆道:"今天是我的生日,很高兴能在这里和大家一起过生日。"

苏沐暖和唐曦冰对视一眼,她再看向苏跖,从苏跖脸上看不到丝毫意外。

刚刚的性感热辣从宋梓玥身上消失得彻彻底底,她像小女生一样不安地握着话筒,声音打战,朝他们这边看来,有些慌张地鞠躬:"谢谢大家,谢谢苏总,如果跳得不好,大家多多海涵。"

苏跖还朝台上点点头,一副高兴大度的模样。

苏沐暖笑了,好一个喧宾夺主,知道的是庆祝她康复,不知道的还以为是在给这位宋小姐过生日办演唱会呢！来客们悄悄看着这两位"苏总"，不知道宋梓玥感谢的是哪位苏总，神色微妙。他们你看看我，我看看你，尤其是苏氏的中高层们，见苏沐暖鼓起掌，才犹犹豫豫战战兢兢地鼓起掌来。苏沐暖咬牙低声问苏跖："你特意找了这么个抢风头的给我添堵？"

"哪里，我这是特意给你凑的喜上加喜。"苏跖笑得见牙不见眼，"人家今天可是真生日。"

怪不得非要定在今天。

苏沐暖见有服务生端了蛋糕和花送上台，脸上笑容不变，心里狂殴苏跖这个智障："你想所有人知道我们不和吗？"

苏跖边拍照，边晃晃手机："我是帮大家明辨真相，知道苏氏不是只有一个人姓苏，我随便给一个小明星过生日，就能邀请到这么多苏氏的实权人物。"

苏沐暖："那你真是辛苦了，小心穿帮了尴尬。"

苏跖："没关系，刚刚我已经加了所有人好友，你的人脉，现在也是我的了。你一个女孩子，去结婚生子过幸福日子不好吗？非要……哎哟！"

苏沐暖的高跟鞋重重踩到苏跖鞋上，疼得苏跖差点将手机扔掉。

台上，宋梓玥吹灭蛋糕，捧着花一派天真可爱的样子邀请众人："有人想上台一起跳舞吗？"她目光却不停往苏沐暖的方向瞟来，"我听说苏小姐跳舞特别厉害？"

苏沐暖的掀了披肩，碾着苏跖的脚站起来，却被唐曦冰拦下来。唐曦冰一个横步半挡到苏沐暖身前，笑道："请了演员，怎么好叫主人登台表演呢？"她回头看看苏沐暖，向苏沐暖递来一个安心的眼神——这种小场面让我来。

转头瞬间，危险的寒光从眸中迸射出来，唐曦冰带着薄笑，眼底却没有一丝笑意，声音透着冷漠，将宋梓玥点燃的场冰冷地压制下去："宋小姐是吧？今天是你生日，我们作为主人是该让你尽兴，唱还是跳，我都奉陪。"

陆之鹄在近处旁观唐曦冰转头变脸，心尖微颤，被她牢牢地吸引。

人群不由自主给唐曦冰让出条路来。

唐曦冰松开挽起的长发，轻轻甩甩头发，边走边解开了脖颈上过重的吊坠，陆之鹄已经将手伸过来。唐曦冰余光扫见，脚步未停，信手将水晶吊坠松开,吊坠稳稳落到陆之鹄手上。陆之鹄像中世纪的骑士一样,落后她一步送她上台。唐曦冰闲庭信步走到台前,迎着宋梓玥的目光,从正前方走到舞台上,腰背直挺,细长的高跟鞋如锥子一般踩在台上,发出"咚咚"的声响。她松了松领口,从略高处俯视宋梓玥,宋梓玥感到压迫,情不自禁地后退半步,无形中已经露了怯意。若是平时,唐曦冰也许会对示弱的女孩子生起几分怜香惜玉,可谁让宋梓玥偏偏来挑衅她姐妹的场子。唐曦冰温柔地笑笑,语气却像掺了冰,让人想起数九寒天里刺骨的寒风。她问:"想跳什么?"

像是在无遮无掩的草原上被猛禽盯上无处可逃的兔子,宋梓玥不自觉打了个哆嗦。如果说宋梓玥是靠舞台的经验夺目,唐曦冰则全靠技术和气场吸睛。同样的音乐,她们以自己的方式 freestyle。

舞台上,宋梓玥无疑是自信的,她经过专业的学习和培训,对自己的舞姿颇有自信,更加不信一个非专业的爱好者能和她比舞台魅力。在音乐一开始,她率先动起来。说话时的娇柔天真不见了,一上来就火力全开要和唐曦冰拼出个胜负来。

可对她的挑衅唐曦冰岿然不动,任宋梓玥怎么挑衅都落了空。她仔细听着音乐,在掌握节拍后动起来。长裙被美腿划开,身体紧卡着音乐从容不迫地律动、旋转、舞蹈。暗红色的长裙在灯光下如盛开后颓靡的花,在夜幕下艳丽地魅惑着来往的赏者。火热的舞,她却偏偏表情严肃,如卡罗拉红玫瑰带着刺,跳到尽兴时忽然挑起短短的一笑,让人心旌摇曳。

渐渐地,没人再注意慢下来、停下来的宋梓玥。她像是误入了唐曦冰的舞池,无所遁形地尴尬在那里。唐曦冰占领了这个舞台。她看向想逃的宋梓玥,拦了她退去的路。在音乐结尾时,她忽然伸手挑了挑宋梓玥的下巴,指尖划过她的发梢,毫无留恋地离开。宋梓玥被她落在身后,面色苍白。唐曦冰擦过她身旁,站到舞台中间,捏着裙摆,收起刚刚野性十足的攻击力,落落大方地向鼓掌欢呼的来宾施谢幕礼,看到苏沐暖时,甚至略显俏皮地眨了眨眼睛。唐曦冰:"献丑了,谢谢大家来参加沐暖的康复酒会。"

苏沐暖充分感到了有人出头的愉悦,她鼓掌更用力了些。她正旁观好几个人邀请唐曦冰跳舞时,手机响了起来,是妈妈。苏沐暖隔着人群朝唐曦冰指指手机,做了个接电话的动作。

唐曦冰点头。

苏沐暖拿着手机到俱乐部外接电话,不知不觉走到了俱乐部后方安静的河边。

"喂,李女士,这个时间不追剧,想我啦?"

"我可是放着大结局没看关心你呢。"李婉气势十足的声音传来。

苏沐暖:"是是是,我可感动啦。"

李婉笑起来:"加广告,你爸帮我看着呢。"

苏沐暖失笑,故意埋怨道:"我在你心里还没电视剧重要?"

李婉一点儿都不示弱:"那可不,电视剧天天准时准点地陪着我,我闺女呢,整天的看不着人。"

苏沐暖自觉理亏,暗暗吐吐舌头,不搭腔。对岸的霓虹照在河面上,像洒落了五彩的银河。苏沐暖靠在护栏上,漫不经心地往光芒闪动的河面上看。

"苏跖不是说你和几个朋友聚会吗?怎么还跳起舞来了?"李婉刚看了她的朋友圈,不放心嘱咐她,"你脚可刚好,还没恢复利索呢,不能蹦跳也不能喝酒,知道吗?"

"知道,放心吧。"苏沐暖懒洋洋地应着,抬起头看对岸,她就知道苏跖没敢告诉家里他搞了这么个阵仗,她故意道,"苏跖非要拉一群人搞什么舞会,我都不知道,累死我了。"

"一群人?"李婉听到了重点。

连苏恪仁也凑过来问了句:"什么一群人?"

苏沐暖见好就收,故作惊讶:"苏跖没说过?我当他只是没和我说呢,他还让我跳舞。"

李婉渐渐听出来了,笑问:"那你跳了?"

苏沐暖:"曦冰替我跳了。"

李婉笑出声:"等苏跖哪天真欺负你了,你再回家告状。"

苏沐暖听见开门声,看见沈凌城走过来,朝他挥了挥手,继续和李婉闲聊:"那不可能,就他,这辈子都没戏了。"

她们又闲聊几句,那边电视剧要开始了,李婉要去看电视,就要挂电话:"不许喝酒,知道了吗?"

苏沐暖无奈道:"知道了。"

李婉拉长了声,嗔怪地说她:"知道就好。回头我要问问苏跖,是不是有人耳朵没好好在脑袋上长着。"

苏沐暖无声嘟嘟嘴巴。

李婉忽然问:"阿凉来了吗?我怎么没看见他,好久不听你提他,你们是不是吵架了?"

"他实验室忙,没过来。"苏沐暖沉默下来,强打着精神应付道,说完,苏沐暖意识到自己语气太低沉了,又扬高声调,笑道,"不过他叫朋友带了礼物过来。"

李婉:"那就好。"

苏恪仁声音隔着些距离传来:"有空带他回家来坐坐,知道吗?"

"嗯。"苏沐暖应付两声,挂了电话。她趴在栏杆上,默默出神。从上次在医院分开,她爸妈都想顾西凉了,顾西凉却不想她。

沈凌城脱了外套披到她肩上,挨着她站到一边,柔声问:"怎么不高兴?"

"有点累了。"苏沐暖拽拽衣领,感受着还有些凉的夜风,她绕开了话题,提起兴趣问沈凌城,"苏跖之前和你沟通过吗?"

沈凌城摇头:"没有。"

"哼,亏他这次能瞒得严实。我最讨厌别人骗我,等着瞧!"

河水中灯光忽然反常闪动,苏沐暖听见水波动声,循声看去,看到一条大鱼从水中跃起落下,向对岸游去。"好大的鱼。"苏沐暖指给沈凌城看,"老苏同志就从来没钓到过这么大的鱼!"

沈凌城靠在她旁边,笑着应了声。苏沐暖仔细地看着鱼,同时看见对岸似乎也有个人趴在栏杆边缘在看鱼。他站在两个路灯中间灯光未接的黑暗区,苏沐暖只能看到一个剪影。什么时候在那儿的?这是河道的一处支流,只有五六米宽,若在这边大声说话,那边能听得清楚,她不知道对面的人听了多久。

沈凌城道:"回去吧。"

"嗯。"苏沐暖注意力不自觉放在对岸,打量着暗处看不清脸的人影。

对方似乎注意到她在看,在他们动了后也向后退开了。

沈凌城:"累了?我先送你回家。"

"不用。"苏沐暖将肩上的西服外套脱掉还给沈凌城,慢慢往俱乐部踱步。沈凌城快她半步拉开门,苏沐暖脑海中却回放着对岸的人影。很高挑的男性,身姿总觉得莫名熟悉。苏沐暖回头。对岸的人恰好走过路灯边缘,迎面的车灯照亮了他的脸,转瞬,光芒消失,苏沐暖看得并不真切。她跨进店内,怀疑自己生了错觉。他怎么可能出现在那儿?

苏沐暖脚步停了。

沈凌城:"沐暖?"

"你先进去吧。"苏沐暖转身,脚步越来越快,对岸的人已经不见,也许只是她正在想他才恰好出了错觉。她大步向远处的桥跑去,越跑越快,高跟鞋踩在石砖上,急切如密槌落鼓,夜风吹乱了造型师精心为她打理的长发。她要亲自去看一看,刚刚站在那儿的人是不是顾西凉!

*

外卖很快,顾西凉叫上岳彦一起到大堂取餐。

隔着 KTV 贴满广告的大窗向外,能看水波粼粼的河道,顾西凉忽然想到河边去看看。他将外卖交给岳彦,要一个人去走走。

岳彦不大放心:"你自己?"

顾西凉道:"很快就回来。"

岳彦犹豫片刻点了头:"消息联系。"

"好。"

岳彦目送顾西凉出了 KTV,才拎着外卖上了电梯。他从三楼的窗边,能看见顾西凉沿着河边的行人走廊散步。

唱歌这种活动,实在是不适合顾西凉的。其实年轻人放松无非那几样,他们大多都不喝酒,平时还一起骑骑山地车,但最近累成狗,运动简直是行刑,常规活动不就剩下吃饭、唱歌、睡觉、泡温泉。这天气总不好去泡温泉,他们便硬拉了顾西凉来,他也从没反抗过,每次都是饶有兴趣地坐在沙发上看 MV。可唱不了,在 KTV 坐着一定很无聊,出去散散步也没什么不好。这边都是娱乐区,车辆很少,只在河边散步,也不会有什么危险。让他在包厢闷着,还不如放他去遛遛弯,说不定还能更自在点。

岳彦想通了,面上的忧虑很快消散,无忧无虑地检查起外卖盒来。寿司、水果、甜点,还有不健康但好吃的烤串。岳彦乐滋滋地拎着外卖回包厢。

*

初夏夜晚起了风,夜风带着舒爽的寒意,顾西凉低头沿着河踱步,不知不觉走到俱乐部对岸。不用看地图,无须看定位,已经找到苏氏聚会的俱乐部地点。对岸的霓虹招牌和苏沐暖朋友圈发的一致。门外没有人,里面灯火通明,庆祝会应该正在办。也许能看到苏沐暖,只要远远看见就足够了。

顾西凉站到了两个路灯中间的黑暗里,手机振动,陆之鹄给他发了消息:"你有情敌了。"

陆之鹄还给他发了几张场内的照片,苏沐暖就坐在角落,手撑着下巴喝酒。已经看不见石膏和绷带了,她纤长的手臂露出来,如脂如玉。人虽然在笑着,但似乎情绪不高。即使只通过照片,顾西凉也能看懂她是不是真的开心。他放大了照片,一点点看着细节。寂静的世界忽然有了声音——"喂,李女士,这个时间不追剧,想我啦?"

顾西凉连忙关掉手机。亮光消失,他朝思暮想的人从俱乐部走到了河边,停在他对面。

苏沐暖站在路灯下,靠着栏杆和妈妈闲聊。

若是她的声音对他来说没有那么特别,也许会模糊在水声、车声、人声和各个店铺流露出的音乐里,可她的声音是他真正体验到声音世界的钥匙。在绝对的寂静中,她轻柔可爱的声音横穿河流,传到顾西凉的世界来。像极细的蛛丝系在他们之间,薄弱又坚固,激活了他全身的细胞,勾起了全部的思念。顾西凉竖起耳朵,近乎贪婪地听着。

"是是是,我可感动啦。"

"我在你心里还没电视剧重要。"

"知道,放心吧。"

"苏跖非要拉一群人搞什么舞会,我都不知道,累死我了。"

……

顾西凉嘴角扬起来。私下面对父母时,苏沐暖会脱离工作状态,撒着娇,透出些娇嗔可爱。原来已经有这么久没有听到她的声音了!

苏沐暖的声调忽然转低:"他实验室忙,没过来。不过他叫朋友带了礼物过来。"

顾西凉笑容僵在脸上。不,我有来。顾西凉握紧了栏杆,心里无声地说着:我就在对岸。好不容易才能忍住不去见她。

顾西凉隔着窄窄的河道,看着苏沐暖趴在栏杆上盯着河水出神。他松开了栏杆,从黑暗向路灯下的桥迈出一步。

对岸的苏沐暖忽然抬起头,转身朝追来的沈凌城笑起来,朝沈凌城跑去。沈凌城为她披上外套,苏沐暖抬手抓住落到肩膀上的外套,笑着看他,靠近沈凌城。那样明媚的笑容,如冰冷的利剑一样刺进顾西凉的心。顾西凉重新退回黑暗里,浑身都冰住了。

"有点累了。"

"苏跖之前和你沟通过吗?"

"哼,亏他这次能瞒得严实。我最讨厌别人骗我,等着瞧。"

顾西凉被定在原地,看见苏沐暖和沈凌城走向俱乐部大门,门口的暖光洒在她身上,照亮了她的脸,柔和得像伦勃朗的古典油画,离他越来越远。维系在他们间的蛛丝被拉断。顾西凉垂首,避着路灯的光离开。他深深嫉妒着沈凌城,嫉妒着他能陪伴她,嫉妒着他的健康。

*

顾西凉疾步离开,逃回属于他的聚会。他推开KTV包厢的门,在寂静中进入嘈杂的声浪,坐回属于他的角落。

MV里男主角和女主角在涂鸦墙前、公园长椅上弹着吉他唱着歌——

Darling darling
Can I call you darling
Everything about you makes me wonder why
Pretty day and night
Shining bright light...

甜甜腻腻的歌词,一定是像冰激凌一样的味道。

岳彦将一瓶啤酒递给他,没心没肺地笑问:"去哪儿了?"他只是客气一下,不想顾西凉竟然将酒接过去,仰头灌了下去。冰凉的啤酒顺着喉咙抵达胃里,没有浇灭焦躁的火苗,却燃起了熊熊的火。

"你是不是渴了?"岳彦惊愕地满桌子找冰水,顾西凉喝完整瓶的啤酒,又拿起另一瓶。他手机振动,是陆之鹄和他分享着消息。

"人生何处不相逢,猜猜我遇到了谁?"

俱乐部内,音乐换成了快节奏的流行DJ,酒酣耳热的来宾们尽情地跟着音乐舞动着。唐曦冰站在舞台中央,主导着整个舞池,和一个个倾慕者以舞相搏。她看见陆之鹄在和谁发信息,挑眉朝他勾勾手指。

陆之鹄站上去,唐曦冰将手搭到他肩上如高傲的猫,跳起轻盈的舞。陆之鹄靠近她时,闻到了浓烈的酒气。

陆之鹄道:"你喝多了。"

唐曦冰另一只手也搭上他的肩,笑道:"才刚刚开始。"

酒吧内,顾西凉反常地喝酒引起同事们的注意。半醺的他们晕乎乎地起哄,一个个拿着酒瓶给顾西凉:"老板你竟然有这酒量!"

顾西凉接过酒,面色不变,如饮凉茶,只是失了耐性,比喝茶急切,他看着MV上进入尾声的情歌,笑道:"我想起一首词,算是情诗。"

同事们起哄："什么？"

"一生一代一双人，争教两处销魂。相思相望不相亲，天为谁春。"

*

苏沐暖在街上左右张望，到底是丢了那个人的踪迹。

沈凌城追上来，拉住了还要找人的苏沐暖："你要找什么，我帮你，你刚刚康复，不能这么跑了。"

苏沐暖脚伤刚刚康复，就穿着高跟鞋奔跑一路，此刻脚上隐隐有些发疼。她四下望望，抬头看了看上方商场和KTV的招牌，泄气道："可能是我看错了。"

顾西凉怎么会在这儿呢！如果他在怎么会不去见她呢？

"走吧。"

她不知，他也不知。苏沐暖就站在他的窗下，顾西凉就在她上方的包厢。

顾西凉念完了下半阕："浆向蓝桥易乞，药成碧海难奔。若容相访饮牛津，相对忘贫。"

*

俱乐部内，唐曦冰跳完一曲，倏地将陆之鹄推下台。她睥睨着脚步未稳的陆之鹄，意思是：还想再要，来吗？

实验室的员工们很少见顾西凉喝酒，但实验室储藏室藏着好些酒，也不时会变动，他们内部也流传着顾西凉千杯不醉的传说，因此，他们谁都没想到顾西凉能把自己灌醉。

岳彦将顾西凉送回茶室，小丁见顾西凉昏迷似的不省人事，差点惊掉下巴。小丁搀着顾西凉的肩膀问："这是喝了多少，发生什么事了？"

岳彦架着顾西凉另一边肩膀，打着酒嗝道："高兴吧，终于找到病原菌了，我们都挺高兴。"

小丁怎么看怎么不像那么回事。他狐疑地看看岳彦，瞧不出任何破绽，如果不是岳彦城府太深，那就只能是他打心里就这么觉得。小丁猜他从岳彦身上是问不出什么了，于是叫他一起将顾西凉扶去卧室。

喝醉的人似乎比平时更重几分，岳彦自己也半醉着，一路跌跌撞撞。他们绕过顾西凉的书桌，不小心将桌上一个十分精致的大号手工皮质笔记本撞到地上。

小丁将顾西凉安顿好，岳彦捡起本子，发现竟是标本册。厚厚的一本，有一两百页，里面夹着花花草草，每个上面都写了标签，记录了采摘地点、时间、植物名字、品种、性状，有的还配着科普性的彩绘图，是本相当不错的科普标本册。

岳彦往前翻了翻，发现还有十多年前的。字迹、画工和后面比，都还相当的稚嫩。他扭头看看躺在床上酒醉不醒、眉头紧蹙的顾西凉，笑笑将标本册放回桌上，心里嘀咕：竟然还有这爱好。然后打着哈欠和小丁一起出去，借用茶园的客房。

*

顾西凉做了一夜的梦。颠三倒四，混乱不清。梦里，他和苏沐暖正式交往。他们一起在寒风中爬上山巅，看红日跃出山峦；一起在橘子洲头的沙洲上露营，吃他们一起做的甜点；一起坐在电影院看爱情影片，在昏暗里悄悄牵手；春节时，围着一条长长的毛线围巾，仰头看烟花绽放……直到纸包不住火，苏沐暖发现他隐瞒的真相。她所有的欢喜都变成失望，身上只剩下怒火。

她质问他："我最讨厌别人骗我，你为什么要骗我？！"

梦里的他无言以对，只能看着她离去，急出一身的汗，可他陷入泥沼，被漆黑的泥水拖入深渊，怎么挣扎都追不上苏沐暖。

随后他被小丁摇醒。他睁眼看看窗外，天阴着，分辨不出时间，脑中一片混乱。

原来是梦。

他终于从窒息感中挣脱出来。

顾西凉揉着宿醉后发疼、发涨的额角，哑着嗓音问："几点了？"

"9点多了！"小丁不时看看客厅外，晃晃顾西凉肩膀，只作口型不发声音告诉他，"苏小姐来了！"

顾西凉一下惊醒。这话比任何醒酒汤都管用。他连忙起来冲进洗手间，以最快的速度洗漱、换衣服，之后忐忑地从洗手间出来。

苏沐暖穿着件月白色的裙子，坐在他的书桌边。她紧绷的表情和梦中重叠，顾西凉越加慌张。苏沐暖看他，发梢的水珠未干，头发也比平时凌乱，双眼带着浓浓的红血丝，眼圈青乌着，憔悴不堪。她从来没见过顾西凉这种模样。如果不是先去了实验室，她一定会以为他是加班熬夜才累成这样。

苏沐暖道："我刚刚去了实验室，他们说你昨晚喝醉了，还没去上班。"

顾西凉怔住。

苏沐暖咬了咬下唇，语气变得很强硬："你昨天在哪里喝醉了？昨天我看见的是你吗？"

顾西凉张了张嘴，终究什么也没说。沉默已经是回答，苏沐暖眨眨眼，转开头，随即笑了。

"我康复第二天一大早赶来看望你，真是个笑话。"她抓起包站起来，决绝地离开茶室。

小丁带着也才宿醉刚起的岳彦倒了茶回来，在门口差点和苏沐暖撞上。他们连忙躲开，茫然地看看室内，这就走了？一大早过来，这么快就走了吗？不会是吵架了吧！小丁和岳彦对视一眼，都看见对方眼中的不可思议。他们快步进去。太阳打西边出来了，顾西凉竟然会和女孩子吵架？

他们一进门，就看见顾西凉坐在木椅上，双手撑着额头，无意识地揪着头发，无助地缩着身体。小丁看向岳彦，岳彦轻咳一声，挪步到顾西凉面前，蹲下身从下方抬头看他。

顾西凉回过神来，木木地抬头看岳彦。

岳彦讪笑，心想：他是怎么了，竟然以为顾西凉要哭了。岳彦问："苏小姐才来怎么就走了，吵架了？"

顾西凉悲凉地望着他，眼中有化不开的愁绪："师兄，我们结束了，她以后都不会再来了。"

岳彦脱口问道："为什么？有什么误会聊开不就好了？"

顾西凉摇头，他苦笑道："像我这样听力有问题的人，凭什么拖着她呢？"

"听力有问题是什么意思？"苏沐暖愕然的声音从门外传来。

她气得想一走了之，再也不见他，憋着一口气一直走到茶田，忽然想起他们一起采茶、炒茶那天。她憋着口气生生止住脚步，又走回来。她还没问清楚，顾西凉为什么躲着她，也不回消息，不见面了，如果不喜欢她，又为什么偷偷看她？已经看到了，又为什么躲起来买醉？她实在想不通，他到底是忙实验，还是忙着躲她。

苏沐暖转头回来，却在门口听到顾西凉和岳彦、小丁说话。她靠在门外，听到顾西凉说"我们结束了，她以后都不会再来了"，压下去的怒火又腾地升起来，她想要冲进去质问顾西凉为什么这么说，骗她的是他，凭什么他用那么悲凉的语气说这种话。可紧接着，苏沐暖听见了完全出乎她意料之外的话——"像我这样听力有问题的人，凭什么拖着她呢?"

听力有问题的人?听力有问题?听力障碍?什么意思?!这算什么回答!她生出一种荒谬感。

苏沐暖走进去,顾西凉不可思议地看着她,猛地站起来,手足无措地望向她。

她无视惊慌的岳彦和小丁,走到顾西凉面前问他:"听力有问题是什么意思?"

他们沉默地对视着,苏沐暖忽然懂了,很多事忽然有了解释:苏跌曾经抱怨过他高冷不理人;他一直没考驾照;无论和谁说话,他似乎都很专注;明明车喇叭声那么刺耳,那次他像是听不见似的依旧平静地走着……

苏沐暖双腿一阵无力,她跌坐在椅子上,回想着他们相识的诸多细节,然后极轻地问:"你听力障碍?"

顾西凉垂眸,第一次站在人前,却躲开了对方视线:"是,我天生听力障碍,一度听不到任何声音,所以那天我躲不开是因为听不见。"他像重刑犯交代罪行一般,平静、坦诚,再无隐瞒,唯有声音中的颤抖,暴露了情绪,内疚、自责,还有无尽的遗憾。

苏沐暖看着他,眼睛睁得滚圆。

顾西凉带着股自暴自弃的意味,继续道:"我接受治疗戴了助听器后,不影响简单交流,只要不说得太快,我就能听明白。如果我刻意伪装,别人也很难发现。"

顾西凉悲凉地想,已经到了这种时候,他依旧无法掐灭希望,依旧心存侥幸,希望长长久久地骗她,希望永远不被她发现,逞强说着不见,故意晾着她,不理她、其实心里根本无法彻彻底底地切断他们的关系,明明知道离开她才是对的,明明已经下过几百次几千次决心,还是一直矛盾着、摇摆着,直到这时,偏偏在这时,才真的听清内心——他喜欢她,喜欢得难以自欺,喜欢到重新恨起自己为什么不够健康,为什么偏偏听不见……

可现在一切,都成惘然。

"沐沐,抱歉,是我一直在骗你瞒你……"

苏沐暖低着头,心如乱麻。

岳彦替顾西凉辩解:"他不是故意要骗你的。"

苏沐暖低声道:"麻烦你们先出去。"

惊慌的小丁拉着还想劝说的岳彦连忙出去："你们谈……"

室内光线稍暗，越加压抑。

好一会儿，苏沐暖转头看向茶室侧面的窗。她第一次无意间看见顾西凉，他就坐在这里倚窗看书，剪影如画一般。那天明媚的晨光穿过竹帘洒了一室，照到他身上，人也像发着光。好感在那时候已经种下了，不知道从哪里来的信心，他们一定能相处得来。原来是她错了，也许从一开始，一直都是她一厢情愿，就像曦冰说的——吊桥效应。

苏沐暖将视线收回来，感到什么从心中渐渐溃去，经历着从未有过的失意和委屈。那些委屈，化作难抑的怒火，将她整个燃烧。"为什么不告诉我？为什么？！"苏沐暖颤抖着声音抬头望着顾西凉，然后按着桌子站起来，"为什么你不一开始就告诉我？为——"她猛地怔住了，随即呆呆地盯着顾西凉，语气充满不可置信，"你觉得我会介意？你觉得因为你听力障碍，我一定不会接受你，所以……所以……"所以不敢告诉她，所以即使她表白了，他也不敢接受，反而躲着她、疏远她、不见她。因为如果她知道了，逃避的就会变成是她？苏沐暖出离愤怒，她眼睛通红，语气却弱了下去。推论的结果几句便将她击溃。

"顾西凉，你问都没有问过我，你就下了判断，否定了我们的感情，两个人的感情……"泪水在她眼睛中堆积着，苏沐暖恼羞成怒，"你就是这么看我的吗？在你眼里，我就那么势利吗？"苏沐暖哽着嗓子问他，"如果我们在一起，假如有一天我出意外、听不见声音、说不了话，你就会抛弃我吗？我喜欢你，不是因为你听不听得见、长得帅不帅，更不是因为你有没有钱、有没有权势，只是因为你是你呀！钱也好，势也罢，包括健康，我为什么要为了已经拥有的东西背叛我自己的心？你凭什么否定我的心？"眼泪润湿了睫毛，苏沐暖抹开了冲出眼眶的泪珠，"你不相信我，不相信我的品性，更不相信我的喜欢。你只相信自己的判断，甚至不愿意问问我介不介意。喜欢不是这样的，如果你喜欢，就只会想如何和我在一起，而不是想如何和我分开。"

她一口气说完，再看向顾西凉只剩下失望，再也不想在这屋子里待下去。她转身离开，拉开茶室的门，又回头看顾西凉，她如一个旁观者，听见自己的声音不带一丝起伏地问他："我只有一个问题要问你，你喜欢我吗？"不等顾西凉回答，她便拉开门，大步走了出去，看也不看守在外面担心地偷听的岳彦和小丁。她大步走着，再也不会回头。

"我喜欢的。"顾西凉讷讷地说着，可苏沐暖已经不见，也不会听了,他痛苦地闭上眼睛。

岳彦和小丁冲进来,摇晃着顾西凉:"她走了!真走了!快追吧!"

顾西凉猛地推开他们,大步朝茶室外追去。

"阿凉快点!跑起来!"岳彦大喊着。

顾西凉没听清,也无须听清,迈开长腿奔向苏沐暖的车。

苏沐暖疾步离开,刚刚坐上车,就听见顾西凉的喊声。他跑到她车边,敲着窗户,仪态尽失。她也一样,后视镜里,她眼睛红肿得像桃子似的。

顾西凉敲着窗,声音喑哑地叫她:"沐沐。"

苏沐暖瞥了瞥他,扣上安全带,一脚油门将顾西凉甩开。她看见顾西凉无助地站在路上,于是将油门踩得更深,直到顾西凉终于消失在她视线内。

*

苏沐暖一路飙车,卡着限速从山上下来,一直到再也看不见岳麓山,才将车漫无目的地开到湘江边。她停下车,趴在方向盘上许久许久没起来。泪珠落到她雪白的运动鞋上,溅开小小的水花。

"晚了,顾西凉……"她憧憬的、幻想的、赋予无限期望的初恋也许就这样结束了。迟来的少女心如昙花一般,刚刚绽放,未能走向黎明就凋谢在夜里。她打开音响,动感的音乐盖住了压抑的哭声。许久,苏沐暖爬起来,将顾西凉从好友列表里删除。她滑到唐曦冰的头像点进去,打通语音电话。

"喂?"唐曦冰的声音惺忪慵懒。

苏沐暖带着一丝喑哑道:"陪我喝酒。"

半梦半醒的唐曦冰一下睁开眼睛,掀开搭在身上的胳膊下床。

"你在哪儿?"

"江边。"

唐曦冰敏锐地听出她声音不对,捡起地上的衣服套上,皱了皱眉:"好,我马上过来。"

陆之鹄慵懒地趴在床上打哈欠,听到她要走,半个哈欠没了踪影:"要出去?我送你?"

唐曦冰挂了电话,将头发挽起来:"不用,借你卫生间用用。"

她洗漱好,陆之鹄也换好衣服等在外面。她一开门,换陆之鹄进卫生间:"等我5分钟,我送你。"

唐曦冰觉得好笑，自顾自地用他的镜子飞快地化好妆，将自己的东西塞进包里，到玄关换鞋："走了。"

"我好了。"陆之鹄边拿毛巾擦着脸边跑出来。

唐曦冰抬手压压他翘起的头发："我去见闺蜜，和你无关。"

"哎，等等。"陆之鹄拉住她胳膊，笑问，"重新加个好友？"

唐曦冰拽住他的衣领，在他唇上亲了一下："不行。"

陆之鹄快速伸出胳膊拦到唐曦冰前方，他笑盈盈地望着唐曦冰，目带亲昵和渴求："难道我们还不算是男女朋友吗？"

唐曦冰叹了口气，她的手搭到陆之鹄手臂上，淡漠道："我们是成年人。"

陆之鹄笑容开始僵硬："什么意思？"

唐曦冰："成熟点。"说完，她推开陆之鹄的手臂，潇洒离开。

陆之鹄靠在门边，怔了好一会儿，被发"成年卡"原来是这种感受。他摸摸嘴唇，指尖沾到一点儿口红，摊摊手，无奈地笑着回卧室拿手机继续申请添加好友。

10 坦白

唐曦冰不想苏沐暖借酒消愁,借口早上没酒吧营业,和苏沐暖一起进了甜点店。吃甜的能治愈心情,以往这招儿对苏沐暖尤其管用。工作遇到难题,或是生活有什么不顺心,她陪唐曦冰喝酒,唐曦冰陪她吃甜点。唐曦冰点了杯咖啡还没喝完,苏沐暖已经大口大口吃掉两份慕斯蛋糕、一杯圣代,然后又点了焦糖布丁。唐曦冰将盘子拿走:"不要仗着吃不胖就乱吃,一会儿胃不舒服疼的可是你。"

苏沐暖手机又响起来,被她按掉,又响起来,然后再次被狠狠按掉。不停的铃声也是刺激她胃口的一大因素。苏沐暖端起柠檬水灌了一大口,有些口齿不清地发泄:"人和人相处的基石就是信任,连做生意都要讲信用。他呢,他从一开始就在骗我,我像个傻子一样被他骗得团团转。"

唐曦冰看着锲而不舍的号码,被苏沐暖一按再按,于是问:"不接?"

"不接。"

"总要解决的。"

"已经解决了。"苏沐暖放下勺子,将手机关机。

世界清静了。

唐曦冰喝着咖啡但笑不语。

苏沐暖问:"你不问我如果他一开始告诉我,我还会喜欢他吗?"

唐曦冰笑起来:"你会吗?"

苏沐暖望着她,果断而坚定:"会!你信吗?"

唐曦冰:"当然,你就是这样的,所以没有问的必要。"

苏沐暖眼睛又热起来。他们的了解越深,她越发现他们间的信任原来这么脆弱。她沉默地再次小口小口吃起布丁。

唐曦冰搅动着咖啡,放柔了声音安慰她:"你们认识还不久,在我看来他也并非良人。一见钟情不过是荷尔蒙分泌影响情绪,了解后大多不能长久,不如随他而去。"

苏沐暖不语,沉默地吃着布丁。那么多的糖分,也不能让她像以前一样打起精神。苏沐暖低头盯着不再响起的手机,低声道:"等吃完,我就回归单身,不再伤心。"

唐曦冰轻叹,越是强调"不",就越是在意呀!她和苏沐暖在感情上一直观点不同。她不相信爱情,苏沐暖则对感情太单纯。她们像两极一样,相互环绕,合而不同,彼此尊重,却不能改变彼此观念。即使她用理论和经验竖起厚盾,苏沐暖也不见得会拿起来武装自己。她真希望苏沐暖的喜欢只是心血来潮,痛快地忘记,不再伤心。

*

吃完甜点,苏沐暖洗漱补妆后去了公司,还有一堆需要她亲自处理的工作要做。除了小颜发现她眼睛有些肿,妆比平时浓,没人发现她有异常。

沈凌城来给她送文件,见她一直低着头,弯腰从她下方往上看,然后问:"眼睛怎了?"

苏沐暖拿手遮住他视线:"昨天喝多了没睡好,水肿。"

沈凌城拉开她的手,抬起她下巴细看:"哭了?"

苏沐暖挥开他手:"你才哭了。"

沈凌城:"声音都哑了。"

"让我看看让我看看,你竟然哭了?!"苏跖正好进来,闻言便乐,他拿着手机就要拍,幸灾乐祸的神情溢于言表,"你哭什么呢,被甩了?我怎么说的?那个小白脸一看就不是好人,就你傻……"

沈凌城头疼地转身把苏跖推出去,将门关上。

10 坦白

苏沐暖揉着额头:"我要看报表了,你也出去。"

沈凌城走过来揉揉她头:"失恋有什么,我不是三天两头就被你甩?"

苏沐暖打开他的手,无语又好笑:"我已经够头疼了,让我安静一会儿……"

沈凌城:"既然又恢复单身了,我能追你吗?"

苏沐暖哑然。

沈凌城温柔坚定地盯着她,不许苏沐暖再糊弄过去:"这次是认真的!"

苏沐暖沉默。

"不急,你慢慢考虑。"沈凌城点点她发旋,将办公室的门关上,安静离开。

苏沐暖头更疼了。她一下午将自己埋进数据和工作里,只有苏跖又来找她时,被迁怒狠训了一通。

加班到深夜,苏沐暖疲惫地开车回公寓,在小区入口看见了顾西凉的身影,不由得握紧了方向盘。顾西凉提着一个工作包,站在入口一侧,在不影响行人的位置站着,望着进入小区的车辆。苏沐暖没停车,经过他时只当没看见,直接进去了。顾西凉被小区门卫拦下。既然躲着不见她,这时候又来干吗?

苏沐暖回到家,手机不意外又有新的未接电话和添加好友申请。她站到窗边从楼下往小区门口望去,顾西凉似乎还站在那里,也可能是别人,太远了,她看不清。她拉上窗帘将手机关机,熏了助眠精油睡觉。

第二天一早,苏沐暖下楼没看到有人在入口站着。然而她开车出来时,看见顾西凉坐在门口的台阶上写什么资料。她一瞥之下没看清,应该是工作资料。她没停车,顾西凉直到她经过才发现她的车,于是抱着笔记本站起来,目送她离开。

今天,顾西凉学聪明了,开始给她发短信。

"沐暖,我想和你谈谈,我们能见面谈吗?"

只不过这次换成了苏沐暖不理会。

*

陆之鹄知道顾西凉的感情危机,已经是两天后的事,还是因为顾西凉忽然问他,被删后怎么才能挽回对方,重新添加好友。陆之鹄震惊之下跑到茶园,才知道庆祝会第二天,苏沐暖来了茶园,还知道了顾西凉听不见。

"我还没加回去,你又被删了……"陆之鹄无奈地笑起来,他们可真是难兄难弟,接着叹气道,"也不能怪你。"

"不,这是我的问题。"顾西凉摇头,顿了顿,继续道,"不过,如果可以,我希望她一辈子都不要发现。"

陆之鹄叹道:"这怎么可能?"

顾西凉:"是呀,怎么可能,迟早都会发现。"

陆之鹄见他发呆,在他脸前晃晃手,开解道:"接受你的人,会接受你的所有,比如我,我觉得你是不可多得的好朋友。"

顾西凉笑着摇摇头。

他们小时候刚认识,陆之鹄可是天天抱怨和他说话好麻烦。

"如果可以不麻烦,谁愿意忍受麻烦呢?我妈妈如果生的是个健康的孩子,她现在应该还在登台弹琴,如果我听力没问题,你就——"

陆之鹄打断了他:"我就交不到你这个朋友。我小时候还挺烦的,听得见的可都受不了,只有你能安静地听我一直说个没完。"

"抱歉,我只有开始时认真听了,不过你说得太快了,而且……"顾西凉怔了怔,而且陆之鹄也根本不需要他回应似的,"后来,我就没仔细听了。"那时候他做不到与人进行基本交流,陆之鹄又说话太快了,他从努力到放弃,后面干脆不看陆之鹄,他忙他的,陆之鹄说陆之鹄的。

陆之鹄莞尔:"你当我不知道吗?"那时候,他也只是需要个能只听他说不反驳的人而已。

"阿凉,你要信任我们,我、苏小姐,还有小丁、叔叔阿姨,不要让听力问题成了你心里堵不上的洞。"沉默好久,陆之鹄又道,他拍着顾西凉肩膀,"现在好不容易有了也许能堵上的人,别放弃。追她是你的事,要不要你是她的事。要是最后你还是被甩了,我陪你一醉方休。"

顾西凉莞尔,他垂头,一条条翻看着苏沐暖之前接连发来的消息,直到最后系统自动发了"对方开启了好友验证,需要发送验证添加为好友之后才能进行聊天",他才认真道:"我再也不会喝醉酒了。"

*

苏沐暖到公司,办公室桌上放着一盘新鲜的枇杷,她放下包拿了一颗吃,鲜甜可口,酸味适中,肉质细腻,水分也很足,吃上去口感柔软生津,她忍不住又吃了一颗。

小颜抱着早会要用的资料进来,苏沐暖问:"谁买的枇杷?味道不错。"

小颜道："哦，那是顾先生送来的。"

苏沐暖伸向第三颗的动作生生地顿住了。

小颜还不知道她和顾西凉闹了矛盾，还当她像以前一样会特意留心濯心茶园的动态，向她汇报着："今天一大早送来一大筐呢。"

苏沐暖收回手，冷漠道："哦，你们分了吧。"

小颜茫然，嘴先于脑问道："您不吃了？"

苏沐暖抽了张纸巾擦擦手："核太大，味道太淡，不喜欢。给我换成别的。"

小颜："……"虽然想不通，她还是将那盘枇杷拿走，换成了苹果。

小颜出去后，苏沐暖打开手机，果然看见顾西凉早上发的短信——

"同学送我一筐枇杷，是他们改良的新品种，还没正式推广上市，我尝了好吃，不知道你喜不喜欢。"

苏沐暖点开短信，还有昨晚、昨天中午、昨天早上的未读信息。她快速滑动着那些未读信息，直到看到最底部几天前顾西凉发给她的第二条短信——

"沐暖，我仔细想了，你说得没错，如果喜欢，就只会想如何在一起，而不是想如何分开。错的是我，一直是我想了太多，却忽视了最重要的，直到现在才醒悟过来，是我太笨了。你不想理我，不想见我，都是我咎由自取。我还有很重要的事想告诉你，想见面告诉你。"

她点开濯心实验室发来的最新的数据测验报告，和以往一样细致专业。濯心实验室的顾问工作进行得很顺利，私事归私事，不把情绪带到工作上，这一点苏沐暖还算欣赏。之后她关掉邮件，心想明明不愿意和她见面的是他，现在又有什么好见的，还有什么非要面谈，根本没必要。如今她把对接都交给了沈凌城，也没有必要因为工作见面。

下班时，她收到顾西凉发来的新信息："傍晚可能有60%概率下雨，记得带伞。"

雨倒是没下，但天气又潮又闷，苏沐暖到了室外，没一会儿身上就黏腻腻的。开车回家后，她又在公寓入口看见顾西凉。他还坐在老位置，拿着平板看什么资料。人来车往，他只在感觉到有车经过身边时才抬头看看车牌，其余时间一直低头看资料，专注力惊人。路过的几个学生看见他，远远就开始偷拍，他全然没察觉。

苏沐暖将车开进小区，经过顾西凉不到一米时，他抬了头。他像前几天一样站起来,望着她笑笑,没有阻拦,也没有跑上来要和她说什么。

苏沐暖在门口登记:"麻烦让那个人进来,他是我朋友。"

门卫诧异地望着顾西凉,顾西凉怔了怔,将平板和文件塞进包里,到门卫处登记访客信息,进了小区。

苏沐暖停好车,带顾西凉进了家门。她本想去咖啡厅或餐厅,可见到顾西凉后,忽然不想让另外任何人听到他们的任何事。她自己从不开火,家政阿姨来打扫过后,家里整洁得就像酒店,所有东西都收纳归拢,但看不见生活气息,活脱脱一个高端商务风样板房。至于茶和茶具收到哪儿去了,苏沐暖一时没想起来。

她打开冰箱问顾西凉:"纯净水、果汁、酒,要喝什么?"

顾西凉在客厅拘谨地站着:"水。"他打量着苏沐暖家的公共区域,客厅、阳台、半开放的书房,还有厨房一角,哪儿都新崭崭的。如果不是书架上摆放着不少东西,这里就像个没人住的新房子一样。

他们在客厅面对面坐下,气氛尴尬。

顾西凉问:"吃晚饭了吗?"

苏沐暖怔了下,摇头。

顾西凉看看时间,已经快要9点了,问她:"给你做点吧,冰箱里有什么?"

苏沐暖:"鸡蛋。"她周末在家时,早上偶尔自己煮个鸡蛋。

顾西凉检查了冰箱,除了鸡蛋,还有她买来当水果吃的西红柿、黄瓜。顾西凉另外从厨房找到两桶泡面,很快在厨房煮起了泡面。他做饭看上去也像做实验室似的,一板一眼,专注地洗菜、切菜、控制火,煮面时眼睛不离锅。苏沐暖看到顾西凉切的西红柿角度大小都是相似的。她家没有调料,唯一的调料就是洗水果时放的盐,这还是李婉给她放的。

过了一会儿,一碗热腾腾的面放到了桌上,苏沐暖用塑料叉子开始吃顾西凉版西红柿鸡蛋面。想不到只有盐还能做成这样的味道,她恍然想起一起逛岳麓山时顾西凉自己做的点心,他是真会做饭的。如果他们已经顺利地在一起,是不是现在就是一起逛超市买食材,回家做菜吃?

苏沐暖吃着面问他:"你刚刚在看什么?"

顾西凉一时没反应过来,看到苏沐暖此刻盯着他的包,了然道:

"氮素营养对菌株的生长及菌丝色素的形成的影响。"

苏沐暖眨眨眼："菌株？"

"嗯，茶树枯叶病的病原菌，我们还在做病原生物特性研究。"

苏沐暖有一搭没一搭地接着话："有什么发现吗？"

"菌株在 PDA 培养基上生长速度最快，在 33 摄氏度条件下，对酸性和碱性适应性都很强。"

苏沐暖"哦"了一声，但满眼都是"那是什么"的表情，她问："危害严重吗？"

"对一年内茶苗影响几乎是灭顶的，成熟期的茶树感染后，会出现梢枯现象。"见她皱眉不懂，顾西凉解释道，"也就是说，嫩梢顶芽枯死。茶叶的采收要采嫩芽，感染这种病，茶树会严重减产，而且病害能发生在不同的茶树品种上，我们培育的新茶种，有大半都死掉了。"说着，顾西凉语气有些低落，随即他笑道，"我们和其他茶园联系，也有部分茶园出现了这种病状。幸亏我们实验室是第一批发现病菌的，如果发现不及时，任由这种病扩散开，整个茶区都会减产至少一半。减产是小，如果扩散进土壤，伤害是灾难性的。"

苏沐暖心有余悸。如果不是顾西凉恰好有实验室能马上检测，恐怕要等这种病原扩散开才会被重视，现在承受损失的却是他们。随即，她惊讶道："这是什么时候的事，你说在忙实验没空接我出院，是忙这个吗？"

"嗯？嗯。"

苏沐暖心情稍微好转了点，于是问："那现在有办法了吗？"

"了解病原性状后就好办了。"

苏沐暖想了想："像感冒病毒一样？"

"可以这么理解。吃对应病状的药就可以抑制了。"顾西凉笑道，"如果顺利，会比计划中多救活六分之一的茶树。"

苏沐暖"嗯"一声，气氛总算是到了他们正常交流的状况。她放下叉子，准备进入正题："你说有话要和我面谈，要谈什么？"

顾西凉坐直了身体，郑重道："你说得对，我不该什么都不问你就下决定，我们间不该有秘密，我要全都告诉你，以后也不会再骗你、瞒你。"他盯着苏沐暖的眼睛，认真地说着，让苏沐暖都不禁坐直了身体，认真地看着他。

顾西凉道："沐暖，我听得见你的声音。"

房间一片死寂。

苏沐暖眨着眼,怀疑自己刚刚陷入了幻觉,或是产生了幻听。她甚至想要回忆一遍顾西凉的口型,和听到的声音比对一遍。能听见她的声音?什么意思?他不是治疗后不影响交流吗?特意这么说什么意思?到底哪句才是真的?

顾西凉柔声道:"我先天听力障碍,一度严重到听不到任何声音,是一个人重新打开了我声音世界的大门,沐暖,那个人就是你。"

苏沐暖被巨大的混乱弄晕了,她睁大眼睛无助地盯着顾西凉。仔细想来,他们相处的很多时候,都是那么正常、自如,所以她才会这么久从没注意到,他其实有听力障碍,平时戴隐形助听器。

不可思议,不可置信,不可名状,难以言喻!

苏沐暖不知道该怎么形容现在的心情。她以为她已经足够了解他了,现在看来,其实一点都不了解。她好像从没真正认识他,这么久了,他竟然都没有告诉过她!是她的声音特殊?还是他的听力特殊?苏沐暖不理解。那么,他们在相识时,他到底是喜欢她,还是她特别的声音呢?苏沐暖不敢细想,她甚至不知道这种特殊是幸运还是悲哀。她脑海中乱成一团,手撑着下巴,手指微蜷半遮到嘴前,露出她混乱时习惯性的防御姿态。她听见自己用冰冷的声音问顾西凉:"你还有别的事瞒着我吗?"她仔细地盯着他,盯着他的眼睛还有全身任何微小的动作。

顾西凉蜷了蜷手指,睫毛微颤,眼神有一瞬间的回避。

苏沐暖脱口问:"还有,是吗?"

顾西凉犹豫了。苏沐暖浑身的戒备防御,让他陷入为难。如果他说出来,也许会伤害她,可不说,会违背他刚刚答应的不再骗她。也许,今天不是个坦白的好时机,刚刚的温馨犹如肥皂泡,饭菜的味道尚未散去,肥皂泡却已经破裂。他,是不是应该选别的机会?

苏沐暖沉声道:"告诉我!"她内心有些想笑,他还有多少事瞒着她?还能有比他听力问题更让她惊讶的秘密吗?

顾西凉道:"我们小时候见过。"

空气再一次凝滞了一样,苏沐暖怀疑自己又产生了幻听。

顾西凉继续道:"就在茶山上。"

茶山?什么茶山?她什么时候去过茶山?她一点儿都不记得!

顾西凉抿了抿唇,沉默地拉开工作包,从里面拿出一个笔记本推给她。苏沐暖从他眼中看到一丝失落。

顾西凉打开笔记本,那原来是个手工做的标本册。他翻到第一页,问她:"这个,还记得吗?"

苏沐暖没看标本册,她盯着顾西凉,好像只要抓住刚刚他的那丝失落,就能穿透他的皮囊,看到他身体里无底的深渊。直到她视线向下,看到了册子里第一页的标本。

那是片茶树的老叶。若只论树叶,苏沐暖看不出有任何做成标本的价值。但引人注意的是,树叶上用铅笔工工整整写着几行小字:"山无棱,江水为竭,冬雷震震,夏雨雪……"即使是老叶,想在茶叶上写这么多字,也非常困难。那些笔迹看上去工整稚嫩,写得非常小心。

那是她的字迹!

苏沐暖仔细地辨认着,没错,是她的字迹。她手指发着颤翻向下一页。透明塑膜下,茶叶的另一面写着剩下的"天地合,乃敢与君绝"。右下角,蝇头小字署名写着"苏沐暖",贴在塑料薄膜外的标签上写着日期,日期清晰地写着2004年8月2日——十八年前。十八年过去了,树叶依旧保存得很完好,脉络清晰,颜色也还是绿色。

尘封的记忆一下子翻涌上来。

她刚上学的时候,有几年很喜欢在树叶上写字,爷爷让她背诗,她就在树叶上写刚刚背完的诗。那时候她用圆珠笔总会划破树叶,就用铅笔小心翼翼地写。《上邪》是她背诵的古篇中相当好记的,她写过好几遍。但在茶叶上写,她记忆中只有一次。她写这些从不署名,细细看标本上的这首《上邪》,她发现唯独她的名字不是她的字迹。这个字迹,她刚刚翻看过成熟体……顾西凉童年的字已经初见风骨。苏沐暖忽然想起她第一次拜访顾西凉时送给他的那幅画——

茶山,水墨……

她想起来了。她小时候曾经随着爷爷去过岳麓山的茶园。

*

那天是假期,爸妈出门了,二叔和婶婶带着苏跖去看牙医,家里只剩她自己,爷爷就带上她一起上山拜访朋友。她在山上遇到一个很好看的同龄小朋友,她一进茶园就注意到他,是个和她一样大的小男孩,穿得干干净净的,和调皮捣蛋上树揭瓦的苏跖一点儿都不一样,气质忧郁地坐在树下看画册。苏沐暖被他吸引了。她过去找他玩,还教他在树叶上写诗……

"你听得见我的声音。"苏沐暖放下标本册，沉声道，"没错，如果你是他，你当时确实没任何异常。"

顾西凉低声道："那是我第一次在尚未借助外力时，如此清晰地听见声音。"

时隔多年，他还记得小时候第一次见苏沐暖时，她牵着苏爷爷的手，隔着老远就好奇地盯着他看，问："爷爷我能自己玩吗？"

两个爷爷忙着讨论画，随口嘱咐着她不要跑远，就松开了手。

她就一阵风一样跑到他面前："你真好看，你也是来这儿玩的吗？你住在这儿吗？"

那是顾西凉第一次如此清晰得听见声音。他本来已经对自己的听力障碍不抱希望了，以至于他听见她的声音时满心都是不可置信。

这是什么？一种全新的体验，一个将他拒之门外的世界忽然打开了大门。"声"如疾风，呼啸而来，吹进他的耳中，吹乱了他的世界。他凝滞不动的世界，像装在巨大玻璃窗里的水，在那一瞬间玻璃碎开，水轰鸣着奔流起来。那一刻的震惊，让他傻在了当场，即便手上的画册掉落又被捡起来，也只是机械地看着，思维全集中在声音上，根本顾不来其他。他看见童年的苏沐暖蹲下捡起书，用稚嫩轻柔的声音念着画册的名字。

"世界上最孤独的鲸。"她眼睛亮亮地望着他，"你也喜欢鲸吗？我也喜欢鲸！我叫苏沐暖，你叫什么名字？"

那天，她的话像外星来语，是当时的他，以为一辈子都解不开的谜。他死死盯着她的嘴唇，将听不懂的辨不出的，全都印在脑海里，等待着在某天解开谜题。那是世界上最难懂的，也是世界上最诱惑的声音之谜，更是他后来再次接受治疗，愿意戴助听器的起因。直到许久后，他才慢慢弄懂她那天问他的问题。时隔多年，他依旧清楚地记得童年时的她以稚嫩的声音念自己名字。

苏沐暖——他在世界上听清的第一个名字。他记得后来他自己第一次念她的名字，就像念外语。他因为听力障碍，在重新接受治疗听力功能有一定恢复后，开始语言训练，自然不知道自己发声对或不对，说话语调总是奇奇怪怪，要摸着爷爷的喉咙看着他的舌头来找发声的位置。

他还记得那天苏沐暖皱着眉头，似乎是不满他的沉默。她鼓着脸，生气地一字一顿地念："我是苏沐暖！苏、沐、暖！"

当时他却只是张了张嘴。在苏沐暖就要失去耐心时,他也开始着急。他第一次听清声音,第一次交到朋友,在意识过来时,他已经伸出双手,捧住了她的脸颊。他呆了,苏沐暖也呆了,眨着大眼睛迷糊地看他。

顾西凉手指贴着她的脸颊,感到她白皙的皮肤下动脉的跳动。

苏沐暖略感茫然,但总算有点开心,总算是有回应了,她点头道:"对,这才像话。"

顾西凉捧着她的脸,感受她声带的振动。

"记住了!我叫苏沐暖!"

幼年的他们蹲在茶树旁,对视着笑得很大声。她笑时身体的颤动顺着他双手的触感传遍他的四肢。柔软、鲜活,让他梦回之时几经落泪。

顾西凉内心一遍一遍重复他第一次听见的名字。

"要记住,以后不能念错。"她叮嘱他,"你叫什么名字?"

顾西凉用手指在地上一笔一画写出自己的名字,苏沐暖绕到他身旁挨着他蹲下,一字一顿地念出他的名字:"顾、西、凉!"

那也是人生第一次,他听清自己的名字。

年幼的苏沐暖忽然笑了:"好奇怪的名字,我叫暖,你叫凉,我们一凉一暖、一冷一热,冬暖夏凉,我记住了。"

顾西凉一怔,盯着她弯弯的、明亮的眼睛,笑了起来。

*

顾西凉将视线从标本册挪开,盯着和童年一样明亮的眼睛,轻声道:"这世上,我听清的第一个声音来自你!"

苏沐暖盯着顾西凉,又低头盯着那本手工标本册——

上乘的麂皮,柔软又结实地包裹着固形的硬纸板做成封皮,里面各种花卉植物的标本,上面认真地记录着名字、习性、做标本的日期,有些复杂的花,还用彩色钢笔手绘了各面的样子。

苏沐暖翻着,发现画和字都在逐渐变好,日期跨度也非常大。这本手工标本册始于十八年前,将整整十八年的标本保护在里面。前几页,都是那时遗留的东西。他们摘的花,写坏扔掉的树叶,用自动铅笔头做刀镂空雕刻的茶叶……她抬头看看顾西凉,怀疑他们玩的东西,是不是都被顾西凉收起来了。她生出脊背发凉的惊恐感。她刚刚产生的怀疑如冰山,向下不断深扎,变厚变大,变成一堵靠她一腔爱情化不开的冰墙——她再没信心相信顾西凉喜欢她。他看她时,看的真的是她吗?在她不知道时,有人默默地注视了她这么多年?册子后面的标本还有很多,他是出于什么的样的心情坚持了十八年呢?

苏沐暖问他,语气艰涩:"你一开始……就认出我来了,是吗?"

顾西凉沉默了,好一会儿,才道:"是。在电梯遇到你,我以为是错觉,后来在茶园再见到,我才确定,真的是你。"

"电梯?哦,对,电梯。"苏沐暖呢喃着,她都忘了他们曾经在林伯的茶室楼下偶遇过,她甚至没看到他的脸,他居然已经听到她的声音了?

苏沐暖问:"怎么判断是我?因为我的声音对你来说不一样?听到时,就知道是我吗?"

顾西凉轻声道:"我一直记得你的名字。"

"一直记得……"苏沐暖咀嚼着这句话,眼神有些涣散,她已经难以再将注意力都投到这个她怎么看都看不厌,怎么看都觉得可爱的人身上,她不禁快语问道,"你喜欢我是因为我是我,还是因为你听的第一个声音是我?因为我是那个小女孩?"说完,顾西凉怔住了,她自己也吓了一跳,心脏被揪住了一样,惊出一身冷汗。她不想再这么纠缠着,一不小心问出了内心的恐惧。她无从判断他喜欢她的出发点究竟是什么,她对他意味着什么,她的声音对他意味着什么?可问出那瞬间,她就知道,她已经失去理性的判断力了。

是呀,设身处地地想,当一只黑天鹅出现在白天鹅群中,只是因为颜色就已经足够特别了,特别到让人忽视它身为天鹅的眼睛、翅膀、叫声、性格……无须了解,印象深刻。

她的声音,像是黑暗世界唯一的白,白纸上唯一的一道墨,是他打开正常世界的一把钥匙,一个和别人变得一样的机遇。不管名为"苏沐暖"的那道墨画的是飞鸟、游鱼、虫草,还是什么别的,在他眼里,以她为名的那道墨有清晰的笔画、个性的纹路吗?他有仔细地辨别过那到底是一团黑还是一幅画吗?如果,当年他遇到了另外的声音,他的宣纸上出现了另一片墨,又或者当他终于意识到她不是特别的,他喜欢的还是她吗?如果他未来有机会不借外力听清每个人的声音,他还会爱她吗?

因为特别,所以吸引。这种吸引,是爱吗?还是救命的稻草、治病的药呢?苏沐暖分不清了,她发现他也分不清的。她被深深的疲倦打败了。刚刚热腾腾的面带来的能量已经用尽了。

"你真的喜欢'我'吗?"苏沐暖不禁道,"我依旧只有一个问题要问你,你喜欢'我'吗?喜欢的是'我'吗?"她抬头直勾勾地盯着顾西凉,再次将视线聚到他身上,可眼中已经满是审视和失望。

顾西凉定在原地,后脊生出了汗:"沐暖——"

"顾西凉,我不在乎别的,"苏沐暖打断了他,"我只在乎这一件事,请你想清楚,你喜欢的是我,还是因为我让你第一次听清了世界。如果喜欢我,我相信我们能克服所有困难,如果你只是喜欢我的声音,"苏沐暖顿了顿,"抱歉,这样的喜欢我不要。"

"沐暖,不是的……"

顾西凉要说什么,苏沐暖放下标本册站起来:"不要急着回答,我现在很混乱,我们都冷静一下吧。"

顾西凉静静地看着她,苏沐暖转开了头。她不想看他。顾西凉像被什么重重锤在身上,片刻后,他挪开椅子站起来,沉声道:"好!"

苏沐暖送他出门,一直都垂着头不看他。顾西凉感到她全身都对他充满抗拒。

"沐暖,我喜欢你是认真的。"顾西凉在门口和她道别,临别他将标本册递给苏沐暖,努力憋出一个笑容,"这个,希望你能收下。我一直希望有一天能把它还给你。"他抬眸盯着苏沐暖的脸,笑容渐渐淡去,语气带了悔意,"要是我们一见面就把它还给你就好了……"

在一开始就解释清楚,把一切都毫无保留地告诉她。那样的话,也许,一切都不一样了。

苏沐暖盯着标本册,心却如一团乱麻。他决定不再骗她,于是一口气告诉她,是她忘了他。是啊,是她忘了。十八年前的事她该记得吗?她根本不想要这种只有他记得的负担。

苏沐暖将标本册推还给顾西凉:"抱歉,你说的我都不记得,这不该还给我,太沉重了,我不能要。"

顾西凉怔住了,他愣愣地握住扣在他胸口的标本册,不知道该作何反应,受伤的眼神都忘记遮掩。

苏沐暖飞快地收回视线,闭上眼睛:"很晚了,再见。"说完关上了门,逃也似的将顾西凉和他的眼神关在外面。

他毫无保留时,眼睛太过清澈,情绪单纯地摆在那里毫无遮挡,像不会控制情绪的孩子一样,那么直勾勾地刺进她心底,单纯得让人难以抵抗,无声地威胁着、动摇着她,再过一会儿,她也许就会溃败,但她知道她还过不了心底那一关。那本标本册承载了太多太重的东西,此刻她的心乱糟糟、沉甸甸的,在弄清楚他喜欢的究竟是什么前,她不要接受这种威胁,也不要承受这么纠结不清的重担。如果现在妥协,只会给未来打上解不开的结。

好一会儿,她听到门外顾西凉用平缓的声音道了声"晚安"后,脚步声慢慢消失不见。

顾西凉拿着标本册幽魂一样走向电梯,他目光空洞地盯着电梯,电梯在他面前停下,又"叮"的一声缓缓关上。顾西凉看着电梯下去,走向了旁边的楼梯。一阶一阶走下去,他心里的洞非但没堵上,反而扩大得更厉害了。他坦白了,结果……是这样。不,他们应该再好好谈谈。

顾西凉转身,顺着楼梯又重新爬上去。他脚步越来越快,最后一层几乎是跑上去的。可就在他推开楼梯大门的瞬间,看到了背对着他从电梯中走出的沈凌城。

沈凌城敲起苏沐暖家门,很快苏沐暖便打开了门。沈凌城遮挡了苏沐暖的视线,顾西凉看见他提了提拎在手上的保温桶,随后歪头看向苏沐暖,将苏沐暖抱进怀里。在苏沐暖能看到这边时,顾西凉马上躲回门口。

"沐暖?你哭了?发生什么了?"沈凌城低头,关切地看苏沐暖。

苏沐暖摇摇头,鼻音浓重:"没什么,看了部感人的电影。"

沈凌城沉默,他当然知道苏沐暖在骗她。他体贴地没戳穿,而是用手指擦了擦她眼边的泪水,柔声道:"我妈炖了你爱吃的鱼羹,要不要尝尝?"

苏沐暖眼睛湿润地看着他,却被沈凌城拉进怀里安抚,苏沐暖靠在沈凌城胸口压抑地抽泣。

顾西凉靠在楼梯门上,隐隐能听到苏沐暖压抑的哭声。

片刻后,她哭声放大。委屈、倔强,到决堤。

顾西凉脑海中是沈凌城拍着她的后背安抚的模样……她已经有了可以放心发泄的依靠。顾西凉失了魂似的,重新走下楼。一步一阶,从二十六层往下走,不知不觉已经到了一二层之间,他一个趔趄,拉住楼梯扶手,才缓缓回了神。顾西凉坐在楼梯的台阶上,头埋在膝盖间,久久不动。他失恋了,也许他就要失去他心爱的沐暖了。

*

夜里,起了疾风,下起大雨,聚起不久的暑气荡然一空。

顾西凉幽魂似的走在大街上,他站在公交站台前,好一会儿也不见一辆车。他全身都被浇透了，鞋里也浸满雨水，直到雨开始转小时，才有辆出租车在他面前停下。司机降下窗户大声问他："坐车吗？"

顾西凉摇头。

司机道："已经没车了，都12点了，没公交车了！"

顾西凉呆了呆，这才看了看站牌，已经没车了。

司机问："去哪儿？"

顾西凉摇头："太远了。"

司机笑笑："远还能远出国吗？去哪儿？"

顾西凉："岳麓山茶园。"

"是挺远的……"司机怔了怔，但他话锋一转，"这儿不好打车，走吧。"

顾西凉愕然。

上了车，司机递给他一盒抽纸："擦擦吧。"

"谢谢。"顾西凉将地址报给司机。

司机问："小伙子，你是失恋了吗？"

顾西凉苦笑："嗯。"

司机道："我一看就是。别灰心，这么帅，哄哄人家，没准儿就和好了。我像你这么大时候，我老婆也三天两头跟我闹分手，这不现在孩子都好几岁了。女孩得哄的，道歉诚恳点，下班多陪陪，买点礼物哄哄人家，请她吃点好吃的，人一高兴什么都过去了。"

顾西凉"嗯"了声，心想，要是那么简单就好了……

回到茶园时，已经到了深夜，雨已经停了。

从山上下去会空车，顾西凉多支付了出租车一倍的小费，司机诧异片刻又很高兴。司机师傅说："小伙子，祝你做个好梦。"

顾西凉挥手道谢，心想，不会有好梦了。

回到茶室，整个茶园已经休息了，只有他房间灯亮着，茶室成了山腰的一座孤岛。他打开标本册，用纸巾将标本册擦干，隔着保护膜摸了摸写着"山无棱"的叶片，静坐了半夜。

他满怀期待着的，原来是苏沐暖避之不及的。他亲手做的礼物，对她来说是重担。他喜欢的是她还是她的声音，还是十八年前影子的执念？顾西凉静静地思索着，他从来没将她们分开看过。若是那么算，那他对她又是什么呢？她身边有沈凌城，如果没有遇见他，是不是她会过得更好？

*

　　第二天，苏沐暖没在小区门前看到顾西凉，她松了口气又有些失落。公司外，也没有顾西凉的影子。第三天，顾西凉也没出现。苏沐暖叹着气，叫小颜帮她收拾了行李去出差。

　　沈凌城送她到机场，不放心地问她："真不用我陪你？"

　　"那边有不少熟人呢。"苏沐暖摇头，她心太乱了，想借着出差顺便一个人散散心，若是身边带着沈凌城，她怕连表面的平静迟早都要装不下去了，于是她强打起精神，轻松道，"帮我盯着茶饮料和苏跖，我不在他肯定要捣乱。"

　　沈凌城笑起来，他拍拍苏沐暖的头："放心，有我在，家里不会出任何问题的。到那边好好散散心。"

　　苏沐暖挥开他的手："我二十六岁了不是六岁，机场这么大，被人看到我很丢脸的！"

　　送行的小颜、陪同的采购总监和苏氏员工们纷纷垂头，眼观鼻、鼻观口，一个个要给机场地板相面似的。

　　沈凌城失笑："是我考虑不周。"

　　苏沐暖和他们道别，登上飞机，望着天边的云发着呆。飞机起飞，她放下遮光板，将烦闷也都一并盖下去。

*

　　顾西凉在窗边坐了半夜，转天被重感冒击倒。不知是长期熬夜加班积累的疲惫，还是这些天早出晚归地等在苏沐暖楼下，加之淋了雨，又吹了半夜的风，早饭时顾西凉发着高烧、脸色通红，说话的声音都是飘的。小丁吓一跳，匆忙将他送进医院。

　　医生看着 39.1 摄氏度的高温，感叹道："这么高烧怎么才送来？！"

　　顾西凉似乎烧迷糊了，他茫然地问小丁："医生说什么？"

　　小丁没好气道："说你再烧人就烧傻了。"

　　顾西凉反驳道："我意识还是清醒的。"只不过比平时更呆了，反应也慢了半拍。

　　他问医生："可以吃退烧药吗？"

　　"不行！输液！你再烧就得肺炎了！不要仗着年轻不爱惜身体，严重了一辈子都好不了了，发烧也是能要命的！"医生马上严厉道，他将化验单拍给小丁，"带他去化验！"

　　顾西凉被没收了手机，一通折腾，精力耗尽。

小丁拿着他的化验单暴躁道:"你还营养不良!我就说让你回茶室吃饭,你偏不听,天天山上山下跑,都什么年代了,竟然有人营养不良!"

顾西凉看他喋喋不休简直要看出重影,他昏昏沉沉地闭上眼睛,一觉睡到下午。但他烧还没退,从高烧转成低烧,被医生扣着又住了两天院,根本不知道在他困在医院时,苏沐暖已经出差去了。等他病好出院已经是三天后,他戴着口罩像往日一样在苏沐暖楼下等了两天,可始终没有看到苏沐暖的车进出。

11 他乡之遇

陆之鹄开车过来时,已经过了11点,路边都是雨后的积水,顾西凉戴着口罩站在路边,边用手机看论文边等人,不时地咳嗽几声。

陆之鹄叹口气,下车叫他:"感冒还没好,怎么不找个背风的地方?"

顾西凉:"我怕她回来我没看到。"

陆之鹄不好说他。他自己找唐曦冰也找了好些天,看到如此固执的顾西凉,只能共情:"你比我好,起码知道她住哪儿。太晚了,她也许去父母家住了。去我那儿将就一晚吧。"

陆之鹄经常在茶园借住,顾西凉倒是很少来他这儿。进了屋,见他桌上有没收拾的外卖盒、饮料瓶,顾西凉很自然地放下包动手收拾。

陆之鹄制止他:"我来我来,你快去冲个热水澡,然后吃药睡觉。带药了吗?"

顾西凉:"带了。"

陆之鹄将他推进浴室,收拾了垃圾,从饮水机接了开水放到桌上。

顾西凉洗完澡等水变温好吃药,陆之鹄收拾好客房,坐到顾西凉对面:"你没去她公司看看吗?"

顾西凉摇头:"我不想打扰她工作。"

陆之鹄叹气:"你这么等下去……"

顾西凉道:"总会等到的。"

陆之鹄闷闷地"嗯"了声,安慰道:"有志者事竟成。至少她会感觉到你是认真的。"

顾西凉应了声,像往常一样点开苏沐暖的朋友圈。他们已经不是好友,幸好苏沐暖的朋友圈没有屏蔽陌生人,但他能翻看的内容也十分有限。最新一条,是两个多小时前发的照片。顾西凉放大苏沐暖拍的照片,看到她餐盘旁放的果盘里放着哈密瓜、李子、西瓜、桑葚、山竹,另外还有黄白色的天山特产小白杏。直到这时他才发现苏沐暖根本不在长沙……顾西凉讷讷道:"她去了新疆?"

*

苏沐暖尝到了号称"白色蜂蜜"的新鲜小白杏,甘甜如蜜,清新爽口,入口汁水浓郁鲜甜,让她沉郁的心情都不由得好转。往年的采购一直是二叔带苏跖负责,今年要续签采购合同,苏沐暖也有趁着茶饮料新品的东风再拓展果汁饮品种类的计划,故而来实地做前期考察。他们已经了解过当地相关的政策,也沟通过合作意向,这次实地考察,苏沐暖也想能进一步推进合作。除了忙这些,苏沐暖还带着礼物拜访合作的农场。他们不少人从苏沐暖爷爷还在时就已经开始和苏氏合作,所以对苏沐暖都热情招待。无论她走到哪儿,都能尝到最新鲜可口的特产水果。

苏沐暖干脆拍了照发朋友圈:"阿克奇西米——白色的蜂蜜,有幸尝到最新鲜的,甜度20以上,一年只有15—20天能吃到的小白杏,淡淡的奶黄色,香甜如蜜,润嫩多汁,口感像果汁奶糖一样,甘甜中带着杏子的果香味。想吃的朋友们私信我,免费邮寄哦。"

新疆和长沙经度跨度较大,长沙天黑时,新疆天色还大亮着。苏沐暖发朋友圈时正是朋友们晚餐和休闲时,凑热闹的点赞和留言很快就凑了一大片。顾西凉也看得见,只是已经不能留言。他在短信上输入"你在哪儿?",但发送前又删掉。他快速吃完晚饭,又进了实验室。

苏沐暖连续往家里寄了三天的快递,连苏跖都厚着脸皮问她要小白杏了,某人依旧没有任何消息。苏沐暖想,之前他打卡似的一天加她三遍好友,写工作汇报似的看见什么都要给她发消息,现在倒是知进退，那天之后再也没任何消息了。她不禁灰心，说不定顾西凉经她提醒后才是真的想通了，她身上披着太多他对她想象的光环，点破了才能认清真实的她对他意味着什么。

吃过早饭，同行的采购总监和苏沐暖对着今天的考察行程，苏沐暖边听边回复着唐曦冰的信息，慢慢将心思收回工作上，心想没了爱情她还有友谊和工作。

"人生可追求的精彩那么多！"

唐曦冰："？"

苏沐暖--呆，一不小心把感慨发给唐曦冰了。

唐曦冰紧接着回道："嗯，人生的精彩非常多，爱情不是万能的。"

就是！

苏沐暖："昨日之日不可留，乱我心者多烦忧。让不识趣的人哪儿凉快哪儿待着去吧！"可豪言壮语完，她又不禁想起顾西凉。人就是那么奇怪，越是不想想起谁，就偏偏会想起谁。

"苏总，这么安排行吗？"助理的询问声，猛地将苏沐暖的思绪拉回来。

苏沐暖定定神，快速看了下行程，回答道："今年气候好，预计葡萄产量会比去年高，品质也更好。我们葡萄汁销量逐年递增，成本内今年要多采购葡萄。把明天的行程压一压，我们到玛依莎推荐的酒庄去参观。一会儿以我私人名义和他们沟通下拜访时间，如果他们时间OK，最好定在明天或者后天。"

"好。"采购总监在日程本上记录着，不知刚刚还有些出神发呆的老板怎么忽然一改低落，燃起斗志了，她提醒道，"他们好像是想要咱们参与投资。"

"嗯。"苏氏一直以来只做无酒精饮料，苏沐暖也不打算改变这个方向，"好的水果、好的产品，我们当然可以提供帮助，帮他们畅销全国乃至全世界。我们是一体的，只有上下游都强大，产业才能强大。全世界都知道波尔多，我们早晚也要让全世界知道，中国的葡萄、中国的葡萄酒、中国的果汁，不比国外差！我们要帮，而且我们要主动帮，我打算寻求农业部门支持，由苏氏赞助农产品研发，并进行技术推广。"

仿佛有什么默契似的，就在苏沐暖产生这个想法的下午，就在考察的果园遇到了一群来做技术指导的专家，她更是在里面看见了原本绝对见不到的人。即使他穿了件平时不太穿的透气Ｔ恤，和别人一样戴着个遮阳的草帽，苏沐暖还是一眼就从人群中辨认出了他的背影。这熟悉感让她自己都诧异。她眼睛牢牢盯着那个背影，心怦怦直跳。

顾西凉，为什么会在这里？

顾西凉混在专家群里，他们围着一棵果树正讨论着。他忽然感应到什么，转身回头，恰与苏沐暖视线相撞。

早上的阳光，将刚刚喷过水的树叶照得莹莹发亮，空气里飘着瓜果成熟的香甜气息。苏沐暖听见晨风吹过，还有树叶沙沙的声音。时间变缓，空间也变得不真实。顾西凉似是呆了，好一会儿才回过神来，巨大的惊喜突如其来，反倒让人手足无措。

他们傻站着，就那么看着对方。

他们隔着半个果园遥遥相望、久久相望。忽然，顾西凉朝她一笑："沐暖。"他朝苏沐暖挥挥手，抑制不住地兴奋。和同行人打个招呼，他隔着半个园子步履轻快地跑过来。只是在靠近她几步远时，又不安地放慢。

苏沐暖眨眨眼，又眨眨眼，确定不是幻觉，才大步朝顾西凉那边走去。顾西凉步速重新加快。

查看果树的那拨人和苏沐暖身边的一行人，全都停下看他们。他们疑惑着，完全不搭边的两人竟然认识？

苏沐暖问："你怎么在这儿？"

顾西凉笑道："我来找你。"他有些忐忑，不知道苏沐暖会不会不高兴。

苏沐暖还受着他忽然在这儿出现的冲击。

顾西凉迈近半步："沐暖，我们能不能再好好谈谈？"

苏沐暖回头看看同样傻了的采购总监、同行的苏氏员工，还有迷惑的当地人员，后退了半步，她轻咳一声，低声道："我现在在工作。"

顾西凉连忙退后一点儿："抱歉。"

此时，顾西凉的同伴往这边走过来。为首的四五十岁，皮肤晒成健康的小麦色，戴着大草帽，兴致勃勃地看苏沐暖和顾西凉。他和苏沐暖握握手，一副想挖人的模样："你是小顾的朋友？是哪个所的？研究哪个方向？"

苏沐暖失笑，知道对方误会了，她笑道："我们只是普通朋友，我不是做科研的。"

"曾专家,这是来和我们谈合同的苏总——苏氏饮品的老板。"苏沐暖的陪同队伍中,当地的领导笑吟吟地过来替苏沐暖解围。

曾书洋怔了怔,笑道:"苏总这么年轻,我还当是刚毕业的研究生呢!你好,欢迎你来我们西北投资。"

寒暄起来才知道,苏氏去年采购的新果就是农科所培育的。苏沐暖顺势提起想要资助农业研发的想法。当地领导十分支持,帮助协调他们各自的时间,苏沐暖和顾西凉反而没了独处的时间。苏沐暖被人群簇拥着要去下一个地方,她回头看见顾西凉欣喜又无奈的笑容。她朝他点点头眨了眨眼睛,心想谁让他招呼都不打自己就跑到这儿来了……她可是很忙的,没有预约,恕不接待。

送走苏沐暖的商业考察团,曾专家拍拍顾西凉的肩膀,好奇道:"小顾是长沙人,你和苏总算是同乡?"

顾西凉颔首道:"对。"

"你说来找人,不是就找这位女企业家吧?"

顾西凉点头:"是她。"

"私事?"

"嗯。"

曾专家若有所思,随即笑起来:"那看来你是不会在这儿长留了,趁着你在,我可得努力'压榨'。你们编的那个茶树基因数据库,晚上我们再仔细聊聊。"

"好。"

休息时,苏沐暖将需要整理的资料发给小颜,叮嘱小颜做分类分析。末了,她想起什么,发消息问小颜:"顾西凉是向你打听我在哪儿的?"

确认工作的空当,小颜回复道:"顾顾问?没有呀。"

苏沐暖将电话打过去:"顾西凉没问你我在哪儿?"

"没有呀。"小颜莫名奇妙。

"最近一次和濯心实验室对接是什么时候?"

小颜查看记录:"是六天前,顾顾问发过来了最新的分析报告。"

苏沐暖纳闷,不禁呢喃道:"那他是问了谁?"难不成是沈凌城?

小颜没听清,于是问:"您说什么?"

"没什么,把我刚才发你的整理好发我,再抄送沈总和财务。"苏沐暖转回工作状态,交代好小颜工作,越加纳闷顾西凉是怎么知道她在哪儿的。

中午，苏沐暖的团队和农科所的团队一起在小镇聚餐，几家相熟的果园老板也来参加，三批人两两相识，很快就熟起来。苏沐暖很快成为中心，轻松地和不同的人互通信息，谈论过去的历史、未来的规划、可行的作为。他们聊天时，苏沐暖忽然注意到顾西凉一直在安安静静地吃饭。她分了注意力过去，每当她说什么，顾西凉都会特意关注，其他人在说什么，他偶尔也会仔细去听，但一旦别人在说方言，或是吐字不清晰，或是多人在说话，他听起来十分费劲，就无法回应、无法参与，别人讨论的越热烈，他就越安静，慢慢地把自己淡化出去，默默地安静吃饭，成为背景墙。

苏沐暖此时才真正了解在人群中"听力障碍"是什么样的感受。

下午，苏沐暖要去和本地政府部门开会，她依旧在人群中央，没有机会和顾西凉单独交谈。到了车上，苏沐暖终于得空，她点开信息App，很容易就看见顾西凉的短信。现在还在给她发短信的，除了通信公司、快递、银行、防诈、天气提醒这些，就只有一个顾西凉。

"你怎么知道我在这儿？"

她隔窗看见望着车的顾西凉低头看起短信。很快，她收到了顾西凉的回复："我看到你朋友圈发的快递，包装箱上有小白杏的商标，我问了这边农科所的朋友。"

苏沐暖诧异地挑挑眉，她隔窗望着顾西凉，心道：你是侦探吗？这么容易就被你发现了？

车开始启动，顾西凉在视线中渐渐远去。苏沐暖翻开朋友圈那张照片，记下包装箱上的品牌名字，在浏览器中搜索，却根本查不到什么信息。

下车后，她随口问陪同的本地人，对方很热情地告诉她："我们县基本都是用那种箱子。苏总喜欢小白杏吗？"

苏沐暖笑笑："很好吃，我买了不少。"

对方笑道："吐鲁番的葡萄哈密的瓜，叶城的石榴人人夸，库尔勒的香梨甲天下，伊犁的苹果顶呱呱，阿图什的无花果名声大，下野地的西瓜甜又沙，喀什的樱桃赛珍珠，伽师的甜瓜甜掉牙，和田的薄皮核桃不用敲，库车的白杏味最佳。一年四季有瓜果，来到新疆不想家。我们这儿四季都有好吃的水果，这次一定多尝尝。"

苏沐暖应着，打开地图App，飞速看了看所在的县有多大。接着，她关掉地图App，腹诽了句"侦探先生辛苦了"。她不知道的是，顾西凉为了找她，动用了整个实验室的人帮忙。好不容易解决了茶树的病原问题，他就风尘仆仆地赶过来，边在农科所当志愿者，边在各个农场果园找她。遇见苏沐暖时，他已经来了四天。

*

苏沐暖开完会看到手机上有好几条未读信息。她坐进车里打开信息，不出所料都是顾西凉发来的。

12点30分："可以请你吃晚饭吗？"

1点4分："我最近几天都在农科所。"

1点48分："附近有很漂亮的峡谷，也可以开车去塔里木河沿岸看胡杨林。"

1点59分："我可以继续和你发信息吗？"

2点后，顾西凉没再发信息过来。大概是惦记着她下午要开会，怕打扰到她。

苏沐暖回复："可以。晚上有工作，明天再见吧。"

顾西凉没马上回复，苏沐暖也放下手机和同事回酒店开工作会。

傍晚时，顾西凉回了消息："好。"

随后，苏沐暖收到一张天空的照片。

云像鳞片一样，夕阳将一半天空染成茜色，稍远处过渡成橘色，一直过渡到另一半天空未暗的蓝色。果树的叶片在夕阳照耀下反射着橙色的光。构图很漂亮，将天空拍得广阔无垠又绚丽多彩。

苏沐暖推开窗户，看着外面的天空，心情也随之开阔起来。

晚上，苏沐暖照例和沈凌城开视频会，开到一半她饿了，叫了份儿水果，边吃边说。沈凌城见她一口气吃掉大半盘，笑道："今天发生什么好事了？"

"嗯？"

"没什么。"沈凌城翻着资料，"今天胃口不错。"

"啊……"苏沐暖刚到的时候水土不服，吃了两天的药，后面也依旧没什么胃口，她归结为今天看见了想看的人，精神振奋，但这话不能和沈凌城说，会被他嘲笑的！"可能适应这边环境了。新鲜的水果很好吃，可惜你吃不到。"她想了想道。

沈凌城笑起来："那你替我多吃点。"

苏沐暖和他闲谈几句，心情不错地挂断电话，拿笔记本继续处理邮件。在她处理邮件的同时，顾西凉一个人走在小城，路过相对高档的酒店就会抬头望望,不知苏沐暖是不是住在里面。

他们已经位于一座城市,也许只有几百米远。依旧不得见。

时间已晚,顾西凉看看时间返回农科所。他在街上走着,就在他经过的大街旁,苏沐暖打开窗户抬头看着夜色,此时,他恰好从苏沐暖居住的楼下经过。

顾西凉期待着第二天的见面,但没想到他们已经距离这么近,近到也许他走过的地方,买过东西的小店,她也许昨天已经光顾过一遍,却依旧是难以好好见面。苏沐暖出差行程很满,她拜访完酒庄,又去见了几个合作方,午饭、晚饭都在商务餐中度过,回来已经入夜。顾西凉没打扰她,他们见面的时间又往后延。

又一天,则是顾西凉被留在农科所做交流演讲,下午去果园采样,他们的车和苏沐暖的车擦肩而过。顾西凉哭笑不得,再次向打卡似的向苏沐暖早中晚发信息,只是比之前更加频繁。一日三餐、路边的小花、一片稀奇的草地、形状少见的果子、奔跑的小朋友、朝他们要骨头的小狗、透彻的溪流、天边的云彩、雨后的彩虹、农科所正旺盛生长的幼苗、打架的小虫、落在枝梢上梳理羽毛的小鸟……他们距离如此的近,他发的,往往苏沐暖抬头或低头也能马上看见,她刚刚不经意看见过的,在下一刻又被他捕捉到。

他们处于同一片天空下,总是微妙错开,又好像从未走远。她以前从来没觉得他们其实相距这么近。这种新鲜的感觉让苏沐暖重新认识起顾西凉来。以前,他们的相处都是她主导的,当她不回应时,顾西凉开始发出自己的声音,她开始看见他的视角,了解他的口味和爱好,触摸到他的心——敏锐的、浪漫的、不安的、温柔的、热爱生活的心。

这时候,她才发觉他们以前对对方是那么生疏。这样的人,会因为追逐声音和一个童年幻想将不喜欢说成喜欢吗?苏沐暖的内心此时已经有了倾斜和考量。

就在苏沐暖已经习惯性地认为不会遇到顾西凉时,他们忽然不期而遇,但顾西凉似乎遇到了什么麻烦。几个本地人在和他争辩什么,顾西凉和同伴似乎被围困了。他们离得很远,苏沐暖听不清他们在说什么,她想了想,朝这边走来。

远远地,她听到几人说着带有浓重口音的普通话,顾西凉听得吃力,只好一遍遍温声说着:"是周老师让我们来的,更新的配比周老师是确认过的。这是单据，我会留给你们一份儿。麻烦你能慢一些再说一遍吗？"对方憋红了脸，越说越来气，质问他们："你们是不是骗子？"

苏沐暖皱皱眉走过来："出什么事了？"

和他们争执的人激动地说着什么。翻译解释道："他们说这两位先生要改肥水配比，他们现在用的是周老师以前指导的比例，怀疑他俩不是农科所的专家，可能就是没经验的学生胡乱指导。"

"我的确是周老师的学生，他今天要去开个临时会才让我们过来的。"和顾西凉一起的学生语气有些烦躁，又指了指顾西凉，"这是来我们所交流的专家，人家自己就有一个研究室，配个肥水本来就是大材小用！我们所人手不够才来帮忙的，我们忙完这边还有好几家要去呢。"

他语速很快，又站在顾西凉前一点儿的位置，顾西凉听起来很费力气，只能辨别个七七八八，于是好脾气道："周老师的电话现在是关机的，可以等周老师开完会后和周老师联系。时间不等人，如果你们不放心，我们可以先去其他地方，最后再过来。"

一听他俩现在要走，农园的人也急了。

翻译道："他们今天就是来施肥的，之后还要去别处帮忙，所以……"

两边陷入了难题。

苏沐暖开口道："我来替他们证明可以吗？"

农园的人都认得她，没说过话也远远见过她和领导来考察。他们面面相觑，但果子收成关乎他们一年的生计，他们为难道："如果果树出了问题怎么办？"

不待翻译开口，苏沐暖也能猜出他们大概的问题，直言道："如果因为肥水问题影响果树收成，我愿意按照去年的产量收购这些果子，可以吗？"

在场的人纷纷变了脸色。

采购经理不由得轻声叫她："苏总……"

苏沐暖转头问顾西凉："我可以放心吧？"

顾西凉怔了怔，点头："不过你不要因为——"

苏沐暖打断他："好，就这么定了！时间不等人，大家快忙吧。"

苏沐暖朝激动的实习生笑了笑，没看顾西凉转身离开。

"麻烦稍等我一下。"顾西凉向实习生和果园的人回道，然后大步追上苏沐暖,"沐暖……"

苏沐暖没好气地看他。

顾西凉被她一瞪,只得停在距离她两步远的地方,可怜巴巴地问她:"你又生气了?"

什么叫又生气了?她很爱生气吗?苏沐暖怒气外泄:"没有!"

顾西凉笑起来,他从口袋里摸出一颗吃早餐时餐馆小朋友送的奶糖递给她:"别生气了。"

苏沐暖低头看着那颗糖,抓过来转身就走。她将糖果拆开放进嘴里,浓郁的奶香味立刻充满了整个口腔。苏沐暖挑挑眉,果然好吃,走之前,一定要买一些。

顾西凉亦步亦趋:"晚上有时间吗?"

"没有。"

"能调整吗?"

苏沐暖停住,疑惑地看他。

顾西凉:"我想和你好好谈谈。"

苏沐暖问:"今晚?"

顾西凉坚持:"嗯,今晚。"

苏沐暖:"晚上我要开会。"

顾西凉:"没关系,我等你。"

苏沐暖:"……"

顾西凉道:"多晚我都等你!"

她满脸狐疑,但顾西凉依旧坚持,同时似很担心会被她拒绝。苏沐暖实在受不了他这么盯着自己看,于是道:"好,我会调整时间。"

顾西凉立刻语气带着雀跃,问她:"你住在哪儿?我去接你。"

有那么高兴吗?苏沐暖默默叹气,但心里莫名也被感染了,好像要去约会似的。她道:"我发位置给你。"

顾西凉笑容僵住,小心地问:"我能加你好友吗?"

苏沐暖顿了顿,不语,只是将手机拿出来,点开了添加好友的二维码。

顾西凉随即露出笑容,欢喜道:"我加你。"

傍晚工作结束,苏沐暖回酒店处理邮件,她看看外面刚刚暗下来的天色,想了想后,洗澡、化妆、换衣服,随后给顾西凉发了定位:"我OK了。"

顾西凉很快回复。十几分钟后，他抵达苏沐暖住的酒店楼下，发消息叫苏沐暖下楼："我到楼下了。"

苏沐暖从电梯出来，看见顾西凉站在酒店门口，从这几天常见的工作服、遮阳帽，换回了她熟悉的白衬衫、黑裤子，他手上拿着件外套，在夜幕初降的大街上，显得无比清爽。

苏沐暖出来道："久等了。"

顾西凉笑笑："我刚到，附近有家不错的烧烤，还是想吃清淡点？"

苏沐暖想了想："不吃烧烤了。"

新疆的烧烤闻名全国，尤其是烤羊肉，实在是好吃，初来时，苏沐暖每天必吃。无论和谁聚会，少不了的就是烤羊肉。到现在，她来了快两周，平均每两天就要吃一顿烧烤，除了水果，就烧烤吃得最多。苏沐暖没称体重，自觉已经胖了五六斤，再吃下去，回去怕衣服都要换了。于是，顾西凉带她去了家环境不错、装修很有格调的小店。只有他们两个人，苏沐暖点了两个青菜，又点了一份儿酸奶、一个烤包子，就不要别的了。顾西凉则点了油塔子和咸奶茶，老板觉得他会吃不饱，又推荐了手抓饭。但在这里的小份儿手抓饭也过于实在，连苏沐暖的酸奶也是她在甜品店常吃的两三倍，根本不存在吃不饱的情况。

这边的酸奶是手工发酵的块状，奶香浓郁，口感比在超市买到的更黏稠，味道也更酸，表面有一层奶皮，撒着炒熟的黑芝麻粒、葡萄干和干果碎。初次吃时，苏沐暖觉得有点过酸，习惯了后觉得这种浓郁的奶香味儿更有质感。而烤包子则成了她在馕、抓饭、炒米粉等众多美味主食中的最爱。新鲜细嫩、肥瘦相间的羊肉混着香气十足的洋葱，不过分的肉汁浸入酥皮内部，薄薄的外皮焦黄酥脆，咬下去，外酥里嫩、肉香四溢、美味多汁，唯一的缺点就是容易吃多。而且，一不小心没咬好，容易露出馅来。在商务聚餐时，苏沐暖是绝对不会点的。但和顾西凉一起吃饭，苏沐暖默认她可以吃任何东西，只要她觉得喜欢。

顾西凉大概是饿了，帮她递完餐具，询问要不要给她点饮料后，就乖乖闷头吃着抓饭，然后抖开油塔子，夹上小菜。

苏沐暖舀着酸奶，看直了眼睛。她不知道还能这样吃。

顾西凉注意到她的视线，停下来问她："要不要尝尝？"

苏沐暖摇头。松松软软、白白胖胖，一层一层地透着酥，但那可是搀着油发酵的，她可不敢晚上吃这个……苏沐暖义正词严："长胖！"

但目光还是不由自主瞥到了顾西凉没动的那半边抓饭上，大块的羊肉显现出诱人的色泽……

苏沐暖收回目光，继续吃她的酸奶。晚餐吃得放松，苏沐暖很满意，她问顾西凉："你怎么知道这家店的？"

顾西凉："农科所的朋友推荐的。"他出发前特意问了好几个人，在几家推荐餐厅里选了这家有口皆碑的店。

苏沐暖问："油塔子这么吃也是他们教的？"

顾西凉点头："周老师很喜欢这么吃，而且还自己腌咸菜。"

苏沐暖莞尔道："我以为你只懂茶树呢。"

顾西凉平淡道："我的确不太懂果树，不过编茶树基因工程时，有了些经验。"

苏沐暖想起他上次提到的病原菌，于是问："茶园的病菌解决了吗？"

顾西凉道："嗯，已经解决了。"

哪有那么容易！苏沐暖想起那天早上见到他时，顾西凉眼周还有没消去的黑眼圈，猜他肯定又加班熬夜了。

离开长沙前，苏沐暖一直不知道该以什么状态再见顾西凉，愤怒、失望、期待，还是冷淡。她一直在做准备，但一直没做好准备。所以她一声不吭跑到异地来，其实有些想躲着他的意思。那天早上忽然见到他，那些犹疑却不知不觉放下了，千里之外重新相逢的喜悦足以盖过一切。今天顾西凉忽然那么坚定地约她，苏沐暖觉得也许他们终于到了"对答案"的时间，她又不自觉紧张起来，直到看见顾西凉站在异地街上等她，她才再次放松下来。即使最后他们做不成情侣，她依旧还是欣赏他的，只不过要克制个人的喜欢，将那种占有式的喜欢转变成有礼貌的欣赏。

苏沐暖已经饱了，为等顾西凉，她准备点份饮品。她实在喝不惯咸味儿的奶茶，准备点份儿同为特产的格瓦拉啤酒——本地人自己酿制的啤酒。度数很低，口感微甜，她很喜欢。不料顾西凉却道："还是喝果汁吧，一会儿我们要去的地方需要开车。"他不大好意思地看苏沐暖。

苏沐暖怔了怔，没问他要去哪儿，心里知道，终于要进正题了。

"前面300米后左转。"

"嗯。"

顾西凉在副驾驶位置上人工导航，苏沐暖则按照他的指引开车，越开越远。城市的灯火渐渐被他们甩在后面。苏沐暖印象中这是去往果园的方向,但很快,又拐向一条支路。

"到了。"

苏沐暖将车停到路侧,顾西凉用手机当手电筒带她走向一个长满野花的缓坡:"现在,我们站在天山脚下。"

太阳落山不久,天色还没完全变暗,弯月挂在东方一角,借着月光,她能看到花草的剪影。

"你是怎么发现这儿的?"

"和周老师去果园的路上,经过这里。"

那就是,至少昨天,也许是前天,或者更早,他就准备好要带她来这儿了。她往四周看看,笑道:"真是个适合谈心的地方。"

万籁俱寂,四野无人。

顾西凉将外套铺到地上,让苏沐暖坐。苏沐暖没急着问他要说什么,安安静静地抬头看星星。

天上的星星越来越亮,她想起以前看过一个叫《濑户内海》的电影。两个主角百无聊赖地坐在台阶上聊天,就那么聊完了一整部电影。里面还有不少时间是在发呆沉默。开始时,让人觉得"什么呀,这叫什么电影,不浪费时间吗",看到后面情不自禁地想笑。她向来追求效率,那时候和这一刻,她觉得浪费时间发发呆也未尝不可。天上的星星随着时间越来越亮、越来越多,夜幕降临,背后的天山山脉比白天更加巍峨。草丛中有小虫鸣叫的声音,偶尔也能听见一声鸟叫。

苏沐暖忽然问:"这儿不会有狼吧?"

顾西凉怔了怔:"不会。"他随即笑起来。

苏沐暖疑惑道:"你笑什么?"

顾西凉道:"因为我问了同样的问题。"

农科所的同事们都被他想象力惊呆了,还有调侃他的:"遇到狼?那就和狼赛跑,给它讲茶产区分布。"

苏沐暖也怔了怔,也笑起来。

"如果有狼你负责挡着。"她放松了身体,手撑着地面向后仰坐,手指忽然碰到了顾西凉,调侃的话顿时没了声息。

顾西凉笑道:"好。"随即也注意到一瞬的碰触。

他们同时向相触的指尖望去,抬头时眼神撞在一起。对方的脸在黑暗中不甚清晰,只有眼睛应着一点手机手电筒的亮光,如萤火在黑夜中亮着。

苏沐暖的脸忽然有些发烫,她垂下头,挪开了指尖,她调整姿势坐正,暗暗调了下呼吸,双手在膝前搅在一起,捏着指腹望天上的星星:"我之前不该那么轻易地责备你,是我没能设身处地地仔细去了解听力障碍是什么样的感受,不了解,就没权利要求你毫无保留地坦诚。"

顾西凉似是呆住了,错愕地看着苏沐暖。

苏沐暖转头,借着手机的微光看见他那惊异的神情,像只受惊的小动物。苏沐暖不禁想起家里以前养的小狗不小心打翻了水盆,在原地"呜呜"地叫着看她,像是犯了什么不可饶恕的大错,水汪汪的眼睛可怜巴巴地望着她。她又没生气,干吗那么看着她!直到她今天看见顾西凉因为听不清不能和别人好好沟通,只能低声求着别人说慢点,一遍遍不厌其烦地重复解释,可别人根本不听还越来越生气,甚至质疑他,她才忽然懂了听力障碍的人想要和普通人一样求学、生活、工作会多艰难!

这样的生活,顾西凉已经过了二十六年。世上没有谁比他自己更清楚他经历过多少辛苦和不便。如果是她,如果是唐曦冰,如果是苏跖,甚至个性稳重的沈凌城,他们能保证不会发脾气吗?可顾西凉只是好脾气地忍着。明明什么都没做错,明明被误会的是他,明明没有得到优待、没有得到照顾、没有得到健康的是他,却好像是他做错了什么一样地忍着。以这种辛苦的方式适应正常的世界,考学、开茶园、成立研究室、培育茶树……她从没体谅过他,却轻易责备他这有什么不能说的。人活着谁愿意给别人看自己的伤疤呢?如果换作她,也一定不想让任何人知道她的不完美,她做不到,就更不该要求他做到。她明明能感到他的自尊,却那么理所当然地责备他,真是站着说话不腰疼!

苏沐暖不禁生起自己的气,怒火蔓延,无处可烧又烧到顾西凉身上了。她没好气地责备道:"别人误会你、吼你,你不会反驳吗?你没嘴吗?你傻吗?"

顾西凉好无辜,人在山下坐,"锅"从天上来,他眼睛睁圆了些,不知她又生哪门子的气,讷讷道:"没关系的,我解释就好了。"

苏沐暖更生气了,要是她自己,遇到别人误会,要么就一笑了之,要么置之不理,要么就是解释清楚。可到了顾西凉这里,苏沐暖就有些忍不下去:"凭什么!你是受气包吗?"

顾西凉笑起来,他反应过来了,甚至有些受宠若惊、欢欣鼓舞道:"沐暖,你是因为上午的事生气?你在替我生气?"

苏沐暖被问得有些尴尬,没好气道:"我认识别人吗?"

顾西凉笑吟吟地看向她,身上散发着幸福的笑意:"我好高兴。"

就这么点儿小事……苏沐暖瞪着他,哼了声转开头,她揪着草嘟囔了声"傻子"。顾西凉笑出了声。

苏沐暖扔掉草叶生气道:"顾先生!顾问先生!你这肚子里除了实验、茶还有别的吗?就没一点儿脾气吗?"

顾西凉道:"有的,还有你。"

苏沐暖生生被他猝不及防的情话堵住。

"你问我,我喜欢的是你,是你的声音,还是童年的印象,我想了很多天,想了无数次,但还是想不明白。"顾西凉温柔道,他拉过苏沐暖的胳膊,和苏沐暖对视,"沐暖,我没办法把你的声音和你本身分开,也没办法把现在的你和曾经的你分开。对我而言,你就是你,我喜欢过去的你、现在的你,我相信也会更喜欢未来的你。每认识你多一天,喜欢就会更多一点。"

苏沐暖不言。

"不过,如果当年遇到的不是你,我也许会很高兴童年遇到'她',和'她'做朋友,把'她'当作人生重要的缘分,但不会和她谈恋爱。沐暖,我喜欢的是你。"见苏沐暖发散的目光突然凝聚起来,灼灼地盯着他,顾西凉继续笑道,"即使那时候的你对我非常特殊,但我七八岁不懂恋爱,现在也不会爱一个七八岁小朋友的幻影……若是你问我如果世界上还有其他的对我来说没能听清她声音的特殊的人我会不会喜欢对方,那一定不会!沐暖,我喜欢你,不只因为你的声音,也因为你的性格、你的一切,因为你是你!如果以植物打比方,我爱一朵花,那么我爱的也是开花的那整棵植株。沐暖,我——"

苏沐暖打断他,深深叹口气,有些郁闷地自暴自弃道:"顾西凉,我觉得你以后还是老老实实待在山上,待在你的象牙塔、安乐窝,永远别出来。你这性格,被欺负简直活该。"

顾西凉:"……"

"如果我是你,我一定要把你扣了不让走,不管用什么方法,把你绑在我身边给我当翻译。顾西凉——"苏沐暖突然停了,天空有闪亮的光点闯入了她的视线,她眨眨眼,不可置信地抬起头,"流星!"

紧接着,第二颗从头顶划过。

苏沐暖跳起来,她抓着顾西凉跳起来:"顾西凉,看,有流星!"

苏沐暖雀跃于这意外之喜。她像个重回童年的小女孩,重温了童年遥不可及的梦。流星足以扫去一切凡尘俗世的纷纷扰扰。她没拿手机拍,生怕错过一颗流星。只是抓着身边的人,不经意地一转头,就看见顾西凉在含笑看着她。头顶流星划过,苏沐暖重新望着夜幕,天上划过第十颗流星。她忽然明白了,为什么一定要是今天,为什么一定要离开有灯光的城市。苏沐暖眼眶热起来,流星的光在她眼里婆娑起来。

一场小规模的流星雨,在忽然中开始,在梦幻中结束。结束时顾西凉同她一起望着最后一颗,望着一样的天空,轻声道:"我看了气象报道,新闻说会有一场小流星雨,我还怕看不到,太好了。"

"嗯。"

顾西凉笑问:"有许愿吗?"

"没有,"苏沐暖摇头,"我的心愿已经实现了。"

顾西凉微怔,不明白她的意思。苏沐暖猛地拽住他领子,在顾西凉的惊愕中,踮起脚吻了过去。顾西凉只愣了一刻,便把苏沐暖圈进怀抱里。

苏沐暖没有许任何心愿,她的心愿已经站在眼前,无须流星的帮助。

好一会儿后,他们仍坐在草地上继续看星星,不想回去。

苏沐暖牵着顾西凉的手,问他:"又是请我吃饭,又是看流星雨,你刚刚想和我说什么?"

顾西凉笑道:"想说,我想追你。"

苏沐暖一本正经道:"你追到了。"

顾西凉看着她的眼睛道:"我喜欢你。"

苏沐暖回望他:"知道了。"

顾西凉扣着她的手,缓缓贴近,直到彼此,只有几厘米距离。

顾西凉轻声道:"我想吻你。"

苏沐暖:"也知道了,这个请求不用汇报。"

几厘米的距离在半秒内消失。苏沐暖闭上眼睛,顾西凉吻过去。他吻得很温柔,也很小心。苏沐暖想,顾问先生一定是个没早恋的好孩子。只听苏沐暖呢喃道:"顾先生,我们一起看日出吧!"

初恋是什么感觉？热恋是什么感觉？苏沐暖真真切切地感受到了。新鲜、热烈，一秒钟都不想分开，一秒钟都不想浪费。现在她一点儿都不困，她想用睡觉的时间把顾西凉每根头发丝都印到脑海里去。

在深夜不甚清晰地看着，在天色发亮时逐渐清晰地看着。

在日光穿破山峦与云海，投来第一缕亮光时，他们再次拥吻。

在火红的日光照亮大地，将发丝照成金色时，他们暖洋洋地相拥。

*

苏沐暖开车回到酒店时，街上人还不多。顾西凉没让她送，自己步行回农科所。等苏沐暖被闹钟吵醒时，天已经大亮。她在床上躺着发了会儿呆，又猛地坐起来摸到正在充电的手机，看到顾西凉发来的早安问候和他的早餐照片。消息是通过微信发的，上面还有她昨天发给他的酒店定位信息。苏沐暖松了口气，向后撩着头发，不是做梦，昨晚他们真的去看流星雨了。苏沐暖心情不错地去洗漱，在窗边的桌子上看见了昨天晚上顾西凉用野花编的花环。

苏沐暖笑笑将花环戴在头上刷牙，洗漱完又戴着花环拍了张自拍："昨天晚上天色太暗了，没看出来小花环这么漂亮。"

顾西凉很快回了消息："很漂亮。现在是花开的季节，喀纳斯的郁金香、鸢尾、飞燕草、赤芍、金莲花、水毛茛、霍城的薰衣草，昭苏的油菜花、紫苏、向日葵，全都在开花，要不要去看？"

苏沐暖想了想满山花开和湛蓝天空相映的景色，心动又遗憾："时间不够了，靖州的杨梅熟了，我们得赶回去。"如果他们早点和好就好了，至少可以在附近转转。塔里木河、塔克拉玛干沙漠、神秘大峡谷、皑皑白雪、雄奇山川、浩瀚戈壁……

"听说，有情人对着天山许愿，就一定还能回到这里。"苏沐暖眨眨眼，又补充一条，"一起回到这里。"

顾西凉回道："一定会再来。我们一起，看千山暮雪、长河落日。"

苏沐暖看着消息不由得笑起来。

这一整天她只在将近中午时才遇到了顾西凉，她远远看见，顾西凉朝她招了招手。人太多，苏沐暖戴着墨镜在一群陪同人员中冷酷地朝他点了下头，再没给他一个多余的表情。但同行中，不少人都"唰"地望过去。余光中她看见顾西凉好像讪讪地收了手。苏沐暖忍笑，没人注意时马上给他发信息："不要打扰我工作！不许影响我的威仪！"

大半个小时顾西凉回了个做错事的表情包。

苏沐暖轻笑,收了手机认真忙工作。下午她没再遇到顾西凉,顾西凉有空时不时跟她发消息。他们不拘泥回复时间,看到了就回。一下午,苏沐暖收到20多条未读消息,大多都是照片。

"很漂亮的荚状云,像不像飞碟?"

"看到一只想偷吃果子的小老鼠,不过被看家的边牧吓跑了。"

"看,威风可爱的边牧。"

……

苏沐暖坐在车内不由得笑出来,她将顾西凉发的照片全下载下来,放进了手机云盘里。晚餐苏沐暖约了顾西凉,她从楼上下来,就看见顾西凉手里拿了一朵火红色四片花瓣的野花,有一点儿像虞美人。

"这是什么?"

顾西凉:"丽春花,也叫天山红花,哈萨克族人叫它们'柯孜嘎勒达克','自由的不断迁徙的花'的意思,成片的丽春花像一片红海,不过我只采了一朵。"

苏沐暖嗅着花,感叹道:"很漂亮。如果花能不谢就好了!"

顾西凉轻轻笑了笑:"能的。"

苏沐暖:"嗯?"

顾西凉:"我帮你实现。"

"可以吗?"

"嗯。"

苏沐暖狐疑地看他,但没继续追问。不知道他会怎么让花不谢,给她准备什么惊喜。以防顾西凉翻车,苏沐暖拍了花发朋友圈:"柯孜嘎勒达克,天山独有的红花,自由的不断迁徙的花朵,在皑皑雪山下,摇曳一抹鲜艳的红色,汇成一片迷人的花海。"设置分组,仅亲密好友可见。

很快,唐曦冰就评论了一排问号:"*餐桌左下角的手是谁的?*"

苏沐暖抬头,看见顾西凉的手。她删掉朋友圈,重新编辑,这次附加上了早上拍的日出。

沈凌城很快私信她:"*去看日出了?*"

苏沐暖喜色渐渐淡下来,犹豫着敲字:"嗯。"

沈凌城追问:"*和谁一起去的?*"

苏沐暖叹了口气,回复道:"凌城,我不能回应你的好意。"

那不是好意,是心意。

沈凌城坐在办公室，隔着玻璃窗看到窗外街上的人群，忽觉从未有过的寂寞。小颜前两天已经告诉他顾西凉去找她了，看到她输入半天最后只有一个"嗯"字，他就已经猜到结果。沈凌城从抽屉里翻出根烟含在嘴里，手撑着下巴望着窗外发呆。沐暖还是沐暖，决定的不会更改、不会迟疑、不会犹豫。

好一会儿，沈凌城的消息回过来："*没关系，我已经被你甩习惯了，不过只要你不结婚，我的希望就不会归零。*"

苏沐暖盯着消息久久不语。别人都觉得，甚至连最了解她的曦冰都觉得沈凌城是她最好的选择。他们共同的朋友批评过她不该把沈凌城当备胎，但只有她自己最清楚，他们是不合适的。他们太像了，所以她从小都只是把沈凌城当知己、当朋友，当最重要的工作伙伴。她始终相信，无论她在工作上做任何决策，只有他能马上理解。但她对沈凌城没有男女之情，甚至她疑惑沈凌城如何确实对她就是爱呢？他以为爱她，也许只是他真正喜欢的人还没出现。

她退出私信，唐曦冰问了同样的问题："*和谁去看的？*"

苏沐暖笑起来，回道："*艳遇。*"但她抬头看顾西凉时，想着"艳遇"又有些不好意思。

苏沐暖："我行程定了，后天回长沙，隔天去靖州，你呢？"

顾西凉想了想："我跟你去靖州。"

12 永生花

饭后，顾西凉捏着那朵天山红花回了宿舍。

他的临时室友们稀奇道："不是去见朋友了吗，怎么又把花拿回来了？"

顾西凉笑问："科研所有干燥剂吗？"

想要鲜花不凋谢，最好的方式是做成永生花。但做永生花需要脱水脱色，再重新染色、风干。脱水脱色再想保持花的湿润质感，就需要将花浸泡两三天，完全做好，起码得一周。但苏沐暖马上就要回长沙了，他只能不那么讲究了。

顾西凉赶在超市关门前买了大号的保鲜盒，又借科研所的干燥剂。室友看他倒干燥剂，小心地将红花插到干燥剂上，控制好花形位置，再小心地用干燥剂将整支花掩埋，啧啧称奇："大晚上跑来加班，就为做这个？"

"对。"

"这得做两天才能干透吧？"

"一天多就好了，时间太久花瓣容易碎。"

顾西凉密封好盒子，抱着保鲜盒回宿舍。

第二天，他和苏沐暖没见面的机会，在果园工作完,顾西凉特意拜托同事开车带他到天山脚下捡了几块石头。晚上,他再次借了工具开始做装饰。

苏沐暖要离开的那天早上,顾西凉打开保鲜盒,用镊子取出花,用小毛刷将花上的干燥剂颗粒清洗干净,又小心地插进玻璃盒中。说是一起去靖州,但他还有志愿工作没做完,要比苏沐暖晚几天才能离开。一大早,顾西凉拎着做好的红花到苏沐暖入住的酒店大堂等她,他上午要去农园,不能亲自送她去机场,只好叫她下来,将花交给她。

苏沐暖下午有会议,赶一早的飞机。天已经亮了,但其实才6点多。苏沐暖下楼时还没全然醒神,结果打开纸袋一看,就看见了装在玻璃圆瓶中的红花。那天,他说要帮她实现花开不谢的愿望,没想到是做成了永生花!

苏沐暖将玻璃瓶取出来,看着瓶中用碎石和干草做的天山牧场,红花在这微缩的天山上绚丽绽放。她不可思议道:"你做的?"

顾西凉点头:"嗯。"

苏沐暖眼睛亮晶晶地望着他:"太厉害了!"

顾西凉腼腆道:"很简单。"

苏沐暖将花小心翼翼地放回纸袋中,郑重地放到酒店休息区的桌子上:"看来我得重新收拾行李了。"

"嗯?"

苏沐暖朝他勾勾手指,顾西凉凑过去,苏沐暖飞快地在他嘴角亲了一下,拎着纸袋往电梯跑:"我要重新打包行李,靖州见!"

顾西凉望着她的背影,摸摸触感未消的嘴角,含笑朝关上的电梯挥挥手,心房被幸福填满。

*

苏沐暖下飞机后,安排小颜将她带回来的礼物和特产依次送给名单上的人,自己回公司开了一下午的会。按照往常,出差回来她都会回家吃晚饭,不过她今天想要见一见好闺蜜。一个信息发过去,唐曦冰就懂了她的心思,拒绝了她的晚餐邀请,而是赶在她下班时,来苏氏找她喝茶。

"和好了?"

"……"

苏沐暖放下刚刚洗好的水果,没想到唐曦冰这么直接。

"嗯。尝尝早上刚摘的水果,人力带回来的,特别新鲜特别甜。"

苏沐暖顾左右而言他,她关上办公室门,又亲自去泡了两杯茶。

唐曦冰尝了尝茶,平淡道:"不如你男朋友泡得好。"

"咳,咳,咳!"苏沐暖差点呛到。

唐曦冰品着茶:"不是和好了吗?"

苏沐暖想着她们前几天发消息时她还在说"昨日之日不可留,乱我心者多烦忧",今天就和好了,的确让人汗颜……她躲开唐曦冰视线,忙着整理领口、袖口。

唐曦冰失笑,她可好些年没见过苏沐暖心虚了,于是叹道:"不逗你了。不管你怎么选,只要你是真心的,我都无条件支持你。如果开心,尽情跟我炫耀,不开心,我也永远可以依靠。"她抓住苏沐暖的手,郑重道。

苏沐暖目光闪动,泪光盈盈地望着她。

唐曦冰松开手:"不过,你爸爸妈妈那边你们要自己想办法,我是不会帮忙的。"

苏沐暖:"……"

她才感动了三秒钟,唐曦冰就紧接着道:"你爸妈还不知道他听力问题吧?"

苏沐暖点头,她还没想好怎么说。这时候,她可算明白了顾西凉当时为什么一直忍着不跟她说。

唐曦冰喝完茶就告辞离开了,苏沐暖带着永生花开车回父母别墅吃晚饭。李婉和她坐在沙发上一起看永生花,李婉比她更惊奇于顾西凉的心灵手巧。

李婉:"他跑那么老远去找你,说明他对你是很关心很在乎的,知道吗?"

苏沐暖应声:"知道,知道,当然知道。"

李婉戳戳她:"人家性格好,也不能只让他让着你知道吗?"

苏沐暖:"……"

天大的误会!明明是她先表白的!

李婉好奇道:"你们俩到底是闹什么矛盾了?"

苏沐暖瞬间转换话题:"好香啊,咱们吃饭吧!"

李婉和苏恪仁对视,笑着摇了摇头。这心虚得太明显了!

苏沐暖将永生花放在房间避光的置物架上,调整了几次位置,找到最好看的角度,拍照给顾西凉看,然后趴在床上给顾西凉发信息:

"我爸妈一定觉得是我欺负你了。"
顾西凉马上认领责任，连发了好几条——
"是我的错。"
"我回去后向叔叔阿姨道歉。"
"解释清楚。"
苏沐暖想了想，坐起来："你想怎么解释？直接告诉他们你听力不好吗？傻不傻，要有谋略！"
顾西凉过了一会儿才回道："嗯。"
苏沐暖："这事听我的，等合适的时机再解释。"
顾西凉回："好。不过到时候由我来解释吧。"
苏沐暖好笑："怕我挨骂呀？"
顾西凉："嗯。"
苏沐暖笑盈盈地回他："我爸爸妈妈很通情达理的！"
顾西凉秒回："我不是那个意思。"
通过回复速度，苏沐暖都能感到他的慌乱，她摇摇头，叹气，飞速敲字："总之听我的。"
顾西凉："好。"
苏沐暖换了话题："对了，你朋友公司中标了，他的竞标方案我也看过了，做的设计和规划都很有意思，不过我希望他们做的用户画像分析能再深入一些。我明天就要去靖州了，你能让他这几天再优化一下吗？"
顾西凉："好，我转告他。"
苏沐暖快速按着输入键："还有，以后再有推荐这种事找我，不要绕过我找别人知道吗？"
顾西凉从善如流："不会了。"
苏沐暖："晚上吃的什么？"
顾西凉拍给她看。苏沐暖看着顾西凉晚餐的照片，随意发了个语音消息："离开新疆后，忽然好怀念炒米粉和烤包子呀。不说了，我饿了。"
他们又闲聊一会儿，顾西凉听出苏沐暖的困意，主动停止聊天："早点休息。"
一早坐飞机，回来又开了大半天的会，明天还要出差，她的确是累了，和顾西凉道过晚安，她进入了梦乡。
顾西凉和苏沐暖道晚安后，转头找了陆之鹄，将苏沐暖说的转达给他。陆之鹄想着"用户画像更深入"是什么意思,问顾西凉:"你认识做社会分析的心理学专家吗?"

顾西凉的交际圈比他更窄,他认识的专家不少,但基本都是做植物和农业方向的,想帮陆之鹄也是心有余而力不足。他想了想:"我问问岳彦师兄吧。"

岳彦陆之鹄也认识,相处不多,但交情不错,顾西凉帮他打招呼后,岳彦就主动问起他需求了。陆之鹄很欣赏岳彦的热情,将需求列给他。岳彦道:"我还真认识一个符合你需求的人选,等等我问问她有没有时间。"

片刻后,岳彦打来电话:"她刚做完一个课题调研,最近刚巧有空。你明天有时间吗?我介绍你们见面谈。"

*

陆之鹄提前15分钟带着礼物到了约定好的咖啡厅。5分钟后,岳彦到了。咖啡厅在大学附近,装饰文艺,很受学生们喜欢。10点钟店内很安静,除了外带的,店内只有他们。

岳彦向他介绍着:"我介绍的是我同事,我们学校社会心理学老师,也是我的学妹,学历和经验你放心,她做过很多课题,也给不少企业做过顾问分析。"

陆之鹄问:"她叫什么?"

岳彦道:"唐曦冰。"

唐曦冰,陆之鹄默念,在对方到达前应该记住对方的名字。

陆之鹄问:"她给哪些公司做过顾问?"

岳彦道:"苏氏饮品——"

陆之鹄诧异地打断他:"苏氏?"

"是啊。她和苏氏的总经理是朋友,阿凉还是她介绍的呢。"他才说了一个,陆之鹄怎么这么激动?

陆之鹄:"……"

陆之鹄隐隐觉得哪里有些不对,但一时还没弄清楚。正在这时,唐曦冰推开了咖啡厅的玻璃门,她穿着一身藏青色的职业套装,戴着宽边眼镜,提着一个女士公文包进了咖啡厅。

岳彦向唐曦冰招手:"这边。"

陆之鹄回头,看见了这位他寻寻觅觅而不得踪迹的、至今不知名字的、大变身的"心上人"。在俱乐部冷艳迷人、在舞会技惊四座的,竟然是个社会心理学老师？！

岳彦起身："我介绍一下，这是唐曦冰唐老师，这是陆之鹄陆总。"

唐曦冰没有要和陆之鹄友好认识的样子，她站在原地，远远道："幸会陆总，没想到你能找到这儿来……"

陆之鹄内心翻江倒海，嘴角抽了抽，皮笑肉不笑道："唐老师过奖了，都是缘分。"

"你们认识呀？"一无所知的岳彦品出味儿来，但向来什么都往好处想的他，高兴道，"那就不用我多介绍啦。"他疑惑地问陆之鹄，"既然认识，你怎么不一开始就找小唐？"

陆之鹄心情那个憋闷，但只能一腔怒气往里吞，他压着嗓子道："我之前不知唐小姐的专业。"

岳彦："啊？"

唐曦冰道："我们不熟。"

岳彦："哦。"

陆之鹄暗暗握拳，表面却维持着绅士，得体道："哪里，小唐老师客气了，没有比我们更熟了。"

岳彦更迷糊了，他左右看看，不知道他们到底是熟还是不熟。他们气氛有些古怪，岳彦看不懂了。既然不知道唐曦冰是老师，那肯定不是在学校认识的，他好奇道："你们是怎么认识的？是小唐做调研时采访你了吗？"

陆之鹄疑惑道："采访？"

岳彦："不是吗？"

陆之鹄忽然想起她的专业——社会心理学。岳彦昨天说，她刚刚结束一个调研课题，联想她换个不停的男伴，频繁出入各类娱乐和商业场所……他慢慢有了大胆的推论："那些，都是你的调研对象？"

唐曦冰不置可否，给了他一个毫无感情的微笑。

陆之鹄解读她的表情，理解为：你以什么资格问我？

陆之鹄要气死。

那些？哪些？岳彦越发地听不懂，深深觉得他这个中间人才是多余的。他看看时间，快到该去报到的时间了，开口道："既然你们认识，那我……"

陆之鹄从善如流："我和小唐老师聊，岳师兄快去忙吧。"

唐曦冰："我也没什么可聊的。"

陆之鹄道:"小唐老师和苏小姐是朋友吧?这是我们工作室和苏氏饮品的合作项目,小唐老师不看一下就要走吗?"

唐曦冰停住,狐疑地看向他,看到桌上放的礼盒,出自濯心茶园。同样的礼盒,她在苏沐暖那见过很多次了。唐曦冰想起舞会那天,陆之鹄也出现在聚会上,而且是替顾西凉转达消息。她拿起资料:"真有合作?不是故意把我骗过来?"

陆之鹄:"我还没那么神通广大。"

或者说,他根本就是找错了方向。他最初见她是一袭红裙惊艳地在会所喝酒,但他也多次见过她出现在展览和商业聚会上,他对她的身份一直有疑惑,可怎么都没想过她竟然是个老师!难怪他怎么都找不着!

岳彦听着他们俩打哑谜,越听越迷糊。

服务生问:"请问喝什么?"

唐曦冰、陆之鹄齐声道:"冰拿铁。"

岳彦震撼于他们默契的口味和默契的语气,甚至从中品出一丝杀气。此地不宜久留,他拿起背包准备开溜:"我不用了,那我就先走了,你们聊。"

两人又齐声道:"师兄再见。"

岳彦:"呵呵。"拿包开溜。

服务生去准备,唐曦冰在陆之鹄对面坐下,翻看着陆之鹄带来的资料。很多内容还是保密的,她只能看个大概,但凭她对苏氏的了解和做分析的经验,已经大概判断出陆之鹄需要她调研的内容和方向了。

陆之鹄喝着咖啡等唐曦冰翻完,默默地消化着心里还乱七八糟的疑问和幽怨。他那么不值得信任吗?为什么不告诉他她的工作?大学老师绝不是什么不好言说的职业,不告诉他,难不成是他的问题?陆之鹄郁闷地想,他都不配知道她名字,何谈是工作!

待唐曦冰看完,陆之鹄问:"不解释一下吗?"

唐曦冰纳罕:"解释什么?"

陆之鹄忍了忍问:"那些,都是你的调研对象?"

"不然呢?都是我男朋友吗?"唐曦冰喝着冰咖啡,语气平淡,又饶有兴味地问他,"陆总身边的女伴都是女朋友?"

"……"陆之鹄指了指自己:"我呢?"

唐曦冰道:"我以为我上次说得已经很明白了,我们都是成年人。"

陆之鹄:"所以呢?"

唐曦冰玩味道:"陆总带过几个女伴回家,对每个女伴都当真吗?"

"那么你会和随便哪个不当真的调研对象回家?"唐曦冰起身要走,陆之鹄按住她,"抱歉,我道歉。"他压了压情绪,重新平静下来,"好,是我对你先入为主,我道歉。不如我们旧事揭过,重新认识一下。陆之鹄,诚心邀请唐老师与我司合作。"

唐曦冰面无表情:"唐曦冰。"

陆之鹄:"我们来谈合作。"

唐曦冰继续翻着资料,她没马上回复陆之鹄的合作请求,而是看看时间,拿走了资料:"我考虑一下再给贵司答复。"

"好,"陆之鹄按住文件,"我们的私人关系破裂后是不是也该重组?"

唐曦冰抽走了资料:"陆总对新认识的人都如此迫不及待吗?"

陆之鹄笑了:"我对你可一直是当真的。"

唐曦冰当没听见,径直走到收银台低头从钱包取钱,陆之鹄先她一步将钱放到桌上,眼睛却眨也不眨地盯着她。

服务生看看他们俩,拿走陆之鹄的钱,收款找零,将单子一并放到托盘推向陆之鹄。

唐曦冰没坚持,收起钱包向店门走去,她走了几步,回头对陆之鹄道:"想知道我的调研课题是什么吗?"

陆之鹄一怔,于是问:"是什么?"

唐曦冰道:"当代中产男性的自我认知及文化与性别观念。以时下流行的话来说,你可以通俗地理解为'海王的枯燥生活'。"

陆之鹄:"……"

她指尖按在自己只涂了透明唇釉的嘴唇上,朝陆之鹄递出一个飞吻,拉开门潇洒而去。陆之鹄站在咖啡厅入口,久久未动。他抓抓头发笑起来,海王?很好!他一个人慢悠悠喝完咖啡,梳理他和唐曦冰充满误会的关系。片刻后,他决定到不远的湘大看看。山不来就我,我便来就山。他对唐曦冰依旧有兴趣,不肯轻易放弃。

为了方便和岳彦的师妹见面,他特意将见面地点定在了他们学校附近,走过来也不过几百米远,这会儿倒是方便他来寻人。陆之鹄自嘲地想,这一趟收获还是很大的,至少他知道了唐曦冰的名字,找到了唐曦冰的老巢,不怕她再挥挥衣袖消失不见。来都来了,他总要看看她是个什么样的"老师"。

陆之鹄按着地图指引，找到了社会心理学专业的综合教学楼，他远远看见教学楼一楼大厅似乎贴着教职人员的信息，抬步过去。学生们陆陆续续从四处进来，陆之鹄混在学生中间，果然在宣传栏找到了唐曦冰的名字。证件照上，她端庄素颜，和他印象中艳丽的形象千差万别。陆之鹄盯着她的照片看，突然听见上课铃响起的声音。还是他熟悉的铃声，似乎全国大多数学校的铃声都是这个样。本来不慌不忙的学生们踩着铃声在一分钟内快速消失。陆之鹄哑然失笑，学生也和当年没什么不一样。他决定一层一层地找找看，也不知道唐曦冰这会儿是不是在上课。

不过他还没找完一层楼，就听到了唐曦冰的声音："上课前，我们先来讲个小故事……"

陆之鹄循声走到阶梯教室入口，看到入口张贴的"社会心理与大学生"的演讲宣传，海报上画着生动的小插图，写着"什么是社会心理学""生活中用得到的社会心理学""电影电视植入广告有用吗？""美是一个确定定义吗？""遭到拒绝时大脑会受伤吗？""人多力量大是绝对的吗？"等一系列引人好奇的小问题。陆之鹄视线向下，果然看到"主讲人：唐曦冰"几个字。

教室内讲座已经开始，陆之鹄随着迟到的学生赶在阶梯教室关门前混了进去，随他们一起在后排坐下。负责秩序的学生诧异地看着他，他西装革履的打扮显然不是学生。陆之鹄将西装外套脱下，松了松衣领，尽量融入学生气氛中。幸好，为了看清投屏，阶梯教室拉上了所有窗帘，也没有开几盏灯。唐曦冰穿着他们见面时那身套装，笔直地站在讲台旁，拿着麦克风侃侃而谈，自信、端庄、落落大方。她只化了非常基础的淡妆，扎着爽利的马尾，举手投足都像一个教师，和他之前所见全然不一样。

"一个善良女孩的母亲去世后，父亲娶了第二个妻子，她的继母有两个孩子，都非常爱慕虚荣，她们去参加王子的舞会，却让女孩在家像仆人一样做家务，经常弄得全身满是灰尘，幸亏仙女帮助，女孩换上华丽的衣服参加舞会，吸引了王子的注意，但在午夜12点前，女孩必须坐上南瓜车离开，跑走时落下了水晶鞋……都知道是什么故事吗？"

"灰姑娘！"学生们此起彼伏地回答着。

"嗯，没错！你们读这个故事时有没有注意到什么问题？"她等学生们思考,继续道,"为什么灰姑娘参加舞会,她的姐姐和继母没认出她来,王子来到她们家,在灰姑娘试水晶鞋前没认出她来?"

有人道:"因为穿的差别太大了吧?"

也有人道:"没想到灰姑娘会出现在舞会上?"

唐曦冰笑笑,未做回答,而是打开电脑,课件上出现李·佩斯的电影剧照:"认识吗?"

学生们毫不费力地认出来。

唐曦冰翻页,出现李·佩斯在田边胡子拉碴的照片:"还认得吗?"

说认得的少了一半。

唐曦冰再翻页,放出一张李·佩斯《银河护卫队》罗南的剧照:"还认得吗?"

盯着蓝皮肤罗南的剧照,学生们哄堂大笑。

唐曦冰悠然地又翻了一张照片,年轻女郎穿着艳丽红裙,坐在酒吧,带着杀气地盯着拍摄方向的照片:"认得吗?"

陆之鹄坐直了身体。

学生们纷纷猜测这是哪个明星,直到有一个学生看看照片又看看唐曦冰,难以置信地弱声问:"老师,这是你吗?"

唐曦冰笑起来:"自信点,是我。"

一语激起千层浪,班里先是死寂两秒,随即炸锅:"我去!不可能!"

"真的!"

学生们的私语声像爆炸声一样,在整个阶梯教室蔓延开。

陆之鹄看直了眼。

"这是我做其他课题调研时候拍的照片,参与观察法是社会心理学的研究方法之一,正好给你们当例子。"不给他们细看对比的机会,唐曦冰再翻页,页面到了课程标题——社会心理学。

学生们深受震撼,连陆之鹄都深受震撼。但没想到她的教学方式竟然这么大胆!他认识的她从来都是她的伪装吗?她为了研究伪装出来的假象?

唐曦冰扫视着学生,看到有人悄悄拿出手机时淡然道:"偷拍的同学删一删,发到网上侵犯我的肖像权。"

学生们再次哄堂,偷拍的学生们讪讪收了手。

"如果看到这张照片你们会相信我的职业是社会学老师吗?"唐曦冰又翻回照片,看着学生们不知该怎么回答的表情,继续问,"为什么不相信呢?"

学生们零星地回答着。

"印象中老师不应该这样,惯性思维、环境……嗯,很好,"唐曦冰重复着听到的理由,"法国社会活动家让·保罗·萨特认为人类首先存在于环境中。我们不能脱离环境,环境塑造了我们,决定了我们的可能性。这就是社会心理学要学的一个重要内容,现在,就让我们开始学习,什么是社会心理学……"

陆之鹄津津有味地听着,对唐曦冰隐瞒身份的愤怒变得越加复杂。她对学生侃侃而谈,控制课堂节奏、气氛的样子又让他想起初见时她的样子。人常说,好演员要演谁像谁,千人千面,她有多少面?她将自己社会化了多少个角色出来?进教室前他心里复杂的疑问有了答案——怎么可能放过这么有趣的人呢?他对她可是更感兴趣了!

*

顾西凉又留了三天,飞回长沙。他回茶园稍作停留,将一半礼物交给小丁分给茶园的员工们,另一半带到实验室。交接完必要的工作,拷贝好新的文件资料,他收拾了行李,出发前往靖州。从长沙到靖州,需要6个多小时,顾西凉按照苏沐暖给的地址找来时,已经是傍晚。苏沐暖正忙着直播——卖杨梅。顾西凉提着行李沿小路过来,隔窗看见她和一个女主播端着杨梅边吃边说,人呆了。

杨梅贵,杨梅果汁是苏氏果汁产品中高价的小众品,产量不高,主要在本地和几个大城市销售,用的就是产自靖州的木洞杨梅。靖州被誉为"中国杨梅之乡",木洞杨梅又享有"江南第一梅"的美誉,清代时候还是贡品。

苏氏成立之初,就开始生产杨梅果汁。尽管从产量来说,杨梅果汁不是苏氏的主打,但每年夏天,杨梅成熟时候,苏沐暖都会来靖州。吃上杨梅,对她而言才意味着夏天的开始,年年吃、年年买,还亲自采摘,她已经是半个杨梅行家。两天前她刚到时,还特意告诉顾西凉她给他留了半棵树的好杨梅,等他来了亲自带他去摘。但顾西凉料不到她采购之余,还会直播!她戴着侗族的银帽,穿着侗寨的服饰,和一个一身苗族打扮的姑娘一起轻松地向观众介绍怎么吃、怎么选,杨梅果、杨梅酒、杨梅果汁,还和人聊起"望梅止渴"。

花冠流苏、项圈银链被打光灯照耀得银光闪闪。似乎是因为要直播,她比平时妆要重一些,青、紫、蓝色的侗布服饰将她的皮肤衬得白而发亮。不知看到弹幕说了什么,她忽然笑起来。红唇咬红梅,诱惑着顾西凉的眼睛,他看呆了,脑海中蓦地想起天山脚下他们亲吻时,她饱满红艳的唇色,他脸红了。

苏沐暖隔窗看见他,侃侃而谈中猛地卡了壳,忘了要说什么。她眨眨眼,连忙将注意力转回直播,比之前语速更快地介绍着,但耳朵和脸颊浅浅地红了。

不明真相的直播间观众们有人问:"主播用的是什么色的腮红?"

苏沐暖内心羞涩,面上却一本正经,拿起冰镇的杨梅果汁敬业带货:"没有腮红,夏天天气越来越热,杨梅果汁解暑消热又开胃!"

下播已经 11 点多,苏沐暖换了衣服和工作人员打完招呼,快步从休息室出来。她一眼就看见拉着行李箱,在外面等着他的顾西凉。苏沐暖左右看看,院子里已经没什么人,主灯也都关了。身份、矜持,全抛到灯影里,她小跑着跑向顾西凉,被顾西凉抱个满怀。

苏沐暖抬起脚,胳膊绕在顾西凉脖颈后,人挂在他身上,荡秋千似的:"傻不傻?等了三四个小时,你就不知道找个屋子用手机看直播?在外面喂什么蚊子!"

顾西凉抱着她的腰,笑盈盈地低头看她。明明才分别三天,明明每天都有聊天,感觉像好久不见似的。"一日不见,如隔三秋",学植物和农业的他,也不禁错了时间、乱了季节。他们默默对视着,分辨着彼此眼中一样的思念。

顾西凉将她放到地上,缓缓垂头,苏沐暖睫毛微颤,闭上眼睛,蜻蜓点水的吻渐渐加重。忽然,苏沐暖听见一声掩饰性的咳嗽,猛地放开顾西凉。顾西凉顺着她动作望去,看见一人侧对他们,目视前方,背着手离开。差点忘了,这是室外!

苏沐暖轻声道:"是二叔。"

顾西凉连忙站好,问她:"要不要去打声招呼?"

苏沐暖拉住他:"太晚了,明天再说。走,我带你去客房!"她拉着顾西凉踏着月色穿过小院,从另外的小路上楼进客房。

直播就设在民宿里,苏沐暖一行也住在相邻的两间民宿内,只要穿过一条小路,就能抵达。

"苏氏投资的民宿,下次带你们实验室的人来玩,苏氏合作伙伴都能打折。"

"好。"

"我几乎每年都住这儿。"苏沐暖刷卡推开房门，按亮灯，让顾西凉将行李放进来，指指一旁，"我就住在隔壁。"

顾西凉："嗯。"

苏沐暖问："你，真休假了？"

顾西凉点头："嗯。"

苏沐暖："几天？"

顾西凉："三天。你在靖州这三天，我都休假，我们一起回长沙。"

苏沐暖满意地笑起来。她忽然想起，顾西凉一早飞长沙，又从长沙坐车过来，恐怕一整天都没好好吃饭休息，又在外面看了她三四个小时的直播，于是问："你吃饭了吗？我去厨房问问有没有吃的。"

"不用。"顾西凉拉住她，含笑拉着苏沐暖坐下，神秘道，"我带了吃的。"他蹲身打开行李箱，一个大号的保温桶占了行李箱一半的空间。顾西凉小心地将保温桶取出来，从里面取出还温热的烤包子、新疆炒米饭、剔掉扦子的烤羊肉。

苏沐暖怔怔的。她这两天随口说了离开就开始怀念的新疆美食，他竟然带来了。

顾西凉将折叠筷子打开递给她："还热。"

苏沐暖怔怔地看着他，眼眶发热。她掩饰地垂头，嘀咕了句："傻子。"

顾西凉好脾气地笑着。

烤包子还温热，苏沐暖整理了情绪，咬着烤包子，虽不如刚出锅时酥脆，但被她主观定义为迄今为止最好吃的。苏沐暖感叹道："罪恶啊！我明天还要帮他们直播，竟然深夜吃这么高热量的食物。"可嘴上咀嚼得十分香甜。

顾西凉坐在一边看她吃，笑得甜蜜而满足，似乎只看苏沐暖吃，他就能开心到饱腹了。说起这个，好奇地问："你怎么会直播？"

"助农直播，今天开始测试，他们原本定的主播出了些状况，临时抓来的人对杨梅又不够熟悉，我们的杨梅果汁也是直播产品之一，我就来帮忙了。不过明天晚上，正式的主播就能赶来了。"苏沐暖顿时有些不好意思，她朝顾西凉眨眨眼，"我也是第一次直播，是不是看不出来？"

顾西凉夸道："效果很好。"

夜太深，苏沐暖只吃了一个烤包子，其他的也每样都尝了，只这样就已经有些撑了。顾西凉负责解决她剩下的。苏沐暖揉着肚子直道可惜，顾西凉辛辛苦苦背来的，太浪费了。

"没关系，"顾西凉放下筷子，从包里拿出另外一个盒子，打开展示给苏沐暖看他特意采购的地道调料，"我还学了怎么做，以后什么时候想吃，我做给你吃。"

苏沐暖看呆了。她好不容易降温的眼眶又要热了。苏沐暖又感动又好笑，好歹是个顾问专家，那么大个行李箱，一半是菜，一小半是调料，不知道的还以为他是厨子呢！她问："你问谁了，农科所的同事？"

顾西凉摇头："我们吃饭那家餐厅。"

苏沐暖稀奇道："人家教你呀？不怕你偷师？"

"我说我想做给女朋友吃，而且，"他顿了顿，继续道，"我还带了农科所的同事给我证明，我是开实验室的，不是开餐厅的。"

苏沐暖忍俊不禁，她憋笑，鼓掌："有理有据，不愧是顾顾问！"

顾西凉被她故意夸张停顿的"顾顾问"惹笑，好脾气地收拾东西。

苏沐暖帮他递东西，盯着顾西凉除了保温桶和调料，几乎就是电脑和书的行李箱，心里酸酸涩涩的。他的衣服和个人物品被他叠得小小的，塞在角落，不感动是假的，可她更希望顾西凉多带些能照顾他自己的东西。苏沐暖想起他做的小点心，没好气地戳戳他，警告道："我叫你来是度假的，不是来当厨子的！知道吗？"

话虽那么说，但第二天苏沐暖就食言了。下午时，他们的直播间正式开始，苏沐暖驾轻就熟，还拿着手机带观众们看起杨梅采摘。帮忙采摘的顾西凉不小心入了镜，他朝苏沐暖微笑，被观众误以为他在对镜头笑，观众纷纷要求要看"采摘小哥"，被苏沐暖故意转开镜头，转向其他采摘员。

"靖州不仅有'十万梅山风光'还有'百里苗侗画廊'，山美水美人也美，欢迎大家来旅游。"

直播间内纷纷刷屏："要看刚刚那个小哥！"

有一条飞快地被刷过去："主播刚刚是不是瞪了那个小哥哥？"

在苏沐暖兢兢业业的推广下，观众们终于重新将重点返回杨梅。不料，到了教观众如何做杨梅汁、杨梅干时，苏沐暖有些翻车——她对那些厨具、调料着实不在行。苏沐暖站在布置好的操作台前，表现淡定如常，看不出一丝困境地说："杨梅干的做法很简单，首先，清洗杨梅，在清水中适量加入盐或者小苏打，再充分搅拌，将杨梅浸泡半小时左右,清洗干净。"但她根本不知道"适量""充分"到底是多少。食盐加了一勺又一勺,到第四勺时苏沐暖出现片刻犹豫,加还是不加呢?她无助地往四方打量,希望谁能适时给她帮助。但无论是正在讲解的另一位主播,还是后勤的工作人员,全没发现她对着那些材料的窘迫,更没一个人发现她出了状况。就在她忍不住要询问时,对上了顾西凉的目光。顾西凉朝她点点头。苏沐暖眼睛一亮,将盐倒入水中,再抬头看顾西凉,顾西凉又点点头,苏沐暖再取盐。

直播间眼尖的观众已经有人开始发觉不对,有人问:"要放那么多盐吗?"

苏沐暖镇定重复:"要放这么多盐吗?"

"哈哈哈哈,主播姐姐也不知道!"弹幕刷过一片。

正在这时,顾西凉的声音隐隐出现在直播间内:"平常放1—2匙就够了,我们这次洗的杨梅有些多。"

直播间内互动一下子多起来:"谁在说话!声音好酥,快出镜!"

苏沐暖无视互动,继续道:"等洗好杨梅,我们用无油无水的砂锅将杨梅和柠檬、冰糖一直煮至冰糖融化,现在我们来准备冰糖和柠檬。"她先看了看冰糖,适量是多少?放弃……又拿起柠檬和刀,一切下去,柠檬片切薄了,从中间断开。

在直播间看热闹的"主播姐姐不会做饭吧""和我切工差不多""主播姐姐能做成我也能行""世另我"的弹幕中,苏沐暖放下刀子,镇定地朝顾西凉招招手:"那个助理,你来。"

弹幕刷过大片愉快的"哈哈哈哈"。

顾西凉洗了手,走过来。两件围裙在苏沐暖和另外的女主播身上,他们对视片刻,趁着镜头主要在另外的主播身上,苏沐暖果断解开围裙递给顾西凉。可清晰的摄像头依旧能拍到位于镜头边缘的两人,一脱一穿,苏沐暖帮顾西凉整理了领子。互动并不熟稔,甚至还有些紧张,但两个人相处时的气氛,让人一眼就能识破他们认识,并且很熟!一个人没动,仅一个眼神看过去,另一人就知道对方要什么。顾西凉切柠檬落下最后一刀,苏沐暖已经将盘子递来;顾西凉将柠檬摆入盘中,苏沐暖已经将垃圾桶放到他另一边;顾西凉将案板上切剩的边角料和落下的柠檬籽扫入垃圾桶,清洗案板时,苏沐暖已经为他递上干抹布。

不说火眼金睛、"磕"学专家的网友,位于一线的后勤人员,满眼都是若有若无的粉红泡泡。

顾西凉接管操作台,看看清单和菜谱,驾轻就熟地准备起做杨梅酒、杨梅干、杨梅汁、糖渍杨梅的材料。

约半小时后,镜头再次聚焦到操作台时,观众们已经磕过两轮CP了。

苏沐暖已然进入提问模式:"要先做什么?"

顾西凉:"从简单的杨梅汁开始吧。"他用流水将杨梅清洗干净,取冰糖放入锅中,开始加水。

苏沐暖问:"有比例吗?"

"1000克杨梅,125克冰糖,喜欢甜的可以多放些糖,稍微多一些少一些不会影响口感。"

冰糖煮化,顾西凉放杨梅,搅拌均匀,等再次煮开。水开后,他关小了火,对好奇的苏沐暖道:"小火再煮10分钟就好了。"

苏沐暖接下任务:"我来计时。"

顾西凉又去准备杨梅干,10分钟一到,苏沐暖问:"关火吗?"

"嗯,再焖一会儿。"

"好。"

苏沐暖忽然看镜头问:"杨梅汁大家会做了吗?"

"她竟然没有忘记我们!""好像挺简单的!""还是买果汁喝吧……"一条条弹幕刷过。

苏沐暖莞尔,将镜头转向直播间售卖的果汁、酒品、果脯等杨梅周边产品。本来觉得有些贵的观众们看完制作过程,尤其是听顾西凉说做杨梅干还要用烤箱,忽然觉得购物车的商品十分划算了。

陆之鹄笑着给苏沐暖的直播点赞,点开购物车下单了一串的杨梅。他放下手机,喃喃自语道:"阿凉终于快修成正果了。"对比之下,他这出主意的军师,倒是酸涩惆怅。他放空一会儿,拿电脑搜索唐曦冰所在大学的主页:社会学学院,唐曦冰老师……

"唐老师……"陆之鹄笑着,下载了唐曦冰的课程表。阿凉能做的,他自然也做得,还要做得更好。

同样在看直播的唐曦冰身体莫名一寒,打了个喷嚏,她抬头看看办公室的空调,从抽屉里取出午睡的毯子。毯子下,正放着岳彦前两天给她送来的项目介绍……只是没想到,这个项目的负责人竟然是陆之鹄。

下午直播结束,原本的主播正式到岗,接替晚上的直播工作。苏沐暖的临时工作顺利完成，报酬只要了顾西凉直播时做的小零食。不出意料，在她将果脯拍照发给妈妈时，发现家庭群已经提前知晓。不但她爸爸妈妈看了直播，二叔还在现场录了视频拍了照发到群里，惹得妈妈私信问她端午带不带顾西凉回家……苏沐暖喝着冰了一下午凉津津的杨梅汁，翻翻日历，下周就是端午节了！她从躺椅上坐起来，跑去隔壁。

"端午你打算怎么过？"她进门，看见顾西凉正在用手机逛直播间下单买杨梅，"你怎么也下起单了？"

顾西凉道："寄给我爸妈。"

苏沐暖怔了怔："你爸妈现在……"

顾西凉："在北京，端午节也回不来。"

苏沐暖："那……"

顾西凉问："端午，我能去你家帮你包粽子吗？"

苏沐暖回想起在岳麓山时随口说的约定，忍俊不禁，朗声道："准了！"

13 执子之手

大学不同于中小学，没老师逼着非学不可，座位也是想坐哪儿坐哪儿，无比自由。座位大致可分为四块区域：最末的，是混时间，不想听，生怕被老师注意、点名的，属于抢手位置；中间靠后排的，是想低调学习的；而好学者的黄金座位，则在中间靠前，三四排，离老师近，又不是太近，既能被注意，又不会特别突出，这也是抢手位置；第一二排，尤其是第一排，非特殊情况，则是司马昭之心路人皆知，几乎将"我想被老师注意"写到脸上。

唐曦冰抱着教案和笔记本进教室时，就看见陆之鹄赫然坐在第一排。整个一二排，就这一个"旁听生"。唐曦冰放下教案，似笑非笑道："上课前，我们先分析一下座位反应的社会心理……"对这样的追求者，唐曦冰自然知道，越是搭理对方，对方越有给点颜色就开染坊的行动力。晾在一边，晾久了，等他自己感到没趣，就会消失了。

不料，下午、晚上、第二天、第三天……陆之鹄频频出现在唐曦冰的课堂上。无论是本专业的必修课，还是其他专业的选修课，他一堂不落，持之以恒，还找学生借书复印了教材，大有一副再修一门学问的模样。第三天，他还交了作业，留给不同班级的三种不同的作业，他都写了。

唐曦冰："……"

下课后，趁唐曦冰收拾教案的时候，陆之鹄果然凑到了讲台边，以翩翩君子的架势，行厚颜无耻之事。

陆之鹄："唐老师可以帮我看看论文吗？"

"我没加班的爱好。"唐曦冰将最上方的三份论文拿起来，交还给陆之鹄，"陆总不用工作吗？"

陆之鹄："晚上加班比较有灵感。"

学生已经散得差不多了，剩下的好奇地盯着讲台看。陆之鹄连续出现，已经有人注意到他。

这人长相、穿着，分明不是学生，但天天来上课，看上去也不像是旁听生……在职考研？做调研？校领导听课？他们不得而知，但在学生中已经有"唐老师的神秘追求者"的绯闻传出。今天，他们终于说话了，剩下的几个学生磨磨蹭蹭地收拾着书包，谁也不急着走。

明知他们在偷看，陆之鹄还朝他们笑了笑。英俊的长相，姣好的五官，加之工作磨炼出的沉稳，很容易唬住未经世事的学生。被逮到的学生们纷纷不好意思，红着脸朝他们笑笑，拎着书包挡着脸，马上开溜。

学生："老师再见。"

唐曦冰："嗯。"

陆之鹄趁唐曦冰和学生说话，将他的作业重新夹到厚厚的作业堆里，转回头问："唐老师有空吗？"

唐曦冰看着作业，放弃了从里面挑出来的打算，她将作业塞进背包："我以为你课表已经背熟了。"

陆之鹄："那我是有这个荣幸和唐老师共进午餐了？"

唐曦冰："不能。"

陆之鹄："那周四——"

唐曦冰："没空。"

陆之鹄："周五上午？"

还真背了她的课表？唐曦冰甚是无语。话不投机半句多，唐曦冰留给他一个高冷的背影离开了。只是晚上看论文时，发现陆之鹄写得有理有据，无论格式还是内容，竟然比大部分学生做得更好，唐曦冰顿时生了些微妙心理，想了想，在上面打了个80分。之后摇摇头，打开第二份和第三份作业，看到里面夹带的那份儿项目书，她放下论文，翻看起来……

*

不同于唐曦冰的水深火热，苏沐暖在靖州的几天，过得十分舒心。

这几天是苏沐暖和顾西凉认识以来相处最久的一段时间。他们作息时间并不相同。顾西凉早上起来，会去买早餐带回来，再摆好早餐，开窗读书，或给院子里的花草浇水。苏沐暖洗漱完过来，他们会一起在顾西凉的房间吃早餐，再一起到院子里散步，然后顾西凉送她去开会、上班。

苏沐暖行程不定，顾西凉始终迁就她。她忙工作，他就到她工作地点附近找个小店坐下看书，等她下班一起回去。有时还能一起在外面吃完东西，边逛街边散步，慢慢走回去。

有天苏沐暖去的地方有些偏远，沿途没看到什么像样的店，顾西凉说他自己去找找，她下班按着定位找过去，就看见她家顾问先生，正坐在一个只有十几平方米的家庭小餐馆外用笔记本看资料，脚边还卧着只挺可爱的小土狗。苏沐暖隔着条街都看笑了，果断拿出手机拍照留念。

那天顾西凉纤尘不染的衬衫上熏的全是炒饭的香味。那家小夫妻店的腊肉炒饭堪称一绝。他们在小店吃了晚饭，一起买了火腿肠喂小狗，临走还在街边买了一兜小香梨。顾西凉来了没几天，她的房间里就多了好些小物件。今天是瓶插花，明天是个小风铃，电脑旁还多了几张苗银做的小书签。水果零食更不用说，每天打开冰箱门，都有丰富的水果，不多，但每天都是新买的。苏沐暖住民宿住出了回家的感觉。不，比回家还像回家，她家里的水果饭菜大多还是阿姨准备呢，哪像顾西凉这样每天亲力亲为的。

苏沐暖洗完澡从冰箱取了两个小香梨到隔壁敲门："我进来了。"

顾西凉正在看视频，听见她的声音暂停了视频，眼睛亮晶晶的，起身望着她。

苏沐暖将稍大的香梨给他，凑到电脑屏幕前问："在看什么？论坛？"

顾西凉："嗯。"

苏沐暖看看标题,似乎是个国际交流会议的演讲录播,讲的是与经济作物相关的内容。

苏沐暖问:"全英文演讲?"

顾西凉点头道:"嗯。"

苏沐暖惊讶道:"以你的情况,听全英文演讲不吃力吗?"

顾西凉道:"有些吃力,我大致看看。如果有用,会找实验室的研究生帮我做个文档。"

苏沐暖咬唇看他,心绪复杂。

顾西凉捏捏她的手指,向她讲趣事:"我以前还从网络上找字幕组帮我翻译呢。"

苏沐暖被他这开阔的思路惊讶到,夸道:"我们顾老板真机灵。"

顾西凉苦笑道:"但是专业词语太多了,他们觉得太枯燥又麻烦,宁肯中途给我退款,我加钱也不给我翻译了。"

苏沐暖怔了怔,被他这"悲惨"遭遇逗笑:"真可怜。"她看看时间,下午四点半,还早,她有足够的时间逗逗她的顾问先生。

苏沐暖三两口吃掉梨子,抽纸巾擦干手,挤到顾西凉旁边,同他一起坐到沙发上,将笔记本屏幕转正:"来,我给你做同声传译,免费。"

顾西凉错愕地看她。

苏沐暖道:"我英语可是很好的。"

顾西凉含笑点头:"好。"

苏沐暖点开播放,开始翻译:"他说种植业进入全球化,和其他产业密切相关……"

外行做专业演讲的同声传译十分不好干,好在视频能暂停。一个多小时的演讲,苏沐暖暂停了几十次,翻译完天已经擦黑。猜词语、查词汇、想怎么翻译,许多时候还得重复发音,结合语境和顾西凉一起猜。苏沐暖看看满桌他们写的笔记,成就感满满。19点09分,用了将近3小时。毕业后她可好久没这么查英语资料了。她一直把外语当工具,谈不上厌烦也谈不上喜欢,今天却像回到学生时代,生出种岁月静好的感觉。

她上学的时候和唐曦冰、沈凌城讨论习题,可从来都是想着攻克难关,没体会过这种感觉。若是她自己,早把视频甩给秘书,让小颜找专业翻译了,哪里会费这精力和时间。和顾西凉一起商量猜单词时候,都像是忙碌后对自己的奖励,她一点儿也不觉得浪费时间。苏沐暖靠到沙发背上,指使顾西凉去给她榨果汁,看他忙忙碌碌的背影,心中无限满足。

顾西凉将冰镇好的西瓜汁递给她,苏沐暖接过果汁,故作哀怨道:"顾老板,我亏了,你肯定不知道我时薪多少,你得弥补我损失。"

顾西凉好脾气道:"要怎么弥补?"

苏沐暖朝他勾勾手,等顾西凉凑近,她朝他亲一口,笑眼弯弯道:"这样,加上请我吃晚饭!"

*

夏季小镇的傍晚是大排档的主场,沿步行街走,到处都是食物的香味。苏沐暖换上了休闲的裙子,和顾西凉挽手走在小吃街上。她走着走着,看见天边斜挂的弯月,忽然笑了:"我想起一句诗。"

顾西凉转头凝望她。

苏沐暖道:"月上柳梢头,人约黄昏后。"

顾西凉笑了,他们脚步更加轻快起来。两人都没什么吃路边摊的经验,找了家热闹的小店点了老板推荐的招牌菜,味道甚是不错。他们吃饭途中,听到邻桌的人在讨论杨梅收成和销量,苏沐暖饶有兴趣地听着。待对方吃完走了,苏沐暖小声问顾西凉:"你猜他们在讨论什么?"

顾西凉想也不想:"杨梅。"

苏沐暖:"你听到了?"

顾西凉笑而不语。

正是杨梅收获的季节,小镇附近又全是果园,这个时间这个地点,对本地人而言,最紧要的自然是杨梅。

苏沐暖一想也能猜到原因,毕竟她也是为了采购而来的。她没再卖关子,低声道:"他们家已经做直播卖杨梅一年了,正说服另外一家跟他合作,一起走网络渠道,顾专家怎么看?"

顾西凉:"我觉得很好呀。"

苏沐暖:"你支持?我以为你不太喜欢这种新销售模式呢。"

"我买的杨梅我爸妈昨天已经收到分给同事了。当然,一定没有我们在靖州现买的新鲜好吃,运输难免有损坏,尤其是杨梅这样不易运输的水果,但总不能让所有人为了吃上新鲜水果就特意跑到产地买吧?现在的物流技术,尤其是冷链技术,已经最大限度地支持食材快速、便捷、新鲜、保质了。"他很认真道,"而且,相比几十元一颗卖到迪拜,如果果农收入持平,我更愿意全国人民都能吃到从产地发出的低价优质杨梅。"

苏沐暖莞尔,顾西凉身上总是有几分忧国忧民的书生意气在。

顾西凉停了停,看着她,肯定道:"你一定也这么想,所以才帮忙直播吧?"

"知我者顾老板也。"苏沐暖夸赞道!她想起前两天主动要帮忙时农场老板诧异的神情,和顾西凉说起来,"那个老板问我,他们卖杨梅不会影响我们卖果汁吗?"说着苏沐暖笑起来,"果汁和水果不完全是竞品和替代品,而且,杨梅是有季节性的,我才不介意杨梅上市的时候人们都去买水果而不买果汁。"

顾西凉点头:"嗯。"

苏沐暖没说场面话,每次有人问起她都会照实说,可总有人觉得她是为了面子说些好听的。只有她自己知道她是真诚的、认真的。如果果汁像当年流行的罐头一样,逐步退出历史舞台,那她就带着苏氏去尝试新的产品。爷爷和父亲筚路蓝缕开创了企业,到她和苏跖,已经有了这么好的基础,总不能故步自封。时代是变化的,市场是变化的,她可从来不怕问题和变化。况且,她看得出顾西凉认可她。她说,他懂,无须多言和解释。若她要做什么,顾西凉一定会默默无声地帮助她,而不是质疑。

苏沐暖望着顾西凉亮亮的眼睛,心里暖暖的,她吃着小吃掩饰害羞,又喝了几口饮料,向顾西凉道:"我打算茶饮料也主要用直播和新媒体的方式来推广,你觉得怎么样?"

顾西凉认真思考起来,坦诚道:"可以尝试,不过这方面我不太懂,我问问之鹄。"说着,他就要拿手机发消息。

苏沐暖连忙拦下他:"回头等我想个大概再找他。吃饭。"

顾西凉好脾气地应一声"好",收起手机,他柔声道:"你是专业的,如果我能帮上忙……"

苏沐暖将菜夹到他碟子中,利落道:"我会找你,放心,不跟你客气。"

顾西凉柔声应了。

小龙虾端上来,顾西凉戴上一次性手套给她剥虾。苏沐暖安心享受着,心想她家顾西凉真是上得厅堂下得厨房,既体贴又可爱。

*

从靖州回到长沙已经晚上 8 点多。终于结束了漫长的差旅,苏沐暖心情放松，中午应酬喝得有点多，借着微醺的醉意，叫顾西凉和她同车。顾西凉问厨房要了蜂蜜给她泡了蜂蜜水，盛在保温杯里，温度适中。她车上没有靠枕，顾西凉就从包里拿衣服叠成了靠枕给她枕着。苏沐暖甚是满意，越相处就越觉得顾西凉温柔体贴，照顾人从来都是温润无声、细心体贴的。她出差这么多次，这是最乐不思蜀的一回。

唯一的遗憾，就是顾西凉太害羞，尤其是有人在的时候。她要是开会，他就在房间乖乖等她，她去参加活动或者饭局，他从来不去，生怕给她惹什么麻烦。回长沙也是，要不是她喝酒了不舒服，他都不打算和她同车。现在，明明车上只有他们两个，他照顾完她，还规规矩矩地坐着。苏沐暖闭眼反思，好像这几天都是她主动的。即使只有他们两个在时，顾西凉明明也想和她挨着抱抱，但总是她主动。苏沐暖皱皱眉，靠到顾西凉肩膀上。

顾西凉问："不舒服？"

苏沐暖不出声。

顾西凉朝她挪了挪，让她靠得更舒服。

顾西凉："以后不要喝那么多酒了。还早，要不要睡一会儿？"

苏沐暖听着他柔声细语的话，皱起眉，心想，看吧，又是她先行动了他才动的！苏沐暖抬手，懒懒地捂住顾西凉的嘴巴，蹙眉嗔道："烦。"

顾西凉眨着眼，无辜地低头看她，满目茫然，不知好端端的怎么惹她不高兴了。苏沐暖坐起来，一手按在座椅上，一手按在他腿上，凑近顾西凉，直勾勾地瞪他。他们凑得极近，顾西凉能闻到她身上的酒气。

苏沐暖挑剔似的，带着三分醉态，朝他不满道："顾西凉你反思一下！"

顾西凉："……"

突然间他不知道她要他反思什么，也分不清她是认真的还是醉话。不过，他还是认真思考起来。从靖州的这几天，到新疆，到更早之前……顾西凉越想越紧张，好像需要反思的有很多，做得不好的有很多。

顾西凉："是我不好。"

苏沐暖用指尖戳戳他胸口，咄咄逼人道："你说说哪儿没做好？"

顾西凉："你早上问我哪条裙子好看我说不出来，你早上想喝豆浆，但我只买了粥……"

"……"这呆子！平时不是挺聪明的吗？年纪轻轻就博士了，一遇到感情的事就这么呆、这么傻！

顾西凉浑然不觉答案跑偏，依旧事无巨细地反思着："还有昨天，我把你拍矮了，腿不够长。"

见他还要说，苏沐暖都被气笑了，她忍无可忍朝他腿上拍一巴掌："谁让你反思这些了！"

顾西凉不解地看她。

"往大了想。"

可顾西凉觉得这些也是大事，还有更大的事？他做错什么了？相处久了，顾西凉也越来越清楚苏沐暖的脾气，她向来是吃软不吃硬的。顾西凉放软了音调，带着几分亲昵的语气撒娇似的叫她："沐暖……"可怜巴巴的。

苏沐暖见不得"美人"发愁，何况还是她的心上人，于是她马上就透露了部分答案。不过，她没透露太多，总得给他个反思的空间。苏沐暖点点自己的唇，顾西凉闻弦知雅意，马上笑着凑过去吻了她。浅浅一吻结束了，两人都下意识地看前方，各自按下丝丝缕缕的不好意思。

苏沐暖轻咳了声，冷静道："知道了吗？以后要主动！"

顾西凉愣了一秒，回过神来。沐暖是让他主动些？这会儿，受过提点，他一下子注意到沐暖脸颊和耳尖都粉粉红红的。

"好。"他含着笑意，回答道，"我反思，以后我改。"

苏沐暖被他盯得不好意思。狭窄的车厢里，气温好像升高了。司机对完路线一上车，苏沐暖马上将眼睛错开，坐直了身体。但司机视线看不见的座椅上，顾西凉按住了她的指尖未松手。

司机一无所知："苏总、小顾先生，咱们大概8点左右到长沙，路上时间长，休息一会儿吧。"

苏沐暖垂眸，她纤长的手被顾西凉握着，涂红的指甲按在他手心上，他手指轻扣在她手指上，把她的手抓得又紧了一分。苏沐暖同样握紧回应，嘴上却正经无比和司机搭话："好，辛苦了。"

司机没注意到车上的微妙气氛，系上安全带，稳稳地将车开上路。

顾西凉含笑望着她，她一转头，视线就相撞了。

嗯，主动，学得很快！

苏沐暖故作端庄："嗯，刚刚说的问题，你好好想想以后怎么表现。

我……我睡一会儿。"

"好。"

苏沐暖看看他,这次抓着顾西凉的手臂,靠向他肩膀,顾西凉却往车门方向挪动,给她让出躺的空间,让她枕到他腿上。苏沐暖含笑闭上眼睛睡觉。只想醉后小憩,没想到竟然真的睡着了,一路睡到长沙市区。她睁开眼,车窗外已经一片夜幕,街上的灯也都亮了。苏沐暖带着含糊的睡意问道:"几点了?"

"马上8点。"顾西凉扶她坐起来,动了动发麻的腿。

"这么晚了。"苏沐暖咕哝一句,看到手机上有好几条未读消息。

一同从靖州回来的同事在工作群问要不要去公司开会,小颜已经在楼下等她送文件,父母问她回不回家,沈凌城问她到哪儿了要不要回公司,还有几个工作信息。苏沐暖揉揉脖子,先在工作群回复消息:"不用了,今天早点回家休息吧,这几天辛苦了,明天上午放假半天。"群内一片欢呼,她又笑着回复了父母:"到长沙了,快到公寓了,明天回家。"然后是小颜和沈凌城:"我马上到公寓。"

她降下了隔挡板,嘱咐司机:"李师傅,麻烦送我回公寓。"

司机应一声问:"要先去找个地方吃点东西吗?"

苏沐暖边处理手机上的信息边摇头:"不用了,小颜等我好一会儿了,我自己解决吧。"她像往常一样答完,忽然想起身边还有个和她一起饿了一整个下午的顾西凉,她敲字的动作一顿,不好意思地朝顾西凉笑:"你饿不饿,要不要吃东西?"

顾西凉悄悄揉腿:"没关系,先去忙你的事,别让小颜等久了。"

小颜看着时间,在苏沐暖公寓楼下张望着,很快就看到了公司的车。小颜上前,一下看到了从车上下来的老板,还有……顾西凉?小颜的杏眼,顿时瞪得溜圆。她忍着汹涌的八卦之意,小跑到车边,将文件袋交给苏沐暖:"老板。"

苏沐暖"嗯"一声,顾西凉已经和司机一道到后备厢卸行李箱了。小颜趁苏沐暖不注意,飞快地向后面扫去。一个、两个、三个……她眼尖地在三个行李箱中发现一个不是苏沐暖的银灰色的行李箱!

顾西凉拖着苏沐暖的箱子来和她打招呼:"小颜你好。"

"顾先生好。"小颜按照往常一样朝行李箱伸手,尽职尽责做一个好秘书,"顾先生箱子……"忽然,小颜感受到一股凌厉的视线,她赶忙转头,看到她老板充满暗示的眼神,秒懂,顺着话飞快转折,"能麻烦你帮苏总送上楼吗?"

顾西凉微怔。

小颜绕过顾西凉,从司机手中要走苏沐暖另外的一个行李箱,以迅雷不及掩耳之势放到顾西凉前方,满是歉意道:"我今天还有些急事必须做,麻烦你了。"为增加可信度,她还故意看了看时间。

顾西凉看看她,再看看苏沐暖尚未收起的欣慰一笑,还有什么不懂,闷下笑意,正经道:"好,你去忙吧。"

小颜对自己的机智十分满意,和苏沐暖匆匆道别,还以不好打车需要司机送她为借口,将司机也一并带走了。楼下,只剩下三个行李箱和两个人,苏沐暖轻咳一声,小声评价道:"演技略有些浮夸。"

顾西凉笑容变大,柔声道:"我本来就是要送你上楼的。"

"那走吧。"苏沐暖的心情瞬间又好了几分,她顺手拉了手边的行李箱,和顾西凉一同上楼。

*

几天没回家,公寓内空气有些闷热,好在家政阿姨每周来三次,家里还是一尘不染的。苏沐暖转转眼睛,悄然观察顾西凉。

顾西凉安置好她的行李箱,问她:"好点了吗?还有没有不舒服?"

苏沐暖愣了半秒,对,她还酒醉未醒……她揉揉额头,虚弱道:"还有点头疼。"

顾西凉果然紧张起来,快步过来扶她坐下,给她揉太阳穴:"要不要去医院?"

苏沐暖:"不用,休息一会儿就好了。"

顾西凉:"家里有蜂蜜吗?我帮你泡点蜂蜜水?"

苏沐暖:"只有水和饮料。"

顾西凉:"我去买。"

苏沐暖蓦然有些不好意思,她站起来要陪他一起,被顾西凉劝住:"我去就好,你去躺一会儿,我很快就回来。"

苏沐暖"嗯"一声,将小区的门禁钥匙交给她:"出门右边有个超市。"

顾西凉:"好。胃难受吗?"

苏沐暖只犹豫不到半秒,一个眨眼都没完成,果断道:"不难受,有点饿了。"

顾西凉:"想吃什么?"

苏沐暖沉思道:"好消化的。"

顾西凉:"粥?"

苏沐暖勾勾顾西凉衬衣下摆,低头含糊道:"我家附近没有好吃的粥。"

顾西凉垂首看着她的发顶,在车上睡得有些乱,抬手帮她捋顺,含笑道:"那我买点菜,回来做给你吃,好不好?"

苏沐暖依旧低头含糊地应了一声。

顾西凉忍笑,宠溺道:"等我一会儿。"

待大门关上的声音响起,苏沐暖马上抬起头,刚刚那副困顿未醒、酒后难受的模样瞬间不见。她垫脚无声走到玄关,趴到门口直到听见顾西凉走远的脚步声,才拍拍胸口忏悔道:"辛苦你了,小顾老板。"趁着顾西凉不在,苏沐暖打开窗户通风,将客房中放的杂物挪到储物间,又从柜子中搬出被子铺到床上。

就在苏沐暖收拾客房的同时,顾西凉在超市挑选好了蜂蜜和食材。苏沐暖的厨房他上次见识过一次,除了餐具,连调料都没有。待他拎着超大的两个购物袋回来时,苏沐暖已经收拾好了客房,在厨房清洗热水壶。

顾西凉将购物袋拎进厨房:"我来。怎么不休息?"

"下午睡太久了,这会儿睡不着。"她侧头看看顾西凉买了那么多东西,大吃一惊,"这么多?"

"总要用到的。"顾西凉洗好水壶,擦干外面,烧水给苏沐暖冲蜂蜜,"要柠檬吗?"

"嗯。袋子里?"

"嗯。"

苏沐暖蹲下从袋子里翻找到新鲜柠檬,顾西凉洗干净切片沏水。苏沐暖靠在厨房边,边喝着蜂蜜柠檬茶,边看顾西凉洗锅、淘米、煮粥、收拾调料、洗菜、切菜、炒菜……还时不时和她闲聊。

顾西凉:"我有个同事是北方人,推荐过这个牌子的小米,很养胃。"

苏沐暖:"这个你专业,你说了算。"

顾西凉:"芹菜、茄子、西蓝花、青椒、番茄、鲈鱼、牛肉、虾,想吃什么?"

苏沐暖:"芹菜和茄子吧。"

顾西凉:"那就芹菜虾仁、烧汁茄子、清蒸鲈鱼,好吗?"清淡、好消化,适合晚上吃。

苏沐暖:"清蒸鲈鱼麻烦吗?"

顾西凉:"不麻烦。沐沐,帮我拿根小葱。"

"哦。等等!"苏沐暖想起什么,翻出储物柜中的围裙,抖开,垫脚给顾西凉套上。

她站在顾西凉身后,系上围裙腰间的带子。顾西凉挽着袖子,拿着锅铲,被苏沐暖转了个圈。苏沐暖将他360度打量一遍,满意道:"我们顾顾问果然帅,穿围裙都这么帅,做饭一定色香味俱全。"

顾西凉失笑,这是什么逻辑?

他们边干活边闲聊,聊充满生活气的柴米油盐,连她妈妈都没和她聊过的话题。苏沐暖只帮顾西凉递递菜,摆摆调料,不知不觉,晚饭做完——三菜一粥。

顾西凉摆好了盘子,将勺子递给她:"小心烫。"

"嗯。"苏沐暖不满道,"我又不是三岁小孩。"

浓浓的小米粥金黄金黄的,散发着清香的米甜味儿。苏沐暖用勺子尝一口,不知是心理作用还是粥起了作用,胃部感到一阵暖意。她又尝了每道菜,对顾西凉的厨艺又有了新的认知:"我现在更相信你会包粽子了,等端午跟我回家,我爸妈一定大吃一惊。"

晚饭后,顾西凉到厨房洗碗。一个个碗碟变干净,盘碟调料食材各归各位,厨房再次空荡整洁起来,苏沐暖却随着渐渐收拾好的厨房,焦躁起来。

顾西凉擦干手,一转头,猝不及防,视线和堵在厨房门口的苏沐暖相撞。

苏沐暖:"你……"

顾西凉:"我……"

他们闻声抬起头来,同时沉默,又同时开口。

苏沐暖:"你先说。"

顾西凉:"你先说。"

苏沐暖再次道:"你先说。"

顾西凉指指她身后客厅角落的行李箱:"今天早点休息,明天我帮你收拾。"

"嗯",苏沐暖点点头,又忽然顿住,猛地抬起头看顾西凉,"嗯?"明天帮她收拾?明天?明天什么时候?他们诡异地再次陷入沉默。

好一会儿，在顾西凉以为他是不是太唐突了要改口道别时，苏沐暖忽然笑起来："嗯，行，我明天下午要上班，明天上午帮我一起收拾。"

顾西凉："好。"

"那时间不早了……"

顾西凉摸不着她的意思，眨眨眼，看向自己的行李箱："那我就……"

苏沐暖："我家这边晚上不好打车。"

顾西凉："……"

他前些天来她楼下等她时，每天都比现在更晚打车回去。但顾西凉还没那么傻。虽然他没谈恋爱经验，虽然苏沐暖小区外就是主路，虽然小区旁边就有三家酒店……但他还是煞有介事地点点头问："我可以借住吗？"

"咳，那你住客房吧，家政阿姨应该清扫过了。"苏沐暖勉为其难指指客房，带着顾西凉去看房间，演示室内的设施，"灯在这里，这是台灯，那边也能关，空调遥控器在床头，电源在这里，被子是新的，放心用，你想用毯子的话，柜子里也有新的，窗帘开关在这里，其他的，不懂你问我，我住隔壁。"

顾西凉看看敞开通风的窗户"嗯"一声，待看到卫生间准备好的洗漱用品时，他就更"信"这都是未卜先知的家政阿姨准备的了。

苏沐暖还不知道关心则乱，已经露了馅，她躺在床上想着明天回家要怎么和爸妈解释顾西凉出现在靖州的事。二叔想必已经私下和爸妈交流过了，端午在周五，她是不是应该在端午前向父母摊牌他们在交往的事？还有顾西凉听力的问题……苏沐暖想着，一转头，面对和客房相隔的墙壁，缓缓侧过身，将手贴到墙上。顾西凉与她就一墙之隔。夜里，他们从未如今夜这么近过。因为如此之近，她越加肯定她想和顾西凉交往下去、生活下去的决心。

苏沐暖将头抵到墙上，低声道了声"晚安"。

客房中，顾西凉已经熄灯，他盯着天花板，不知道留下来是不是应该。他们还没通知父母、没有订婚，这里只有他们两个人，他不该住在苏沐暖的公寓里。他从小跟爷爷在茶园长大，接触的人、接触的事，以及学习的道理，保守又传统，他这么做，若爷爷知道，一定会责备他失礼。可……一墙之隔，他恋之念之的人诱惑实在太大。他心里条条框框的约束,被她一颦一笑拉扯得稀碎。顾西凉侧过身,枕着手臂面朝苏沐暖卧室的方向侧躺,在黑夜中安静地盯着白色的墙壁,一脸柔情。明知她故意支走小颜,明知她故意以头痛、晚饭留他,他还是背离了原则顺势留下来。不,即使她不为他找那些理由,他也想的。像在靖州时候一样,一起吃晚餐,睡前道晚安,住在一步之遥的地方,每天睡前和醒来,看到的都是她。顾西凉按捺不住滋生的欲望,他得快点,更快点,征得苏沐暖父母的同意。得到长辈的认可和同意,才不会为难她、委屈她。

顾西凉吐了口浊气,轻声道:"晚安,沐暖。"

早上,苏沐暖被闹铃叫醒,她像往常一样穿着睡衣打开卧室门,站在门口忽然听见厨房传来切菜的声音。她眨眨眼,惺忪的睡意顿时惊飞,差点忘了顾西凉在!她退回卧室,悄声关上门,飞速换了衣服才从卧室出来。她来到厨房门口,闻到豆浆的味道,一下子想起在靖州时候,早上起来,顾西凉一定已经买好早饭等着她。她心情愉快,垫脚凑到顾西凉身后,探头问:"做什么好吃的?"

顾西凉问:"煎饺、豆浆、清炒西蓝花、凉拌海带丝,还想吃别的吗?"

苏沐暖摇头:"很丰盛了。"她平时早餐就是一杯咖啡、一个三明治,或者一杯豆浆、一个包子,只有假期和父母一起吃早餐时候,早上才会吃菜。

苏沐暖:"煎饺是买的?"

顾西凉:"我捏的。"

苏沐暖震惊:"你失眠了?"

顾西凉失笑:"睡得很好。"就是不到5点就醒了……他怕吵醒苏沐暖,躺了一会儿,就开始琢磨着早餐吃什么,一起床就开始准备。

苏沐暖捏捏他肩膀,踮脚亲了亲他脸颊:"辛苦了,我去洗漱。"

早餐丰盛又舒适,苏沐暖不忍心浪费顾西凉一大早的心意,一不小心吃撑了。饭后,顾西凉如约帮她收拾行李,让苏沐暖在客厅走走。

苏沐暖嗔怪道:"顾西凉,以后早餐简单一点儿,我要是胖了全是你的责任。"

顾西凉点头称是,顺势问:"明早想吃什么?"

"粥吧。不对,我今天要回我爸妈那儿,明早在那边吃饭。"她蹲到顾西凉一旁,托着下巴问他,"你今天要回山上吗?"

顾西凉:"嗯。"

回山上呀……她今天要回家，如果让顾西凉继续住在她公寓里，他上班会不会很麻烦？她是不是该找个折中的地方住？

顾西凉将她给父母买的礼物放到一旁，思考片刻，和苏沐暖商量道："沐暖，端午节时，我想向叔叔阿姨坦白。"

苏沐暖正神游着，下意识点头，随即回过神来："坦白？坦白什么？"

顾西凉握住她的手，柔声道："我瞒了你那么久，已经罪孽深重了，不能也不该再继续瞒着叔叔阿姨。沐暖，我想告诉他们我的情况，所有情况！"

*

唐曦冰放下咖啡杯，揉了揉额头，低声问："你怎么想？"她听说苏沐暖回来了，只是想约她一起吃午饭，聊聊最近发生的事，没想到自己还没开口，就听到这么多隐秘。

"没想好。"苏沐暖摇头，她暂时让顾西凉给她时间再想想，"我让他先回山上了，等我想好再告诉他。"

唐曦冰问："你想瞒着？"

苏沐暖摇头，头痛道："总要说的。"而且越早越好，若是等她父母发现了，他们一定会觉得是顾西凉故意骗他们、骗她，以他们家护短的习惯，那才是徒增波折。

唐曦冰哪会不了解她，于是问："你想自己解决？"

"嗯……"她一直这么打算的。

"呵。"唐曦冰不知说她什么好了，"一定会挨骂的事你倒积极。"

苏沐暖叹气，她当然知道，可能还不止骂一顿那么简单。她从小被当掌上明珠养着，苏跖也得让她三分，她爸妈、叔婶怎么会让她在外面受委屈。苏沐暖搅着咖啡，却一口没喝："我毕竟是亲生的，他们再生气也会听我讲道理。"

唐曦冰古怪地看她："难道苏叔叔会打他吗？"

"打倒是不至于。"赶出去倒是有可能的，她放下咖啡勺，靠在椅背上揉着额头，"我也知道我是仗着他们宠爱我、恃宠而骄……"

唐曦冰："你恐惧的是什么？"

苏沐暖怔住。恐惧？是呀，她恐惧的、担心的，无非父母会阻止他们交往，最坏的结果就是他们被迫分手。

唐曦冰问："要是叔叔阿姨让你分手，你会吗？"

"不会。"苏沐暖斩钉截铁，眼神渐渐坚定下来，"你说得对，最坏不过是我爸妈让我们分手,我不同意,我们俩一起被赶出家门。"她脑补一下那场面,自信道,"他们看到我的决心,一定会心软。等他们气消了,我们再谈。"

唐曦冰一时竟不知该说什么。

苏沐暖不再纠结,能看清的问题都不是问题,无论发生什么结果,顾西凉一定会陪着她一起克服的。她发消息给顾西凉:"*好,端午节我们回家一起说。*"她想通了,人也痛快了,喜笑颜开对唐曦冰道:"我带了好多梅子干回来,要不要尝尝?天气太热了,中午我们叫外卖吃吧。你刚刚说想找我吐槽什么来着?"

"……"唐曦冰钦佩道,"我真是佩服你这积极不纠结的性格。"

苏沐暖:"因为你们总会帮我,不是吗?"她永远不是一个人。

唐曦冰几天的坏心情一下子转好。人的自我表达基于信任,不管经历过什么,未来可能经历什么,沐暖如此信任顾西凉,信任她的父母,他们的爱护给了她足够的自信。至于她的事……

唐曦冰:"算了,等你们过完端午我再和你牢骚。"

*

端午假期前最后一天,陆之鹄照常来蹭课。

唐曦冰课堂上列的参考书目,学生不见得看了,陆之鹄倒是越买越全。他的书和笔记越来越多,人也越来越向学生靠近,今天竟然还背了双肩包,课间还煞有介事地和她的学生们讨论起参考书来。

学生说:"那本太贵了,我还是借吧。"

另外一人:"图书馆那三本都被借走了,我看看网上有没有电子版。"

陆之鹄:"我先借你看吧。"

学生惊喜:"真的吗?"

唐曦冰靠在窗边,打开杯子喝水,听他们闲聊。她转头看窗外,不少想过节又没课的学生已经开始往校外跑,校园里三五成群去玩的、拉着行李箱回家或旅游的,还有浓情蜜意难舍难分的情侣……转回头,话题已经有了新进展。

陆之鹄从背包拿出一本新书:"还有一本,只有英文版,你们要看吗?"

学生:"不要。"

学生叫苦不迭:"那本不是研究生时候才看的吗?"

……

上午最后一节课，也是她节前最后一堂课。下课铃声响起，学生们欢呼雀跃地放假，唐曦冰收拾东西要走，被陆之鹄拦下。

"假期有安排吗？"

唐曦冰："想干吗？"

陆之鹄："听你的。"

唐曦冰："那就没空。"

陆之鹄亦步亦趋地跟着她和她商量："三天假期加上今天的半天，正好可以到附近逛一逛。张家界、武陵源、天门山、凤凰，有没有想去的地方？不想出去的话，到郊区散散心也行。"

唐曦冰："累，不想动。"

陆之鹄："不然，我给你做菜怎么样？上次在我家没来得及……"

唐曦冰冷冷地瞪他。

陆之鹄好像看不见她眼中杀气似的："我做菜还不错，真的。"

唐曦冰："陆总朋友那么多，随便找个什么人陪你过节不好吗？何必自讨没趣！"

陆之鹄好脾气道："我在追求你呀，你不去，我去还有什么意思。"

唐曦冰："我以为我表达的够明白了。"

陆之鹄："我也以为我表达的够明白了。"

他们站在教学楼下对视着，谁也不肯屈服，像小孩似的，莫名其妙比起谁先眨眼谁先输。直到刚刚上课的学生从教学楼出来，看见他们俩堵着教学楼门口不知在拼什么内功，弱弱地、礼貌地上前打招呼："唐老师、陆哥。"

陆之鹄率先移开视线："你好，端午安康。"

唐曦冰也点了点头。

待学生离开，唐曦冰忽然道："你怕疼吗？？"

陆之鹄一头问号："嗯？"

于是，端午当天，唐曦冰将陆之鹄约到了某个他从未听说过的足浴会所。

陆之鹄再三确定地址，神色无比微妙："你确定在这儿约会？"

唐曦冰戴着墨镜示意他跟上，带着陆之鹄轻车熟路走到最里面，在前台登记："我约了小惠师傅。"

漂亮的女前台温柔娉婷地将他们带到 VIP 房间，陆之鹄看到墙上的足部穴位科普图，忽觉事情走向不大对。唐曦冰脱了外套，揉揉肩背，笑道："我平时就喜欢到这样的地方放松。"

片刻后，会所 VIP 室内传出陆之鹄有失体面毫无尊严的惨叫。名叫"小惠"的四十多岁大叔拽着陆之鹄的脚，温声细语地给他提健康建议："健康的话按这里是不疼的，早睡早起少熬夜，就不会这么疼了。"只是，他的手劲和语气相隔十万八千里，陆之鹄疼到手指蜷缩。

……

足疗结束，唐曦冰马不停蹄又带他去了另外一家推拿会所。

推拿师傅同样和气："颈椎有点问题，平时要注意锻炼，坐一小时，起来运动几下！"这位师傅手劲儿同样大，陆之鹄觉得他听到了自己骨头的哀鸣。

随后，按摩、针灸、正骨、刮痧……保健（挨打）一条龙服务结束，陆之鹄活似经历一番别样体检，从头到脚没一处健康，从头到脚没一处不疼。

而唐曦冰全程都坐在他旁边，悠悠闲闲地录视频拍照记录他的窘样："今天算你走运，像小惠师傅这样的老师傅，可是我这种资深 VIP 才能预约到的。"

陆之鹄："……"承蒙好意，他感激涕零，只差举双手双脚投降。

唐曦冰优哉游哉地问他："和我约会每周都要来这些地方，还追我吗？"

陆之鹄揉揉酸痛的肩膀，全身骨头嘎嘣嘎嘣响，也没耽误他摆出个帅气逼人的姿势，死鸭子嘴硬道："当然要追！"

14 兵荒马乱

每年端午，苏家全家都聚在一起过节。按湖南的习俗，端午分小端午和大端午：初五小端午，女儿回娘家；十五大端午，母亲给出嫁的女儿送粽子。苏家三代就苏沐暖一个女孩，尚未结婚，只过小端午。他们小时候，李婉、戴静竹还和苏奶奶一起给苏沐暖、苏跖用菖蒲和艾叶熬汤洗沐。按传统的说法，端午如此洗沐可除百病，不生痱子，被称作"蓄兰沐浴"。长大了，则是每年做个香囊了事。苏沐暖房间里，还有个专门的抽屉，放着从小到大收到的香囊、首饰和小礼物。

苏沐暖带顾西凉回家时，家里已经挂好了菖蒲，摆了艾草，供了帖子。新鲜的艾叶成束卖，几块钱一把，摆在门口，进门就能闻到清新的艾草香味。待艾叶慢慢阴干，收起来，还可以用来煮鸡蛋。

"闻到艾叶味，就知道是端午到了。"苏沐暖和顾西凉边走边数，"艾味、香囊味、粽子味，凑齐了就是端午。小时候我奶奶还做五彩绳，来了小孩每人发一个，我爸妈也得戴。你小时候有吗？"

顾西凉点头，忽然步速变慢，从口袋里掏着什么。

苏沐暖低头看他扁扁的口袋，眼睛瞪圆："你不会是……"

顾西凉真从口袋中掏出一把五彩绳。

苏沐暖笑出声来，从他手中拿走一个系到手腕上："你编的？什么时候编的？"

顾西凉："在实验室等数据时候，闲着，就编了几个。"

苏沐暖挑了一个系到他手腕上，不客气地把剩下的全部没收。

到家时，李婉、戴静竹和家里的阿姨正张罗着包粽子。

包粽子是苏家每年的大事，他们全家都爱吃粽子，但每个人口味都不相同。苏沐暖和李婉爱吃甜的，苏恪仁、苏恪信爱吃咸的，苏跖爱吃加蛋黄的，戴静竹爱吃白粽。每年这时候，家里就张罗好几种馅料，全家齐上手一起包。苏恪仁、苏恪信都会包粽子，只有她和苏跖不得要领。但最令苏沐暖生气的是，苏跖这吃货在吃上太执着，粽子比她包得好看。

戴静竹先看见他们，不待苏沐暖进门，就远远喊起来："沐暖回来了，阿凉也来啦，快坐。"

苏沐暖："二婶。"

顾西凉问好："阿姨好。"

苏沐暖拽拽他，小声道："叫二婶。"

顾西凉随之改口："二婶好。"

戴静竹应了，笑吟吟地看他们。

苏跖紧皱眉头和粽子大战，听到顾西凉来了，他诧异之下一抬头，手里紧攥的粽子瞬间松了，糯米洒了一手："他怎么来了？"

戴静竹踩了他一脚，警告地瞪他一眼。

"不会说话就闭嘴。"苏沐暖哼一声开始发五彩绳，她绕过近处的苏跖，先给了戴静竹。

戴静竹稀奇："你做的？"

苏沐暖顽皮道："我慷他人之慨。"

苏跖撇撇嘴，但看样子做得还不错，不过以他的审美和自尊心，他是不会戴的，要是苏沐暖求他，也不是不能考虑在家戴戴。不料苏沐暖完全没有要给他的意思，反而问："我妈呢？"

"我去叫你妈妈。"戴静竹笑看他们闹，将包了一半的粽子交给苏跖，一点也没有帮侄女欺负亲儿子的负罪感，愉悦地去厨房叫李婉。

苏跖和手中的蛋黄大眼瞪小眼。他爱蛋黄,但包不成,只能和他妈妈换换,他包白粽,戴静竹包蛋黄粽,可这包了一半的粽子该怎么办?

李婉端着蜜枣和豆沙出来,看见苏沐暖和顾西凉马上笑起来:"阿凉来了。"

"阿姨端午安康。"顾西凉刚刚坐下,又连忙站起来。

李婉将蜜枣和豆沙放到桌上,示意顾西凉坐下:"不用拘束,当自己家。"

苏沐暖将五彩绳给她:"阿凉的礼物,他编的。"

顾西凉大窘,忙解释:"不算礼物。"

"谢谢,可好多年没人给我五彩绳了。"李婉笑盈盈地系上,她拍拍一回来就捉弄人的苏沐暖,"去书房叫你二叔和你爸。"

"好。"苏沐暖起身,将顾西凉拉到包粽子的大桌前,朝李婉和戴静竹表功,"阿凉会包粽子,今天他替我包。"说罢,她一推顾西凉,往书房跑了。

李婉稀奇:"阿凉会包吗?"

顾西凉点头:"会的,就是卖相一般。"

苏跖"嗤"一声,继续和他手中捏不上的粽子搏斗。

李婉转转眼睛,也不客气,让顾西凉在给苏沐暖准备的座位上坐下:"沐暖爱吃豆沙的,你替她包吧。"

顾西凉点头道好,坐下来,看看已经包好的粽子形状和大小,拿着粽叶开始包。

苏跖将信将疑,顾西凉刚刚坐下,他就开始找茬儿:"你会吗?"

戴静竹朝笨儿子背上拍一巴掌:"包你的。"

苏跖低头搏斗,全靠绳子绕,终于把一个粽子缠住,再看顾西凉,他手边的篮子里已经放了三个四角尖尖、大小整齐的新粽子。

苏跖:"……"他的篮子和苏沐暖的粽子向来是挨着的,此时对比尤为惨烈。

苏沐暖叫了人来,苏恪仁、苏恪信也被她系了一腕五彩绳,高高兴兴凑来看热闹,兄弟俩对顾西凉不吝夸赞,苏沐暖则对苏跖补刀:"真丑!"

苏跖炸毛:"你包的比我丑,好吗?"

苏沐暖冷哼一声:"那我和你比比。"

苏跖来了兴致,看苏沐暖能怎么耍赖:"来,比。"

苏沐暖搬张椅子挤到顾西凉一旁，折叶子、放米、放豆沙、再填米，到这步她是能做好的，随后，她胳膊撞撞顾西凉，理直气壮道："帮我捆绳子。"

顾西凉接过去，盖叶子、固形状、再捆好，交到苏沐暖手上。

苏沐暖展示给苏跖看："包好了。"

苏跖无语道："你干脆等他包完煮好，喂你嘴边算了！"

其他人笑看热闹，齐齐上手开始包。

苏沐暖气完苏跖，也不再给顾西凉捣乱，老老实实包起糯米粽。无论她包露馅了还是散了，妈妈从不嫌弃。她包着包着，又开始觉得两只手不够用，小小的叶子怎么都不听话。

忽然，顾西凉提醒她："米太多了。"

苏沐暖："嗯？"

顾西凉一手握着她的手，一手拿勺子帮她将米压实，用勺子将多余的米剜走："这样，捏紧这里。"

苏沐暖："嗯。"

顾西凉放下勺子，帮她把叶子盖上。苏沐暖笑吟吟地看粽子上多出来的手。

顾西凉帮她将粽子捆好，提醒她："松开吧。"

苏沐暖："好。"

顾西凉将剪刀递给她，苏沐暖利落地剪掉叶子多余的尖端和线。形状漂亮的粽子落到她手上，她心情愉快朝苏跖显摆："看到了吗？我包的。"

苏跖都气笑了，气哼哼地不说话。心道，看见了，不只他看见了，他们全家都看见了！

苏跖嘟囔："包个粽子，显摆。"

他刚嘟囔完，顾西凉忽然道："米太少了容易走形。"

苏跖："嗯？"

苏跖低头看粽子。他是怕包不住才不放米的，而且下意识间越放越少，再看他包好的，全是扁的。

苏跖拿勺子加米："这么多？"

顾西凉："再加。"

苏跖又加，终于包出个圆滚滚的粽子。

粽子出锅，每人尝自己想吃的。顾西凉则每样都得到一个，连苏跖都分了一个蛋黄馅粽子给他,跟他大谈咸甜之争,嘲笑苏沐暖口味像小孩。

苏跖指着蛋黄给他看:"益阳的朱砂盐蛋,洞庭湖散养的湖鸭,吃鱼虾螺蚌长大,你看看这鸭蛋的色泽,这颗粒感,豆沙能比吗?"

戴静竹对着傻儿子直摇头:"快吃,吃完带沐暖和阿凉去看赛龙舟。"

苏跖嘟囔:"现在去多热呀。"

端午各地赛龙舟,长沙附近,尤数汨罗、洞庭和凤凰最佳。苏沐暖他们中小学时,每年端午,全家都会去旅游看龙舟,长大忙起来,则就近凑个热闹。阿姨端来雄黄酒,但苏跖、苏沐暖都不爱喝,顾西凉也委婉拒绝。饭后,他们凑在一起吃水果聊家常,聊着聊着,自然而然聊到顾西凉身上。

顾西凉望向苏恪仁和李婉,郑重道:"叔叔、阿姨,我想单独和你们谈谈。"

苏沐暖一听就知道要糟。苏家全然不知怎么回事,苏恪仁和李婉面面相觑,难不成刚刚聊天问得太直接,顾西凉这就直奔主题了?他们瞧着顾西凉是个认真的性格,但他们觉得聊得还挺委婉的呀,这不都还没问靖州的事呢,他们也没反对和兴师问罪的意思呀?

苏恪仁起身:"那……阿凉和我去书房喝杯茶?"

李婉也起身:"我去准备点水果。"

不料比他们反应更大的是苏沐暖,她面无表情"噌"地一下就站起来了,怎么瞧着比顾西凉还紧张?

苏沐暖:"我和你一起。"

顾西凉摇头:"不,沐沐,我一个人和叔叔阿姨谈。"

苏沐暖:"我……"

苏跖拉住她:"大伯、伯母又不会吃了他。"

李婉嗔笑着剜了一眼苏跖:"沐暖,你和你哥去准备看龙舟带的东西吧,一会儿咱们大伙一块儿去。"

顾西凉朝她笑笑,少有地坚定道:"沐沐,应该我来说。"

苏沐暖哪看不出他怎么想。如果她爸妈不悦他,只有他一人在,她就没站在她父母的对立面,即使他们恼了,也不会对她生气发火。他们俩僵持着,气氛有些不对,连阿姨都好奇地看他们。顾西凉握了握她的手,朝她摇头。

苏恪仁看不出他们唱的哪出戏,他想他和李婉也不是什么不通情理的难缠家长，也没有棒打鸳鸯的爱好，这俩这是什么神情？他咳嗽一声，率先离开："阿凉来吧。"

顾西凉应声跟着苏恪仁进去。

苏沐暖要追，被戴静竹和李婉拦住。

李婉对女儿颇为无语："你有什么不放心的，你们就是要谈婚论嫁，也得我和你爸爸把把关，问问他吧？"

苏沐暖哑巴吃黄连，被李婉按下。待李婉跟着进了书房，苏沐暖左思右想，端着壶茶悄悄跟到书房外，贴着门偷听。苏恪信和戴静竹见了，也未作阻拦，只当她是当局者迷，紧张不安，由她去听。他们上楼休息去了，苏跖啃了块儿西瓜，也蹑手蹑脚跟过来，和苏沐暖一起趴在门边偷听。

苏跖压着嗓子看戏道："你们不是这么快就打算结婚吧？"

苏沐暖回头瞪他，要不是现在情况紧张，她一定把苏跖一脚踹开。她仔细听着，若情况不对，就冲进去送茶。

书房内，苏恪仁和李婉坐在一张沙发上，顾西凉坐在他们对面。

苏恪仁疼惜女儿，爱屋及乌也不想吓唬顾西凉，让他感到过分紧张，十分平易近人、和蔼可亲，轻声温语地问顾西凉："阿凉，你想和叔叔阿姨聊什么？有什么想说的尽管说。"

顾西凉从他们的神态表情，能看出他们的温柔优待，而他被如此地宽厚招待，只因他们疼爱苏沐暖。顾西凉越加坚定，他不该再隐瞒，他沉默片刻，开口道："叔叔、阿姨，我和沐暖将对方视作伴侣在交往，我希望能和沐暖共度余生。"

苏恪仁和李婉有些意外，又不意外。意外他们进展会这么快，不意外则是因为，无论是苏沐暖还是顾西凉，都是认真的性格。尤其是他们的女儿，向来是认定了什么就一根筋贯彻到底。她二十六年从没谈过恋爱，一旦选了人，怕就是奔着一辈子的。但还是有点太快。李婉和苏恪仁对视一眼，都看到了对方同样的担忧。

苏恪仁斟酌道："有决心是好的。"

没人能预知未来，尤其是人心。也许，他们能和和美美白头携手；也许，相处中会出现什么矛盾，分道扬镳。既然是沐暖的选择，他们自然不会难为女儿。再说，顾西凉能这时候找他们聊，证明他是个有担当、有责任心的人，他们对顾西凉印象更加好了。

李婉语气越加地温柔和蔼，安慰道："只要你和沐暖好好的，我们没什么意见。"

顾西凉紧张的神色化开了些,又越发羞愧。

门外,苏沐暖听到父母的回答,揪住了裙摆。

苏跖偷偷捂着嘴,对苏沐暖挤眉弄眼。他悄声问苏沐暖:"哎,那傻子不会今天要求婚吧?"

他正八卦着,不料听到书房内顾西凉道:"叔叔阿姨,有件事,我一直没向你们好好解释过,上次沐暖车祸,原因在我。"

苏跖满头问号:"这时候说这个?他是真傻吧!"

苏恪仁也十分纳闷,李婉道:"我已经了解过了,那是意外,错不在你。阿凉,你不用过分自责,我和叔叔没有责怪过你。"

顾西凉站起来,朝他们深深鞠躬。

苏恪仁和李婉都呆了。

顾西凉沉声道:"不,错在我!那天,是因为我没听见车声,沐暖为了救我才被撞到了。"

苏恪仁和李婉愣愣地看着他,一时没反应过来。

顾西凉顿了顿,继续道:"我有听力障碍。"

苏跖也傻了,他拽拽苏沐暖:"他什么意思?"

苏恪仁问:"你那天没听到车声?"

顾西凉:"我天生有听力障碍。"

门内外一片死寂。

苏跖耳朵紧贴在门上,生怕错过一个字。

好一会儿,苏恪仁问:"你有听力障碍?我们说话你不是都听得见吗?"

顾西凉点头。

李婉:"那你……"

顾西凉低声道:"我有积极治疗,平时佩戴微型助听器,不影响基本交流。"

李婉张张嘴,又合上,心绪混乱,一口气堵到胸口,不上不下,说不出话来。苏沐暖千挑万选,找了个听障人士?沐暖知道吗?她是不是被骗了?她是喝了什么迷魂汤了?李婉人都被这消息冲击蒙了,她瞪着顾西凉,怒气冲冲:"你为什么不早说!"

苏恪仁抓住情绪失控的李婉,沉声问他:"沐暖知道吗?"

门外,苏跖也想问,不待他开口,苏沐暖不由分说将茶壶塞到他怀里,推门大步进了书房。

"她之前不——"

"我知道。"

顾西凉的话被她生生打断。

苏沐暖将书房门推开，语气果断，不容置喙："我知道。爸爸妈妈，我从来没感受到和阿凉沟通困难，我们是天造地设的一对儿。"

"什么天造地设的一对儿！胡说八道！"苏恪仁要被气死。

李婉都蒙了，她一时间处理不了这么多乱七八糟的信息，什么交流没有困难，她根本不信。见苏沐暖又凑到顾西凉身边，当着他们的面握住了顾西凉的手和他相望，原本她看来和谐唯美的一幕，现在简直要闹心梗。

顾西凉看看苏沐暖，又看看苏恪仁和李婉，担心道："你怎么进来了？"

苏沐暖小声道："说好了一起，是你先违约了。"

李婉生气道："苏沐暖你给我过来！"

苏沐暖一听全名，就知道她妈妈生气了。她上次被叫全名还是小时候生病发高烧死活不愿意去医院也不愿意吃药的时候。

顾西凉忙推推她，苏沐暖一步三回头站到李婉旁边。

李婉梗着的火气"噌"地从胸口直蹿天灵盖，就书房这么几步距离，苏沐暖竟然给她走出缠绵不舍的味道来了！她把苏沐暖拉过来，责问道："你什么时候知道他听力问题的？"

苏沐暖睁着眼睛说瞎话："一开始就知道。"

苏恪仁也着急："那你为什么不告诉我们？"

苏沐暖垂头道："我那时候不确定喜不喜欢他。"

苏恪仁被噎住。不喜欢，不用说了，何必揭人家短？喜欢，不在意了，听力有没有问题也没关系了。他被宝贝女儿气得眼前一黑，倒退一步，扶着椅子扶手，一下没站稳。

李婉正盯着苏沐暖要和她算账，注意到时，顾西凉已经疾步冲上来，扶苏恪仁坐到沙发上："苏叔叔。"

李婉吓得一个激灵："老苏！"

苏沐暖也惊到了："爸爸！"

一时顾不上吵架，几人全都围到苏恪仁一旁，顺气的顺气，捶背的捶背，苏沐暖连忙端了茶递过来。

苏恪仁摆摆手，示意他没事，接着发了逐客令："阿凉，叔叔今天不舒服，我们今天就谈到这儿吧，我们就不留你了，让苏跖送送你。"

"好。"顾西凉慢慢松开苏恪仁,他缓缓站起来,朝苏沐暖摇摇头,宽慰道,"照顾好叔叔。"

苏沐暖点头。

全然傻了的苏跖站在门口,进也不是,退也不是。他僵着嗓子沉声道:"我送你。"

顾西凉摇摇头,温声道:"还是送苏叔叔去医院检查一下吧。"

苏跖点头,他没理顾西凉,大步进去:"伯母,我去开车。"

李婉揉着苏恪仁胸口,应道:"好。沐暖,去我卧室拿速效救心丸。"

一阵兵荒马乱,苏恪信和戴静竹也被惊到了,匆匆带着苏恪仁去医院。谁都没想到,端午会变成这样。

苏恪仁出家门前,已经缓过来,见顾西凉站在他们家门口远远担忧地看着他们,又不敢过来,叹口气,嘱咐家里的司机:"老李,这儿不好打车,你送阿凉一下。"

司机道好。

去医院的车比送顾西凉的更早一步离开别墅。司机还不知怎么回事,只以为是苏恪仁突发了病,安慰道:"小顾先生,你住哪儿,我送你回去吧。"

顾西凉:"送我到附近的公交站就好了。"

司机:"那怎么行?"

顾西凉沉默片刻:"您知道苏叔叔去哪家医院了吗?我想去看看他。"

顾西凉在医院等了一个多小时,苏沐暖跑来见他。

顾西凉看到她是笑着过来的,也随着放松下来:"叔叔怎么样?"

苏沐暖:"没事,这几天天气热,他没怎么休息好。一会儿还要再做更详细的检查。你要去看看吗?"

"叔叔阿姨看到我会生气。"他都把人气病了,这会儿再去万一气坏了怎么办。顾西凉摇头,"等叔叔状态稳定了,我再去道歉。"

苏沐暖笑起来:"道什么歉,气到他的又不是你。"

顾西凉:"那……"

苏沐暖看看时间:"没事,我爸不会真和我生气,过几天就好了。你先回去休息吧,一会儿检查完我们也就回家了。"

顾西凉点头:"好。"

苏沐暖:"我走了。"

顾西凉:"嗯。"

苏沐暖走出几步，又转头回来停到顾西凉身前扯扯他的脸颊，将他扯成笑脸："不会和你分手的，别怕。走啦。"

顾西凉无奈地笑起来，揉了揉被捏疼的脸。

苏沐暖回检查室外，李婉见她空手回来，问她："不是去买水了吗？水呢？"

苏沐暖轻咳一声："喝完了。"

不待李婉拆穿她，检查室门打开，苏恪仁从里面出来，苏家一行齐齐站起来。

医生见他们如此紧张，宽慰道："检查的项目都没什么问题，还是要注意保养，少动肝火少生气，注意饮食，明天早上再来抽血化验。"

李婉匆匆扫过化验单，将单子交给苏恪信，对医生连连道谢："辛苦了医生。"

苏恪仁也放下心，开始逗李婉："我就说没事吧，瞎紧张。"

李婉狠狠瞪了他一眼，和医生道别。

苏家一家回别墅，谁都没了看龙舟的心情。李婉安顿苏恪仁休息，阿姨帮着分了粽子给戴静竹，苏恪信一家也回了家。只剩下李婉和苏沐暖，母女两个坐在客厅无声对峙。阿姨端了茶，见气氛不对，出去浇花，将门也关上了。

苏沐暖率先服软，给李婉倒茶，李婉长叹口气："这么大的事你也敢瞒着我们！"

苏沐暖无视责备，放低了声调，做好无论李婉怎么发火她都受着的准备。"他就只有这一个缺点，其他方面你们也都满意的。况且他能正常交流，又不影响生活。如果我不告诉你们他听力有问题，你们不也没发现吗？"李婉刚要发火，苏沐暖又马上道，"还有，他小时候就见过我了，他说也是因为那时的我，他开始积极地配合治疗，不想再过无声的生活了，所以我觉得不算什么问题。"李婉刚要发火，苏沐暖又抢先道，"是，没问题的到处都是，可我不喜欢呀！要是能有个我喜欢还各方面完美无缺的，我肯定选那个更好的，这不是没有吗？"她无辜地朝李婉眨眨眼，"妈妈，你年轻时，不是也有好多比我爸优秀，比我爸帅的人追你，但你就喜欢我爸吗？你也说过，感情不由人，我最像你了。"

李婉拍开苏沐暖凑过来给她揉腿的"爪子"："我看你一点都不像我！"

苏沐暖："那我像谁，像我爸？"

苏恪仁的声音从楼上传来:"也不像我。"

母女俩闻声抬头,苏恪仁不知何时站在楼梯上,正慢慢往下走。

李婉和苏沐暖一道去扶他:"你怎么下来了?"

"睡不着。"苏恪仁向下缓步走着,抓住了来扶他的苏沐暖,发愁地问她,"沐沐,你就非他不可了?"

苏沐暖低头,倔强地"嗯"了声。

李婉马上道:"我不同意!不管你怎么想的,我先声明我不同意!"

苏沐暖:"不同意就不同意吧,同不同意我都不会分手。"

李婉:"你……"

苏恪仁连忙打圆场:"好好说,别生气,都别发火。"

李婉压着脾气:"你听听她说的像什么话?你现在年轻,觉得只要喜欢,什么都不是问题,以后后悔了呢?爸爸妈妈会害你吗?"

苏沐暖平静了一下,望向李婉和苏恪仁:"爸妈,我知道你们关心我,为我着想,我知道在做什么,选择的是什么,我没被一时的感情冲昏头脑。我没谈过恋爱,不代表不懂感情,如果我那么好骗、那么好哄,我早就嫁了,也等不到顾西凉出现。你们觉得我那么蠢吗?"

李婉:"……"

"你们相信我能掌管好公司,难道不相信我能选对适合的人谈恋爱吗?"苏沐暖叹气,顿了顿,低声道,"再说了,我又没打算瞒着你们偷偷结婚。"

苏恪仁问:"只是恋爱?"

苏沐暖点头:"嗯。"

苏恪仁松了口气。

李婉执拗:"恋爱也不行!"

苏恪仁拉住她,对苏沐暖道:"我和你妈妈再想想,你今天别住家里了,回公寓去住吧。"

李婉:"不行!这几天你给我住家里好好清醒清醒!"

苏沐暖深呼吸,苏恪仁左右看看,爱莫能助,示意苏沐暖别和李婉生气。

苏沐暖沉声道:"好,我住家里。爸,那我回公寓拿几件衣服。"

苏恪仁:"好,去吧。"

李婉眼见她跑出门,无可奈何,头痛地坐到椅子上:"你就惯着她吧。"

苏恪仁给她倒茶:"你又不是不知道你女儿,你越逼她,她越不爱听。反正是恋爱,不如让他们谈着,谈久了不合适,到时候她自然就分了。"

李婉气得拍椅子:"什么不如让他们谈着!你女儿你不知道?她就是个嘴硬心软又长情的性格,谈久了就更分不了了!"

*

苏沐暖开车回公寓,在公寓入口意外又不意外地见到了顾西凉。他最近常出入,苏沐暖带他办了出入证和门禁卡,顾西凉不用像以前一样天天在马路边风吹日晒,这次是在小区内的休息椅上坐着。

苏沐暖将车开到他旁边,落下车窗,无奈地喊他:"我要是不回来你打算坐到什么时候?"

顾西凉:"还早。"

她要是不回来,顾西凉肯定会不声不响等到很晚。苏沐暖没好气地瞪他:"我去停车。"她将车停到车位,偷笑。虽然气他来,可见到了他,她的心情又情不自禁变好。

苏沐暖锁了车,脚步轻盈地走来,不由分说地命令道:"既然你不急着回山上,那陪我吃晚饭过周末。"

顾西凉求之不得:"好。"

苏沐暖心情越加好了:"那去买菜。"

他们熟门熟路地去附近的超市采购,苏沐暖只管说想要什么,顾西凉负责推着购物车去找。菜在哪层、日用品在哪层、零食在哪层,苏沐暖来了多次也从没记住过。路过主食区,顾西凉看到超市在卖新鲜粽子,刚刚出锅的粽子散发着热腾腾的香味,他又带苏沐暖去买甜粽子。

顾西凉:"这是用芦苇叶包的,和我们包的不一样,买几个尝尝?"

苏沐暖忽然想起,他们包的都在家里,她从家出来一个都没拿,亏他哄她还要找这么多理由。

苏沐暖挽着他胳膊,笑道:"买吧,你要不要吃咸的?"

顾西凉:"我也爱吃甜的。"

苏沐暖:"很有品位。"

顾西凉买了六个粽子,边走边问她:"叔叔检查结果出来了吗?"

苏沐暖:"有几项要明天抽血时候一道拿结果,已经出来的都不错,放心吧。"

"嗯。"顾西凉又问。"叔叔阿姨骂你了吗?"

"没有。"苏沐暖和他一起推着购物车去结账,"我家就我这一个女儿,很宝贝的。不过我这几天得住家里,哄他们消消气。"

"嗯。"顾西凉垂头,"委屈你了,如果我——"

"那有什么办法,你都拒绝过我一次了,我也试过不要你了,这不是都失败了吗?"苏沐暖笑吟吟地捏捏顾西凉,狡黠道,"所以,你以后要加倍对我好,好好报答我对你的信任和喜爱。"

顾西凉含笑重重点头。

苏沐暖厨艺不佳,自知帮忙就是帮倒忙。不过顾西凉做菜高兴,苏沐暖吃得心安理得。

快速吃了晚饭,算是他们一起过了端午,苏沐暖收拾好衣服,亲亲顾西凉:"我得走了,你晚上住公寓还是回山上?"

顾西凉:"回山上。"

苏沐暖点点头:"那你这几天在山上好好休息,等我爸妈气消了再下来陪我。"

顾西凉:"好。"

说是回山上休息,第二天一早,苏沐暖就收到顾西凉的消息,他做了甜点送到了苏沐暖家外。他进不去,只好叫苏沐暖出来。

苏沐暖穿着拖鞋跑出来,见他拎着一大盒东西,惊讶地问他:"这是什么?"

顾西凉:"我做了些点心和小笼包,早餐。"

苏沐暖看看时间,还不到7点:"你几点做的?这么早有公交车吗?"

"我怕叔叔阿姨吃饭太早,打车下来的。"

苏沐暖想说什么,就听见门内有动静,赶紧推推顾西凉:"你还回山上吗?"

"嗯。"

"记得打车!"

"好。"

苏沐暖朝他甩个吻,端着食盒做贼似的跑了。

*

李婉觉得今天的小笼包味道格外好,但不是家里阿姨的手艺,好奇地问:"这是出去买的?"

阿姨端来汤:"是沐暖带回来的。"

苏恪仁要抽血,不能吃饭喝水,只能坐在一旁看报等她们,闻言诧异地望向苏沐暖。

"我买的。"苏沐暖镇定道,她将点心装进餐盒,"这点心也好吃,爸爸我给你装上,抽完血再吃。"

苏恪仁:"行。"

结果第二天、第三天,苏家都吃上了苏沐暖一大早订的早餐。他们只当是外卖越来越敬业了,一大早就往别墅送早餐。一直持续了好些天,直到某天苏恪仁心血来潮想去野钓,让苏沐暖帮他订些点心当午餐。时间都10点了,又是工作日,顾西凉进实验室不到中午几乎不会看手机,她上哪儿订去?即使顾西凉看见了,现做也来不及。

苏沐暖睁着眼睛现编:"他家只做早餐。"

苏恪仁很遗憾,第二天早上决定亲自找这家外卖说道说道,能不能追加个下午茶。于是,他一早就在家门口替苏沐暖取早餐,却意外遇到了顾西凉,再看看顾西凉手上那熟悉的餐盒,还有什么不明白……

顾西凉踟蹰地上前,礼貌道:"叔叔好。"

苏恪仁对着那餐盒接不是不接也不是,好在苏沐暖出来替他解了围。顾西凉将餐盒交给苏沐暖,没说什么,礼貌道别,原路离开。

苏沐暖将点心取出来,拿了一块糯米红豆糕给苏恪仁:"趁热吃?"

以往他们早饭是8点,糕点已经放凉了,今天打开,都还是热气腾腾的。苏恪仁哪儿还吃得下。

"他住你公寓?"

"没有。"

"那他每天从山上下来?"

苏沐暖点头:"凌晨起来做好,然后打车下山,送到我手里早餐还热,再坐早班车回山上上班。"

苏恪仁叹口气:"家里缺你口早餐吗?你就让他天天这么送?"

苏沐暖咬着点心,硬着心道:"爸爸,如果他听力没问题,我们交往、结婚,你和妈妈就不会反对。假如他听力没问题,我们也结婚了,某天因为意外他彻底听不见了,你们会因此让我们分开吗?"

苏恪仁叹气,挥挥手让她离开:"你回公寓去住吧,我和你妈妈再好好想想。"

苏沐暖咽下最后一口糯米红豆糕,悄悄上楼换了衣服溜了。她开车追上顾西凉:"阿凉上车。"

顾西凉还忧心忡忡地走着,看见她惊喜又担心:"叔叔有没有骂你?"

苏沐暖:"我爸本来态度就不是很坚决,我妈还僵持着,不着急,我们慢慢来,时间久了,他们会理解我们的。走,我送你去车站。"

"好。"

*

苏沐暖回到公寓,有种重获新生的自由畅快,爸爸松动了,有他的枕边风,她妈妈早晚也会松动的。为了庆祝,她早早下班,和顾西凉一起逛超市购物再回家打扫。采购完毕,她去书房处理在公司没做完的工作,顾西凉就一个人把从超市买的鲜花插上、给绿植浇水、去厨房张罗晚餐。晚饭做好了,苏沐暖也差不多忙完,他们再凑在一起吃饭聊天。

苏沐暖多了个新爱好——吃饭时候看电影,高兴时还会学着演员饱含情绪地演几句,逗得顾西凉直笑。看到有趣的地方,他们就讨论一会儿,多数时候观点相近,不过有时候也你来我往地斗嘴,往往以顾西凉认输结束。今天看了纪录片,两人因为人类该不该救狮子拌嘴。顾西凉认为该救,苏沐暖认为物竞天择,两人为非洲草原的动物争论不休。苏沐暖坚决不肯认输,见顾西凉开始查资料,引经据典,她宣布战局结束:"去洗碗!"

顾西凉说了一半的话卡壳了,对苏沐暖这玩不赢就掀桌子的做法甚是无奈,固执地将手机塞给苏沐暖:"你看,塞伦盖蒂的数据。"

苏沐暖才不想看,见他那么执着,没忍住笑场,催顾西凉:"快去快去!"

顾西凉去洗碗了,苏沐暖又有些不好意思,追到厨房:"要不,我来?"

顾西凉:"不用。"

苏沐暖:"那怎么好,你都做饭了,还要洗碗,显得我压迫你。"

顾西凉想了想:"那……我们猜拳?"

苏沐暖:"好。"

两人猜拳,输的洗碗,顾西凉先赢了苏沐暖,马上找补:"三局两胜。"

第二局苏沐暖赢,僵持几局,苏沐暖也起了兴致。顾西凉脑中计算着她出拳的可能性,果然输了。顾西凉愿赌服输,果断去洗碗。

苏沐暖收手,难以置信道:"我竟然赢了?我和苏跖猜拳都没怎么赢过。"

顾西凉忍笑。

苏沐暖百思不得其解,总觉得顾西凉笑得不那么纯粹:"你是不是让着我?"

"没有。"顾西凉将她支开,"沐暖,把哈密瓜洗一下。"

"好。"苏沐暖去冰箱取哈密瓜,清洗干净,放到案板上。

顾西凉洗完碗,将哈密瓜去皮去籽,切成小块,盛在玻璃碗中交给苏沐暖。苏沐暖早拿好叉子等着了。

这时候他们早不记得刚刚的争执,苏沐暖拿叉子叉着哈密瓜递到顾西凉嘴边。影片结束,顾西凉看看时间,和她道别。

苏沐暖惊诧道:"你不住这儿?"从靖州回来后,她一直放着顾西凉的物品。

顾西凉摇头:"我住在这儿,叔叔阿姨知道会不高兴的。"

"我爸都放我回公寓了,而且你又没住我房间。"苏沐暖心直口快说完,两人双双尴尬。她咳一声,扭开脸。她在说什么呀!

顾西凉及时回到正题:"茶园明天也有些工作,需要我在场。"

"嗯。"苏沐暖没再坚持,"那你快走吧,再晚不好叫车了。"

"好。"顾西凉去换衣服换鞋,临走前,他问,"明早想吃什么?"

"别送了,这些天我吃着都心疼,我早上叫个外卖,你别折腾了。"苏沐暖送他到门边,踮脚和顾西凉吻别,"到家给我发消息,明天我从医院回来,给你发消息。"

"好。"

苏沐暖有点不想和他分别,叹道:"不知道什么时候才能每天一起吃早饭,一起吃晚饭!"

顾西凉揉揉她头发:"会的。"

苏沐暖只道他是安慰,不料转天一早,她还没起床就收到了顾西凉的信息:"起床了吗?一起吃早餐。"

苏沐暖跳下床开门,就见顾西凉拎着饭盒,靠在她家门边,并且,不只是公寓,他依旧先送了一份儿到她爸妈家里。

*

陆之鹄和客户谈完工作,时间到了中午,他们从公司出来就近到附近的餐厅吃午餐。

"听说你们工作室接了苏氏的合作？"

"是，师兄消息灵通。"陆之鹄和对方寒暄着，无意间注意到路边停的好像是唐曦冰的车，他不由得停下确认了一遍车牌号。

"怎么了？"

"哦，没什么，好像是朋友的车。"陆之鹄继续走着，心里默背唐曦冰的课表，心想，她下午有课，这时候为什么会来离学校这么远的地方？

他们进了餐厅，果然看见了唐曦冰。对他冷淡的唐曦冰，此刻正眉开眼笑地和人交谈。陆之鹄忍不住道："师兄，你先点菜，我过去打声招呼。"

"好。"客户边翻菜单，边好奇地往那边望着。

唐曦冰注意到有人靠近，看到是陆之鹄，皱皱眉，将手边的本子合上。

陆之鹄自然没错过她的反应，他看看她对面衣冠楚楚的人，心里明明打翻了醋坛子，面上还一如既往的风轻云淡："唐老师，好巧。"

唐曦冰问："你怎么在这儿？"

"和朋友吃饭，唐老师这是……"他停顿片刻问，"不是又在做什么调研吧？"

唐曦冰眉头皱得更深了一分。果然，对面的人注意力转到了陆之鹄身上，好奇地打量他。

陆之鹄客气寒暄："我是陆之鹄，您怎么称呼？"

"姓张。"

"哦，张先生。"别看了，你顶多也是个调研对象罢了。

他们客套地寒暄几声，陆之鹄又将视线转到唐曦冰身上："唐老师开车了吗？我送你回去？"

唐曦冰："不用，谢谢。"

陆之鹄："你下午有课，这儿离学校可不近。"不要耽误太久。

那位张先生在他们之间来回地看着，神色越加地好奇。

唐曦冰朝陆之鹄冷淡地笑笑："陆总你朋友在等你。"

陆之鹄很识大体地告辞。待他走了，张先生忍不住问："你男朋友？"

"不是，闲人。"唐曦冰喝口茶顺顺气，打开笔记本继续低声交谈。

陆之鹄则食不知味。

同行的师兄不免玩味地笑他："那是谁？被甩了？"

陆之鹄愁云惨淡地笑应了。
师兄大为惊奇。
陆之鹄叹息道："心有明月，奈何明月照沟渠！"
偏偏他感慨时餐厅内有一时的安静，唐曦冰正好听到了，她正写字的手顿了顿，默念一遍不听、不看，继续记录自己的。
午餐结束，唐曦冰和朋友道别，毫不意外地在停车场看见了陆之鹄。
陆之鹄："介意搭个顺风车吗？"
唐曦冰继续无视他，打开车门、关上车门、启动车。经过他时，唐曦冰降下车窗，原样提醒道："下午有课，这儿离学校可不近。"
陆之鹄摊摊手："一定不会迟到。"
可天公不作美，他们注定得有个人迟到。陆之鹄回师兄公司楼下的停车场取了车往学校走，没走出太远，就在快速道看到唐曦冰的车抛锚在路边，而唐曦冰正在路边检查轮胎。今天她要上课，穿着A字西装裙，弯腰检查车，紧身的裙子很不方便。
陆之鹄将车停到她车后，眼见她要单膝跪地检查车底，将西装外套脱下来递给她："垫着这个。"
唐曦冰听到他的声音，怔了下站起来，没接他的西装。
陆之鹄习惯了她的"不识好歹"，于是将外套放到引擎盖上，直接蹲下来换他检查："有备用轮胎吗？"
"在后备厢。"
"工具呢？"
"没有。"
"我去拿我的来。"陆之鹄站起来，拍拍裤子上的尘土，从他车上取了工具箱来。
唐曦冰似乎并不打算接受他的好意，正打电话联系4S店。陆之鹄耸耸肩，放下工具箱，帮她换胎。唐曦冰听4S店告诉她最快要半小时才能到。
陆之鹄边拧螺丝，边带着无奈的笑意问："唐老师，你知道吕洞宾吗？"
唐曦冰抱胸站着，冷眼看他忙活，语气低沉："你骂我是狗吗？"
陆之鹄抬头看看她，笑而不语。
时间一分一秒过去了，陆之鹄边修边不时看看她，见她频频看腕表，带着一丝笑意道："我说什么来着，不要和那个人聊太久，要迟到了吧？"

唐曦冰看到他幸灾乐祸的样子，正要开口，不料陆之鹄忽然抬手，车钥匙挂在手指上，在她眼前晃动："你钥匙给我，先开我的走吧，要迟到了。"

唐曦冰和他沉默对视，短短不足一秒，陆之鹄的车钥匙就已经被唐曦冰拿在手中了。她果断将自己的扔给陆之鹄，一句话没多说，竟真回头开他车走了。行动果决，绝尘而去，毫无留恋。

望着远去的车，陆之鹄难得的好一会儿没说出话，他咬着后槽牙，低喃道："真走了？好歹说声谢谢吧？"

*

唐曦冰紧急联系了其他老师帮忙代讲一次课，然后买好东西，和4S店联系完返回，此时陆之鹄正往车上装备用轮胎。他袖子挽高了，中午的大太阳照在他后背上，背后衬衫汗湿了一片。她将车停好，拎着咖啡走过来，听见陆之鹄自己喃喃自语："我是猪。"

唐曦冰："……"

评价自己倒也不必如此自谦。她没腹诽完，就见陆之鹄拿手机拨电话，几秒后，她的铃声在他后方响起来。陆之鹄听到铃声诧异回头，便看到唐曦冰总是冷冰冰的脸上挂着一丝笑，转瞬即逝。在他回头时，她又收敛成平时模样。陆之鹄本就动了的心，被那瞬间的笑晃得震颤不已，险些迷了眼。

"找我什么事？"唐曦冰将咖啡放到他手边。

"咳，忘了问你有没有告诉4S店我的电话，现在不用了。"陆之鹄拿起咖啡，是冰的。

"修好了？"
"你不上课了？"
两人同时开口。
"换好了。"
"我请其他老师帮忙了。"
两人又同时回答。
他们齐齐沉默下来。
陆之鹄忍笑，继续道："等4S店人来再检查一下。"
"嗯。"
唐曦冰将陆之鹄的车钥匙还给他："有事你先走。"
"没事，我时间自由。"陆之鹄喝着冰咖啡，夸道，"这次的味道好，比端午假期那次的好喝。"

唐曦冰自然想起来，端午节她想让陆之鹄知难而退，非要他蹦极，等他们蹦极结束，她履行诺言，不情不愿地陪他约会，也不过是在"世界之窗"四处逛逛。陆之鹄不至于恐高，但他也是真的怕，蹦极下来后，好半天脸都是白的，她那天也买了咖啡，不过陆之鹄脚软手软，竟然将咖啡抖了出来。想起他尴尬的模样，唐曦冰没忍住露出个浅浅的笑，借着喝咖啡遮掩，吐槽道："你那天也比今天安静多了。"

陆之鹄似笑非笑，抱怨道："说好了我跳就陪我约会三天，结果就吃了顿饭。"

唐曦冰事不关己："我可没答应是三天。"

陆之鹄马上问："那这周末可以补偿吗？"

唐曦冰转头看他。

陆之鹄姿态摆低，语气恳切："你看我们不是也能心平气和地好好交流吗？"

唐曦冰："大多数人我都能心平气和地好好交流。"

陆之鹄毫不气馁，再接再厉："那调研呢？也事关苏氏、苏总，我是真心需要你帮我。"

唐曦冰颇为意外。

陆之鹄："听了你这么久的课，你的能力，我是在心里一点一点衡量过的。"

唐曦冰："我们系，或者别的学校，能帮你的人很多。"

陆之鹄："是呀，但能对苏氏倾心尽力、知无不言言无不尽的，我想不出有谁能比你做得更好了。小唐老师，这次的茶，对苏总、对阿凉、对我，都是特别的，所以——"

"不用说了。"唐曦冰捏着一个U盘递到他面前，她目光望着远处，并不看他，没什么起伏道，"还有一份调研问卷今天还没商量好。"

陆之鹄接过U盘，像接了个稀世珍宝："今天那个人是？"

唐曦冰答非所问："我是为了帮沐暖。"

陆之鹄到家，将U盘插入电脑，看到U盘内唯一的文件夹名叫"作业"。他点开，看到里面放着他提交了的唐曦冰还没评分的电子版小论文作业和名为"茶饮品用户画像心理分析"的文件。陆之鹄失笑，打开文件，看到上百页的内容。

问卷、分析、数据、图标……详细而深入。文件日期，最早开始于端午之前。

陆之鹄失笑:"口是心非。"他点开最后一个没起名字的"新建文件夹",里面只有一个视频文件。陆之鹄沉思片刻点开,意外又不那么意外,果然是他端午节蹦极前后的惨状!他想了想,又浏览了一遍。

"算了。"他松开鼠标,没删,"博美人一笑,谁说这不算浪漫?"然后将文件名改成"第一次约会纪念"。

15 无声电影

一连许多天,顾西凉每早坐早班车下山送早餐,傍晚则接苏沐暖下班,一起吃晚饭,随后再坐末班车回茶园。起初,苏沐暖信了他最近茶园工作不忙的理由,只当他们正在热恋,边感动边劝他不要那么辛苦,不料顾西凉固执起来,她也劝说不动。不管晴天雨天,顾西凉一定在6点多把早饭送到她家,7点前到达公寓陪她吃完早饭,再坐车回山上。晚上7点半到公司楼下,等她下班,一起回家吃晚饭,10点左右离开。

苏沐暖后悔那天说想和他一起吃早饭晚饭了:"你这样我会内疚的。"

顾西凉则很是不解似的:"为什么?我认识你之前,也是一样早起的,我作息时间和以前没什么不同,做饭对我而言也是兴趣之一。沐暖,你知道对一个厨师而言,最快乐的是什么吗?是有人爱吃,有人欣赏。现在,我既能满足乐趣,又能和你分享,何乐而不为呢?"

苏沐暖将信将疑:"你一天坐那么久的车,不辛苦吗?"

顾西凉摇头道："不会，路上我也能欣赏景色，而且，我也想每天和你一起吃早饭，和你道晚安，路上这点辛苦，很值得。"

苏沐暖不再说什么，尽量准时下班，不让顾西凉等太久。

又到下班时间，苏沐暖看看时间，处理完正在看的文件，不再打开新的。她将要看的文件放进包里，关电脑叫小颜："还有要看的吗？"

小颜："还有个预算表。"

苏沐暖："一会儿把电子版发我邮箱，我晚上回家看。"

小颜："好，苏总明天见。"

苏沐暖挥挥手。

来和小颜对接工作的人事总监好奇地问她："最近苏总是不是下班比以前早了？"

小颜神秘道："大概有事吧。"

苏沐暖等电梯的时候，沈凌城恰好从另一侧过来，看见她诧异道："下班了？"

苏沐暖："嗯，你还忙？"

沈凌城："没什么事了，一起去吃晚饭？"

苏沐暖注意力都在电梯楼层上，闻言随口拒绝："不了，我晚上回家吃。"

沈凌城看看时间："你这时候回去，叔叔阿姨已经吃完了吧？"

苏沐暖："不，我是说回公寓。"

两人对视着，诡异地寂静了。沈凌城是知道她的厨艺"天赋"的，那么是谁做晚饭，他已经猜出来了。苏沐暖手机适时来了新消息。苏沐暖没什么防备地点开，果然是顾西凉，告诉她已经到楼下。沈凌城稍稍侧目，看了个正着。更多下班的员工也聚到电梯来，和他们打着招呼。沈凌城想问的，没能问出来。

"沈总，你要下班了吗？我还有个文件需要签字。"正说着有员工捧着文件追来。

电梯抵达，沈凌城看看苏沐暖，朝她点点头："明天见。"

苏沐暖上了电梯："明天见。"

电梯门徐徐关上，沈凌城目送电梯下行，接了文件："走吧。"

沈凌城的心情苏沐暖没多想，她全心全意都是顾西凉已经到了楼下，而且买了西瓜等她，西瓜多沉啊！顾西凉怕给她招麻烦从来不进公司大楼等她，又傻乎乎的，肯定也不知道找个凉快的地方放下西瓜点杯饮料、咖啡什么的。苏沐暖想着，还没出电梯，已经从包里翻出车钥匙。到了一层，隔着玻璃大门，果然看见广场上正看小孩喂鸽子的顾西凉。她深吸口气，矜持地和同事一起出了大楼，随后快步朝顾西凉走去。苏沐暖边走边跑神地想，就这么下去，她慢慢都能去参加个业余竞走比赛了。

"顾西凉！"

顾西凉闻声，朝她走来，和苏沐暖一起到停车场取车。

苏沐暖："我改天配把车钥匙给你，你到了可以到车上休息，万一赶上下雨下雪的，也能躲躲。"

顾西凉："你同事认得你的车吧？"

苏沐暖不怎么在意："该遇到的都遇到了，你又没去公司狐假虎威，没什么好瞒的。"

顾西凉对她随口的调侃已经习以为常，并不在意。

苏沐暖和顾西凉拎着菜回到公寓，巧的是，一开门就看到了坐在她客厅的李婉和苏恪仁。

天还没黑透，他们只开了客厅一盏小灯，苏沐暖还以为是自己出门忘了关，毫无防备地进来，被沉默地坐在家中的"两尊大佛"吓得差点把包扔了。她颤着声，想笑却笑不出来："爸爸，妈妈，你们怎么来了？"

李婉冷哼一声："我不来行吗？我再不来别人以为咱们家吃不起饭了。"

苏沐暖："……"送吃的还送出错了？他们不是挺爱吃的吗？她悄悄看苏恪仁，苏恪仁装没看到。她秒懂，他劝了，没劝成功，还得他们自己再接再厉。

慢她一步进来的顾西凉紧张地叫人："叔叔、阿姨。"

苏恪仁朝他笑了笑。李婉转头，面无表情地看着顾西凉左手一大包菜，右手一个大西瓜，两手坠得沉甸甸的，反观苏沐暖呢，一手拿着钥匙，另一手提着包……这难以忽视的对比，让她稍显底气不足来。

李婉木着脸"嗯"了声，无视顾西凉，只和女儿说话："我们来看看你，多久了也不知道回家。"

苏沐暖一听就知道李婉已经不像之前那么生气了，斟酌一下，没让顾西凉跑，朝他低声道："放厨房。"

"好。"顾西凉没半点不满，主动将客厅让出来，"叔叔、阿姨，你们和沐暖说话，我去做饭。"

苏沐暖"嗯嗯"两声，不忘嘱咐道："西瓜别榨汁了，我爸爱直接吃，菜少放盐，我爸三高。"

"好。"顾西凉温和地回应，他更好脾气地问李婉，"阿姨有什么忌口吗？"

李婉僵硬道："不用麻烦了，我们一会儿就走了。"

苏恪仁姿势一动不动，视线悄悄转向李婉。

苏沐暖自动翻译："我妈没忌口，西瓜切小点。"

顾西凉自然不能当"一会儿就走"是认真的，勤勤恳恳去厨房，还体贴地把门关了。片刻后，厨房便传来抽油烟机、洗菜切菜声。

苏沐暖在他们对面坐下，开口道："不要拘束，要说什么随意说，想骂我们随便骂，我保证不还口，也不用顾忌顾西凉。"

苏恪仁："……"

李婉："……"

李婉头疼地揉揉额头，问苏沐暖："他最近住在这儿？"

苏沐暖马上否认："没有。"

李婉点头。在苏沐暖回家前，她已经将各个房间都检查过了。客房收拾过，但最近几天这里有没有男性住过她还是看得出来的。除非他们每天都收拾，否则不会没有生活痕迹。但想想时间，已经周五了，明天就是周末，难不成他们要一起过周末？李婉又问："那他今天怎么来了？这么晚了——"

苏沐暖快言道："他每天都来。"

"什么？！"

苏沐暖知道李婉和苏恪仁会大吃一惊，有各种猜测，还是坏心眼地逗逗父母，然后才不慌不忙地解释："四五点起床，从山上下来给我送早餐，晚上接我下班，给我做晚饭，吃完后坐末班车回去。"

李婉："他不用上班吗？"

苏沐暖："用呀，陪我吃完早饭，他坐车回山上，他们下午6点下班，他坐车到公司，正好接我下班。"

李婉看看紧闭的厨房门，一时不知该做什么表情好了："那些早餐都是他做的？不是路上买的？"

苏沐暖："亲手做的。虽然您亲女儿厨艺差了点，但是女婿厨艺还是挺不错的。"

李婉："……"

苏恪仁笑道:"跟我年轻时候追你妈妈差不多。"

苏沐暖露出好奇的表情。

苏恪仁凑近些,追忆道:"你不知道,那时候我骑自行车接你妈妈下班,送完她从她家再回家,路过一片荒坟地,那时候路上也没路灯,昏天黑地的,赶上没月亮,我打着手电筒,一路猛蹬——"

李婉重重咳嗽一声,苏恪仁马上收声,朝苏沐暖眨眨眼,很是意犹未尽。苏沐暖憋笑。这段她可没听说过,她只知道当年她爸爸经过一番坚持不懈,终于追到了追求者众多的妈妈,却不知道是这么一番坚持不懈。李婉被戳破年轻时的事,也有些不好意思。她那时候不知道苏恪仁一直走的是小路,再稍远一个路口就能到大路,是她指错了路,害苏恪仁担惊受怕地跑了小半年。

李婉拉着脸保持家庭一把手的威严,问苏沐暖:"他做饭就那么好吃,你就不能让他别来?"

苏沐暖:"是挺好吃的,你们不也挺喜欢吗?"

李婉瞪她。

苏沐暖改撒娇攻势:"李女士,不是你整天说教我,这么大了不会做饭,整天吃添加剂、地沟油吗?现在有人给我做饭了,你又不乐意了?"

李婉要被气死:"我是让你自己学!"

苏沐暖马上回嘴:"学不来,万一失火了,烧到邻居怎么办?"

苏恪仁看出李婉其实已经松动,连忙打圆场,结束她们母女斗嘴:"好了好了,沐暖,我看刚刚阿凉在你后面能听见你说话呀。"

苏沐暖:"嗯。"

苏恪仁:"他不是听力不好吗?"

李婉:"他听力问题到底什么情况?你不是糊弄我们吧?"

苏沐暖示意他们少安毋躁:"之前不是说了吗?他不影响基本交流,而且我对他来说是特别的。"

这下苏恪仁和李婉全凌乱了。

苏沐暖耸耸肩:"我上次就说过了。"

苏恪仁和李婉对视。苏恪仁道:"上次我和你妈妈光生气了,哪还有心思听这些细节,你这孩子,也不说清楚些。这到底怎么回事,那也不是很严重,是吗?"

苏沐暖认下是她的不对,温声和他们解释:"爸爸妈妈,你们听说过有只叫Alice的鲸吗?它的波长和正常的鲸都不一样,因为这种不同,所以被叫'世界上最孤独的鲸'。顾西凉也许类似 Alice,也是独特的,也许,正好我能感到他的独特,让他不那么孤独。"

苏恪仁和李婉呆了好一会儿,才勉强消化。

李婉:"那——"

他们听到敲门声,三人齐齐一个激灵。

顾西凉端了切好的西瓜和西瓜汁出来:"没打扰吧?"

苏家三人齐齐摇头,但客厅的状况显然在顾西凉意料之外。这是在商谈什么他不能知道的秘密?这有些做贼心虚似的气氛是怎么回事?顾西凉放下西瓜和西瓜汁,看看苏沐暖,又默默回厨房了:"菜还要一会儿,你们继续聊。"

顾西凉退回厨房后,李婉端起西瓜汁压压惊。入口冰凉,她垂眸,看到了杯子中滚动的三粒冰块。苏恪仁笑道:"多体贴的孩子,还把籽去了。"

李婉看着盛西瓜的盘子,竟然真是全去了籽。

苏沐暖端起另外一杯西瓜汁,低声道:"嘘,我们刚才说的,不要和他提。"

"我们当然知道不能和他提!"顾西凉一直对他们礼貌、敬重,他们自然不会故意去揭他的伤疤,但李婉看到苏沐暖护着顾西凉的模样,就忍不住生气,"你就看着他自己忙,一点儿不帮忙吗?"

苏沐暖平时当然是帮的,至少摘菜洗菜她还是可以的,但父母在,她当然要树立自己的"地位",她越什么都不做,父母就越会心软喜欢顾西凉。苏沐暖半点负担没有地继续喝果汁:"我只能帮倒忙,还不如不帮。"

李婉当然懂她那点心思。

苏恪仁继续当和事佬,笑吟吟地站起来:"我去看看。"

苏恪仁往厨房去了,李婉招手让苏沐暖坐到她旁边,忧心忡忡地问:"你就非他不可了?"

苏沐暖坦然道:"至少现在是。"

李婉不语。

苏沐暖靠到她肩膀上:"我知道你们都是为我好,怕我以后会后悔。但不尝试,怎么知道是不是适合呢?总得让我试试吧?"

李婉转头不看她。

苏沐暖深知李婉嘴硬心软,而她就是李婉的软肋,她笑着撒娇:

"爸爸追你的时候一穷二白的,顾西凉怎么也比爸爸那时候强吧?"

李婉回头戳她:"满嘴胡说八道!我们那个时候和现在能一样吗?不是你爸爸,现在能有这么大公司给你管吗?还嫌弃你爸爸。"

苏沐暖马上投降:"是是是,老苏同志是天下第一好男人,第二名拍马都追不上,顾西凉更是望尘莫及。但是,配李婉女士,还是差了那么一丁点儿,多谢李婉女士不嫌弃,才有我们父女如今的好日子。"

李婉被她逗笑,戳了苏沐暖好几下。她叹气,心里的乌云依旧难散。"沐沐,你喜欢他,要和他交往,妈妈不拦着,你大了,自己心里有数,我和你爸爸对你放心。你先别激动,听我说完。"见苏沐暖又靠过来,李婉将她推开,朝她竖起三根手指,"三年,你答应我,三年内,你们不能结婚。"

苏沐暖忐忑地等着条件,不料竟然是这样。她呆了呆,红着脸点头。其实她也没打算很快结婚,她的事业刚刚起步,还有好多事要做的,结婚得往后靠靠。她望着李婉,算了,还是不说了……母女俩的主要矛盾解决,两人都松了口气,默契地端起西瓜汁,动作一模一样,连喝西瓜汁的姿态都有八分像。

气氛放松下来,李婉看女儿又顺眼起来。她慈爱地盯着苏沐暖,猛地发觉,苏恪仁进了厨房好一会儿没出来,李婉一拍大腿,指示苏沐暖:"去看看你爸爸是不是在厨房偷吃呢!"

苏沐暖的厨艺继承自苏恪仁。苏恪仁进厨房,等同于重在参与,唯一能拿出手的,就是李婉二十多年"指导"下学会的包粽子。但包粽子水平,也得分和谁比。顾西凉亲眼见过他包粽子,对他的厨艺水平大概是有数的,加之他又不敢真让苏恪仁帮忙,于是给他找了苏沐暖常干的活——试味道。

苏恪仁本想溜一圈看看,帮忙切葱剥蒜,没想顾西凉如此上道。剁椒鱼、红烧肉、烧排骨、小炒肉……色香味俱全,哪个李婉都不会让他多吃。苏恪仁只犹豫片刻,就将厨房门关严实了,拿着碟子开始试菜。

"不错,味道刚刚好。"苏恪仁吃下一块排骨,朝顾西凉竖起大拇指,起先他还以为苏沐暖是为了帮顾西凉拉好感说夸张了,没想到顾西凉的厨艺真是相当不错,"鱼再咸点儿。"

"好。"顾西凉从善如流。

苏恪仁正吃着,厨房门开了,苏沐暖、李婉齐齐站在厨房门口,看苏恪仁指点江山,边吃边说。顾西凉一边看着锅,一边观察情况,只见李婉眼神释放杀气。

苏恪仁连忙放下碟子:"阿凉,别忙了,够吃了。"

顾西凉:"还有一个汤,马上就好。"

李婉都看不下去了,眼神指挥添乱的苏恪仁出去。她刚挽起袖子,苏沐暖将盘子递给她:"小心烫。"

李婉:"……"

最终,苏家三口谁也没帮上忙,顾西凉一个人忙前忙后,张罗了一桌子菜。他和苏沐暖并排坐着,坐在李婉和苏恪仁对面,拿着筷子也不吃,生怕错过他们训话。倒是苏沐暖吃得欢畅,不停地给一桌人夹菜。该说的已经说了,该交代的也交代过了,李婉不打算难为孩子,宣布:"食不言寝不语,吃饭吧。"

一顿晚餐,前半程气氛安静得诡异,只能听见筷子和杯碟声,苏沐暖看不下去了,到中途打破僵局,她给李婉夹了一筷子茄子:"尝尝这个,顾西凉做的豆角茄子最好吃。"

顾西凉和苏恪仁齐齐看她。

她给顾西凉夹离他最远的小炒肉:"好好吃饭,我们聊我们的。"

李婉怔了怔。

苏恪仁笑起来,也给李婉夹菜:"对,放松点,你尝尝鱼,阿凉这手艺真不错。"

李婉嘴角挑了挑,将沙拉和红烧肉换了位置,嗔怪苏恪仁:"你少吃点肉,多吃蔬菜。"

气氛松弛下来,苏家三口像往日一样边吃边闲聊,全是家常。顾西凉也不再绷着,只偶尔抬头看看,不知不觉融入家宴里面。

家宴。

顾西凉心里默默嚼着这个词。

晚饭后,所有人齐动手,将东西收拾到厨房,顾西凉没让他们帮忙,自己洗碗收拾。李婉、苏恪仁、苏沐暖一起坐在客厅聊工作,顾西凉沏茶出来,到 10 点钟,他如常道别。

苏恪仁问:"阿凉现在回去还有车吗?"

顾西凉:"有的,现在下楼,末班车差不多过来,能直达山上,很方便。"

苏恪仁:"那我们送送你。"

顾西凉:"不用麻烦了。"

苏沐暖拦了："10分钟不到，我送他就行了。"

苏恪仁没继续客气，和李婉假装看电视，眼神却直往玄关瞟。

玄关只剩下他们两人，顾西凉问："明天早上想吃什么？"

苏沐暖："南瓜粥。"

顾西凉："主食呢？"

苏沐暖："不要了，我都胖了。"

顾西凉："哪有，你之前太瘦了。"

苏恪仁听得牙酸，把目光转回电视剧。

片刻后，顾西凉道别，苏沐暖关门。

李婉："你就送到门口呀？"

苏沐暖无辜："他不让我送，天天这样，不用客气。"

李婉呼口气："我现在是有点同情顾西凉了，你能找到男朋友，也是运气好！"

苏沐暖嘀咕道："我平时对他也挺好的。"

李婉对她的话可是一点儿不信。时间太晚，他们晚上也没走，在客房住下。

第二天一早，李婉起来做早餐，苏沐暖听到动静追到厨房，揉着惺忪的睡眼通知她："不用做了，顾西凉一会儿送过来，山上有人送了野菜，他做了包子。"

李婉揪住她："他什么时候告诉你的？"

苏沐暖："半个多小时前。"

李婉："我们都在这儿了，也同意你们交往了，你还让他送？没了他咱们家吃不上早饭了？我先跟你说好，他要是再往家里送早饭，你们俩就分手。"

苏沐暖举双手投降："好好好，知道了，最后一次！"

李婉叹气："说你什么好！这好不容易周末，你也不知道让他休息一天？"

苏沐暖："我们今天要去看电影，这可是顾西凉第一去电影院看电影。"

李婉词穷，她不管了。

没到半小时，顾西凉如期而至，并且，因为提前问了苏沐暖知道他们在，专门拎上了他们熟悉的保温餐盒。

李婉和苏恪仁心情都挺复杂，又好好叮嘱一番顾西凉，以后不用往家里送了。苏沐暖昨晚点的南瓜粥，还有刚刚提到的野菜包子，还有小鱼和小菜……李婉活到现在，从来没吃过这么不好意思的早餐，早餐后，她连忙拉着苏恪仁走了。"我还约了你张阿姨逛街，你们自己……"她顿了顿，"该干什么干什么去吧。"

苏恪仁乐呵呵地和他们道别："有空来家里陪叔叔钓鱼。"

顾西凉接收到他递出的橄榄枝，喜悦应下："好！"

他们送李婉和苏恪仁下楼，一直到他们上了车。

视线内再看不到苏沐暖和顾西凉，苏恪仁扭回头，夸道："我看这孩子挺懂事的。"

李婉不置可否，但也回头望着公寓的方向，闭目靠着车椅背，露出个无奈的浅笑。

顾西凉其实很喜欢看电视。他小时候第一次看的动画片是《猫和老鼠》，看得津津有味。那时候爷爷忙着茶园，偶尔也会陪他看。长大后，同学、同事周末经常去电影院，却从没人约过他一起。别人以为他听力障碍，就会对整个电影失去乐趣。可要是他一个人去看电影，似乎别人会觉得他很可怜，他只好不去电影院，工作累时偶尔找个电影在电脑上随便看看，慢慢地，也没了小时候那样的快乐。像这样一起去电影院，对他是人生头一次，他对什么都新鲜。于是，他买了票、选了座位、订了套餐、扫码取票、兑换爆米花和饮料、领3D眼镜。

顾西凉已经查好一切攻略，口袋里装好了擦眼镜用的一次性酒精湿巾。苏沐暖笑得不行，将眼镜递给他，就这样看他擦化学器皿似的一丝不苟地擦眼镜。苏沐暖憋笑："顾先生，你们做科研的是不是多多少少都有点洁癖？"

顾西凉无辜眨眼。

苏沐暖飞快地扫过入场的观众，他们入场够早，后面还没人，趁着没人她飞快亲了下顾西凉脸颊："夸你呢。"

顾西凉含笑，心想，难怪情侣都要看电影。

片子是苏沐暖选的，是正在上映中的《侏罗纪公园》。爆米花电影的好处就是热闹，情节易懂，简单粗暴，没什么看不懂的。

电影院冷气十足，周围坐着好几个小孩，果然开始没多久，她四周就充满小朋友的十万个为什么和需要求证的各类猜测。无论家长如何"嘘"，小朋友们依旧我行我素。苏沐暖悄悄凑到顾西凉耳边，低声道："现在我羡慕你了，小观众声音比恐龙还大。"

顾西凉吃惊地往四周看，看到了各种躁动的小朋友和心如死灰、习以为常的家长。他低声道："我以为观众都耳语的。"

苏沐暖将爆米花塞给他："一般是这样。"

小时候看着吓人的特效现在已经丝毫吓不到苏沐暖，情节比想象中无趣，但恐龙依旧让人新奇。到了惊险镜头，四周响起小朋友此起彼伏的尖叫，似乎比片中被追赶的演员还恐惧。苏沐暖忍不住回头看，顾西凉身后的小女孩泪眼蒙眬地捂着眼睛，但指缝是张开的，又害怕，又想看。

苏沐暖凑过去低声问顾西凉："你想沉浸式体验吗？"

顾西凉茫然。

到了下一个惊险镜头，苏沐暖毫无苏氏总经理的架子，开始和着电影声效尖叫。她的声音混在一群小朋友中一点儿都不突兀，但着实把顾西凉吓到。他以为苏沐暖害怕，可一转头就看出她根本只是为了喊而喊。顾西凉呆了呆，努力忍笑，在苏沐暖喊完，第一时间将饮料递给她。后半程，观众们适应了，苏沐暖的"惊恐尖叫"没了用武之地，顾西凉则继续津津有味地看电影。

从电影院出来，他们到楼下商场逛街，苏沐暖好奇地问他："有意思吗？"

顾西凉点头："嗯，很有趣。"

苏沐暖诧异。

顾西凉眼睛亮亮地："在电影院看 3D 电影原来是这种感觉，恐龙冲过来时，我被吓了一跳。"

苏沐暖怔住了。她从顾西凉眼睛里看到了以前没有见过的一种新奇的光，好奇的、纯粹的、可爱的，甚至有些稚气。他还是个从没进过电影院的"大小孩"，只是部普通的爆米花电影已经如此满足。苏沐暖心软得一塌糊涂。

顾西凉依旧发表他的初次影院感言："就是爆米花太多了，原来吃不完是可以带出来的。"

苏沐暖郑重其事，很是认可地点头："味道还是不错的，下次我们点小份儿。"

顾西凉哑然片刻，柔声道："好。"

苏沐暖周末也是要工作的，身为老板，她下午要回公司加班，比普通员工要付出更多也更辛苦。抽出周六一上午的时间用来约会，已经是将其他工作压缩后的结果。苏沐暖翻着电影 App 看近期的片单：

"我看看最近还有什么好看的要上映。"

顾西凉:"不看也没关系。"

苏沐暖:"电影似乎没什么有趣的,不如下次我们去看话剧吧,音乐剧也行,我好久没看了。不过,最近也得下下周我才有空。"

顾西凉轻声应一声:"好。"他看着苏沐暖进了服装店,慢慢落后在门外,他心潮涌动着,好些话哽在喉头,最终笑了笑忍下来。他没告诉她,此刻的他有多么高兴、多么感动,他曾放弃掉以为一辈子都不会尝试的东西,她正那么理所当然地拉着他尝试,连他的父母都没有如此地告诉过他:你当享受这世界。

"阿凉。"苏沐暖在店内朝他招手。

顾西凉迈进店内。还是不告诉她了,不然他的公主,一定会心疼他,想尽办法地拉着他玩。可对他而言,那些已经不再重要了。他已经有了她!

苏沐暖将两件衬衣比到他身上:"哪个好看?"

店员在一旁连连点头:"好看好看,都好看!这是你男朋友吗?好帅啊!"

苏沐暖听到店员真诚并略带浮夸的声音,心情愉悦,将两件衣服都塞给顾西凉:"去试试!"

顾西凉:"不用买,我有很多——"

苏沐暖低声恐吓:"我想看你穿这个。"

店员捂嘴偷笑。

顾西凉见她一副期待的模样,拎着衣服进了试衣间。换衣服的间隙,他听见一门之隔外苏沐暖的声音,大概是在和店员聊天。不知店员问了什么,苏沐暖语气莫名有些遗憾:"他之前穿衬衫西裤,腿那么长,腰那么细,最近经常穿T恤了。"

顾西凉:"……"

因为天气太热了!而且,天天进厨房做饭,T恤比衬衫方便些……可顾西凉根本不知道苏沐暖还注意他每天穿什么!他磨磨蹭蹭地换好衣服,将衬衫扎好,推门出来。苏沐暖和店员立刻眼睛一亮,心花怒放。

苏沐暖:"这件我要了!"

顾西凉:"……"他突然感到了颜值危机,他是不是也该拓展下知识领域,比如形象管理?

16 花语心愿

陆之鹄听到顾西凉来找他询问的事,人差点呛到。他加班一整夜,早上8点多才睡下,中午却被顾西凉的短信吵醒,问他在不在家。周末、大好的周末,本该出门、约会、聚餐、游玩的周末,他在家补觉、加班。陆之鹄揉揉眼睛,哀叹一声,回信息麻烦顾西凉帮他带份午餐。

见陆之鹄吃个盖饭都狼吞虎咽的,全然没了平时的从容姿态,顾西凉忍不住问:"你最近有好好吃饭吗?"

陆之鹄摇摇头

顾西凉:"冰箱有什么菜?"

陆之鹄拦住他,没让顾西凉去给他加餐。

"忙着加班,最近天天都是外卖,冰箱是空的。"

陆之鹄也是会做饭的,厨艺和他差不多,不过更擅长粤菜,平时他冰箱里也会备些。见他这么说,顾西凉信了,于是问:"最近很忙?"

陆之鹄高深莫测地笑了笑:"甘之如饴。"

他心悦的美人工作起来雷厉风行不留情面,开始合作后,他们磨合总有冲突。唐曦冰性格要强而倔强，绝不肯向他低头，只要他提一提抓紧时间，她宁肯加班到半夜也要完成，再反催他时间。卷，拼命也要卷。

顾西凉不知道其中原因，见陆之鹄没说，也不再追问。他等着陆之鹄吃饭，四下望着，看到陆之鹄桌上竟然多了好几本社会心理学方面的书，不是畅销图书，而是课本和专业书。他好奇地走过去看，书看了不少页，旁边还放着几份论文，上面朱笔红批写着"80"，顾西凉问："什么时候对这个感兴趣了？"

"对有价值的，我一向好学。"陆之鹄嚼着美味的牛肉饭，岔开了话题，"你刚才说想请教我，请教什么？"

顾西凉猛地卡壳，他调整调整情绪，低声道："你能教我怎么穿衣服吗？"

陆之鹄呆了呆，下意识地吞饭，不想竟被呛到，他猛烈地咳起来，赶忙顺了口水："怎么穿衣服？"

顾西凉耐心地又重复一遍，但耳朵微微红了："形象管理、时尚、如何搭配之类的。"

滑天下之大稽！亏他以为顾西凉找他会有什么了不得的大事呢！不用动脑子，他都知道是谁能让不是泡在茶园实验室就是在山上看书的顾西凉问出这种问题。陆之鹄握着塑料勺子，再低头看二十块钱一份儿的快餐炒饭，顿时生出一种滑稽的悲凉感。是发生了什么，不知不觉，他和顾西凉竟然颠倒了个儿？周末下山看电影约会，提着女朋友给买的新衣服登门拜访，询问如何穿搭的是顾西凉；而他，无论形象穿搭还是恋爱、学识、经验都可以做顾西凉的顾问，却被还没追到手的"女朋友"催着白天勤勤恳恳上课，晚上兢兢业业加班，周末一睁眼还顶着鸡窝脑袋，满眼红血丝地写论文、写策划、看分析，吃快餐……拥有爱情和期盼爱情，就是这么天差地别！

"唉……"陆之鹄长声哀叹，"我给你转发点视频！"

*

"唉……"几天后，苏沐暖同样对着唐曦冰满目凄凉，长吁短叹。

在最喜欢的餐厅吃最喜欢的甜点，唐曦冰也禁不住她叠声的叹气声，导致胃口大减，她不禁问："我打扰你和顾西凉约会了吗？"

苏沐暖摇头："他今天要加班，不陪我吃晚饭。"

唐曦冰哼一声，不知是在哼苏沐暖还是自嘲，毒舌道："所以你现在想起我这个陪饭的了？"

苏沐暖连摇头:"当然不是!我有困惑,有麻烦!"
唐曦冰:"哦。"
苏沐暖:"我出咨询费。"
唐曦冰:"我可是很贵的。"
苏沐暖:"没问题,随意报价。"
"怎么了?你看上去……"唐曦冰逗她,她仔细端详苏沐暖的脸颊,"面色红润,精神良好,像是胖了?"
"……"
"你不是易瘦体质吗?"
"……"
"看来顾西凉厨艺的确不错。"唐曦冰用小勺挖了一口布丁放入嘴里,十分享受,"他嫌你胖了?"
"没有!"苏沐暖反驳,"他觉得我再胖一点儿才健康。"
唐曦冰"呵呵"一声,吃下这口腻味的狗粮:"那你烦恼什么?"
"最近,顾西凉有些怪……"苏沐暖字斟句酌地遣词造句,表情十分费解,"他最近更帅了。"
唐曦冰一阵咳嗽,无语了。一时间,她脑中生出了下一个课题的方向:论恋爱对人智力的影响。
苏沐暖严肃道:"不要笑!"
唐曦冰应付地"嗯嗯"两声。她一般是不会笑场的,除非忍不住。
苏沐暖红着脸解释:"他最近突然开始注重穿着了!原本他就很帅了,现在突然就超标了,而且很突然,从上周我爸妈来过后,他像打通了任督二脉似的,有意无意地……"苏沐暖卡了壳,脸更红了。
唐曦冰淡定地问:"诱惑你?"
苏沐暖点头。
唐曦冰忍笑忍得更辛苦了:"你怀疑他别有所图?"
苏沐暖掩面长叹:"可他没有!早上早餐,晚上晚餐,坐末班车回家,和以前一模一样,没有任何差别!只有今天,忽然说要加班不能陪我吃晚餐……"
"……"唐曦冰觉得今天的布丁都不甜了,这空气里炫耀的糖分,简直是要把人齁死。
"这不正常,对吗?"苏沐暖虚心求证。
"他在讨好你。"

"讨好总要有目的呀！"

"你没问他？"

"哪有问这种事的！"苏沐暖尴尬地扭开脸，心虚地低声快速道，"显得我像另有所图似的。"

唐曦冰闷笑："那你另有所图吗？"

苏沐暖掩饰地喝咖啡。

唐曦冰饶有兴趣地逗她，遗憾道："如今我倒有个办法。"

苏沐暖猛地抬头看她。

她们隔着餐厅的小桌互望着，默契使然下，一切小心思都暴露得明明白白。

苏沐暖不再逞强要面子，破罐子破摔，宁肯被唐曦冰笑，仍郁闷道："你说他今天是真的在加班，还是以为我毫无反应，所以换了策略？"

唐曦冰忍笑忍得辛苦，故作漫不经心道："试试不就知道了？"

*

顾西凉连续加班两天，休假的同事回来后，他重新开始按时下班。从山上下来转车的时候，看到在车站卖花的老奶奶，顾西凉买了一大束鲜花。他已经有了苏沐暖的车钥匙，到苏氏楼下，先将花放进苏沐暖车里，再发消息告诉苏沐暖他到了。

十几分钟后，苏沐暖戴着口罩走入停车场。

顾西凉赶忙从车上下来："生病了？"

苏沐暖看到后座上放的花束，再看看顾西凉穿着她那天买的衣服，扯了扯口罩带子，浮夸地咳嗽两声："昨天晚上空调温度太低了，咳咳。"不错，她想的办法就是装病……朴实无华、简单粗暴、易学易懂，小学生都会用。天知道，就在顾西凉发信息来前，她正在会议室对苏跖百般挑刺，拿着第二季度财务报表就差摔在苏跖脸上。收到信息后，她一百八十度大转弯，一改要扣押苏跖加班一整晚的态度，让苏跖自己反省，自己则匆匆跑去洗漱间紧急补了个病弱装——嘴唇涂白，脸颊扑红，伪装感冒，哄骗顾西凉这电视剧看得少又不懂化妆的人。要不是顾西凉关心则乱，这拙劣的演技简直要暴露。

顾西凉焦急地问："要不要去医院？"

"不用！"苏沐暖连忙启动车，"回家睡一觉就好了。"

可到了家，吃完晚餐，苏沐暖开始不舒服。

顾西凉端了热水来，苏沐暖拉着顾西凉的胳膊撒起娇："我不舒服，好像有点发烧。"所以以防不测，还是留下照顾她吧！借口她已经帮他想好了，气氛也烘托到这个程度了，如果顾西凉再要走，那就是她输了！苏沐暖盯着地面，狠狠瞪了会儿，片刻眼睛发酸，趁着不舒服，她抬起头，泪眼汪汪可怜巴巴地盯着顾西凉。

不料她一抬头，顾西凉也贴过来，她猝不及防间和顾西凉距离凑得无比近，那么近地看着顾西凉的眸子，苏沐暖的脸颊"噌"地红了个彻底，自内而外地发起热，比伪装更像是病了。交往后，他们亲过很多次，但顾西凉这么无声无息地凑来还是头一遭，苏沐暖目之所及、身之所感，全是顾西凉的气息，她被笼罩包围着，听见自己"扑通扑通"的心跳。

太近了、越来越近，苏沐暖睫毛颤了颤，屏住呼吸，闭上眼睛。预期的触感未至，另外一处却结结实实。额头相触时，苏沐暖猛地睁开眼睛，不可置信地向上望，只见顾西凉手扣住她后脑，在一个明明旖旎的、浪漫的、该接吻的气氛里，和她额头贴额头。

苏沐暖："……"内心天雷滚滚，一时不知从何出声！

期待、震惊、迷茫、麻木……苏沐暖在短暂的一分钟，内心波澜起伏。

顾西凉挪开额头，松了口气："没有发烧。"

苏沐暖："哦。"相当生无可恋。

顾西凉不明就里，怎么苏沐暖好像有点不高兴？他端详着苏沐暖仔细看，苏沐暖顿时有些不好意思。她内心忏悔，也许是她想多了，顾西凉根本没别的意思？这么捉弄他，是她不应该。

可下一刻，顾西凉的手背碰了碰她的脸颊："脸怎么这么热？"

苏沐暖忍着掩面的冲动，胡编道："可能是低烧。"

顾西凉皱眉："我们还是去医院吧。"

苏沐暖向后躺，伪装难受："我现在开不了车。"

顾西凉开始内疚："我们打车去。"

苏沐暖连忙坐起来，制止顾西凉约车："不用，都这么晚了，我不严重，喝点热水睡一觉就好了。"已经将近10点，她偷偷看了看时间，躺下装死，非暴力不合作，坚决不肯挪窝。

顾西凉无奈，询问家里有没有感冒药，苏沐暖违心道："没有……"

顾西凉："我去买。"

苏沐暖连忙拉住他："有，有，我不想吃。"

但已经装到这儿了，顾西凉哪能由着她不吃药。从储物间翻出药箱，仔细看着说明书、保质期和她对症状。苏沐暖生无可恋地被塞来一杯热腾腾的感冒冲剂。她热爱甜食，但从小就讨厌一切冲剂！在顾西凉关怀又严厉的注视下，她视死如归地闭上眼睛，垂死挣扎："我讨厌吃药。"

顾西凉无奈："生病就要吃药，乖。"

苏沐暖放下杯子："维生素C！我吃一个柠檬，一个西红柿，然后贴退热贴行不行？"

顾西凉犹豫。

苏沐暖拿起他的手放到额头上："我现在好多了，头不晕，眼不花，嗓子也不痛。"

顾西凉无奈，到厨房切柠檬。趁他进厨房，苏沐暖狠狠松了口气，将杯子挪到桌角最远处。

顾西凉将柠檬去皮，切成薄片，淋上蜂蜜端来给她："睡前再喝一杯姜汤好不好？"

姜汤也不想喝……她又不是真病了。苏沐暖可怜巴巴地看看一直顺着她、迁就她的顾西凉，还是点点头。

顾西凉笑起来："好，那我现在去楼下买红糖，你有没有想吃的？"

苏沐暖摇头："不用了，不放红糖也一样。"

顾西凉帮她披毯子，像哄小孩似的哄她："太辣你喝不下去的。明早给你做红糖糍粑好不好？"

苏沐暖点头。

顾西凉揉揉她头顶："我马上回来。"说完顾西凉拿了手机匆匆下楼。

听到关门声，苏沐暖猛地坐起来，鼓起气吹额头的碎发，用双手拼命在两颊扇风。苏沐暖抱着毯子打滚，天呀，她从十岁起就没这么撒过娇了！就是小时候，不管李婉平时多宠她，如果她病了，绝对是端起药捏着她鼻子灌，哪有这么好声好气又哄又商量的。她没忍住向唐曦冰实时分享："我家顾顾啊，太温柔了！"

唐曦冰秒回："……"

苏沐暖拍柠檬发过去。

唐曦冰："你想让我酸？"

苏沐暖："顾西凉给我切的！"

唐曦冰："我记得你不喜欢吃酸的。"

苏沐暖："淋了蜂蜜，甜的。"

唐曦冰好笑，故意气她："为表关心，要不我明天就带上一斤柠檬过去照顾你吧？"

苏沐暖："顾西凉快回来了。"她又发一个溜了的表情包，快速放下手机。

没多久，顾西凉拎着购物袋回来，将退烧贴贴到她额头上。顾西凉去煮了红糖姜茶，回来时苏沐暖还在吃柠檬。顾西凉生怕她好不了，给她切了整整两个，苏沐暖吃到一半，嘴巴都酸透了。这次她没像拒绝冲剂那样拒绝姜茶，端起就赶忙喝了两口。

"小心烫。"顾西凉帮她扶稳了杯子才缓缓松手，他拉过椅子，在苏沐暖床边坐下，商量道，"沐暖，我今天留下来陪你好吗？"

苏沐暖被呛了下，随即若无其事道，"好，好呀。"其实心里握拳呐喊胜利。为了让顾西凉住下，她还能再多病几天。

盯着她喝完姜茶，顾西凉关了主灯，拿了本书在她床边坐下："睡吧。"

苏沐暖："你坐这儿？"

顾西凉："你睡着我再走。"

苏沐暖再次被当成小宝宝，有些想笑，心里暖烘烘的。卧室只剩下一盏橘色的台灯，夜色好像一下子更深了，苏沐暖不由得也放缓了声音："顾西凉，我睡不着。"

顾西凉看她，有些不知所措。在他的认知里，关灯就是要睡觉的。

苏沐暖被他明明去考语文，结果打开的是物理卷子似的神情逗笑："你没有睡不着的时候吗？"

顾西凉老实道："有。"

苏沐暖："那你怎么办？数羊？"

顾西凉："不，数羊没用的，睡不我就不睡了，起来看书，困了再睡。"

苏沐暖："要是必须睡呢？"

顾西凉："那就闭上眼睛努力睡。"

苏沐暖怔了怔："没人哄你吗？"

顾西凉摇头。

苏沐暖慢慢收了笑容，也是，他似乎一直很孤单。

苏沐暖又笑起来："那你哄哄我吧。"

顾西凉又被超纲内容弄呆了。做饭他会、科研他会、种茶他会、他还会很多各种各样的技巧，但唯独不会哄人。

苏沐暖往床边挪挪，拍拍床沿："你坐近点，给我讲故事。"

"呃……"顾西凉合上书，为难道，"我不会讲故事。"

苏沐暖："你小时候没看过童话吗？"

顾西凉：《丑小鸭》《拇指姑娘》《阿里巴巴和四十大盗》……"

苏沐暖笑起来："顾西凉，你这几天为什么不穿T恤了？"

顾西凉微怔，没明白苏沐暖怎么又从童话故事跳转到衣服了，刚刚向时尚探出一只触角的顾西凉马上不自信起来："不好看吗？我以为你喜欢我这么穿的。"

苏沐暖大吃一惊："你是觉得我喜欢看你这么穿，你才……"

顾西凉脸色微红："那天去买衣服，你好像很喜欢。"

苏沐暖这才后知后觉，她误会大了，还以为是她父母那天过来后顾西凉终于卸下包袱……

顾西凉见她脸色莫名，问道："不喜欢吗？"

"没有！"苏沐暖坚决否认，"我当然希望你这么穿，怎么好看怎么穿才好，但是，"苏沐暖忐忑地问他，"你喜欢吗？"

顾西凉眨眨眼，坦然笑道："我没什么所谓，总之是身衣服，穿什么都是穿，你喜欢看我怎么穿，我就怎么穿好了。"

苏沐暖心花怒放，虽然顾西凉没什么想入非非的目的，愿意天天给她养眼也是好的嘛！苏沐暖有些害羞，轻咳道："我总算知道什么叫为悦己者容了。"

顾西凉听罢不禁失笑。

苏沐暖："不是吗？"

顾西凉："没错，沐沐说得对。"

苏沐暖得了认可，瞬间卸下包袱，哼声道："就是嘛，爱美之心，无论男女，男孩子也该干干净净、整整齐齐，每天神采奕奕才像样，要不是你长得好看，我也不见得会喜欢你，你要保持。"

顾西凉应声道："嗯，一定保持，快睡吧。"

苏沐暖重新躺好："故事呢？我要听《丑小鸭》。"

顾西凉无奈，拿手机搜到他小时候看的故事，低声念起来："乡下真是非常美丽，这正是夏天，小麦是金黄色的，燕麦是绿油油的……"

苏沐暖侧躺在床上闭上眼睛，意识渐渐模糊，睡着前，她心想，顾西凉做广播员一定也相当不错。可惜，是她的了，是她专属的哄睡员。

早上,苏沐暖被饿醒。她昨天中午忙着开会在公司没吃几口饭,晚上装病吃得清淡,一大早就饿醒了。顾西凉已经起床做早餐,苏沐暖听到他在和谁发语音请假。苏沐暖凑过来,从后方抱住顾西凉,他果然在做红糖糍粑。

"起来啦?"

"嗯,今天你休息?"

"嗯,今天照顾你。"

苏沐暖猛然一僵。

"怎么了?"顾西凉关掉火,摸摸苏沐暖额头,"今天还有不舒服吗?"

苏沐暖忙道:"没有!我今天有个会,必须得去公司。"

顾西凉担心:"可是你的病……"

苏沐暖保证:"绝对没问题!"

顾西凉不放心,早上看着苏沐暖又喝了姜茶,测过体温,才放她去上班,并且,打车上班。顾西凉将她送到出租车上,给她带上了预备吹空调时用的外套和披肩:"记得喝水。"

"嗯!"苏沐暖挥着手,痛并快乐着。

*

苏沐暖心情好,一天工作效率奇高,苏氏员工不知道老板发生了什么喜事,但他们知道今天的老板特别好说话,人事总监趁机跑来求福利,苏氏午餐餐标又涨了10%。

恰逢有同事生日,苏沐暖和小颜经过,被拉去一起庆祝。临近中午,苏沐暖饿了,吃了不小一块儿冰激凌蛋糕,下午开会,苏跖又把空调温度调得很低,苏沐暖披着披肩还是觉得凉飕飕的。她抬头看了看空调,想了想没关。于是,到下午下班,苏沐暖想起要补个病弱装时,忽然打了喷嚏。她不以为意,她向来对自己的身体素质很有自信,从小到大,她一年到头也难生几次病,她根本没想到自己会生病,还生怕不像把唇色画苍白了点。不想竟然真的装什么来什么,没骗到别人把自己骗到了。晚上回家,苏沐暖耍赖不肯喝姜茶,觉得天气燥热,趁顾西凉做饭时还吃了一个小份儿冰激凌。到临睡前,不负所望,她嗓子开始发痒发疼,第二天,更是话都说不出来。直到这时苏沐暖才震惊发觉,她竟然真感冒了!

幸亏是周末,苏沐暖原定参加的活动推给苏跖,她已经很难受了,苏跖听见她哑着嗓子说话竟然敢笑她,苏沐暖果断挂电话,让小颜再给苏跖找点工作。生病唯一的好处便是顾西凉住到隔壁来照顾她了,缺陷则是顾西凉一大早就被叫去加班了。

唐曦冰上门时以为她还在装病,看到她鼻头红红,眼睛红红的惨状好笑又无语:"你是不是太拼了?"

苏沐暖欲哭无泪。

唐曦冰:"叔叔阿姨知道了吗?"

苏沐暖惆怅喝药,摇头:"没告诉他们,感冒而已,又不是大病。"

唐曦冰无情嘲笑。她们正闹着,苏沐暖放在床头的手机接到信息,来自顾西凉。

唐曦冰好奇地凑近看。

顾西凉:"好点了吗?"

苏沐暖:"嗯。"

顾西凉:"记得喝水,要喝温热水。"

苏沐暖:"嗯。"

顾西凉:"午餐我可能赶不回去了。菜在冰箱里,我都做好了,想吃哪个摘掉保鲜膜放进微波炉,热10分钟就可以。粥在电饭煲里,是保温的,糖我放在一旁了,不要放太多糖。如果不想吃就点外卖,不要点辣的。"

苏沐暖:"好。曦冰来陪我了,不用管我。"

顾西凉:"好,那我先去忙了,水果在第二层,拿出来晾一会儿再吃。我大概3点钟能回去。"

唐曦冰看得牙酸,她摸摸胳膊上冒的鸡皮疙瘩,难以置信:"他当你是三岁还是五岁?你们相处都是这种模式?"

苏沐暖炫耀点头:"嗯!"

唐曦冰摇头,换作她可受不了这样什么都要管什么都要操心的。见苏沐暖乐在其中,她只好暗暗摇头:"你家顾问先生还挺有心机的!"

苏沐暖:"嗯?"

唐曦冰:"等你习惯他这么照顾你,你还能离开他吗?"

苏沐暖:"他才不会想那么多。"

唐曦冰不置可否。

苏沐暖要去端水果,唐曦冰自然要陪着病号,可一进厨房,她高高在上的评价,顿时碎裂了。厨房里弥漫着淡淡的米香味,电饭煲旁放着空碗勺和白糖罐,上面贴着便利签:"小心烫,一次只能放一勺糖"

苏沐暖打开冰箱，看到顾西凉准备的四道菜，全放在深盘子里，外面包着保鲜膜，一层两个放在冰箱两层，每个上面都贴了便签，清晰明了地写着几档火加热几分钟。水果则是放在玻璃保鲜盒中，几种水果，全都切好成丁，剩下的水果，一个个整整齐齐码放在最底层，与蔬菜用挡板隔着。冰箱里，还有喝了一半的果汁、酸奶，不见了她之前习惯的各类酒。

唐曦冰四处打量着，又看到几本菜谱，中餐、西餐、面点、冷食，不少还贴了标签。苏沐暖家的厨房她是熟悉的，和她家差不多，一应俱全，又什么都缺，可现在进来，已经大不一样，充斥着生活的味道。她看苏沐暖取出水果，拉开抽屉找勺子，又往上面淋酸奶蜂蜜，一直冷淡的眼神柔软下来，离不开也没什么不好。如果只是想讨好谁，一般人不会做到这样。尤其是，其实很容易就能讨好的苏沐暖。

唐曦冰嘴角慢慢勾起来，抢走了蜂蜜瓶子，重新放到冰箱最上层："你加太多了，顾西凉把蜂蜜放在这儿就是为了防止你偷吃吧？"

苏沐暖："我又不是够不着，不许污蔑我。"

唐曦冰哼笑，别以为她没看到苏沐暖是找了一圈才找到藏在芝士盒子后的蜂蜜的。

病来如山倒，病去如抽丝。苏沐暖感冒持续了一周，顾西凉陪她住了一周。她带病去公司上班，顾西凉每两小时询问一次情况，提醒她喝水，中午催她按时吃药，生活更加百依百顺。苏沐暖被照顾得太舒服，不禁生出继续病下去也不错的想法。

又逢周末，苏沐暖原本想和顾西凉去看话剧，但病刚好顾西凉不同意出门。苏沐暖百无聊赖："可是我好无聊。病好了不是该出门走走吗？晒晒太阳，运动运动！"

顾西凉心疼她，但见她生龙活虎，真是不想再拘着了，想了想，决定一起出门，而目的地是——花卉市场。顾西凉道："家里太冷清了，我想给家里添些植物，能净化空气，也能改善环境。"有理有据，无法反驳。最重要的是"家里"这个词，苏沐暖果断同意。她印象中从来没来过花卉市场，家里和公司的花草，都是雇人专门打理的，进了花卉市场她才发现，自己是"刘姥姥进大观园"，她从来都不知道长沙本地有这么大的花卉市场。

顾西凉："长沙有四家大的花卉市场，岳麓青山园林、红星、三湘和长沙花卉大世界，我平时去岳麓青山园林多一些。"

苏沐暖："这么多？"

顾西凉："嗯，也有其他的，寻常花卉，去哪儿都差别不大，我们就近就好了。"

苏沐暖被繁花迷醉了眼，在五彩缤纷的花海中，她为数不多的花卉知识完全不够用，幸亏身边跟着个学植物的，可以随时解答她的疑惑。

"这是什么？"

"洋甘菊。"

"这是什么？"

"风铃花。"

"这是什么？"

"柠檬。"

苏沐暖不禁惊叹："柠檬树长这样？"

他们又路过一大片绣球花，红的、粉的、蓝的，还有连片的各种菊花、兰花。

"这个呢？这个我知道，钱串。"苏沐暖蹲下看花架前的多肉展台，指着种在陶盆中的钱串道，"小颜工位养了一大盆。"而且花盆上都印着"恭喜发财"。她侧头找价码牌，在一侧看到厚纸板上写的"5元一盆"，不禁惊叹，"这么便宜！"

顾西凉见她感兴趣，也弯腰看起来："多肉这几年很普及也便宜。"

老板热情道："很好养，又便宜，挑几个吧。"

苏沐暖转头问顾西凉："好养吗？我可是仙人掌都养不活的。"

顾西凉莞尔："好养，我帮你养。"

苏沐暖想了想，在摊位上挑了五株样貌可爱的不同品种，等顾西凉付账时，她好奇地指着最大的一盆多肉盆景问老板："多久能养成那样？"

老板："那要好几年呢，这盆三百元。"

苏沐暖摇头："当然要自己养大才有意思。"

苏沐暖用余光看到顾西凉回来，转头看他，见顾西凉亮晶晶的眼睛盯着她，好像是天涯遇知己的兴奋目光？苏沐暖眨眨眼，想想自己说的，又想想顾西凉在山上自己种的那些花花草草和树，不禁想笑。

这也太好懂了！

苏沐暖小指勾着顾西凉的小指在市场内闲逛，他们遇见一大片的玫瑰，苏沐暖问："玫瑰好养吗？"

顾西凉："最好不在室内养,容易生虫,也容易得病。"

苏沐暖打起退堂鼓："那还是算了。"但那片玫瑰丛实在让人动心,苏沐暖抬脚要走,又忍不住再次看向诱人的玫瑰园,广告牌上写这里有96种玫瑰、上千种月季。

顾西凉忽然道："可以在山上养。"

苏沐暖："?"

顾西凉："我能养,我帮你养。"

苏沐暖呆了片刻,随即笑道："好呀,等我们结婚时,你帮我种一个玫瑰园吧!"

顾西凉怔了怔,脸倏地红了："好。"

苏沐暖忍俊不禁,心想她家顾先生可真是可爱:"逗你的,到时候记得多买点玫瑰就行了。"他那山上满满当当,哪还有地方给她种玫瑰。

顾西凉轻笑,不作声。

他们挽手在市场上逛,不知是苏沐暖哪句话触碰了他什么按键,还是顾西凉进了这里彻底如鱼得水,他们越买越多,盆栽、鲜花、干花……几乎是满市场各个角落都扫荡,并且越逛越精神。苏沐暖第100次后悔她为什么要穿高跟鞋?她到底怎么想不开了,会觉得逛花卉市场是约会?顾西凉不时跟她科普这个花的产地,那个花的性状,听得她一个头两个大,完全无法从茎叶上判断花的状况,是缺水还是少肥。她这是进了什么大型科普现场……

顾西凉对着一排猪笼草遗憾道："花卉市场能看到的食肉植物太少了。"

苏沐暖默默将一只脚抬到台阶上放松,有心无力地应了两声。苍天,他们已经往车里搬了两次花,累死了,要拎不动了!

顾西凉："有机会我们去云南的斗南花卉市场逛逛怎么样?云南有很多兰花,别处见不到。"

苏沐暖有气无力,疲惫地扯了扯嘴角："嗯。"

顾西凉终于注意到她状态不对："沐暖,你怎么了?"

苏沐暖心里火冒三丈,亏她一直以为顾西凉细致体贴、无微不至,原来是没遇到他真正喜欢的。苏沐暖发火问:"顾西凉你很喜欢花是吗?"

顾西凉肉眼可见地蒙了,他茫然、无助,不知刚刚还好好的苏沐暖怎么突然语气就变了,讷讷道:"你不喜欢吗?"

苏沐暖神情莫测,咬咬唇,忍住了。她才不会问花重要还是她重要这种蠢问题。

顾西凉问:"你是不是累了?我们回家?"

"不,我们继续逛。"苏沐暖摊开双臂,"我累了,你背我逛。"

顾西凉后知后觉无比肯定,苏沐暖不但累了,还生气了。他怔了怔,笑起来,在苏沐暖面前半蹲下。

苏沐暖没客气。谁让他长达半个多小时都没看她,也没发现她累了,脚还痛,谁叫他只知道逛逛逛买买买,既然他逛得动,背着她也一定逛得动!苏沐暖果断跳上他的背:"沉吗?"

顾西凉:"不沉。"

苏沐暖哼一声,心想看谁嘴硬受不住。不料,顾西凉看着瘦,竟然力气相当大,背着她、拎着花,不紧不慢,四平八稳地继续闲逛。过一会儿,苏沐暖再问:"沉吗?"

顾西凉将她往上托了托,还有心玩笑道:"很轻,应该再多吃一点儿的。"

苏沐暖惊讶,悄悄捏捏顾西凉的肩,捏到一层肌肉。见顾西凉脸不红气不喘,她渐渐没了心理负担,指挥顾西凉:"往前走,要走到前面那个路口!"

花店内顾客震惊、诧异地看着这对情侣。女孩戴着遮阳的渔夫帽盖着脸趴在男孩背上,男孩不但背着她,两手还拎满了花,十分宠溺地在花市走着,丝毫不介意别人打量,似乎还……挺享受的模样。女孩声音好听,带着薄怒指挥,男孩则好脾气应下。路人皆是忍不住回头,买个花还要被撒一脸的狗粮。

苏沐暖此时脸上发烫,工作时面对上万人演讲她也没怕过,可逛街被这么看,还是有些慌。顾西凉却没事人似的,边走还边轻松地给她指路边的风景:"前面那家水生植物长得好旺。"不知是呆还是反射弧长。

苏沐暖趁机拍拍他:"放我下来,过去看看。"

顾西凉直接将她背进店内,正挑选的大叔和老板震惊地看他们。但顾西凉表现得太过正常,连苏沐暖都被他的淡定和理所应当镇住了。没错,只要自己不尴尬,尴尬的就是别人。苏沐暖很快也稳住了。出了店门,谁认识谁呢!

他们只在店内随便逛了逛。苏沐暖看到了老板养的大号草缸,绿毯似的水草上,放着一个小和尚造型的陶制人偶,身后还有寺庙和山道的布景,小鱼不时从中间游过,新鲜道:"这好有意思。"

顾西凉点头,问她:"想要吗?"

苏沐暖转头看老板。

老板摇摇头:"自己做着玩儿的,不卖。你们到鱼虫市场那边,他们有卖的。"

于是他们来到隔壁的鱼虫区,看到不少卖草缸和鱼缸的,可惜,没有苏沐暖感兴趣的布景,最终无功而返。

苏沐暖:"买得已经够多了,再买个鱼缸车上也放不下,算了,我饿了,回家。"

顾西凉:"我们回家做一个吧。"

苏沐暖杏眼瞪圆:"啊?"

这也能自己做吗?回去的路上,苏沐暖忍不住好奇:"你还会做草缸?我怎么没听你提过?"

顾西凉沉思片刻,老实道:"还是得查查资料,这个我没做过。"

苏沐暖忍俊不禁,鼓励道:"好,那你慢慢查,我们做个大号的。"

顾西凉知道她在开玩笑,还是笑应:"好。"

*

因为要收拾花,苏沐暖做主中午点了外卖,顾西凉则在阳台收拾那一堆花花草草。苏沐暖蹲在一边托着腮看他掺土、换盆,她唯一能做的就是顾西凉说浇水,她就拿杯子从水盆里舀一杯倒进去,顾西凉说填土,她就戴上手套给花填土。至于什么营养土、黏性土、普通土,哪个要酸、哪个要碱、哪个喜光、哪个喜阴、哪个要散射光、哪个要能暴晒……她越听越糊涂。起初还记得,后面直感到脑容量不够。

苏沐暖摘了手套,才准备拿手机记个备忘录,忽然灵机一动,默默把手机塞回口袋里。她凑近顾西凉,无辜地和顾西凉讲道理:"原来养花有这么多讲究呀,我一听,头都大了,我连名字都记不住,肯定会养死。"

顾西凉:"其实很简单,等你熟悉它们就能分得清了。"

苏沐暖哪给他鼓励的机会,在这方面坚决要把学渣和无赖贯彻到底:"不成,太复杂了,万一我浇错水、用错肥,即使我记住了,它们也死得差不多了。阿凉,我教你一个永远不会错的方法。"

"嗯。"顾西凉洗耳恭听。

苏沐暖狡黠道:"专业的事,交给专业的人。你看,光浇水就有那么多讲究,这个一周浇一次,那个三天一次,那一个要每天喷水,那个还要换水，春夏秋冬还不同……你说养花是为了改善环境陶冶身心，可事实呢，我每天要备受杀生的道德压力。"

顾西凉："……"他大概已经听明白了，而且，苏沐暖这套胡搅蛮缠的套路他已经好久没体验了，一下梦回当初在茶室谈判，她要他给苏氏供茶之时。

果然，苏沐暖图穷匕见，往他一旁凑了凑，可可爱爱朝他眨了眨眼。"但是呢，我眼前有一个活生生的专家，"苏沐暖张开双手，恭维地向他介绍什么名人似的，"不但能让我免于道德谴责，还能把花养得健健康康、漂漂亮亮。顾西凉先生，我现在正式聘用你当我家的园丁，你愿意吗？"

顾西凉和她打太极："嗯，我本来也是要帮你养的，我每天都过来。"

苏沐暖不知道已经被他识破，循循善诱："可是，早上时间那么紧张，晚上你又要做饭，吃完饭还要收拾，本来就没有多久……你看有这么多花，你要牺牲和我看电视、聊天、温存的时间浇花吗？"

顾西凉憋笑，为难道："当然不愿意。"

可惜他演技不佳，苏沐暖也看出来了，笑着戳着顾西凉将铺垫了半天的最后台词说出来："正好我家有一间用不上的客房，顾先生也试用过了，不知道睡得还算舒服吗？床垫软硬合不合适？空间够用吗？家具用得还习惯吗？你是不是就等着我问你呢？"

顾西凉被她挠到痒肉，连连求饶："床垫合适、空间够用、家具也很舒服，我愿意用浇花工资付租金。"

苏沐暖："就浇花？"

顾西凉赶忙道："还有做饭，收拾家务，把花养漂亮，人也养漂亮。"

苏沐暖哼一声："这还差不多，我本来就漂亮。"

外卖送达，苏沐暖听到敲门声哼着歌去开门取外卖。中午太阳大了，除了要晒根的、通风的，顾西凉将其他花草全搬进室内，洗手吃饭。下午主要是将干花插起来，给栽好的花找位置。苏沐暖终于有了用武之地，按自己的喜好指挥顾西凉将花放到各个房间摆放。她的卧室自然是装点的重点。待一切收拾完，已经到了傍晚。顾西凉去收拾残枝落叶和窗台的泥土草屑，苏沐暖将花拍了照做成电子相册，趁顾西凉不注意，悄悄发给唐曦冰和李婉显摆。

苏沐暖："*我做的，漂亮吗？*"

这是给唐曦冰的。

发给李婉,则要夸夸顾西凉:"今天阿凉带我去买花,我都不知道长沙有好大的花卉市场。"

唐曦冰自然是知道她要显摆:"顾西凉买的?这么多花,你认得全吗?"

真是亲闺蜜!苏沐暖把视频打过去,亲自证明她认识:"怕你怀疑我作弊,我直播认给你看,来,玫瑰、蝴蝶兰、雏菊、紫藤花、火百合、星辰花……"

唐曦冰忍笑揭短:"你这是现学现卖吧?"

苏沐暖:"反正我认得。"

唐曦冰隔着手机笑她,随即吐槽道:"我还当你家顾问先生这植物专家多别出心裁呢,也没那么清新脱俗嘛。"瞧那屋子里最显眼的玫瑰,中学生都知道送给喜欢的女孩要送它!

苏沐暖被噎,于是道:"也不是那么常见吧,火百合你以前不知道名字吧?"她说着自己在网页搜索,却忽然注意到引擎检索出的花语来——热烈的爱情。"稍等我一下。"苏沐暖急匆匆挂断了唐曦冰的视频,拿着手机挨个开始搜花名。

也许看到过也不会注意的花语,汇集成无声的话,沉默地袭击着她——

玫瑰:我爱你。

蝴蝶兰:我爱你。

雏菊:隐藏爱情。

紫藤花:对你执着,最幸福的时刻。

星辰花:永不变心。

火百合:热烈的爱情。

向日葵:沉默的爱。

……

苏沐暖打开门,跑到客厅、书房、家里的每个房间,挨个查那些花花草草的花语——

四叶草:一叶代表祈求,二叶代表希望,三叶代表爱情,四叶代表幸福。

栀柳:依依不舍。

牵牛花:爱情永固。

红色天竺葵:你在我的脑海挥之不去。

粉红色天竺葵:很高兴能陪在你身边。

风铃草：温柔的爱。
波斯菊：永远快乐。
翠菊：追想可靠的爱情，请相信我。
红豆：相思。
满天星：思念、青春、真心喜欢。
天堂鸟：自由、幸福、吉祥。
紫罗兰：纯洁的爱。
……
这就是植物学家的浪漫？

苏沐暖缓缓放下手机，她已经不再用去阳台。除了她自己挑选的，浇水就能活的绿萝、文竹、富贵竹和多肉，其他全是顾西凉挑选的。难怪他挑得那么细，难怪他盆栽、鲜花、干花都要，连只有叶子的都要，到处都是的四叶草和装饰用的红豆都要。苏沐暖视线模糊了。那个傻子，就知道拉着她在各个店里不停地找、不停地买，却不知道告诉她他这么做的目的，若她一直没发现，直到鲜花枯萎，被当垃圾扔掉，他是不是就当作从未发生过一样，永远不告诉她了？

苏沐暖又感动又生气，越想越气！一股冲动涌上心头，她大喊一声"顾西凉！"接着跑到阳台从后方扑到顾西凉背上。

顾西凉被她抱得一个趔趄，连忙放下扫帚抬手将她扶稳背好。

苏沐暖嗓音发哑，又羞又气地质问他："我没发现你是不是不打算告诉我？"

顾西凉还茫然着："什么？"

明知故问是吗？苏沐暖冷哼，拍他后背指着窗台的栀子花问："这是什么？"

顾西凉："这是栀子花呀。"

废话，难不成她还能不认识栀子花吗？！

苏沐暖拍他："栀子花，关于它，你有没有什么想替它告诉我的？"

顾西凉想了想，猜测道："花期？还是怕会有虫子？"

苏沐暖："……"

顾西凉于是开始科普："栀子是被子植物门、双子叶植物纲植物，岳阳是主产地之一，喜阳喜水，要小心积水烂根。栀子要通风，所以要在阳台养，不然会容易烂根黄叶。你看这盆的叶子就有点发黄，这里。"

苏沐暖视线穿过顾西凉肩膀,看到茂盛的栀子的确叶片发黄。

顾西凉科普得兢兢业业:"不过这盆是土壤问题,栀子是喜酸的,如果土壤酸性不足,就会影响铁离子吸收,从新叶开始泛黄。不过不要紧,我已经配了腐叶土,再用一些酸性肥料养一段时间就好了。周一我回实验室拿些肥料和试纸过来。"

苏沐暖简直要被他气笑了,哭笑不得,她要问的是这个吗?明明聪明到会买一屋子花偷偷替他说话,笨起来又……真是个十足的笨蛋!苏沐暖冷哼道:"驴唇不对马嘴,谁问你这些了,我问你栀子的花语是什么?"

顾西凉怔了怔。

苏沐暖哼得更大声:"顾先生只知道怎么养、怎么治病,知道属种,却不知道花语这种伪科学?"

顾西凉沉默了好一会儿,才尴尬道:"花语是永恒的爱与约定,一生的守候。"他还是小瞧了她的细腻,没想到这么快就被她看穿了。顾西凉期期艾艾起来。

苏沐暖"嗯"一声,指挥他背着她继续看另一盆:"这个呢?再说怎么浇水施肥我就揍人了。"

顾西凉轻笑:"这是杜鹃。"

苏沐暖催他:"花语呢?"

顾西凉:"为了我保重你自己。"

苏沐暖继续指挥,让顾西凉背着她一株一株指给她看,一个一个说给她听。那些他沉默的、暗藏的心,在她责令中清晰地显露出来。顾西凉背着她在房间里绕了一圈又一圈、一遍又一遍,又回到苏沐暖发现的起点——她的卧室内。

"这是什么?"

"蝴蝶兰。"

"花语呢?"

"我爱你。"

"这是什么?"

"玫瑰。"

"花语呢?"

"我爱你。"

苏沐暖跳下来,绕到他前面,勾着顾西凉脖子又问一遍:"玫瑰?"

顾西凉:"我爱你。"

苏沐暖踮脚亲他唇角。

"玫瑰。"

"我爱你。"

问题又重复一遍,顾西凉无数次重复"我爱你"。这一晚,"我爱你"这三个字比他从前在电影中看到的还多。他俯身去吻苏沐暖,却被苏沐暖躲开。顾西凉饱受折磨,总算明白了什么叫自作自受。不待苏沐暖再问,顾西凉率先打断她:"我爱你,不是花语。沐暖,我爱你。"

苏沐暖合上嘴唇,不再继续追问。她目光水润润地盯着顾西凉,慢慢绽放笑容:"总算开窍了,傻子。"

顾西凉俯身吻她,终于得偿所愿。他含笑呢喃:"我爱你。"

苏沐暖被他火热的目光惊到,猛地用力,勾着顾西凉的脖子,两人深吻到一起。他们相视而笑,默默对视着,又慢慢收起笑,玩笑散去,暧昧的气息随着沉默蔓延开来。忽然,顾西凉抬起手,用手指缓缓撩开她眼前的碎发,一切已然水到渠成。

这时,外面发出巨大的一声"叮咚",将他们吓得一个激灵。

17 爱与祝福

苏沐暖未动,朝顾西凉比了个"嘘",顾西凉不明所以,静默不懂。苏沐暖竖起耳朵,隐隐约约听到李婉和苏恪仁的声音。

"没在家?"

"肯定在。"

随即,门铃再次响起,绝望爬上额头,苏沐暖将手从顾西凉衣服里撤出来,撑着顾西凉胸口爬起来:"快起来,我爸妈来了。"

顾西凉惊愕,连忙爬起来。苏沐暖已经听见李婉拿钥匙开门的声音。现在出去,一定会被逮个正着。

"快快快,进去!"苏沐暖想也不想,拉着顾西凉就往衣柜里藏。顾西凉不可置信,苏沐暖那一柜子的衣物,哪有空间藏人?

李婉和苏恪仁听见声音,疑惑地拎着礼物过来,恰好看见苏沐暖正一边往床上扔衣服,一边推顾西凉,场面一度尴尬。一时间,四人谁都没说话,空气似乎都静止了。

苏沐暖将衣服扔到床上,淡定地拍拍顾西凉:"就上面那个盒子,帮我拿下来。"

其他三人："……"

这反应不可谓不迅速，若不是顾西凉衣服都皱了，说不定他们就信了。顾西凉硬着头皮配合她把戏演完，在李婉的凝视下去拿衣柜最上层的盒子。盒子太高，他也要踮脚才勉强够着，他只好用力伸胳膊，去够那个盒子。他衬衣领口本就松了一颗扣子，随着一边肩膀抬高，宽松的领口自然随重力滑落，于是，另一边肩膀猝不及防间暴露了。

苏恪仁眼皮直跳，重重咳嗽一声，移开视线。

苏沐暖捂脸。

只有顾西凉不知道怎么回事，盯着李婉越发有杀伤力的视线，将盒子交给苏沐暖。盖子下清晰可见，装在乳白盒子内的是一盒还没拆封的冬袜……

李婉呵呵笑着将袋子交给顾西凉："阿凉，你和叔叔去把水果洗洗。"

"好。"顾西凉战战兢兢地拿走，一步三回头地看苏沐暖。李婉步步紧逼把他们赶出去，"嘭"一声贴着顾西凉的后背重重将门关上，几乎是用门将他推出去的。

这时，李婉才开始教训女儿："你们俩刚刚干什么了？"

苏沐暖："什么都没干。"

李婉低了声音开始拎着苏沐暖逼问，话题直奔生理防护，苏恪仁哪儿还敢偷听。顾西凉也担心，见苏恪仁不偷听了，他无助地小声问："叔叔，阿姨是不是生沐暖气了？"

苏恪仁尴尬地"哈哈"两声："没有，咱们去洗水果，你们今天买了不少花吧？"

待李婉教育完苏沐暖，苏沐暖面红耳赤地出来时，顾西凉已经洗好水果，沏好茶，连晚饭都准备得差不多了。苏沐暖拉着李婉小声显摆她刚才记住的花名花语，李婉面无表情地听着，听到不好意思。她表情复杂地看着忙活着端菜的顾西凉，低声道："看着挺腼腆的，还懂这么些有的没的。"

苏沐暖辩解："什么有的没的，他就是学这些的，当然知道了。"

李婉嗔怪她："学植物还要学花语？我可没听说过搞天文的还得懂星座。"

苏沐暖："触类旁通嘛，看着看着就记住了。"

李婉哪不知道她，无语地叹口气："我还没说什么呢，就维护上了？我可跟你说清楚了，咱们家没有奉子成婚的，结婚前别先弄出——"

苏沐暖连忙捂她的嘴，脸颊绯红。苏沐暖深觉自己比窦娥还冤，她看看李婉，算了还是让妈妈误会吧。

显然李婉和苏恪仁都误会他们已经同居了，但顾西凉带来的变化又肉眼可见，李婉和苏恪仁看了一圈又一圈，发现顾西凉只是住在客房，不悦又削弱了点。待到晚饭，发现今天的菜竟然不光是苏沐暖爱吃的，还有苏恪仁爱吃的豆腐，李婉爱吃的青菜，且都放到了离他们最近的位置，于是对顾西凉的满意值又提升了一点。经李婉一晚的观察，顾西凉的眼神几乎就没离开过苏沐暖，苏沐暖爱吃什么不爱吃什么，他清楚明白，甚至还哄着苏沐暖多吃了点儿菜。李婉加加减减，给顾西凉打着分，总体在及格线徘徊。

晚饭后，苏恪仁叫顾西凉到阳台交流种花心得，又看到阳台上裁好的纸箱，好奇道："你这画的是什么？设计图？"看上去似乎是建筑施工图似的，只是形状似乎又有点幼稚了，有点像动画片里的房子。

顾西凉解释道："我想做个草缸。"

苏恪仁好奇："草缸？"

顾西凉翻出他白天查资料时搜到的照片和视频给苏恪仁看："就是这个，水草环境可以自己搭建。"

"这个挺有意思，种种花养养鱼，多好。"苏恪仁戴上老花镜凑近看，越看越有趣，他四处望望环境大变的公寓，感慨道，"沐暖这总算是有点人气儿、有点家的样子了，她之前，公寓就是个酒店。"再看顾西凉，他又满意了几分，他将纸片再拿过来仔细看，接着问，"你这画的是个城堡？"

顾西凉腼腆道："是水晶宫。"

苏沐暖端了葡萄过来，见苏恪仁见了鬼似的表情，将一粒葡萄塞进他嘴里："老苏同志，你这是什么表情？"

苏恪仁表情变换，沉吟道："阿凉，嗯，挺有童心。"

苏沐暖脱口道："这是我设计的。"

苏恪仁更吃惊了，惊诧道："你设计的？你喜欢这个？"

苏沐暖放下果盘，拿起那张"设计图"给苏恪仁看："嗯！这里用碎珊瑚搭房子，背景顾西凉用木板画出来，这里用碎水晶做一个桥，小鱼从桥下面游，这里种棵树，树下放个贝壳，里面坐着美人鱼，她最好手里拿个海螺。"说完她抬头看看顾西凉。

顾西凉："好,我找找有没有小海螺。"

苏恪仁震惊了,消化了好久,到苏沐暖都被李婉拉走了,他才笑叹道:"你有心了,她小时候我们都没给她做过玩具,她小时候有一堆的娃娃玩偶,长大了一个都没带来,我还以为她长大了早就不喜欢这些小东西了。"

顾西凉有些不认可:"我倒是觉得沐暖很孩子气。"

苏恪仁:"嗯?"

"爱美、挑食、贪凉、吃糖太多、不爱喝水、踢被子、走路爱光脚,还有下雨永远不记得带伞……"还有只要病不重,怎么哄都不肯好好吃药,顾西凉回想她生病那些天的样子,才好一点儿就偷吃冰激凌,晚上睡觉翻来覆去踢被子,忍不住告状式总结道,"被抓到就耍赖不承认。"

苏恪仁怔了怔,随即爆发出一阵大笑。顾西凉那无奈又没办法,只能宠着的语气,他可听得真真切切。现在,无论谁跟他提起女儿,都是竖起大拇指夸虎父无犬女,年纪轻轻就能独当一面。他想起苏沐暖,满脑子也都是公司股东们说她多能干,在公司多么威风,工作多么雷厉风行,可他心里,她还是小时候抱着玩偶给它们护理绒毛的模样。只是,连他自己也很少回忆那么遥远的记忆了。他自然高兴别人夸他女儿厉害,但更希望和女儿生活的人,把她当成一个长不大的小女孩,宠爱她、哄着她、纵容她。他无比高兴,沐暖喜欢的人,也这么喜欢着她。临别,苏恪仁意味深长地嘱咐他们:"人都有不完美,重要的是相互爱护相互体谅,爸爸希望你们以后都能像今天一样。不过以后周末也回家看看,我和你妈妈在家也挺无聊的,知道吗?"

苏沐暖听得茫然,但还是高兴地应了。李婉倒是没说什么,但苏沐暖把她的玫瑰塞给苏恪仁,苏恪仁又送给李婉时,李婉还是接了,她抱着玫瑰剜了苏沐暖一眼,眼神却是带着笑的。目送李婉和苏恪仁上车,苏沐暖和顾西凉两人又在楼下牵手散了一会儿步才上楼。

苏沐暖好奇地问:"你和我爸说什么了,他怎么那么高兴?"

顾西凉:"叔叔加了我微信,让我把做草缸的过程拍给他看。"

"嗯。"苏沐暖捏着顾西凉的手,和他十指相扣一起上楼,"等我们的实验成功了,回家给老苏也做一个。"

顾西凉点头,单手开门,然后问:"阿姨没骂你吧?"

苏沐暖："嗯？"

顾西凉："你们在房间时。"

苏沐暖脸顿时发热，她轻咳一声："没有。"

但是聊了那么长时间，顾西凉忧心忡忡问："阿姨不放心的话，我还是回山上住，或者在附近找间房子……"

"不用！"苏沐暖急了，她为了同居那么大的冤屈都认了，怎么能让她的男朋友跑了。她拉拉顾西凉，将茶递给顾西凉，待顾西凉开始喝茶，她勾勾手让顾西凉靠近，顾西凉不明所以凑到她耳边，她才小声在他耳边道："我妈说，我们家不流行奉子成婚，让我们注意点。"

顾西凉被茶呛到，咳得死去活来。苏沐暖满意地捧起自己的茶杯慢悠悠地喝，心想，活该，还敢问，谁让他扔她一个人挨训的。

*

到了月底，苏氏整个新茶品系列六个产品全都做了出来，准备发布上市。苏沐暖顿时忙得六亲不认，早出晚归，忙得回家只亲两下顾西凉倒头就睡，早餐要顾西凉追着硬塞上车，晚餐天天去应酬。紧接着，她又连轴转地出差，亲自谈渠道、跑宣传，总算赶在苏氏成立二十五周年前，将一切搞定。

顾西凉在客房睡到半夜被偷袭，睁开眼什么都没看清，就感到苏沐暖的吻。顾西凉只好笑着摸摸苏沐暖头发，等苏沐暖累了，爬到他胸口不动了，他才顺着苏沐暖的长发和后背，柔声问她："不是明天的飞机吗？怎么半夜回来？"

苏沐暖累得不想动，趴在他胸口玩他的睡衣扣子，时不时戳戳顾西凉的腹肌："提前结束了，我就让小颜改签了。怎么，不想我？"

"怕你辛苦。"顾西凉坐起来，亲了亲她，"饿不饿，我去给你做吃的。"

"嗯，想喝粥。"

"我去做。"

顾西凉下床做饭，苏沐暖四肢舒展地赖在他床上趴了会儿，力气回来些，才爬起来去洗澡。待她洗完澡，顾西凉已经煮好了粥，还有两个奶黄包，一碟她爱吃的脆黄瓜小菜。苏沐暖小碎步跑来，不客气地坐下舞动筷子、勺子，不忘责备顾西凉："我胖了你要负主要责任。"

顾西凉幽怨道："你瘦了，才胖了一点儿，一出差又瘦了。"

苏沐暖好笑，将勺子递给他："你吃吗？"

顾西凉摇头，见她吃得又快又急，就知道她这几天又没好好吃饭，于是又给她盛了小半碗粥。

苏沐暖夸他:"还是我们顾厨师手艺最好。"

顾西凉莞尔:"我也就能给你做做饭。"

"谁说的,没你茶饮料还做不出来呢,而且,陆之鹄是你介绍的,各种数据是你的实验室帮我检测的,还多亏你介绍了那么多茶馆、茶厅给我,不然这条推广线我完全走不下去。我们顾顾问上得了厅堂下得了厨房,搞得了科研,整得好行李,工作负责,体贴女友,是我亲自认定的最佳男友。"她推开餐具,双臂搭在顾西凉肩上,双手在他颈后交叉,凑得极近,刚刚用过的沐浴露和洗发水的香气慢慢侵来,带着米香的唇碰了碰顾西凉嘴唇,暧昧道,"要是肯再主动些就更完美了。"

顾西凉喉咙滚了滚,问她:"不累?"

苏沐暖拱火:"明天休假。"

"好。"顾西凉托着她腿,将她抱起来,大步直奔卧室,抬脚踢上卧室门。

清晨,日光穿透窗帘缝隙,照入室内,随时间渐渐移动,照到卧室的床上。苏沐暖被视频邀请声吵醒,她还没睡够,闭着眼睛从被子里伸手摸出自己手机,但她手机一片寂静。

苏沐暖戳戳顾西凉胸口,声音慵懒:"你手机。"提醒完,她又心安理得地拽着顾西凉胳膊往他那边挤,脑袋窝到顾西凉肩窝,找个舒服的地方不动了。

"谁一大清早找你?"

顾西凉迷迷糊糊地揉眼睛看消息,语气还带着未清醒的含糊:"我妈妈。"

苏沐暖意识也不甚清晰:"哦。"

"你睡,我出去接。"

"嗯。"

顾西凉将胳膊从她头下抽出来,轻手轻脚掀开被子下床,拿着手机出了卧室。苏沐暖把顾西凉枕头拽下,翻个身抱着枕头继续睡。睡着睡着,她隐约听到了女声,然后猛地睁开眼睛。

顾西凉一般更愿意文字交流,当然山上或者实验室有什么事,小丁会给他发视频,正常交流也不是问题。可顾西凉交际圈里哪有女性?她慢半拍地反应过来,顾西凉刚刚说的是——"我妈妈"。苏沐暖按着床猛地弹起来,顾西凉的妈妈!

顾西凉也有些晕。昨晚苏沐暖夜班的飞机，到家都3点多了，他们又闹腾了好一会儿，才睡下没多久，他一点儿没多想，就接了视频。

惠诗绮看到儿子衣冠不整的模样就是一怔，她下意识看了看时间，8点34分，早过了顾西凉惯常的起床时间，再一看环境，是她陌生的地方。不是茶室，不是实验室的休息室，不是陆之鹄家，看上去也不像酒店。

"妈妈。"顾西凉声音含糊。

他一开口，惠诗绮就能感到他状态是非常放松的，这会儿显然还没醒神。趁着他迷糊，惠诗绮开始套话："阿凉你这是在哪儿呢？"

"我在——"顾西凉猛地醒过神来，话说不下去了。

手机屏幕里，惠诗绮眨着眼睛，好奇又雀跃地盯着他，顾西凉能感受到惠诗绮的兴奋和八卦。只听对面传来声音："女朋友家？"

顾西凉脸倏地红了。

惠诗绮看破一切，呵呵地笑着："没事，就是告诉你一声，我和你爸爸下周就回去了。"

顾西凉红着脸："嗯。"

惠诗绮："到时候带你女朋友到家里玩，妈妈给她带礼物，你继续睡吧，妈妈挑礼物去了。"

顾西凉："……"

不待他再说什么，也不确认他是不是听清了，惠诗绮的脸已经模糊出屏幕，匆匆挂了视频。顾西凉怔了会儿返回卧室，苏沐暖正焦虑不安地来回踱步，见他这么快就回来了，她连忙问："阿姨说什么？"

顾西凉："他们下周回来。"

苏沐暖："哦。"

顾西凉："他们想见见你，沐暖，你想见吗？"

苏沐暖："当然要见！"她回答得十分爽快，飞快地在脑海中过了遍时间表。下下周是正式的新品发布会，下周要去见几个大经销商，模拟预售，还要和直播平台对接细节谈好合同……一会儿要让小颜调整好下周的安排，把时间空出来。

苏沐暖："时间不是问题，你爸爸妈妈我再忙也要见的！他们哪天回来？我陪你去接机。"

顾西凉没想到她会答应得这么干脆，不由得心头一暖，笑道："好。"

但随即，苏沐暖一想要见他爸妈，又有点紧张，并且，越想越紧张，比她上学时，老师临时通知她要她第二天去参加毫无准备的考试还紧张。苏沐暖顿时有些胃疼。顾西凉家境条件其实也相当不错，三代积累，该有的全有，什么都不缺，他父母算是艺术家。再往上，除了他爷爷醉心种茶，其他人也深耕文艺界，他们家可谓书香门第，会不会不喜欢她？苏沐暖揉着胃，神情复杂，神情肃穆地问："顾西凉，你要老实回答我。"

顾西凉被她的紧张感染，也有些紧张，郑重地点点头。

苏沐暖："你家你爸爸说了算还是你妈妈说了算？"

顾西凉满头问号，老实道："妈妈吧。"

苏沐暖："那你妈妈喜欢什么？"

顾西凉："我问问她？"

苏沐暖气恼："这还要问？"

顾西凉只是笑，惠诗绮最喜欢的，已经为了他放弃了，再之后，他们聚少离多，其实相处时间并不长。顾西凉见苏沐暖想得发愁，含笑道："无论你送什么，她都最喜欢你。"

苏沐暖的脸红了红，恼羞成怒地瞪他："那哪能一样！"

见顾西凉指望不上，她无奈地挥挥手："问问问，含蓄点，不要直接问，让我想想怎么问好呢……"只有一周时间准备了，她还不知道惠诗绮喜欢什么，她可怎么准备？

顾西凉托着手机等她想，他们还没想好要怎么问时，顾西凉手机来了新消息，是惠诗绮发来的："阿凉，我儿媳妇最喜欢什么呀？"

顾西凉没忍住，当即笑出声来，将手机塞给她，含笑道："不然你们自己聊吧？"

苏沐暖哪好意思这时候说她喜欢什么，这不成了向顾西凉妈妈索要东西了吗？她推开顾西凉，将他赶出房间："我什么都不要，要你就够了，快去换衣服，出门！"

昨晚临睡前他们约好了要去海底世界看白鲸和企鹅，然后再一起去买鱼。她的水晶宫草缸顾西凉早已经给她做好了。起初她不忙时，每天下班还会给顾西凉打下手，递递工具，挑挑石头，看着鱼缸从几块玻璃，到逐渐成形。一沙一石、一草一木，全是她和顾西凉一起搭建的。虽然主要动手的是顾西凉，她主要是出主意提要求，但在施工过程中，她都跟苏恪仁显摆了好些天。现在草缸做好了，水已经静置了十来天，鱼缸稳稳当当，小零件、小道具也稳稳当当，陶瓷做的美人鱼、薄树脂做的海螺，还有碎水晶做的水晶宫、沉木的小亭台、碎石的走廊，还有装饰为水下森林的水草、木石都已经布置好了，顾西凉还用树桩的枝干，在水晶宫前搭了门洞，和水晶宫前的水晶桥一样，都是心形，就只等他们挑鱼入住了。但苏沐暖这段时间连轴转，一直没能抽出时间来。如今好不容易有了时间，终于能完成他们的工程。

苏沐暖换完衣服，顾西凉也已经换好了衣服，正在客厅给惠诗绮发消息。苏沐暖悄悄凑过去，嚯，还是家庭群，群名叫"岁月静好"，成员名也全是自己的名字。惠诗绮往群里发了好些首饰的照片，正催问顾西凉她会喜欢哪个。顾西凉见她来了，张开手，让苏沐暖坐到他怀里，下巴搭到苏沐暖肩头，问她："喜欢哪个？"

苏沐暖看了看，疑惑道："这些好像是古董？"

顾西凉："不全是，算艺术品吧，都是我妈妈收藏的。价值我不知道，唯一能保证，应该都是真的。"毕竟，爸爸委婉地诉过苦，回家要加班帮妈妈鉴定她的藏品，他不确定的，还要请同事、朋友给瞧瞧。

见顾西凉没出声，惠诗绮@顾和玉求建议，顾爸爸则将一堆首饰归类总结，按色彩分、按材质分、按年代分、按款式分，再@顾西凉，先问他："你女朋友喜欢什么颜色？"

大概是一个一个来对照。苏沐暖被他们家这交流方式惊呆到了，颤着音问："你家聊天都这种风格吗？"

顾西凉："什么风格？"

苏沐暖："学术。"苏沐暖深以为，她总算找到顾西凉这种性格的源头了。她跑神间，顾西凉已经和他爸妈有问有答进行下去了。

顾西凉："她首饰喜欢红色，喜欢宝石、矿石，年代无偏向，风格喜欢经典的款式，平时戴简单的吊坠和项链多一些。"

苏沐暖都不知道，顾西凉还会注意这些。

在顾西凉的筛选下，顾和玉参与投票，惠诗绮选了红玛瑙金丝吊坠、一对红玛瑙耳环，还有一个明代的剔红漆器首饰盒。惠诗绮嘱咐顾西凉再问问苏沐暖喜欢什么，包括喜欢吃什么、穿什么、爱好什么，多多益善。

顾西凉应下，将草缸拍照发到群里："好，妈妈，我们要去买鱼了。"

惠诗绮："去吧，玩得开心。沐沐不介意的话，多拍些照片给我们看。"

顾和玉："嗯，要多照顾、多谦让女孩子。"
　　苏沐暖旁观完毕，大概对顾西凉家人的脾气性格有了判断。严父慈母，和她家正好相反，似乎，挺好相处的，她悄悄松了口气。但礼物上，看来是指望不上顾西凉了，她还得另找援兵。

18 海洋馆

　　海底世界在开福区，离苏沐暖家不算近也不算远。顾西凉在门口买好票，将其中一张交给苏沐暖，径直向极地海洋馆走。路过水上乐园时，他们看到一群家长带着孩子在玩漂流和水滑梯。小朋友穿着泳装在水里游来跑去，尖叫声、笑声响成一片。近期天气炎热，酷暑难熬，这里倒是成了避暑的好去处。

　　苏沐暖不禁好奇："你小时候来这儿玩吗？"

　　顾西凉摇头，不由自主地将目光投向那些牵着父母手的小朋友。

　　苏沐暖想起童年，不堪回首："我小时候每年暑假都来海底世界看鱼，苏跖就吵着要玩水，一般就派一个家长带着我们两个来，要看着他还要看着我，只能一致行动，我被苏跖弄烦了就出来玩漂流，苏跖经常想趁我不备借机揍我。"

　　顾西凉诧异："他揍你？"

　　苏沐暖："当然被我反击回去了。"

　　顾西凉转头看向玩水的小朋友，实在难以想象苏沐暖和苏跖在里面会是什么情景。

苏沐暖指指远处的大喇叭滑梯:"我小时候最喜欢玩那个。"

顾西凉忍不住笑意。苏沐暖的运动细胞看来从小就显现出来了。

苏沐暖看见海洋剧场的表演时间,恰好他们能赶上海豚表演。苏沐暖原本只打算去看鱼,不打算再看动物演出,她小时候看了太多遍了,但不承想顾西凉竟然没来过这里,她驻足片刻,拉着顾西凉混入入场的小朋友中间。

"走,我们也去看!"

虽然不是周末,但已经到了暑期,小朋友们将剧场占了个满满当当。论捧场,小朋友远比大人要敬业,他们吵归吵,看表演时却是十足的捧场王,海豚在饲养员指挥下动一动,转个身,小朋友们也发出"哇""哇"的惊呼。苏沐暖被他们感染,梦回童年。她转头看看顾西凉,只见顾西凉也露出一些童趣。

饲养员将球扔给海豚,它们将球高高顶起,苏沐暖双手托腮,随着小朋友们一起夸张地"哇"了一声,顾西凉转头看她,却看到一双双亮晶晶的眼睛。那些小观众们身上像是散发着欢乐的磁场,将他也感染了。

水中,海豚高高跃起,完成动作,饲养员奖励它们吃鱼。苏沐暖凑到顾西凉耳边:"你知道海豚怎么叫吗?"

顾西凉摇头。

苏沐暖酝酿了一会儿,捏着嗓子,轻声模仿。

饲养员拍着海豚,和观众互动:"有人想要和海豚合影吗?"

苏沐暖"唰"地举起手,比附近的小朋友还快,在一群小胳膊中显得尤为突出。周围的家长们一阵发怔。这时,情侣总是有点扭捏害羞的,大人们会让着小朋友,短胳膊的小朋友们完全没想到这个大姐姐反应竟然这么快。饲养员果然第一时间注意到她,邀请她上来,苏沐暖却推推顾西凉,强行将他拽起来。看热闹的观众顺势开始起哄,大人们的反应比刚刚看到海豚表演还夸张。

苏沐暖:"你去,我小时候喂过。"

三只海豚,可以邀请三个幸运观众,另外两个是小朋友,其中一个年纪太小,走了两步,有些害怕,拉着妈妈不肯撒手,饲养员干脆邀请家属陪同。顾西凉刚刚走到台阶处,见别人带着家属去了,就转头又拉苏沐暖。附近善意的哄笑声更大。苏沐暖将相机交给第一排的一位妈妈,拜托她帮忙拍照。镜头里,他们按照饲养员的指导,手轻轻摸上海豚的头顶。

这是顾西凉人生第一次触摸到海豚。他被海豚肉肉的手感惊到了，随即朝苏沐暖露出一个孩子般的笑容。他们的临时摄影师开启连拍模式，将他们从上去到结束都拍了下来，还相机时，那位妈妈很有经验地朝苏沐暖建议："选几张存起来，结婚时候放出来。"

苏沐暖受教，不吝夸赞感谢了那位热情的妈妈。她选好一张，将相机交给顾西凉看，煞有介事道："我决定将这张放进我们的婚纱照相册里。"

那一张，他们相视而笑，海豚从水中露出头，好奇地望着他们，像个可爱的好奇宝宝。

极地馆有企鹅展示区、海豹展示区、北极狐舍、北极狼舍、白鲸展示区，苏沐暖挨个拍照，指挥顾西凉摆 pose 和极地小动物合影。到了白鲸展示区，令她意外的是，顾西凉竟然会主动凑到玻璃前，隔着玻璃和白鲸互动。白鲸朝他游过来，隔着玻璃转来转去。顾西凉眼睛亮亮地逗着白鲸，在苏沐暖凑过来时，白鲸忽然后撤，又猛地朝玻璃撞来，吧唧一口，亲到玻璃上。

苏沐暖想起网络上那只专门爱吓唬小朋友的调皮白鲸，忍俊不禁："你在吓唬我吗？"

白鲸则摆摆尾巴，停在玻璃前，摆着鱼鳍看他们。有小朋友和白鲸合照，白鲸似乎能看懂，有人往那里一站，它就配合地游过来。

苏沐暖兴致勃勃地拉顾西凉一起排队，轮到他们，苏沐暖将手臂举起来，和顾西凉一起，用手臂合起一个心形。游来游去的白鲸，忽然朝他们搭成的圈里撞来，在正中心露出可爱的笑容，配合他们完成了完美的构图。时间在这瞬间定格，镜头捕捉到了他们的灿烂笑容。帮忙拍照的游客一阵惊呼，他们察觉回头，就见白鲸朝他们吐出一圈的泡泡。

到了纪念品店，苏沐暖在一众可爱的玩偶中，径直走向鲸。憨态可掬的鲸玩偶，一个个圆溜溜的，手感饱满而柔软。苏沐暖拿着一个白鲸和一个灰鲸问："喜欢哪个？"

顾西凉沉吟片刻："都买。"

苏沐暖哼一声，不满道："大人真好，想要什么买什么，我小时候来，每次我妈就只买一个⋯⋯"

顾西凉莞尔。苏沐暖小时候苏氏已经是著名企业了，没想小公主小时候和其他小朋友一样，也不能随心所欲地买玩具。他大方道："想要什么,今天都买。"

"你付钱?"

"嗯。"

苏沐暖转转眼睛:"听上去不错,不过不够有趣,不如,你给我买,我给你买?"

顾西凉讶然。

苏沐暖越想越有趣:"看看你能不能猜中我最喜欢的,开始!"

她比赛似的取了购物篮甩下顾西凉开始在各式各样的周边中徜徉。早已不如少年时有趣的周边产品,瞬时又化为宝藏,她挨着货架精挑细选。海豹公仔、小鱼文创、贝壳小房子、章鱼帽子、水母灯、企鹅玩偶,还有大大小小各种款式的北极熊……苏沐暖避着顾西凉挑了好一会儿,才去休息区等顾西凉。

顾西凉拎着购物袋出来时,远远瞧见苏沐暖戴着印着卡通海洋生物的口罩,脑袋上还戴着个北极熊帽子。苏沐暖也被他拎的大袋子震惊了。

"你这是买了多少?"看来顾西凉是真的让她敞开买,苏沐暖解开购物袋,看到了她刚刚觉得最可爱的几个玩偶,"你是不是偷看了?"

顾西凉:"没有。你买了什么?"

苏沐暖打开购物袋,给顾西凉选的全是各种丑萌的卡通文创周边,笔记本、笔、便签、贴纸、鼠标垫……连靠枕、玩偶都全是奔着丑萌搞怪系买,势要凭一己之力为顾西凉增加童趣,扭转画风。展示完毕,苏沐暖揭下一个小章鱼贴纸贴到顾西凉领口上:"保证你用上就是办公室最靓的仔!"

顾西凉顺从地任由她贴,等她贴完了,他从贴纸上揭下一个扬扬得意的粉色海豚贴画贴到苏沐暖领边。

情侣贴纸,谁都不要嫌幼稚!

苏沐暖:"我最喜欢哪个,你猜了吗?"

顾西凉:"嗯。"

苏沐暖:"我也猜了你最喜欢的,我数一二三,我们一起拿出来。一、二、三!"

苏沐暖从购物袋底拿出一个小鲸挂坠,不料顾西凉也从口袋里拿出了同款。唯一的区别,苏沐暖选的挂绳是蓝色,顾西凉选的是粉色。他们互相盯着对方手中的小鲸,吃惊又不意外。

"我就知道你也喜欢鲸！"苏沐暖将她买的小鲸放到顾西凉手心，和他买的碰一碰，取走了粉色挂绳的，"我在你书架看到过介绍鲸的书。"

"嗯。"顾西凉将蓝色绳子的小鲸握在手中，"白鲸、蓝鲸、虎鲸、灰鲸、座头鲸、抹香鲸，我都喜欢。鲸也更亲近人，可能因为是哺乳动物吧，它们很聪明。"他顿了顿，补充道，"我们小时候遇见时，我在看一本科普书，里面介绍了一只叫 Alice 的鲸……"

"那只世界上最孤独的鲸？"

"对。"

正常鲸发声频率在 15—25 赫兹，而 Alice 的发声频率有 52 赫兹，没有鲸能听懂它的声音，它在鲸群中就像个哑巴，孤独地在辽阔无边的大海游荡。童年时，顾西凉同样孤独，在数以亿计的同类中找不到自己的定位，在读到 Alice 的故事时，深深地被触动。

苏沐暖沉默片刻，牵起顾西凉的手，感叹道："什么时候能出海一起看鲸就好了。"

顾西凉怔了怔，笑道："等你退休。"

苏沐暖朝他望去。

顾西凉继续道："到时候我们一起出海环游世界。"他说得认真，不似在哄她开心，而是真的当成了要实现的心愿。类似的话，她听过很多次，也说过不少，可从来没有谁当真。

"嗯。"苏沐暖露出大大的笑容，"那我可要更努力地赚钱了。"

顾西凉："我也会的。"

从极地馆出来，他们又抱着礼物去逛了海洋馆，来游览的小朋友羡慕地看顾西凉"进货式"的购物成果，羡慕不已。馆内分为淡水鱼区和海水鱼区，按照往常，苏沐暖总会在海水鱼区驻足更久，尤其是色彩绚丽的珊瑚、热带鱼，还有她喜爱的在深蓝色的海水中幽幽发光的、精灵般的水母。而今天，不够有吸引力的淡水区她也看得兴致勃勃。"朴实无华，福泽三湘"的本地三湘四水原生鱼类，才是他们行程的重点。苏沐暖是全然不懂鱼的。淡水小鱼，隔着鱼缸，她辨认不出品种，也看不出什么区别。若不是自己要养，她也许根本不会关注。再看顾西凉，抱着一堆玩偶，也看得津津有味。

苏沐暖好奇："你在看哪儿？"

顾西凉指给她看。

苏沐暖顺着他指的方向，仔细辨别，看到一尾小鱼不知怎么回事头卡在石缝中。它左摇右摆，终于逃生，追在鱼群尾部摇摇晃晃而去。

"我在网上看到一个野生动物保护者说过，对任何人，当你站在水剖面前，你一无所知，如果你愿意弯下腰或蹲下来，你仍然一无所知，但如果你愿意多保持这个姿势一会儿，并且集中精力用眼睛注视着水中，你就一定会看见很多很多数量和种类的鱼。"他目光又转到水草丛中，指着在挖沙子的小鱼给苏沐暖看，"水下、陆地甚至是一块儿小小的苔藓，一样的，其实到处都是有趣的生命世界，只是我们不关注而已。我大学时，有个同学自己养水熊虫做宠物，用显微镜分享给我们看，很有意思。"

他们在淡水鱼区看了好一会儿鱼，对要买什么鱼大致心里有数，在闭馆前，拎着在纪念品店买的两只小玩偶，慢悠悠地准备去附近的花鸟鱼虫市场买鱼。路过打印店，苏沐暖兴致勃勃地想去打印照片，于是他们提前将车停在路边的停车场，散步过去。就在他们刚刚把相机交给老板，选好相片和尺寸时，苏沐暖突然听见一声尖叫，随即是尖锐的喊声："站住！抓小偷！"

苏沐暖吓了一跳，扔下相机冲出店外。距离他们几米远，一个二十来岁的女孩正拼命追着一个二三十岁的男人跑。女孩穿着高跟鞋，眼看是追不动了，徒劳地大声喊。眼看小偷快到店前，苏沐暖赶忙冲过去阻拦："站住！"

店前到马路间有两米左右的空间，但临近马路一边有棵大树，树边停靠着一排自行车，打印店门前又放着一堆杂物，最窄的地方，只能让一两人通过。苏沐暖挡在道窄处，恰好将路死死拦住。小偷一看无路可逃，后面又有其他路人闻声追来，心急之下，恶向胆边生，非但没减速，反而加速朝苏沐暖冲来，意图靠猛劲儿将她推开。

顾西凉从店内绕出来，看见的正是这一幕。他两步并一步猛地插到苏沐暖和小偷之间，抬起脚将小偷踹倒。苏沐暖还没看清怎么回事，顾西凉就以迅雷不及掩耳之势将她拉到一边，慌张地上下检查一番："有没有受伤，有没有吓到？"

苏沐暖眨眨眼，摇摇头，心道：没被小偷吓到，倒是被你吓了一跳！她忽然看见顾西凉身后的人影，连忙喊道："小心！"

没料到那小偷很凶悍，跟跄着撞到树，竟然抄起不知谁靠在树边晾晒的拖把朝他们抡来。顾西凉挡在她面前，回身第二次将小偷踹倒，这次他倒在自行车堆里，再没能站起来。苏沐暖再看小偷，那小偷正倒在自行车堆里摔得眼冒金星，"哎哟哎哟"地捂着肚子哀号，被后面赶来的人七手八脚按住。追在最前面的大叔直乐，问他们："小伙子你是不是练过？"

苏沐暖也起哄："你是不是瞒着我学过武术、跆拳道？"

顾西凉窘道："没有，就是一时心急了。"

苏沐暖笑问："怕他撞到我？"

顾西凉："嗯。"

苏沐暖心里暖洋洋的。顾西凉没有练过，她小时候可是学过跆拳道的。她准备痛击小偷，甚至有七八成把握将对方撂倒，但顾西凉将她护在身后时，她忽然有种神兵天降的恍惚感。英雄救美，美被英雄所救，感觉……还挺不错！①

收拾完小偷，苏沐暖才发现顾西凉右手到小臂破了个挺大的口子。她连忙检查，气得火冒三丈。那把拖把上有一节钉子露出来，顾西凉夺走拖把时，不小心被划伤了。顾不上别的，他们先跑了趟医院。那拖把可不干净，万一破伤风就糟了。好好的一天遇到小偷，鱼没买成，顾西凉还受了伤，苏沐暖深觉出门不利，好在顾西凉伤口不深，没伤到筋骨。

*

晚上，顾西凉洗完澡绷带有些淋湿，苏沐暖拆了绑在他胳膊上的保鲜膜和纱布，给他换新的。纱布拆开，又有些渗血，苏沐暖小心翼翼地喷药，重新包扎，嘴上不住埋怨他："我说我给你洗，你非要自己洗不可。"

顾西凉耳朵绯红，并不应声。他们从医院回来，身上沾着医院的消毒水味儿，顾西凉自然要换衣服洗澡。他伤了右手右臂，不好用力，也不能沾水，苏沐暖帮他缠好保鲜膜防水，还是觉得他行动不方便，提出要帮他洗澡，给顾西凉吓得连连拒绝。苏沐暖无语，评之以"我都不害羞，你害羞什么"，认命地去收拾浴缸。

她公寓有两个卫生间，一个公用，另一个在主卧，浴缸在主卧，那平常只有她一个人用，他们同居有一阵子了，顾西凉还从来没进过。属于苏沐暖的私密领地，完全只有女性气息。顾西凉迈进去都带着忐

---

① 原话出自微博@自野生青年陈。

忑，一进去就是甜甜的香气，见惯了实验用品的他也被她琳琅满目的化妆品、护肤品震撼。

苏沐暖从架子上给他拿洗漱用品，慷慨地分享她喜欢的沐浴精油，她举着四种给顾西凉闻："喜欢哪个味道？"

顾西凉终于知道她身上淡淡的甜味儿来自哪里。

苏沐暖帮他脱了上衣，一个人还算宽敞的浴室同时站着两个人，变得狭窄。热水流入浴缸里，浴室内升腾着带着精油甜味的水汽，空气变得潮湿。苏沐暖帮他解开最后一颗扣子，抬眸看他。顾西凉喉头滚了滚，感到有些干涩。

苏沐暖："裤子……"

顾西凉连忙道："我自己来。"

苏沐暖"扑哧"笑出声来。

两个人都紧张时，一个特别紧张，另外一个就不紧张了，害羞也是同样。苏沐暖笑吟吟地看着顾西凉，顾西凉脸颊绯红，张开手臂，方便她帮忙脱掉衬衣。而苏沐暖揪着他衬衣边缘，却迟迟没有帮忙。她一边将顾西凉衬衣往两边抹了抹，一边用旖旎的语气捉弄人："平时不见你锻炼，想不到我们顾先生揍人的时候爆发力这么好。"

雪白的衬衣沾了湿气，将她手的轮廓显得隐隐约约，顾西凉手臂缓缓垂下来，抗议苏沐暖对伤患的照顾并不专心，声音都比平时多了几分轻颤："沐暖……"

苏沐暖良心发现，在衬衫下捏了捏他的肌肉，帮他脱掉右边的袖子，松开衬衣，让顾西凉自己和左袖搏斗。想了想，她暧昧又遗憾地重新提议："真不用我帮你？"

顾西凉衬衣都没脱好，就将不敬业的"临时护工"推出浴室："不用，快出去！"

苏沐暖见他脖子耳朵都羞红了，被逗得大笑不止。

因为她的捉弄，顾西凉没好意思喊她帮忙穿衣服，结果把绷带弄乱了。苏沐暖只得又将纱布缠好，打了个漂亮的蝴蝶结："这几天你在家休息吧，天气这么热，山上山下跑，万一感染了怎么办？"

"嗯。"顾西凉点头。他伤在右手，伤口不深，但有些长，结痂前不能用力。父母快回来了，他得赶在他们回来前早点恢复。

苏沐暖收拾了药箱，将药箱塞到床下，躺到顾西凉怀里，将他的手臂抓到身前，手指点在他绷带上面轻点："还疼吗？"

"不疼。"

"下次小心点,要找个武器。"

顾西凉讪讪"嗯"一声。

苏沐暖忽然笑起来,扯扯他的脸颊:"是不是看到我有危险就什么都顾不上了?"

顾西凉闷闷地"嗯"着:"我不想再看见你受伤了。"

苏沐暖怔了怔,知道他想起了上次的车祸。苏沐暖在他怀里转过身,往上挪着,亲了亲顾西凉嘴角:"这次你保护我了。"

"嗯。"

苏沐暖无声笑着,摸着顾西凉的下颌,换了轻松的话题:"我们文质彬彬的顾先生,飞起那一脚特别帅!你真没练过武术、跆拳道、防身术什么的?"

顾西凉抓住挠他脖子痒的手,在苏沐暖手心上亲了一下:"茶园和实验室,不少工作也是体力劳动的,我身体素质还不错。"

"是吗?"

顾西凉不多不少恰到好处的肌肉刚刚好!他们正闹着,忽然听见敲门声。苏沐暖不得已作罢,翻身下床:"外卖来了。"

顾西凉将睡衣重新整理好,从卧室出来,苏沐暖已经将外卖拎上餐桌。

"猪脚猪肝,补形补血!"苏沐暖打开猪肝粥,兴致勃勃地拉顾西凉坐下,"来,我喂你,提前演练一下你七老八十了我喂你吃东西。咱们俩是平等的,你保护我,我也会保护你,你照顾我,我也会照顾你。我们要携手共度,白头到老,不能永远是你在给我做饭收拾家务,我也能的。"

因为顾西凉受伤,他们俩居家相处的模式全然颠倒,往常是顾西凉做饭收拾家务,苏沐暖在书房加班,现在换成顾西凉在书房看书,苏沐暖收拾东西。连微信的聊天消息都变了,从顾西凉问"明早想吃什么""晚上想吃什么",变成苏沐暖问他想吃什么。

由苏沐暖掌管家务的第三天,顾西凉的伤口已经不影响活动,开始回归家务。苏沐暖包揽了三天蒸饭煮粥的工作,经过三天的练习,她在顾西凉的指导下已经能用电饭煲、高压锅煮出水米比例完美的粥和饭。但新鲜劲儿一过,想到工作一天,回家还要做饭,苏沐暖就深感麻烦,尤其是这么热的情况下。哪怕对顾西凉爱的深沉,也不足以支撑她连续做饭。下班到家，苏沐暖将一套六瓶茶和新包装的一箱果汁放到玄关，呼口气揉揉用力过度的肩膀开始喊人："阿凉，快来接驾，太累了，我不想做饭，咱们晚上吃水果吧！"

"煮冰粥喝好吗？"顾西凉走过来，否认掉她的提议。

苏沐暖皱眉。

顾西凉马上道："我煮。"

苏沐暖转笑，狡辩道："不是我不煮，是你自己要煮的。"

顾西凉给她找好了台阶："冰粥我还没教你，我来。"

苏沐暖得了便宜卖乖，她张开手臂让顾西凉抱："我还是很爱你的，如果你非要我来的话，我也不是不可以学。就是我今天跑了一天，又热又累，现在全身都是烫的，不信你抱抱。"

顾西凉表情一时有些微妙。苏沐暖还没读出个所以然来，忽然听见一阵憋不住似的笑，来自顾西凉握着的手机……女性，声音还有些耳熟，苏沐暖表情风云变幻。

顾西凉果然道："我妈妈，他们周日回来。"

苏沐暖捂脸想死，她的形象！她颤声笑着，无声朝顾西凉怒吼："你在视频怎么不早说！"随即从顾西凉手里拿走手机，乖巧笑，"阿姨好，我是沐暖。"

惠诗绮笑逐颜开，眼睛发着亮："沐沐你好，我是阿凉妈妈，阿姨和叔叔一直想见你，他爸爸出差一直离不开，这次终于能见到啦。"

苏沐暖立即接上话题："我也一直想拜见您和叔叔。阿姨你们几点的飞机，我和阿凉去机场接你们。"

惠诗绮受宠若惊："不用不用，那多麻烦呀。"

苏沐暖："不麻烦，您行李多吗？我开辆 SUV 行吗？"

顾西凉叹为观止地看着苏沐暖和他妈妈就这么顺畅的聊下去了，后续竟然还神奇地聊起化妆品，约了一起去做发型。他默默将果汁和茶搬进客厅，拆箱放入冰箱，挽起袖子去做晚餐。等他煮好粥开始炒菜时，苏沐暖拎着他手机跑进厨房，高兴地和他分享她的聊天成果："你妈妈说要给我带一套故宫的文创书签和她自己做的立体书。"

顾西凉惊讶："立体书？"

"嗯！介绍文物的。"苏沐暖夸赞道，"你们母子真是心灵手巧。"

"我不知道她会做立体书。"顾西凉目光柔和，有些高兴，又有些怅然，随即，他笑道，"我就说她会很喜欢你，放心了吧？"

苏沐暖睁大眼睛瞪他，怒道："你还敢说！哪有你这样一声招呼不打就暴露我的？你摸摸，我手现在都是抖的！"她将手塞到顾西凉手里。

"这么紧张？"

"废话！"苏沐暖将他手机塞进他长裤口袋，又翻了自己的手机，"今天都周四了，礼物我挑了几个，周六还要再买一点，我选了几套衣服，一会儿你帮我看看，不合适我周六再约曦冰买新的。明天我要不要去美容一下？"

"不用，随意些就行了。"

"那怎么行，我可是要见你妈妈！你见我爸妈时不紧张吗？"

顾西凉将心比心，受苏沐暖影响，也开始紧张。这种紧张一直持续到睡前，苏沐暖拉着他帮忙挑衣服，试了一套又一套，从前半夜持续到后半夜。顾西凉从惊艳到疲劳，一晚上耗光他几个月积累的所有时尚和穿搭知识。

"这个配这个好看还是这个好看？"

"这个。"

"为什么？"

"显身材。"

"会不会不够端庄？"

"那套也不错。"

"嗯，这套隆重，会不会太隆重了显得我不够亲近？"

……

顾西凉双眼皮熬成三层，越来越睁不开眼。

"顾西凉，顾西凉，醒醒！哪套好看？"

顾西凉忍无可忍，吐露肺腑之言："不穿也好看。"

"嗯？"苏沐暖惊讶愣神，笑骂："坏蛋，把我家顾顾问还回来！"

顾西凉大步走去，夺走衣服塞回衣柜，将她横抱起来。

苏沐暖笑得要岔气："小心伤口！"

顾西凉将她放上床，用被子将她裹起来。苏沐暖笑脱了力，挣扎着将手臂抽出来拉顾西凉靠近："顾先生你暴露了，你是不是早就想——"

顾西凉低头将她的话堵回去，勒令道："睡觉！"

19 心里的 NO.1

　　到了周日，最终苏沐暖选了套昨天新买的情侣装。她穿了一套介于礼服与休闲服之间，平日穿也不太突兀的修身连衣裙，显身材但不过分性感，端庄也带着些活泼，将她气质展现得很好。顾西凉则是一套西装。花纹和细节相同，单独看不出，放到一起，一下就能看出是情侣套装。因为紧张，苏沐暖不想被人发现，她戴了墨镜，还给顾西凉也戴上。他们俩往接机口一站，苏沐暖气场释放，活脱脱像是来视察的。苏沐暖看看时间，第六次拿镜子检查口红。

　　顾西凉见她焦虑地坐立不安，建议道："要不我们去那边坐一会儿，边休息边等？"

　　"还有十分钟就到了。"苏沐暖喘口气拍拍胸口，崩溃道，"我高考都没这么紧张。"

　　顾西凉哭笑不得，安慰道："不是视频见过了吗？"

　　"不一样，隔得远有滤镜。"苏沐暖问他，"你去我家时也这么紧张吗？"

　　顾西凉露出心有余悸的表情："心脏都要跳出来了。"

那时，他还是苏沐暖领回家应付父母的假男朋友，生怕演砸，又生怕真心暴露，他自己都弄不懂那时苏沐暖对他到底是什么想法，焦虑难安，还怕被发现他的听力问题，焦头烂额，还要拼命伪装淡定，其实心都跳到嗓子眼儿，每咽一口饭喝一口水，都像上刑一样。他不堪回首道："那天，我还挺感谢苏跖的。"怼来怼去，他忙着招架，倒是缓解了紧张。

苏沐暖回想起来，也是忍俊不禁，她现在也好想要一个能帮她分散注意力的人。苏沐暖做着深呼吸，将手交给顾西凉，被顾西凉紧紧握住："还有几分钟，快了。"

"嗯。"

飞机降落的通知响起，乘客开始出现，苏沐暖摘下墨镜整理头发，忍不住问顾西凉："我妆花了吗？"

顾西凉："很好，没有。"

苏沐暖深呼吸，将他墨镜也摘下来一同扔进包里。

*

惠诗绮和顾和玉一从出口出来，就看到苏沐暖踮着脚给顾西凉整理头发，他们那总是风轻云淡，总和世界有几分疏离的儿子，此时正乖乖的，挂着无奈又宠爱的笑容，对面前的女孩听之任之。最惊异的是，和他爸一样，从不在穿着上操心，一买就十件一样衣服的顾西凉，竟然和人家小姑娘穿的是情侣装……惠诗绮顿时涌出"吾家有儿初长成"的欣慰和心酸来。

"阿凉，沐沐！"惠诗绮拉着行李箱，径直向他们小跑来。

苏沐暖闻声转头，惊喜又紧张地拽拽顾西凉，紧张道："阿姨好，叔叔好。"

苏沐暖终于看到了惠诗绮，她比视频中看起来更瘦更高，眉眼和顾西凉十分相似，年轻时多年的舞台经验，让她看上去既沉稳又大方，笑起来眉眼弯弯，像明星似的。顾和玉则看上去有些严肃，不苟言笑。顾西凉长得像爸爸，但他气质温润，有少年气，顾和玉比他还要沉稳不少。虽然看上去不好相处，但这时候顾和玉正在后面拖着他和惠诗绮的三个箱子艰难而行，高冷气质受生活所迫，被耽误不少。

顾西凉父母家也在芙蓉区，到苏沐暖家倒是比去茶园更近。小区有些年头了，全是6层高的楼房，墙面有些斑驳，四周绿化环境很好，小区内绿树成荫，天气太热，有一片绿荫视觉上已经让人感觉到了几分凉爽。他们家住在5层，没有电梯，顾西凉和顾和玉没让女士们动手，来回几次，将4个行李箱拎了上去。苏沐暖和惠诗绮则负责提剩下的背包。

打开家门，屋子里还有些闷久了的浊气，惠诗绮放下东西先去通风。这房子有些老了，又大半年没住人，他们出差走之前虽然收拾过，还是难免落灰积尘。顾西凉每个月抽一天过来开窗通风，检查水电，顺便也会打扫卫生。昨天他带苏沐暖过来大扫除，将家里打扫得纤尘不染，两人又往冰箱补充了不少食物。惠诗绮一开门就知道顾西凉来过，看苏沐暖进门就知道储物间在哪儿、卫生间在哪儿、冰箱在哪儿，就知道她也来过。

苏沐暖从冰箱拿了饮料递给他们，乖巧道："天气太热，这茶是阿凉茶园的茶，我们公司做的，还没正式上市，叔叔阿姨你们尝尝。"

顾和玉和惠诗绮十分诧异，惊奇地盯着顾西凉："阿凉种的茶？"

"是。他没和你们说过？"苏沐暖也有些诧异了。

瞬间，夫妻两人统一了立场，责备顾西凉瞒报军情。

惠诗绮招呼苏沐暖坐下，开始满厨房找茶具："我要仔细品尝，和玉我那套茶具呢？"

顾和玉放下东西去给她找茶具，一套白瓷、一套玻璃。

惠诗绮兴致勃勃地问苏沐暖："咱们用哪套？"

苏沐暖不想她竟然兴师动众用茶具，看看顾西凉，顾西凉似乎也有些诧异，怔了怔拿着一瓶绿茶拧开，也等着苏沐暖选茶具。苏沐暖指指那套白瓷，顾西凉将茶倒进白瓷杯里。透亮的茶汤在白瓷杯中如淡色琥珀，虽无茶叶但有茶香。

惠诗绮端起一杯递给顾和玉，顾和玉没客气，自信地品了三次，评价道："和阿凉泡的有七八分相似。"

惠诗绮看向他，柔声道："我觉得有九分，比我自己泡的茶还要好喝些。"

顾和玉接收到信号，神色不变，一本正经道："不常喝茶的人，可能品不出差别来。"

苏沐暖哪里不知道惠诗绮怕顾和玉的"七八分"说法会让她不高兴，笑道："我堂哥说舌头好的能品出五分不同，我这样舌头不行的，就觉得没什么分别了。"

顾和玉点点头。

惠诗绮："常年泡在茶罐子里，还要味觉灵敏才能尝出细微的区别。"

"茶的微妙就在这儿，要彻底爱上喝茶，一定要自己选茶、自己挑水、自己冲泡，静下心，等水开，等茶舒展。茶香入水，再细细品味，品味茶香茶韵，也品味饮茶的片刻闲暇时光。"她转头看向顾西凉，眉目含笑，眼神亮而缱绻，低声道，"这些都是阿凉教会我的。"

顾西凉和她对视，在彼此的目光中同时想起他们一起采茶、炒茶，顾西凉为她点茶，带她去山中茶室的时光。惠诗绮和顾和玉，不禁都露出笑容。不料，苏沐暖忽然话锋一转，活泼道："所以我从来不问顾西凉我们的饮料好不好喝。"

顾西凉回味还没结束，忽然无辜被点名，心里好生冤枉，辩解道："我最近也一直喝这个的。"

惠诗绮和顾和玉双双失笑。"那以后咱们家也就喝这个了。"惠诗绮想起什么，兴致勃勃地问苏沐暖，"沐沐，想不想看阿凉小时候的照片？"

苏沐暖听到惠诗绮的提议，眼睛都亮了。她马上把紧张抛之脑后，凑到惠诗绮一旁，声音脆脆地道："要！"

惠诗绮将顾西凉父子打发去做午饭，带着苏沐暖到书架翻相册。她们俩坐在书架前的懒人椅上，亲亲热热地分享相册。

惠诗绮："我看到你们在海底世界拍的照片，拍得真好。"

苏沐暖顺着往下夸："阿凉很上镜，拍出来特别帅。"

惠诗绮掩嘴笑得开怀："他就是太闷了，亏你不嫌弃他。"

"不会，他其实特别有趣，心细认真有童心，还会哄人。我爸妈说，和他在一起后，我都比以前有童心了。"苏沐暖翻开手机相册，给惠诗绮看顾西凉做的鱼缸，"他问我想要什么样的，我天马行空地瞎想，说我要个水晶宫，他竟然真帮我做了一个。阿姨，我以前可从来没见过这么心灵手巧的人。"

惠诗绮点头："嗯，他从小就爱做手工，小时候还做了个很漂亮的标本册。"

苏沐暖猛地想起他们吵架时，顾西凉拿到她家被她拒绝掉的那本册子。

惠诗绮见她发呆，翻开相册给她看："就是这个，他爸爸给他找的麂皮，他自己做的。"

苏沐暖看见照片上只有八九岁的顾西凉拿着工具绷着小脸认真地封标本，手边放着的，就是那本她见过的标本册。

"是不是很可爱？"惠诗绮怀念地翻着相册，又翻到了顾西凉更小的时候，可拍照的风格骤然一变，从刚刚的日常、随手抓拍，变得专业起来。无论是光影、构图、取景、角度、气氛，都看得出拍摄者的审美全然不一样。

苏沐暖惊讶这种变化："这是？"

"他小时候都是我拍的，大一点儿后住在山上，就基本都是他爷爷拍的了。"惠诗绮摸着相片，苦涩地笑了笑，"我拍的没有他爷爷拍得好。"

苏沐暖更加惊讶于她的评价："怎么会？"

惠诗绮笑道："你不要看技术性的东西，不懂摄影的人抓拍出来都好看，才是真的好看。阿凉小时候就很懂事，他明明听力有问题，还经常会哄我，我每天给他拍照，他后来就会自己找角度摆姿势了。"

苏沐暖煞有介事道："我说他怎么那么会找镜头，原来从小就练习了。"

惠诗绮被她的回答逗笑，也一本正经道："他运气真好，找到这么个蕙质兰心的好姑娘。"

苏沐暖："这可不是运气，是他眼光好。"

惠诗绮笑得不行，笑着给苏沐暖找她的珍藏照："这是他百天时候，我拿一个橘子逗他，一给就笑。"

苏沐暖看到胖嘟嘟的超幼版顾西凉，坐都坐不稳，还没牙，抱着个橘子啃得心满意足，笑得好像全世界数他最幸福。照片里顾和玉蹲着，顾西凉抓着顾和玉的裤子，又惊恐又害怕地咬着手，目视前方。

惠诗绮解释道："我抓了只虫子给他，吓成这样。"

顾和玉端来水果和零食，默不作声地站在前面看她们翻照片，忽然道："是蝉。"

惠诗绮猛然想起来："对，是只蝉！"

苏沐暖："他小时候怕蝉？"

顾西凉闻声走来，看见他们正欣赏他一两岁的照片，顿时大窘："妈妈！"

惠诗绮一翻页，又是一张有趣的照片。顾西凉穿着小毛线袜坐在毯子上，怀里抱着个小号，吹得腮帮子都鼓起来了。

顾和玉："他小时候喜欢鲜亮的东西。"

惠诗绮翻到下一页，又和苏沐暖分享起顾西凉小时候的趣事来。

苏沐暖在相册中竟然发现一张有她的照片。她和顾西凉蹲在茶园路边采野花，顾西凉手里一朵，她手里一大把。照片应该也是顾爷爷抓拍的，他们俩不知在说什么，都笑得很开怀。茶树是绿的，花是彩的，她穿着鹅黄色的小裙子，顾西凉穿着卡通小T恤，隔着这张印着时光的照片，似乎还能感到那年夏日灼热的光，听见蝉鸣，闻到花香，看见他们恣意的笑。他们小时候真的见过！证据存在记忆里、存在照片里。这才是他们真正的第一次相见。

苏沐暖向惠诗绮要了这张照片，准备复刻出来，放大，和在白鲸馆那张一起，装进相框，放到她的床头上。

午饭是顾和玉和顾西凉一起去厨房做的。回了家，顾西凉都成了打下手的，顾和玉掌管厨房，宠着大的，疼着小的，对顾西凉说话，会下意识地放慢语气。吃饭时，他会吃几口，就等着他们，给他们一个个夹菜、盛汤。苏沐暖自认苏恪仁对她的宠爱是一等一的，可顾和玉对儿子的宠爱看得她无比动容，拳拳父子情，她满心只剩一个感慨：父爱如山。

饭后，到了拆礼物送见面礼环节，除了她上次看见照片的剔红漆器首饰盒、玛瑙耳环、红玛瑙金丝吊坠，惠诗绮还送了她一套现代的首饰，手链、项链、戒指，全都是适合她年龄的款式。另外，还有她做的立体书和她在北京收集的各种小工艺品。顾和玉则是送她一个小玉佛挂坠，还给她发了红包，厚厚的一个。

苏沐暖送顾和玉的是一套篆刻刀，一盒各种品类的篆刻石料："听阿凉说您喜欢金石篆刻。"

顾和玉含笑收下："有心了。"

她送惠诗绮则是一套旗袍。是她抢了她妈妈的排号，又托人情找那位已经半隐退，一个月只做一套，只接熟人生意的老师傅给赶工做出来的。

惠诗绮打开旗袍，喜不自胜，连连夸苏沐暖的审美好："难怪阿凉和他爸爸一直偷偷打听我的尺码，我还当他们父子俩良心发现，终于想起来要给我买新衣服了。真漂亮，还是沐沐的眼光好，他们俩钻研工作可以，挑衣服真是不敢恭维。"

苏沐暖深感认同，和惠诗绮约着以后一起逛街。苏沐暖和顾西凉两人又在顾西凉父母家待了一个下午，吃完晚饭才回家。车离开小区，苏沐暖一直紧绷的神经终于松下。

*

晚上到家，苏沐暖央着顾西凉帮她按摩，调侃他："顾先生怀不怀念和父母住的日子？有爸妈的孩子是个宝，连家务都不用做了。你爸爸看着严肃，没想到相处起来比我爸脾气还好，没一点儿架子，又照顾你又照顾阿姨的。"

顾西凉笑她："不怕了？"

苏沐暖感慨："我哪知道你们家是这样的画风！顾西凉，你爷爷也是暖男吗？"

顾西凉揉着她后颈回忆："算吧，我爷爷比我爸爸更亲和，喜欢小孩，也招小孩子喜欢。"

苏沐暖不难想象。顾西凉家的相册里，也有顾爷爷的照片，他坐在茶桌前，悠然地喝着茶，慈眉善目，自适逍遥，像隐士一样。她想起他小时候吹小号的照片，疑惑道："你小时候学过乐器？"

顾西凉点头："我一岁不到，妈妈就给我买了很多乐器了。"

惠诗绮爱音乐，是希望顾西凉从小就受音乐启蒙的。只是那时候他们只以为他是说话晚一些，没想到他居然听力有问题。

"我爷爷会二胡和琵琶，还会书法、国画，我们家两代都没遗传到他什么艺术基因。我小时候我妈给我报了很多兴趣班，钢琴、小提琴、笛子、古筝、古琴，我唯一学会点儿的，就是吹笛子。"苏沐暖笑着说，她又抓住顾西凉手捏捏，遗憾道，"可惜你无福享受，只能听我给你唱歌了。"

顾西凉笑："嗯。"

苏沐暖想了想，将自己的疑惑问出来："阿凉，你小时候为什么住在山上？"起初她以为是顾西凉父母工作太忙，他的情况又特殊，他们没办法兼顾工作和陪伴，才不得已将顾西凉送到了山上。可今天从惠诗绮的表现看，似乎另有隐情。苏沐暖看得出来，顾西凉家又和睦又有爱，可好像哪里就是有层隔阂，这种隔阂似乎和他童年的经历有关。

顾西凉斟酌着，尽量轻松地告诉她情况。

"我爸爸因为工作性质原因，经常要出差，妈妈就经常陪同照顾他。"

苏沐暖狐疑地看他，不怎么相信地反问："你妈妈照顾你爸爸？"

顾西凉不禁也笑出声。

在家时，苏沐暖可是亲眼见到了，惠诗绮除了帮忙收拾了下茶具，家务和她没有一丁点儿关系。顾和玉照顾老婆，比他照顾苏沐暖还夸张。苏沐暖很快就说服了自己："音乐家的手不能受伤，阿姨注意保护也是应该的。不过，确定你听力有问题的时候你才多大？那时候阿姨不是正在事业巅峰期吗？她是为了照顾你才辞职的吗？这样你不是更不该被送到山上去吗？"

顾西凉给她按摩的动作停顿了，他暗暗叹气，就知道瞒不过苏沐暖。苏沐暖觉察到他变化，转头见他神色有异，连忙转过身面向他："是不是不好解释？没关系，我就是好奇，不能说就算了。"

"没什么不能说的。"顾西凉揉了揉苏沐暖头发，淡声道，"妈妈觉得是她造成的。"

"什么？"

"她觉得，是她太痴迷音乐，所以透支了我的听觉。"

"这怎么可能？"苏沐暖脱口而出，惊愕于惠诗绮竟然会有这种想法，"母亲怎么可能透支孩子的听力？"

"我妈妈听力敏锐，比同样学音乐的同学、同事更要敏锐。她上学的时候，就能不依赖专业调音器自己调钢琴音准，弹琴也能注意到很多微妙的细节。在察觉到我听力问题前，她一直都以敏锐的听觉自豪，并且她怀孕时候以为我是个女孩，做梦都梦到我和她同台演出。她那时候的梦想就是教我弹琴，即使我成不了音乐家，至少，她能和我一起参加幼儿园、小学的文艺演出。我外公外婆都精通音律，从小把音乐当成一个陶冶情操的兴趣。我妈妈深爱音乐，也深知里面的乐趣，所以希望我能比她更早就体会音乐的乐趣。她怀孕时甚至因为担心我会更像我爸爸只对文物修复感兴趣，还和我爸爸吵过架。可想而知，当她知道我听力障碍时，打击有多大。"

苏沐暖皱眉："父母不能把自己的梦想施加到孩子身上，即使你听力正常，也不见得会喜欢音乐。"

顾西凉："道理是这样，可如果孩子愿意继承父母的事业，父母会无比高兴吧。"

苏沐暖哑然，叹息道："这我没有发言权。"

毕竟她就在继承来自她爷爷、爸爸和叔叔的事业。她接手苏氏那天，苏恪仁、苏恪信带她和苏跖去给爷爷上香，叮嘱他们不要有太大压力，但那天苏恪仁说的一句话她至今记得，并且成了她后来努力的动力。苏恪仁说："不管我们事业是大是小、是好是坏，自己孩子的认可,才是我们做父母的这辈子最大的成就。"所以,她要努力,让苏氏成为下一任继承人骄傲的存在。若她和苏跖各自有其他志向,父母一定不会阻拦,但一定会有些怅然。将心比心,她能体谅惠诗绮当时的失落,也许,不只失落,还有自责。顾西凉的听力问题,像是宿命对惠诗绮所有幻想最大的反击,在一开始就否定了她全部的希望。

苏沐暖低落道:"阿姨一定很难过。"

"是啊。"这些,也是他长大后才知道的。和父母一起生活那段时间他年龄太小,很多他已经记不真切了,深深印在脑海里的,只剩下他被送到茶园前那一段印象。

"后来你就被送到山上了?"

"嗯,那时候,妈妈状态不太好。她看着我时极尽温柔,可背对我的时候,一直在哭。后来,爷爷就把我抱走了。"顾西凉声音带了一丝哽咽,他察觉,又忍回去了,"我小时候,以为他们不要我了,才把我扔到山上。"他从来没向任何人说过这段经历,没和父母提过,也没和发小陆之鹄提过。也许是今天气氛太好,时隔大半年见了父母,沐暖的焦虑化解,世界上他所爱的人也相互爱护、和和睦睦,他已经不再是清苦一人,人生至此,从来没有像今天一样,他觉得他自己不再是孤独的。

顾西凉对自己的失态有些不好意思,羞赧地笑了。"现在想想,她那时候是不知道该怎么照顾我吧。爷爷不在后,我也习惯茶园了,许多时候就一个人住在山上,再后来……"他低头看看苏沐暖,不禁露出微笑,"就遇到你了。"

"不难过了,小可怜。"苏沐暖心里酸酸涩涩的,软得一塌糊涂,张开双臂抱住顾西凉的腰,在他后背轻拍着,安慰他,"换个角度想,他们也许是觉得让你在山上住,对你的成长会更好。如果有更好的选择,阿姨一定舍不得和你分开。"

"如果我不是在山上长大,也许就不会喜欢茶、喜欢植物,也不会遇到你了。"顾西凉释然道,"其实也没那么可怜,我小时候还挺受宠的。虽然住在山上,但什么都没缺过。爷爷很宠我,我爸妈不出差时,周末会来山上看我。因为我听力的问题,家里对我很纵容,也从不设限,我想做什么就做什么,他们从来只有支持。我要学植物,要继承茶园,后来要建实验室,也都是我自己想要的。"他不禁又反思道,"倒是我,这几年忙茶园、忙实验室,连他们的详细工作情况也不清楚,更不知道妈妈什么时候学会做立体书了。"
苏沐暖:"你们各自有各自的爱好,也没什么不好。"
顾西凉沉默良久,没有回答。她懂了,顾西凉觉得不好,他想要了解家人,想要接近父母,可他们相隔了太多时间。他只说了惠诗绮被折磨的一面,却没说他自己的遗憾。
苏沐暖转头看向他们童年合照的照片,他只有七八岁,听力有障碍很多事情分辨不清,却心思敏锐,以为父母不要他了。苏沐暖站起来,捏了捏他脸颊,柔和地、深深地盯着他:"没什么不好的。人远离,是为了更好地靠近。这次,阿凉,我帮你。"
顾西凉久久地看着她,眼睛渐渐湿润了,笑着应了声"好"。

*

苏沐暖是十足的行动派,尤其是面对心疼在意的人时,行动力无比强。她悄悄打听到了关于惠诗绮的一切,越了解就越可惜。苏沐暖赶在周年庆和新品发布会前最后一次出差归来,问顾西凉:"如果我邀请阿姨在我们发布会上演奏,她会不会看在你的面子上同意?"
顾西凉愣了愣,没想到苏沐暖会想出这样的办法。
苏沐暖乐观道:"你看,这款茶倾注了我们俩的心血,也算是我们第一个爱情结晶,发布会相当于昭告天下。这么重要的事,又是我去邀请,如果阿姨答应,就是她不介意弹琴,要是阿姨不答应,那就证明她还是介意的。我们弄清阿姨怎么想,就好想下面该怎么办了!"
顾西凉摇摇头,肯定道:"她不会同意的。"
苏沐暖鼓起脸,靠到顾西凉肩膀上:"好吧。"其实她也觉得这方法不是那么靠谱,而且,发布会的节目早已经定好了,彩排也已经开始,即使惠诗绮愿意登台,准备的时间也太短了。
苏沐暖:"我再想想。"
顾西凉"嗯"一声,和苏沐暖一起窝在沙发看电影。他眼睛盯着屏幕,人却发着呆,他捏捏苏沐暖的手指,低头问她:"沐暖,你能教我唱歌吗?"
苏沐暖不知他葫芦里卖什么药,想也不想马上答应:"好呀,不过,我也有个请求,要你帮忙。"她要借茶园拍一天素材。

*

濯心实验室前一天收到通知说,苏氏明天会来茶园拍宣传素材,可能也会到实验室来,让大家不要紧张。他们以为只是拿个手机或者相机四处拍拍，不承想第二天一到实验室，大家就看到各种长枪短炮的设备。作为远离社会、集中社恐成员、来上班的实验员深深地受到冲击。有人僵硬着脖子，挨着墙边往里挪，看到了同样在墙边排排站，弱小安静又无辜的同事们。他压着嗓子问："怎么回事？"

同事们沉痛道："美人误国啊！"

只见他们工作群临时通知，因为拍摄的缘故，除了需要盯着仪器和数据的人，其他人员上班时间推迟2小时。

检测室内，顾西凉穿着崭新的实验室制服，垂头操作实验仪器，戴着口罩面对镜头讲解实验过程和数据。镜头中，斯文、沉稳、成熟、迷人，但若让站在镜头旁的苏沐暖和陆之鹄来评价，此刻的顾西凉无论表情还是动作，都有点僵硬，并且，他在克制着自己不要看他们，全身每个细胞都在哀求"好了吗？可以结束了吗？快放我走吧！"那怎么行！谁让顾西凉之前只交了实验数据和汇报，身为一个顾问，竟然没有任何影像资料，连个照片都没有？身为负责推广营销责任方，陆之鹄的方案都做好了，就差素材，他强烈谴责顾西凉，说他没有配合意识，给后期宣传推广造成极大困难，这是严重的工作失职，必须得补偿。苏沐暖全然不提他们的顾问合同里没有这一条，强行甩锅，和陆之鹄一唱一和。顾西凉腹背受敌，被他们俩押着来补录素材。陆之鹄不打算放过他，一次性要他补完策划本上一条条列着要拍摄的全部内容。

陆之鹄："我制订了三期的计划，多多益善，咱们继续。"

苏沐暖憋笑，无视顾西凉三番两次投来的求救目光。

小颜找来："苏总，蔚深到了。"

苏沐暖"嗯"一声，看看焦头烂额的顾西凉，果断逃走。

"好，这条过。"陆之鹄在本子上勾画要拍的素材内容，再次和顾西凉商量，"你那个口罩就不能摘掉？"

顾西凉坚决不肯，这是他肯出镜的底线！他木然地配合着陆之鹄，转头却发现苏沐暖不知何时不见了。待陆之鹄终于肯放过他，已经是一个多小时后。陆之鹄的助理叫人将摄影灯收走，给自闭的研究员们道谢送小礼物。顾西凉问她："看到苏总了吗？"

小助理回答道："苏总在外面看蔚深拍摄呢。"

顾西凉从实验室出来，沿小径往茶园内走，远远就看见了围观的人群，其中不少还是实验室正在休息的员工。人群中央，一男一女两名模特在茶丛前拍摄采风照。他走近，工作人员带着女模特去休息室更换服装，暂停休息时，苏沐暖没看到他，正和男模特在说什么。顾西凉远远听见苏沐暖夸对方品位好。顾西凉问早在这儿看热闹的实验员："那是谁？"

女实验员兴致勃勃地拍照，随口道："那个？蔚深！当红模特，现在超火，本人比视频上看还帅呀！"

一旁的另一名女实验员也兴奋道："身材太好了，不愧是模特！"

顾西凉见她们如此高兴，心想应该确实很火。他默默拿出手机在浏览器搜索"weishen"，输入法默认出一排"为什么""维生素"，他删掉，又加了个"模特 weishen"，这次，看到了铺天盖地的照片，走秀的、参加活动的、生活照、剧照……和远处的人准确对上。顾西凉一目十行地浏览介绍——二十一岁，去年出道，因颜值和身材火出圈，今年客串偶像剧男三号，人气暴涨，正在参加录制一个老牌人气综艺节目……总之，很火。他退出浏览器，默默地注视苏沐暖和对方谈笑风生。

介绍中"高冷""有型""充满距离感"的男模，此刻似乎忘了人设，正亲和有礼、言笑晏晏地和苏沐暖说什么，一旁的似乎是他经纪人，将手机给他，方便他和苏沐暖交换联系方式。顾西凉微微眯起眼睛，转身离开现场。没一会儿，女模特换好衣服回来，准备继续拍摄。苏沐暖结束了交谈，忽然听见人群一阵惊呼，还是路人偶遇明星那种惊呼。苏沐暖讶异，心道今天的主角不都在这儿了吗？谁来了？众人也闻声望去，只见刚刚还一身白大褂的顾西凉不知为何换了件黑色的薄风衣，双手插兜，神色清冷，宛如模特T台走秀般，踏着石径小道朝这边走来。绷起表情的顾西凉颇有种高不可攀的气场，附近的人员纷纷给他让出道路，直通拍摄中心。

蔚深和女模特的经纪人当即追问："苏总，您还找了其他模特吗？"

"……"苏沐暖控了控表情，才道，"我介绍下，这位才是今天真正的东道主，濯心茶园的老板，顾西凉，顾先生。"

顾西凉："替沐暖招待各位应该的，拍摄还顺利吗？"

两位经纪人眼尖地看见苏沐暖闻言有些嗔怪地瞪了顾西凉一眼，顾西凉则朝她温柔地笑了笑，瞬间冰雪消融云散雨霁，刚刚冷峻的气场变得春风化雨，他们好奇地猜着他们的关系，也解除了同行竞争的警报，瞬间发动起职业素养，眉开眼笑地盯着顾西凉："很顺利，顾先生有意到娱乐圈发展吗？"

苏沐暖差点没忍住当即笑场，她事不关己地听顾西凉委婉地拒绝别人，两名经纪人听说他还在做科研，无比震惊，本着不能挖科研墙脚的原则，遗憾地和顾西凉道别。

拍摄再次开始，苏沐暖没打扰他们工作，而是拉着顾西凉往人群外撤。待到了没人的地方，苏沐暖将顾西凉上上下下打量一遍，抱胸谴责："脱了吧，不热吗？不是说穿不了吗？你怎么又能穿了？"这风衣是她挑的，顾西凉试时她就觉得效果惊艳，顾西凉嫌贵推脱款式太时尚他穿不了，还是她坚持才买的。

顾西凉自觉理亏，边走边脱风衣，说话很有些委屈："不穿就比不过了。"

苏沐暖："比不过谁？"

顾西凉幽幽地看她，目光满是谴责。

苏沐暖眨眨眼，失声大笑："蔚深？你不会是吃醋了吧？"

顾西凉："我会。"

苏沐暖笑得直喘："为什么呀？"

顾西凉以事实服人："我也在配合你们拍摄，可你只看了一会儿就去看他了。而且，你还加他好友了。"

苏沐暖想不到他会说这种话，马上安慰他："我不是在工作嘛！放心，你才是我心里的 No.1，我对他们是不走心的欣赏，对你才是发自内心的爱慕。"

顾西凉明知她在夸张胡扯，还是不由得脸红。

见顾西凉自己先动摇了，苏沐暖马上话锋一转："顾顾问，没想到你是这样的顾顾问，来者是客，蔚深、姜可可是我亲自选的模特，涵养呢？"

顾西凉又抓住重点："你选的？"

苏沐暖坦然自傲："是呀，尤其是蔚深，他正在上升期，我很看好！"

顾西凉意味不明地"哦"一声。

苏沐暖笑着和顾西凉讲着她的生意经，无视他的原地飞醋，噼里啪啦说得高兴："他年轻好看，最近拍戏和综艺表现也都不错，以后发展前景广阔，在学生和白领女性中人气很高，而且，他审美还不错，我以为他出圈的穿搭是造型师选的，没想到竟然都是他自己选的。身材比例好，又会穿，早晚会爆红的。在他爆红前，就被我发现了，这会儿蔚深刚有名气正缺资源，苏氏又想要新鲜年轻面孔做代言，以一个低价签一个潜力股，简直不要太划算。蔚深帅，是因为和他合作能帮我挣钱我才看他，你不一样，你在我眼里才最帅，皮囊帅，内在更帅。"

顾西凉："……"

见顾西凉吃瘪不语，苏沐暖忍笑拉着顾西凉继续逛："好大的醋味。走吧，咱们去别处逛逛，省得一会儿这醋流成河。"

顾西凉突然生出种自作自受的悔恨感。

苏沐暖心情愉悦。为她吃醋这种事，多来一点儿也没关系，没准吃醋的顾西凉还能爆发出意外惊喜，刚刚穿那件风衣就挺好看的！她来过茶园多次，无须引路，信步闲逛，也能找到目的地。苏沐暖找着阴凉的小径，拉着顾西凉慢悠悠地回茶室。此刻附近没人了，苏沐暖负手转到他面前，边倒着走边调侃他："顾问先生，我问问你，我在你心里是个见色起意、以貌取人的人吗？"

顾西凉幽幽地看她。

苏沐暖："你这什么眼神？"

顾西凉："你可说过，如果我长得丑，你不会喜欢我。"

苏沐暖"噗"一下笑出声，长大后的初次见面，好感的确始于颜值，但没想到顾西凉竟然会翻这种旧账……

苏沐暖："我那都是为了工作。"

顾西凉摆出"你说什么就是什么""你都对"的态度，并不应和。

苏沐暖喜欢这种为她吃醋的感觉，明知道顾西凉已经不醋了，她还是忍不住想逗逗他，不肯轻饶，毕竟顾西凉这样幼稚的时候可不多见。

苏沐暖："要是以后公司要和比蔚深更好看的明星合作，你是不是又要吃醋？"

顾西凉："不吃。"

苏沐暖："那不行，你是不是不爱我？"

顾西凉："……"

苏沐暖："你要大度！"

顾西凉："……"

苏沐暖："你看，漂亮的明星三年一茬五年一换，他们的帅，新鲜却不持久，只有你，对我而言才是最特别那一个，所以，你要自信！"

作弄完了，总要哄哄，苏沐暖认为自己十分体贴。她眨着眼，清纯无辜地望着顾西凉，似乎如果顾西凉还不满意，她还能再滔滔不绝地编。

顾西凉服了她私下的古灵精怪，问她："小颜他们知道你私下这么活泼吗？"

明明都被哄开心了非要这么说不可，苏沐暖发现，顾西凉性格里其实有些傲娇嘛，尤其是害羞的时候。她一本正经道："这种秘密怎么能让员工知道，我就只跟你活泼，不许出卖我。"

顾西凉牵起她的手，笑答："好。"

他们郊游似的在茶园闲逛，苏沐暖将他领回茶室，在茶室寻找起零食。忙了半天，她真有些饿了，还是在茶室好，只有他们两个人，苏沐暖可以暂时放下形象，放松四肢，活动活动脚腕，给自己安排个咸鱼瘫。顾西凉泡茶时候，苏沐暖闲来无事，一排排看他的书架。

顾西凉问："想看什么？要我推荐吗？"

苏沐暖摇头，继续上上下下地找着。

顾西凉："在找什么？"

苏沐暖问："你上次给我看的那个标本册呢？"

顾西凉怔住了，不知苏沐暖为何会想起那个。曾经，他最珍贵的宝物，他亲手制作保护了十八年。在他认为必须要送出的一天，亲手送给了他一直在等待的人，随后却被绝情拒绝。顾西凉忘了那天从苏沐暖公寓离开，他是如何将标本册带回来，又塞进盒子，压到柜子最深处。那天心如刀绞的痛，已经在后来的幸福中淡忘了，只是，他不承想有一天苏沐暖会想起这本册子来。顾西凉单膝跪在地上，从文件柜最深处艰难地将档案盒拽出来。盒子已经被他封了胶，顾西凉找美工刀将盒子裁开。苏沐暖怔怔地看着。她从未想过，顾西凉会将这本于他来说如此珍贵的画册这样封印起来。瞬间，她心头涌起无尽的愧疚和酸涩——他封印的、裁开的，不是一本标本，而是十八年的期待和失落。

盒子打开，沾了雨水的麂皮和内页有些翘，顾西凉压了压，将册子递给苏沐暖，上次送出时的忐忑依旧还在。苏沐暖坐到他卧室桌边，不复以往，这次小心翼翼地打开已经脆弱的册子。她手写的《上邪》，带着童稚与天真，历经岁月，字迹如新。苏沐暖一页一页缓慢地向后翻着，花、叶，开始是工整稚嫩的字迹在标签上写着名字，后面渐渐多了手绘的图，铅笔的、彩铅的、针管笔、钢笔，到后来，变成水彩。

若标本是花，他补充叶片、花苞，精细程度如编纂科普童书，字迹也随时间日见风骨。

"山茶，双子叶植物纲山茶科，初春盛开，花瓣有六七瓣，有多色，红粉金白，山上只种了红色和粉色……"

"香樟，四月开花，花期至五月，秋季结果，能驱虫……"

"合欢，羽状复叶，小叶对生，白天对开，夜间合拢，花瓣、花萼呈黄绿色，花丝粉红，很漂亮。六七月开花时，若从树下经过，会闻到阵阵花香……"

"红枫……凋零性阔叶，天气开始冷的时候，正是赏红叶的季节。"

"鸡爪槭，入秋叶红，比红枫更红艳，乔木，树冠伞形……"

"绣球……"

"枇杷……"

初春的山茶、香樟的树叶、合欢的花叶、红枫和鸡爪槭红叶详细的对比，从春到夏再到秋、冬……稚嫩的笔触渐渐有了风骨。顾西凉后来补上了金色和白色的山茶，笔记带着发现新事物的惊喜，似乎如此就能与苏沐暖聊天：枇杷竟然是冬天开花，夏天结果！带着不能与她同食的遗憾和期待，顾西凉将那副枇杷图画得饱满多汁。苏沐暖失笑，心如那颗枇杷般，酸酸甜甜的。

十八年，从铅笔，到钢笔，再到毛笔，顾西凉沉默着不停改进。前期的也持续地在补充。她从来都没有任何兴趣爱好能持续八年，顾西凉一本册子，竟做了十八年。苏沐暖视线渐渐模糊了，她问："你当初为什么要做这个？"

顾西凉蹲下去，摸了摸她的眼角。

苏沐暖的视线重新清晰起来，她看见顾西凉如往常一样，没有一丝埋怨，没有任何委屈，仍旧温柔耐心地像平时和她闲聊一般，轻声慢语地回答她："你以前问我，那朵花叫什么，那棵草叫什么，茶为什么要炒着喝，我回答不上来。你说，明明是你家的植物你为什么不知道？于是我想，我一定要弄明白，等下次见面的时候，告诉你我们那天采的最多的是一年蓬，红紫色的是红蓼，叶片尖尖的是蒺藜，炒过的茶会降低青草味，还能保留茶叶的精华，阻断茶叶发酵。"

顾西凉望着她，恍然又看见了童年时，她带着他满茶园采野花，他们坐在茶丛间的草地上将花编成花环——

她问："这是什么花？"

顾西凉摇头。

苏沐暖换一朵："这个呢？"

顾西凉再摇头。

苏沐暖天真无邪地问他："这里明明是你家，你为什么都不认得？"

顾西凉被问呆了。是呀，他天天一个人坐在山上看蓝天白云和这满眼的绿色，除了知道这是茶树那也是茶树，其他什么都不知道。如果不是她来，他甚至不知道原来山上有这么多种花朵。若不是她来，他依旧将自己紧紧封闭着。道别时，苏沐暖带着他们一起编的花环走了。她朝他挥手："下次要告诉我哪种茶最好喝哦。"

顾西凉重重地点头："嗯！"他一直等她再来，后来认得了山上的每一棵树、每一朵花、每一棵草。再后来，他在山上开辟了一片花园，将能养活的花草果树全种到山上，期待哪一天她来时就能看到。他学着查看植物图鉴，将每种植物画下来、做成标本。这样，如果她春季来，不会错过夏秋冬，如果夏季来，不会错过冬春秋，如果秋季来，不会错过春夏冬，最好不要冬季来，冬季的山上太湿冷。可她一直不来。

"山上还有那么多花草，茶园外，还有很多树，所以，我想把它们记录下来，无论你问我哪个，我都能告诉你，它们春天开什么样的花，夏天长什么样的叶，秋天结什么味道的果。"顾西凉笑道，"我一直希望有一天能把它送给你。"他覆上苏沐暖的手，一起摩挲他亲手采摘、绘制、保存、封印又打开的图册，"我终于把它送给你了。"

那天，在她公寓外破碎的梦，那些五彩缤纷花朵飘飞的梦，终于再次乘风飞舞了。

看完标本册，苏沐暖擦擦眼泪，郑重地将它合起来，用厚纸包好。她捧着图册，认真地盯着顾西凉："顾西凉，现在第一册完成了，以后，你要给我做第二册。"

"第二册？"

"嗯，身为一个植物学家的女朋友、未来的太太，我连路边的植物叫什么都不知道，好像有点不及格。所以，教我认植物，是你的义务，不只是茶园的、山上的，以后在别处见了什么，即使做不了标本，你也要记下来、画出来，一一教我。从长沙开始，然后，还有我们走过的每一个地方。第一册、第二册，还有好多好多册。"苏沐暖充满憧憬，"等将来我们老了，我就赞助你把它们出版成册，送给每个好奇植物的小朋友。"她越加动情起来,"所以,你要写得更有趣、更严谨。我呢,就去和阿姨学做立体书,等到时候,我们自己把它们做成立体书,做成我们一辈子的游记。这是我收到的最浪漫的礼物,我一辈子只要这一样礼物就足够了。"

顾西凉久久未答,眼眶微红,将苏沐暖抱入怀里:"好。"他以为永远无法实现的梦,因为她,在不知不觉中,原来早已飞到那么高、那么远了的地方了。童年的黯淡,在遇见她后,世界终于有了颜色。

20 官宣

苏沐暖对她的童年没什么印象了,提议让顾西凉带她到他们小时候玩的地方转转看。到了之后,她抬头看遮阴的树冠,夏季无花无果,于是望着叶片,不确定道:"这是枫香?"

"嗯。"

苏沐暖不由得感慨:"好久没来,树都这么旺盛了。"

顾西凉:"夏天乔木枝繁叶茂,亭亭如盖,等到秋天,树叶红了,层林尽染,又是另一番景色。"

"嗯。"岳麓山秋景之美,也是绝色,她想了想,提议道,"明年我们在花园种几棵果树吧,春天采茶,秋天摘果。"

"好。"

"种一棵枇杷,一棵杨梅,还可以种点草莓。"

顾西凉提醒她:"好,不过这些,都不是秋天摘的。"

"……"苏沐暖无语,"你讨不讨厌,那秋天吃什么?"

顾西凉:"秋天,我们去山脚下捡栗子、摘柿子、捡酸枣,十一月还能去师大后面南门附近摘捡拐枣，春天的时候，茶园附近还有很多野生的树莓，山坡上不少地方都能采桑葚。"

"这么多！"苏沐暖愉快地满足了，"我都不知道，岳麓山竟然有这么多宝贝！"

"嗯，有很多。"他从小就知道，也直到现在才觉得岳麓山远比他知道的更富饶。他们小时候玩的空地，现在已经种满茶树。树龄尚小的茶苗，几乎全是顾西凉培育的新茶。

苏沐暖在茶树丛中慢慢地走着，依稀竟辨认出些风景。她指着远处问："那原本是不是种着竹子？"

"对。"顾西凉惊讶，"是有几棵。"爷爷从山下移栽的，后来因为挡路碍事，又移走了，苏沐暖竟然记得！

苏沐暖受到鼓励，越加兴致勃勃，满目山色似乎都随之染上喜气："我记得，我们好像在那儿编过花环。"

"是那边。"顾西凉准确地指着比她比画稍偏左的位置，并且十分笃定地圈出一小块地方。

苏沐暖狐疑："你怎么确定是那儿？"

顾西凉笑而不语。这是个小小的缓坡，看上去和前后左右一模一样，即使顾西凉记忆里再好，也不可能认得。除非，他做了特殊的标记。苏沐暖按照顾西凉指的位置走过去，没看到任何能标记的石头、石碑或是线条，放眼望去，全是一模一样的茶树。难不成他还能记得每一棵茶树的不同吗？苏沐暖不信邪地细看，她看着看着，忽然发现几株茶苗和其他的不同来——它们似乎比别的更壮、更高，好像比别的栽种要早！

苏沐暖问："这些茶树？"

顾西凉："嗯。"

苏沐暖忽然想起，童年时他们蹲在茶丛边，她疑惑地问顾西凉："这两棵茶树，哪个长的茶好喝？"

顾西凉回答不出。

苏沐暖又问："那这两棵呢？"

顾西凉想得认真，还是想不出来。

苏沐暖泄气："那你知道你家哪棵树上的茶最好喝吗？"

顾西凉当时尚不能如常与人交流，他一时被问呆了。

苏沐暖："好吧，那下次见面，你要告诉我哪个最好喝，然后就多种哪一个。"

记忆如潮水而来，又如潮水散去，苏沐暖大胆地猜想："这是你移植来的？"

顾西凉点头。他答应了要给她最好的茶，于是，去问爷爷，爷爷答不上来，他就一株一株地观察、记录、学习……因此，也才慢慢知道，原来茶的历史那么长、知识那么深奥，一株好茶那么难得。他每年都把自己选的最好的茶移过来，后来则栽种新苗。一株一株，他引进的、改良的、培育的，种满了茶园。世上没最好的茶，为了培育更好的，他学了植物学，建了实验室……

顾西凉拉苏沐暖站起来，感慨道："如果不是遇见你，我也许还是会喜欢茶，会继承茶园，但一定不会像现在这样投入，把它当成毕生的事业。"

苏沐暖笑起来，认下这份儿功劳："这么说来，我还算顾先生的启蒙老师了。"

顾西凉含笑应下，煞有介事道："学问难在问，苏小姐当年之问于我影响深远。"

苏沐暖望着满园翠绿，沉吟片刻："如果不是我，你也许就不会培育新茶，那我就不会喝到你的茶。喝不到，就不会跑来山上找茶，就不会再遇见你。这么算来，我们算是因茶结缘。"

顾西凉一怔，随即明朗地笑起来："对，我们因茶结缘。"

*

苏氏新品发布会，同样也是二十五周年庆典，前一晚，苏沐暖将她亲手写的邀请函交到顾西凉手中。给别人的早已发出去，只剩下顾西凉的。

"给你的，顾问先生。"她一左一右，双手各放一张。

顾西凉不知她又有什么名堂。

苏沐暖示意他："自己看看。"

顾西凉从左到右查看。一张写得郑重其事，邀请"顾问"，上面写：尊敬的顾西凉先生……一张里面贴了花瓣，邀请"家属"，上面写：亲爱的顾西凉先生……

苏沐暖好奇道："想要哪张？"

顾西凉莞尔，左看看右看看，苏沐暖的视线跟着他的视线动，催促他："这还要犹豫？快选！"

顾西凉将两份一并带走，在苏沐暖开口前，也理由满满："一份儿是我的甲方苏总给的，一份儿是我女朋友沐暖给的，哪一个我也不能拒绝。"

苏沐暖直呼："顾西凉，你变坏了。"

到了发布会当天，苏沐暖十分隆重地穿了一身曳地长摆的礼服，来宾还注意到，她胸口别了一枚十分独特的青茶叶片造型的绿宝石胸针。

常年神龙见首不见尾的苏恪仁和李婉作为股东到来，引起一阵小小轰动。对苏氏了解不够深的媒体和来宾，甚至不认识他们，直到苏恪信夫妻过去一起陪同寒暄，他们才知晓这是现任掌门人苏沐暖的父母。

"那就是苏总的父母呀？看上去很年轻的，怎么这么早就退休了？"

"听说是身体原因，已经很久没见他们露面了。"

"是呀，不过，毕竟是周年庆典嘛。"

"可是二十周年庆的时候，大苏总好像就没露面，当时是他弟弟现在的苏董管着公司。"

"那大苏总是来给女儿助威的？"

"我看重点是在新品上，苏氏多少年没出新品了，八成这才是重头戏。"

众人纷纷猜测着，却见话题的主角忽然向门口迎去，他们热情相迎的，是两男一女，年长的两人看上去像是夫妻，和他们并肩入门的是穿着一身黑色西服的年轻人，出众的气质和外貌，几欲让人误认是明星。

"那又是谁？"

"好像不是苏氏的。"

"那个年轻人……"一人犹豫着道，"我好像见过他和苏总直播。不是个厨师吗？"

被苏恪仁夫妻和苏恪信夫妻热情接待的自然是顾西凉、顾和玉、惠诗绮一家三口。惠诗绮已久不在公开场合露面，这次受苏沐暖邀请来参加苏氏的周年庆典，她又拿出当年初登舞台时的劲头，好一番准备。虽然顾和玉在这方面还是提供不了有价值的建议，但儿子总算开了窍，穿得尤其出彩，线条简单、剪裁得体的西装将他颀长挺拔的身体轮廓恰到好处地展现出来，黑白分明的配色弱化了他温润的气质，衬得他比平日更冷峻沉稳，若非相熟，一定要被他突然换了风格的清冷贵气吓到，不敢接近。因为他们两人准备得正式，连顾和玉都受影响了，不由得重视起来。惠诗绮特意陪他去买了一身新的西服套装，天知道，他去参加国际学术研讨会都没这么隆重过。体谅苏沐暖忙，两家父母还没正式见过，第一次竟然是在公司的庆典会上，苏恪仁、李婉觉得女儿胡闹，顾家父母都不曾涉足商界，让人家来她的发布会，见的全是陌生人，多不自在？

苏沐暖将接待工作推给他们，无赖道："当然是你们替我接待啦，邀请函我都发了。"

李婉无奈，事已至此，自然要替女儿好好招待。

双方会面，中间夹着顾西凉，好一阵手忙脚乱。好在小颜就在附近，将他们引到一个僻静处，供他们慢慢寒暄。除了儿女，自然就是今天的茶。宴会厅每张桌上都摆放着宣传册和整套茶。

李婉道："多亏阿凉，沐暖才能把茶做出来。"

惠诗绮客气道："这功劳可不在阿凉，若不是沐暖有想法，敢想敢做，再好的茶也做不成饮料。"

苏恪仁则和顾和玉聊起收藏品来。

片刻后，唐曦冰抵达宴会厅，好巧不巧，紧跟其后的，是明明合作结束依旧追着她死缠烂打且越加得寸进尺的陆之鹄。

唐曦冰将邀请函递给接待人员，回首责问："你跟踪我？"

"冤。"陆之鹄将同样的邀请函交给接待人员，"我也是受邀而来。在这儿遇见，除了目的地相同的必然，还因为我们有缘分……"见唐曦冰表情冷漠，陆之鹄又加了句，"和共同的朋友。"

唐曦冰收回邀请函，领了苏氏赠送的小礼物，不理陆之鹄，径自入内。

陆之鹄习惯地笑笑，保持半步的距离跟在她后面慢慢追上。

小颜看到唐曦冰，热情地迎过来："唐小姐。"

唐曦冰见到她态度自然是不同的，柔声问："沐暖呢？"

小颜不着痕迹地看看她身后的陆之鹄，回答道："苏总在后台准备，苏总父母来了，就在那边。"

唐曦冰顺着小颜的指引望去，看见苏恪仁夫妻："我去和叔叔阿姨打声招呼。"她朝大厅边缘的休息区走，不料陆之鹄还跟着她，并且几乎已经和她并肩。

唐曦冰："现在这样算跟踪吗？"

陆之鹄:"当然不算,我也要去和阿凉父母打声招呼。"

唐曦冰这才注意到,坐在苏恪仁他们对面背对她的是顾西凉。

陆之鹄绅士道:"一起?"

谁想和他一起走!但李婉已经看到她,远远向她挥手,唐曦冰只好和他同路同行。

唐曦冰:"叔叔阿姨。"

李婉和蔼地叫她在一旁座位坐下:"曦冰来了,坐,好久没见你了,有空来家里玩。"

唐曦冰:"好。"

"唐小姐。"顾西凉又向父母介绍:"爸妈,这是沐暖的好朋友。"

唐曦冰问候道:"叔叔阿姨好。"

惠诗绮、顾和玉回应:"唐小姐好。"

这时,待唐曦冰打完招呼,陆之鹄已经给她拉好椅子,这才不紧不慢开口问候一圈:"顾叔叔、惠阿姨、苏总、李阿姨。"他不认识苏恪仁和李婉,但和苏氏合作,股东主要人员他都是知道的。

顾和玉应下了,疑惑道:"之鹄是来找阿凉的?"

陆之鹄笑道:"不是,我们工作室和苏总在合作,这次茶饮料项目我和唐小姐也有参与,今天的新媒体宣传,也是我在负责。"

顾和玉点头:"这样。"

惠诗绮解释道:"之鹄是阿凉的发小,真是巧了,这茶饮料竟把你们都联系到一起了。"

陆之鹄:"是呀,多亏阿凉帮忙介绍,我才能和苏氏合作,结识唐小姐。"他目光往唐曦冰身上递了递,唐曦冰瞟他一眼,陆之鹄迎着她的目光好脾气地笑。唐曦冰只当没看见。

四个家长敏锐地察觉到他们气氛不对,这哪是普通的认识!陆之鹄从没坐下就开始言语暗示,小动作频频了。顾和玉和惠诗绮对唐曦冰不熟悉,但苏恪仁和李婉对唐曦冰是熟悉的。唐曦冰也是他们看着长大的,能这么忍一个男孩子,他们也是稀奇。他们看得分明,却不好打趣孩子。李婉岔开话题,又闲聊些轻松的话题。他们刚聊起苏沐暖,宴会厅内就暗了灯,舞台的灯光则亮起来。

苏沐暖拖着长裙,在追光灯下,走到舞台正中。热闹的宴会厅安静下来,顾西凉不自觉地从座椅上站起来,目光追着她望向舞台。

"尊敬的各位来宾,感谢大家在百忙中来参加苏氏新品发布会暨二十五周年庆典……"她落落大方地开始发言，翠绿的耳环和胸前的茶叶胸针，在灯光的照耀下闪闪发光。

顾西凉目不转睛。惠诗绮录着视频，慢慢转移镜头，将痴痴凝望的顾西凉也拍入画中。

"再次感谢苏氏的全体同仁，为茶饮品付出的每个人，支持我的家人。"苏沐暖稍稍停顿，在别人以为她已经说完时，她忽然将目光投到宴会厅一角，得体的笑容中多了几分活泼，前排的媒体敏锐地注意到了她神色变化，顺着她目光所向望去，只听苏沐暖比刚刚随性俏皮的语气道，"另外，我要在这里特别感谢我的男朋友，我的顾问先生，如果没有他，就不会有茶饮料。"她将面前的一瓶绿茶握在手中，"于我而言，这不仅仅是苏氏的一款新品，更是我们爱情的见证。"

全场哗然。

这下，全会场的目光都投到了苏沐暖的"男朋友"身上，要对他一睹究竟，到底是谁得了集美貌才华和财富于一身的苏总青睐。

两家的父母也总算弄明白了，苏沐暖为什么一定要他们都来！而对苏氏多有了解的，则不禁将目光投向舞台旁的沈凌城身上。虽然他情绪调整得很快，还是被人注意到了他瞬间晦暗的表情。

苏沐暖将舞台交还主持人，留给下一位要发言的嘉宾。她提着裙摆径直向顾西凉走来，刚刚还犹疑不定的来宾这下全都肯定，一时间，媒体的镜头声连成片。顾西凉窘迫地拉她坐下，苏沐暖体贴地将他挡在里面。

苏沐暖问："惊喜吗？"

顾西凉苦笑，惊是够惊，喜嘛……何止是喜。这出乎意料，无法形容的惊喜让他久久缓不过来，但他又不禁忧虑："你不必在这里——"

苏沐暖打断他："当然要在这里，不在这里说，那还有什么意义。"她抓住顾西凉的手，眼睛倒映着宴会厅的灯光，璀璨如星。

两家父母对望，纷纷露出无奈又欣慰的笑容。

惠诗绮低声问："会不会惹麻烦？"这样的感谢语，似乎有些公私不分的嫌疑。

苏恪仁宽慰道："不要紧，有公关。"

陆之鹄羡慕地看着他修成正果的发小，悄然往唐曦冰旁凑了凑，殷勤地问："有情人终成眷属，唐小姐什么时候才肯为我正名？"

唐曦冰冷声问："正什么名？"

陆之鹄:"你的男朋友?未婚夫?"

唐曦冰头顶青筋暴跳,她压着声音冷笑:"我建议你不妨去问问别人。"

陆之鹄含笑看她,似是不明白她的意思。

唐曦冰见他揣着明白装糊涂,提醒道:"上次的周小姐,还有什么林小姐、凌小姐……她们都等着你正名。"

唐曦冰欲走,和几位家长道别:"叔叔阿姨、沐暖,我看到个朋友,过去打声招呼。"

李婉:"好,去吧。"

陆之鹄也起身道别:"我也……"

苏恪仁满是看热闹的语气撺掇:"行,你也去吧!"

陆之鹄静默片刻,迎着长辈们的戏谑目光,抬步追上唐曦冰。

顾西凉好奇地问苏沐暖:"他们?"

苏沐暖:"曦冰跟我抱怨过好多次了,你这发小超级能死缠烂打。不过……"

顾西凉:"不过?"

苏沐暖:"她好像逐渐习惯了。"

陆之鹄大步追上唐曦冰,放缓了脚步:"我坦白一下。"

唐曦冰:"我没兴趣。"

陆之鹄:"从小到大,玩笑或认真,我一共谈过二十多个女朋友,但只有一个人是我认真想要结婚的,就是你。"

唐曦冰猛然停下,脸色变了几变:"你再胡扯——"

陆之鹄:"说来,你可能不信,我对感情一向是有原则的,谈恋爱绝不脚踏两条船,何况是打算结婚。君子不言,言必有中,一言既定,千金不移,我说过的话,都算数。"

苏沐暖又陪顾西凉和双方父母闲聊了一会儿,待媒体的注意力已经重新回到产品和庆典,苏沐暖才起身:"阿姨、叔叔,恕我招待不周,我要去那边忙一些工作,一会儿还有很多节目,是我好不容易请来的嘉宾,你们一定不要错过。"

惠诗绮哪有不答应:"好,你去忙,我们等你忙完一起回去。"

苏沐暖朝顾西凉眨眨眼,和他们道别,去招待来宾。李婉和苏恪仁不知她又悄悄在谋划什么,但顾西凉似乎是知道的,他们不由得也期待起来。苏沐暖端着酒杯,带着小颜,各处应酬,片刻后,和沈凌城聚到近处。

沈凌城从原本的酒桌抽身，走到她旁边，将空杯交给小颜："少喝点。"

"放心，我喝的是果酒。"苏沐暖悄声道，她又嘱咐起沈凌城，"我爸妈、二叔在，他们不敢灌我酒，你自己小心点。"

沈凌城眼睛升起笑意，接着他捏紧了新的酒杯，眼中的笑意渐渐淡了："你确定是他了？"

苏沐暖默默望着他，认真道："我希望你也会祝福我。"

沈凌城忽然笑了，他眼睛微微颤动着，长时间沉默地望着她，好一会儿，才哑着嗓子道："好。"

他们一同注视着宴会厅，二十五周年庆典的字样在舞台幕布上投射，这里如一场电影，浓缩着他们的心血，是他们共同担负的苏氏的江山。未来，还有三十年、四十年……光荣梦想与韶华时光，在他的幻想中，会悉数压在他们共同的肩膀上，然后，永远地并肩而行，直到死亡将他们分开。但幻想，终成幻想。

沈凌城举杯："只要你开心，我祝你幸福。"

苏沐暖与他碰杯："祝我们事业大吉。"

沈凌城将杯中酒一口饮尽。他放下酒杯，背对苏沐暖，走入人潮，渐渐走远。

到节目表演环节，苏沐暖见完所有要见的嘉宾和合作商后，赶回顾西凉身边，低声问他："准备好了吗？"

顾西凉低声道："嗯。"

李婉闻到她身上的酒味，责备她："怎么喝这么多酒？"

苏沐暖："都是果酒，没喝多少。"

顾西凉倒茶给她，苏沐暖默默往他身边凑凑，和他一起看节目。

开场的是苏氏茶饮品正式签约的合作艺人蔚深，一出场，当即在媒体和年轻来宾中掀起一阵高潮，随后，是当红的偶像组合的热歌劲舞；随后同样是人气歌手明星。

李婉越看表情越不对，频频给苏沐暖使眼色："是不是傻了？邀请顾西凉和他父母来听歌？"

苏沐暖眨眨眼示意，让李婉放心。接着，苏沐暖按按嗓子，找找音调，跟着舞台上的音乐低声哼唱起来。

台上，正是苏沐暖小时候听得最多的流行音乐，她音色不如专业歌手，好在乐感尚佳，唱歌不走调，假音低低地唱着，如呓语、如诉说。

"如果没有遇见你，我将会是在哪里，日子过得怎么样，人生是否要珍惜……"

李婉惊讶地看她,随即露出会心一笑。

顾和玉笑道:"这歌,我也会唱。"

苏恪仁笑道:"我年轻时候还跟她妈妈唱过呢。"

苏沐暖没有要停下的意思,听了一会儿,苏恪仁竟然也跟着哼唱起来,顾和玉无声地默默听着,没一会儿也轻声哼唱。他一出声,反倒是把苏沐暖吓了一跳。她可没听任何人说过,顾西凉爸爸唱歌这么好听!顾和玉在桌下抓住惠诗绮的手。惠诗绮眸中星光闪动。她已经十几年没有听歌了,更没有听到顾和玉的歌声。

"如果有那么一天,你说即将要离去,我会迷失我自己,走入无边人海里,不要什么诺言,只要天天在一起,我不能只依靠,片片回忆活下去。任时光匆匆流去,我只在乎你……"

顾西凉凝视着苏沐暖,牵住她的手。声音是温柔的,他此刻听懂了。

经典金曲唱完,意犹未尽,接下来主持人上场,苏沐暖忽然拉着顾西凉站起来。李婉等人莫名其妙地看他们俩。台上主持人寒暄完开口:"下面,临时加一首曲目,由苏总和顾先生为大家带来 You Raise Me Up。①

来宾们"唰"地把目光投到这边,没一个人因主持人的报幕不清弄不明白是哪个苏总、哪个顾先生,刚刚熄灭不久的八卦之火再次"噌"地烧起来,火势更大!

苏沐暖落落大方地拉着顾西凉的手登台。她一点儿都不尴尬,就是不知道薄脸皮的顾西凉尴不尴尬、紧不紧张。若她开口问,顾西凉一定告诉她,如果没有她先前那通发言,他原本是可以不尴尬、不紧张的。可来都来了,有她陪着,刀山火海尚且不怕,何况是舞台。顾西凉从苏沐暖手中接过话筒,笔直地站到舞台中央,酝酿片刻,张口清唱:"When I am down and oh my soul so weary..."

他一开口,刚刚还在说话、聊天的现场骤然静了。

"When troubles come and my heart burdened be..."

满心好奇看热闹的来宾们惊诧于这位刚刚官宣的男朋友唱得竟然如此之好。

"Then I am still and wait here in the silence, until you

---

① "by Secret Garden"。

come and sit a while with me..."他继续独自清唱。

台下惠诗绮的眼泪夺眶而出,她不知道顾西凉花了多少时间、多少精力来学这首歌。

苏沐暖接着他往下唱:"You raise me up so I can stand on mountains, you raise me up to walk on stormy seas, I am strong when I am on your shoulders, you raise me up to more than I can be..."

顾西凉本就是和苏沐暖学的,到合唱,他们的声音全然融为一体。

沈凌城定定盯着舞台,悄无声息地离开。来宾们热闹看得飞起,纷纷拍照录像,几乎所有人都以为他们是唱给彼此听的,官宣还不够,还要喂所有来宾吃爱情狗粮!

只有惠诗绮和顾于玉知道,顾西凉是唱给她听的。在他屡次交谈,她多次与他说不再需要音乐后,他用歌声告诉她,她的人生、儿子和音乐可兼得。顾西凉听力障碍,唱歌却随了父亲,天生的好音色。他高音不太高,到高潮降低了调,但低音时温柔如絮语,声音中有浓浓的深情,闻之皆可知。惠诗绮掩口无声而泣,眼睛却眨也不眨地盯着台上的顾西凉,怕会错过他哪怕一瞬的气息……

节目后,苏沐暖拉着顾西凉谢幕后溜向后台。她看见惠诗绮哭了,顾西凉眼眶也有些湿润,若现在跑过去,她一定会被李婉揪去角落狠狠质问。顾西凉的歌是她教的,他原本打算在惠诗绮生日时唱,可顾西凉一开口,她就改主意了,要把顾西凉忽悠上台。反正他们是清唱,不用音乐、不用彩排。虽然顾西凉是唱给妈妈听的,但他第一次唱歌,她悄悄地当作也是为而她唱,只要她不说,想必顾西凉和惠阿姨也不会介意的。从后台跑出来,苏沐暖觉得她有些醉了。夜色朦胧,圆月明亮,月朗星稀,只有几颗星清晰可辨。夜风吹散些许暑气,冷色的灯光下树影婆娑。苏沐暖和顾西凉牵手在碎石小路上慢悠悠地走着,曳地的长裙在小径上轻轻扫过。

苏沐暖宽慰顾西凉:"我觉得,阿姨还是喜欢音乐的,要给她时间。"

顾西凉:"嗯。"

顾西凉:"沐暖,谢谢你。"

"谢什么?"苏沐暖将他的手摇高一些,"我还生怕一不小心搞砸,惹阿姨不高兴。"

"不会。"顾西凉用力牵着她的手,将她柔软的手攥紧,"你比我更有勇气。"

苏沐暖仰头望他。

顾和玉和惠诗绮是深爱顾西凉的,他们对顾西凉做一切都是鼓励支持的。但童年的分别、长久的分离,他们又各自在自己的世界和事业里忙,虽然给了理解和自由,不可避免的,也还是造成了沟壑。他们彼此都还在自责。所以,即使关心,日日相见,还是会不自在、会尴尬。可苏沐暖深知抬头不见低头见地、坦诚相见地沟通,才是填补这种沟壑的最佳办法。不过嘛,她就知道顾西凉会想到办法,即使不用她帮忙,他也会向惠诗绮展露他的真心和想法。不过,以顾西凉的风格,会更含蓄就是了。

苏沐暖双目含笑,盯着顾西凉被路灯照亮的脸,夸赞道:"今天月亮好大。"

顾西凉闻言转头,看到天边的圆月徐徐东升到了桂花树后。他转回头,也笑起来:"是呀,今晚月色真美。"

月圆心亦满,夜色照美人,满庭芳草月婵娟。

*

周末,按照习惯,又该到顾西凉父母家蹭饭。到了楼下,苏沐暖忽然有些胆怯。她将买的水果交给顾西凉:"要不,你自己上去?"

发布会那天,他们磨磨蹭蹭回宴会厅,两家父母已经结伴离开,到现在已经又一周了,苏沐暖不知道惠诗绮看到她会不会尴尬。顾西凉好笑,出主意的是她,做都做完了,现在竟然后怕?

顾西凉:"我爸说今天做了狮子头。"

苏沐暖:"……"

苏沐暖正在楼下挣扎,惠诗绮和顾和玉从他们后方买菜回来。

"沐沐、阿凉,你们站这儿干吗?怎么不上去?"惠诗绮看他们俩大眼瞪小眼,很是稀奇,"没带钥匙?"

"阿姨好,叔叔好。"既然都被逮到了,苏沐暖也不再纠结,她从惠诗绮手上拿走购物袋,空闲的手像往常一样挽着惠诗绮的胳膊一同随她上楼,"阿凉说今天有狮子头。"

惠诗绮莞尔:"对,我还烤了栗子蛋糕!"都是苏沐暖爱吃的。

顾西凉和顾和玉拿着较重的东西走在后面。苏沐暖凑到惠诗绮耳边,小声问:"阿姨,我把阿凉拽上台唱歌您不生气吧?"

惠诗绮摇头:"不生气,阿姨和叔叔还要谢谢你,叔叔一会儿有个礼物送给你。"

苏沐暖惊喜。

进了家门，顾和玉将菜放到厨房，四人默契分工，苏沐暖和惠诗绮布置桌子，顾和玉和顾西凉在厨房忙。饭后，惠诗绮将栗子蛋糕端出来，从冰箱取来茶饮料，倒入琉璃杯。新鲜的蛋糕栗香浓郁，被摆在白瓷盘中，栗子泥堆成一个小山，最上方点缀着白色的奶油和草莓，配上莹亮透彻的茶，既是餐后甜点，又能充当下午茶。

顾和玉取出一个长木盒，打开木盒，里面装着绣花的布袋。苏沐暖小心地取出来，里面装着一个翠绿的竹笛。她下意识地朝顾西凉望去，顾西凉也全然在状况之外，看上去他更加惊讶。

惠诗绮问："我记得你说学过笛子，是竹笛吧？"

苏沐暖："是！"

惠诗绮："那就好，你顾叔叔从朋友那横刀夺爱抢来的，快试试。"

苏沐暖再看看顾西凉，他怔怔地望着自己这世上最珍贵的两个女人，眸光颤动，无声垂眸，再抬眼，朝她露出一个鼓励的笑容。苏沐暖也笑起来，过去的时间过去了，但新的才刚刚开始。簇新的竹笛翠绿，质地温润，是市面上难寻的好竹笛。苏沐暖好久没吹过，将笛子放到唇边："献丑了。"一上手，果然走音。

惠诗绮、顾和玉无声而笑，苏沐暖也不扭捏，找了找调子，重新吹奏。惠诗绮听她在跑调和未跑调间徘徊的《兰花草》，从卧室取了小提琴出来给她伴奏。顾和玉坐在木椅和着节奏轻拍手掌低声唱，顾西凉靠在窗边，按照他们身体的节奏，手指在窗台上轻扣，慢慢跟上了节拍……午后的日光从他身后的窗户暖洋洋地照进来，将他身上镶了一道亮光。

一会儿后，栗子蛋糕吃完，惠诗绮叫顾西凉一起到厨房洗餐盘。

"你爸爸年轻时候唱歌很好听，他们单位离我们单位不远，有空就来看我们演出，后来熟了，我们就经常一起去唱歌。不过我唱歌五音不全……"惠诗绮絮絮叨叨地和顾西凉聊天，说着十几年他们从未谈到的音乐和与音乐有关的旧时光。她说得很慢，说一两句就特意看顾西凉一眼，然后再继续往下说。顾西凉早已适应她的语速。忽然，顾西凉注意到她笑时眼角浮现的皱纹，他定定地望着惠诗绮，惠诗绮则疑惑望他，顾西凉抬手，食指按向她眼角。

体温从顾西凉指尖渗透眼角，惠诗绮感慨道："妈妈老了。"

顾西凉摇头："在我和爸爸眼里，您永远还是青春靓丽的小姑娘。"
惠诗绮"扑哧"一笑，捏了捏顾西凉脸颊。
　　十几年，躲避、忙碌、分离，以为他们之间只剩下尊重和补偿，原来他们彼此需要的其实一样。所谓家人，就是这样吧，袒露心扉或不必多言，只要在时光中做伴，总能心意互通。好在，时光还长。经年的难题终于解开，只是，就在顾西凉和苏沐暖准备悄悄订架钢琴送给惠诗绮做生日礼物时，苏沐暖在发布会上的狗粮发言被发酵到了网上，让人始料不及。

21 全是你

发布会后没一周，顾西凉在实验室上班，趁着午休时，在网上翻看家具信息，同事忽然拿着一个视频给他看。苏沐暖演说最后的感言，尤其是对他那段，被截取出来，做成了揭秘模式。苏沐暖的话一结束，视频剪辑就将镜头转向他，暂停在一个侧影上，并配以带有夸张引导性的题目——苏沐暖的男朋友究竟何许人也？随即，他的照片、姓名、工作被扒出来，濯心茶园和濯心工作室被扒出来，又附以苏氏茶饮品的供应商、顾问信息、成分检测机构，等等。这些内容带有明确的指向性，即供应商和检测机构是同一个老板，并且这个老板和苏沐暖是情侣关系，暗指苏氏的茶饮料成分并不可信。随即，视频推论出更大的疑问：苏氏的茶饮料是不是苏沐暖恋爱脑式的一意孤行？茶饮料如果是他们爱情的见证，那消费者是不是他们狗粮的买单人？

顾西凉眉头紧蹙，同事提醒他："你看看评论。"

顾西凉打开评论，在一众调侃他"蓝颜祸水"的内容中，看到有人认出来他和苏沐暖一起做过直播。随即,那条评论被高赞为第一,闲来无事的网友们化身福尔摩斯,扒出了他和苏沐暖在靖州直播时的互动,开始逐帧分析。于是,阴谋论甚至都出现了……顾西凉头痛了,这完全在他擅长的领域之外。谢过满脸八卦的同事,他将手机还给对方,又拿自己的手机搜了视频,发现这条消息已经冲到了热搜榜上。他顿时生出无力之感。

同事边往他们群里发,边谴责:"咱们实验室工作重点明明是搞培育实验,检测才占多大点比例,挣多少钱!"

但群里同事们的反应全然跑偏——

"谣言!什么就苏老板为讨咱们老板欢心做茶了,明明是我们老板为博美人一笑,把茶都卖苏氏了。"

"我就说怎么突然买那么多杨梅,原来那时候就……"

"我好想爆料啊,我们老板都追苏老板追去新疆了。"

"恋爱脑明明是我们老板。"

"你们是不是忘了,当事人@顾西凉在群里。"

……

群内一堆消息撤回,顾西凉哭笑不得地将视频给苏沐暖转发过去。

苏沐暖很快回复:"我看到了,处理中。"

顾西凉:"需要我做什么吗?"

苏沐暖:"暂时不用,需要了我会找你帮忙的。"

顾西凉:"嗯。"

消息静了几分钟,苏沐暖忽然愤然道:"我很生气!竟然那么多人偷偷录了直播那天的视频!他们一边骂我色令智昏,一边偷录屏!"

顾西凉越加不知该作何反应,他揉揉额头,想了想,联络起相熟的朋友和实验室。

一中午,认识不认识的,全知道了苏沐暖的高调感言。各种版本的撒狗粮视频,由各个渠道,汇总到苏沐暖和顾西凉这里。不熟的问:"我看到个视频,这是你吗?"许久没联系的问:"你什么时候谈恋爱了?"相熟的责问:"什么时候带人出来聚聚?"连他们不爱上网的父母也纷纷收到朋友的询问,不过长辈们的注意力全是"孩子是不是要好事将成",双方父母茫然中才闹明白怎么回事,又追来问他们要不要紧。不说苏沐暖,连顾西凉都恍然发现,原来他通讯录里有这么多朋友。他加入过,许久都不发一次消息的群里,因为视频重新活跃起来,连不太熟的实验室都愿意帮他出检测证明。顾西凉将愿意帮忙的实验室列好名单和地址发给苏沐暖,苏沐暖被长长的列表震惊到了。

"看不出来,我们顾美人人缘这么好!"苏沐暖感叹,她将列表转发给小颜,大手一挥,"不筛,全寄,不只样品,他们今年的饮料我包了,检测费也要给。而且我决定不只要我们找的实验室测,要全国愿意测的所有机构和个人,都可以测,我通通付费!"

苏沐暖雷厉风行地叫苏氏宣传部、公关部和陆之鹄一起开会。趁着热度,下午苏氏官方就发了公告,苏氏所有饮品,接受任何检测,相关机构和单位可拿检测数据找苏氏报销费用。另外,发起"每个消费者都是鉴赏家"的活动,鼓励消费者参与品鉴测试,任何对苏氏饮品有价值的意见、建议一经采用,都免费赠送苏氏全套饮品礼盒。

当即有看热闹的吃瓜群众问:"礼盒长什么样?"

苏氏官方号得到苏沐暖的允许,回复:"在做了,大家想喝什么?"

马上,"最贵的""家庭装"纷纷被网友点名。苏氏实时更新礼包内容,从礼盒变礼箱,大大小小各种饮品全数包括。"我们要去找结实的箱子了!"官博将苏氏所有的饮品P成一张图,又问网友,"你们搬得动吗?"

被挑衅搬不动的网友们当即互动得更频繁了。

苏氏和网友的互动有趣,顾西凉看了一会儿,也被那张"你们搬得动吗?"逗笑,问苏沐暖:"不会亏损吗?"

苏沐暖:"不会,把宣传费省下来换成饮料送出去一样的,说不定效果更好呢。"

果然,当晚就有个网红凑热闹买了苏氏的茶饮料,在家以调酒的方式做奶茶,高冷的滤镜、搞笑的字幕,这反差引起相当不错的视觉效果,最后,她评价:"喝起来,就是茶的味道。"

苏氏当即给她寄去大礼箱。跟风的网友开始玩各式花样,加热的、做奶茶的、调酒的、认真做测评品鉴的……之后,不光茶,苏氏的果汁也被拿出来花式地开发喝法,竟惹了不少人追忆起童年,全家逢年过节的时候一起喝家庭装的回忆。而待实验室的检测数据出现时,茶饮料则进入了谁都没料想到的空前热闹。

起因是因国内某著名实验室成员的家属将检测结果发布到网上,将普通人看不懂的数据以小学生都能听懂的方式逐条解释给网友听。以前从来不注意饮料配料、添加剂、成分表,注意了也不大看得懂的网友们纷纷拿起手边的饮料开始对着分析。很快,一份儿汇总版的资料火到网上。

许多饮料、食品被无所不能地扒了个彻底,有些非常小众的饮料也被当作特产列出来,不少生产公司也惨遭被扒,富有娱乐精神的网友们甚至发起了投票活动:"那些明珠蒙尘的家乡饮品""用头做产品用脚做宣传的品牌们""你所不知道的大冤种公司",等等。

苏沐暖、顾西凉也不能幸免,苏氏集团、濯心茶园和实验室,包括他们从幼儿园到工作的经历,都被扒得干干净净,有些连他们自己都忘了或不知道的事也被扒了出来,有些还挺有趣的。但因内容不具其他"料"点,很快被爱好吃瓜看戏的网友们抛弃。要说对他们的生活有没有影响,那就是他们俩每次逛超市都会被人认出来,顾西凉等公交还能被人偷拍。

一上午顾西凉等公交的照片传遍了苏氏和濯心,苏沐暖在茶水间听见自己员工在聊她和顾西凉绝对是真爱,简直哭笑不得。

热度带来的好处是肉眼可见的,苏氏的茶饮料和几款真正质量过硬的饮料在这股热潮下销量暴涨。苏氏所有的产品都连带着销量突破新高。别人以为皆大欢喜,这就是结束时,苏氏却突然宣布要进军海外市场,刚刚赢得的好感又风雨飘摇起来。

有人骂:"才夸了几句就飘了?别逗了,国外几个人喝绿茶呀?外国人喝果汁和国内口味根本不一样好吗?"也有好心建议的:"多做些市场调查吧!认真讲,口味真的不一样。"还有盲目乐观的:"来吧,海外党想喝个好茶太难了。虽然小众,但还是有爱好者的。"坚决支持的:"我爸是开茶馆的,他现在都喝苏氏的茶饮料了,相信我爸三十年的专业品位,相信苏氏!"还有的说:"我们老板平时都喝好几千一斤的高端茶,最近开始在办公室加热几块钱一瓶的茶饮料喝了,没错就是你,苏氏饮料yyds!"还有些颇有起哄心理的:"什么时候开卖,我一定支持来一箱!"诸如此类的评价实在太多了。

苏氏看着、听着,没在网络上辩驳,而是召开了一场汇总所有问题、回答所有疑问的发布会。面对网友代表、绿茶协会、合作商、海内外记者、股东等各界人士,苏沐暖坚定地再次确认苏氏要进军海外市场的发展规划。

"咖啡被发现前,没有人知道它能风靡世界;红茶传入欧洲前,也没人知道欧洲人喜爱红茶这种味道。有人说,茶是小众饮料;有人说,外国人只能接受红茶,不爱喝绿茶;有人说,外国人不懂绿茶,也不会喝绿茶……那我们就把做好的茶原汁原味地运到世界各地。茶很单纯,只是一种解渴的饮料,茶也不单纯,它承载着我们悠久的文化。我们不想因为过去为未来设限,我们想做的是让世界上的每个人看到、知道、喝到真正的中国茶……"苏沐暖望着镜头,视野却像穿过聚光灯望向了茶山深处。

千年前,农人无意发现茶,开始喝茶、煎茶、煮茶、斗茶,再到沏茶,茶入万家。幼小的茶苗长成茶园无尽的碧海,谷雨清明采茶人挎着小篮筐走茶林如帆手弄浪,嫩芽在春风里被摘下,经过揉捻、翻炒,经历火的淬炼,从叶片变成针、压成片,或揉成卷,最后,落入杯中,煮上热水,在杯中重新舒展发芽,造化一杯茶汤……

"无须多言,茶自有魅力吸引更多的人爱上它。了解茶、爱上茶,爱上茶的味道,爱上茶的文化!"

决定进军海外后,苏沐暖和顾西凉决定向世界展示茶从诞生到成品的整个过程——直播!

濯心茶园、苏氏合作的果园、所有生产车间,都开始进行24小时的全程直播。无论谁想看,都能看到一片茶叶、一颗果子是如何长大,如何进入加工厂,再装箱上市进入他们的商超市场的。

布置完山上的摄像设备,天色已晚,苏沐暖和顾西凉决定住在山上。他们收拾好东西牵手往茶室走。对苏沐暖要装摄像头直播这事,茶园的员工们反应不一,有人别扭,有人好奇,有人觉得这是装了个监工。不,搞不好还不止一个,隔着网络指不定多少人在盯着他们干活!他们压力山大!

苏沐暖好奇地问顾西凉:"你对我直播茶园这事怎么看?"

顾西凉:"我觉得你很有勇气。"

苏沐暖:"嗯?"

顾西凉:"只有了解,才能放心,也只有熟悉,才能信赖。"

"知我者小顾先生也!我们想让人家买,至少得让人家知道茶是什么,产自哪儿,怎么长大,怎么生产出来。不只国外用户不知道,许多国内的消费者其实也很好奇。我们的茶,品种太多,又太神秘,若深究起来相关知识浩如烟海,好在有了互联网,即使隔着万水千山,跨越山河湖海,也能通过网络同享一片视野。"苏沐暖仰头望着顾西凉,笑得心满意足,"我们来当这个初窥门径的领路人,给想知道的人一个入口。"她吸口气,又厚着脸皮道,"不过就辛苦茶园的大家慢慢适应摄影机了。"

顾西凉笑笑："大家会理解的。辛苦的劳动能被人看到认可，也是一种激励和满足。"

苏沐暖认同地点头："嗯。"她懂，她的所想所思，顾西凉总能理解支持，这种满足感可以支持她面对工作和生活中的一切阻力和困难，因为她知道，有个人始终会站在她身边。

山上已经夜凉如水，苏沐暖先洗漱完毕进卧室休息，她脱了高跟鞋，换上顾西凉的拖鞋，舒服地活动四肢。往常顾西凉天天下山，她还没在山上住过，山下公寓里有顾西凉一年四季的衣服用品，山上却没她什么痕迹。苏沐暖心想，她是不是该多来山上住住？以她和顾西凉只差个结婚仪式的关系，这怎么也算她半个地盘。她满卧室闲逛了一圈儿，从柜子里取被子铺好，等顾西凉回来。

山上寂静，充耳只有虫鸟的鸣声，别处听不到一点儿动静。小丁怕打扰他们，回家住去了，整个山上只有他们两人。苏沐暖推开窗看看外面黑黢黢的夜色，听过的恐怖故事、看过的恐怖电影，一个个往脑子里蹦，她有些怕，想了想，壮着胆子绕去后面的厨房找顾西凉。厨房在茶室一侧，顾西凉正在厨房做晚饭。时间已经晚了，只来得及做几道快的。他正翻炒青菜，忽然听见苏沐暖打着战的声音，一回头，苏沐暖已从后面搂住他的腰。

顾西凉一手挥着铲子，一手搂着她："怎么不在房间等着？这儿油烟大。"

苏沐暖树袋熊似的靠到他背上，用只有他们两个人时才用的撒娇语气问："你一直一个人住吗？"

"小丁有时候在。"顾西凉关掉火，回头问她，"怎么了？"

苏沐暖"哼哼"两声。

顾西凉不大确定地问："害怕？"

"怕倒是不怕，不过不想一个人待着。"苏沐暖停了停，补充道，"这么大个山，看不到一个人时候，稍微有那么一丁点儿不习惯。"

顾西凉哪听不出她是在虚张声势，他眼睛弯了弯，无声笑着："嗯，我陪着你。"

晚上睡觉时，苏沐暖比往常离他更近了些。

"我关灯了。"

"嗯。"

顾西凉关了主灯，只留一个他平时不怎么用的昏黄小夜灯。房间暗下来，苏沐暖扣住顾西凉的手指，原以为会害怕，但贴着熟悉的人、闻着熟悉的气息，苏沐暖很快安稳地睡熟了。感到身边人呼吸平稳了，顾西凉无声笑笑，帮苏沐暖掖好被子，关掉小灯。

第二天，苏沐暖神清气爽地醒来，昨晚比她在公寓睡得还熟。她闭着眼睛伸懒腰，碰到早该起来去做早餐的顾西凉。苏沐暖醒了神，纳罕地看他。

顾西凉："我们下山吃早饭。"

"嗯？"这可不像厨艺优秀、讲究健康的顾西凉说的话，苏沐暖忽然想起昨晚他问她是不是害怕的事。

不待顾西凉回答，苏沐暖已经笑起来，她挪到顾西凉旁，攀着他的肩膀凑上去朝他唇上啜一口："有你在我还怕什么！以后咱们每周或者两周来山上住一晚好不好？"

顾西凉问："为什么？"

苏沐暖："山上睡得好。"

只有他们，没人打扰。世界的纷繁暂时抛下，只剩他们两人静度时光，优哉岁月，颐神养性，仿佛连时光都慢了。

苏沐暖畅想道："等冬天，山上下雪，就更静了，若是赶上休息，我们就学小动物，猫在山上的窝里过冬。"

顾西凉附和道："好。"

*

夏去秋来，秋往冬至，转眼三年过去了，苏沐暖每周在山上住一天的计划依旧没能如愿。从茶饮品后，苏氏蒸蒸日上，苏沐暖资金充足，再接再厉将旧产品升级，又开发了几款新品。短短三年，苏氏已不可同日而语。遗憾的是，她忙忙碌碌，依旧未能抽出一个清闲的假期和顾西凉躲到山上，过几天"闲居饶酒赋，随兴欲抽簪"的日子。好不容易苏沐暖得了个清闲的周末，顾西凉又出差去了，她周六被惠诗绮叫去蹭饭，周日被父母勒令回家。苏恪仁心疼她，没催她早起，这会儿她下楼吃早饭，苏恪仁和李婉已经吃完在喝茶，见她没心没肺地边吃边交代工作，又给小颜批婚假，李婉忍不住又想催她。

李婉竖起耳朵听了一会儿，给苏沐暖剥好鸡蛋递给她："小颜要结婚啦？"

"嗯，今年国庆节。"苏沐暖盘算着要给小颜送什么新婚礼物，忽然听李婉问:"那你什么时候结婚呀?"

苏沐暖眨眼:"啊?"

李婉着急:"你和阿凉都谈多久了?比小颜还长呢!你们俩就打算这么过,不结婚了?"

苏沐暖鸡蛋都惊掉了,她惊悚地看看她妈妈,再看看她爸爸。

苏恪仁把滚到盘子外的鸡蛋重新捡给她,婉转道:"我和你妈妈也是着急,阿凉他们家不催吗?你三天两头出差,阿凉没意见?"

苏沐暖:"他有什么意见,他也出差呀。"

苏恪仁被堵得没脾气。顾西凉出差他知道,上周末过来给他们送东西时候就报备了,顾西凉做事从来都是有条不紊的,什么都不让两家父母操心,倒是苏沐暖,总是说得好好的哪天回家,头一天两天又忽然说来不了了。他叹道:"阿凉不是自己在家没事可做才去做技术指导的吗?"

苏沐暖:"哪里,是他提议实验室要和其他院所、企业合作,开发推广新的有机茶,而且是他自己要报名当今年的技术指导的。"

苏氏每年都会聘请专家到合作的果园做技术指导和推广工作,同时赞助合作单位研发经费。不过随着苏氏产品种类的扩展,合作的也已经不光是果园和茶园了。之前她要赞助顾西凉,今年他们合作的茶园已经扩展到好几个了,顾西凉才接受赞助经费,还是所有合作机构里资料准备最充分的。

苏沐暖继续道:"而且他也很忙的,他要做科普书、要直播,还要忙茶园——"

李婉打断她:"那还不是天天不着家?"

苏沐暖悄悄吐吐舌头。

苏恪仁:"总这么下去怎么行?"

苏沐暖:"我们每天发信息,感情好着呢。"

李婉头疼,终于忍不住问:"那你们拖着不结婚,有没有想过什么时候要孩子?"

苏沐暖彻底傻眼。

李婉:"你们忙工作我都理解,但不能总不成家吧?我和你爸爸不急,你顾叔叔惠阿姨不着急吗?"

"李女士,冷静,我帮你回忆一下。"苏沐暖哭笑不得,做个打住的手势,她又轻咳一声,酝酿情绪,学着当年李婉的语气,忧心忡忡又郑重其事地竖起三根手指,"咱们家没有奉子成婚的。三年,你答应我,三年内,你们不能结婚。"她放下手,问李婉,"是不是您说的,三年!"

李婉:"……"

苏恪仁:"……"

苏沐暖继续吃早餐:"顾西凉和他父母说过了,所以惠阿姨、顾叔叔,也不敢催。"

李婉:"……"

苏恪仁:"……"

李婉扶额,悔不当初,低声嘟囔:"难怪你惠阿姨每次看到我都欲言又止,最后什么都不说……"

苏恪仁手指点着桌子打圆场:"那时候你妈妈不是担心你和阿凉长久不了嘛。"

李婉:"我就那么一说,我让你们别同居,你们谁听了?我随口那么一说,你倒是不着急了。"

苏沐暖继续闷头吃饭,事不关己道:"又没什么区别,我就是结婚生子,我也不会放下工作,该出差还是得出差,该加班还是得加班。"

李婉愁得头疼,她也纳闷了,有些八卦地凑近苏沐暖,小声问:"你不急,阿凉也不急?他没催过?"

苏沐暖淡定地摇头。

李婉和苏恪仁又一阵堵心。

见捉弄够他们了,苏沐暖才笑道:"他都准备了三年多了,着什么急?"

李婉和苏恪仁大惊失色。

正在安徽茶园指导的顾西凉感到手机振动,他摘下劳作手套,掏出手机看到置顶的苏沐暖发来消息:"*我爸妈问我们什么时候结婚。*"

同行们只见高冷的顾问先生忽然粲然一笑。

*

柳叶发新芽,桃李花开,暖雨晴风,不知不觉又是一年春天。从冬装换成薄衫,清明忙碌的采茶季到来,茶期一过,婚期将至,苏沐暖喝着今年顾西凉亲手炒给她的新茶,才恍然警觉,她要结婚了!

"春天润九野,卉木涣油油。"春雨浸润后的岳麓山,山雾朦胧,如染了一层浅云做滤镜,透着湿漉漉的翠色。将干未干的青石阶上,洒了浅浅一层花瓣，落在纯白的裙摆上，晨曦穿过清脆的枝叶与薄薄的雾霭，照到铂金的皇冠上，闪出点点亮色。新娘头戴花与叶片的铂金皇冠，身穿雪白的曳地婚纱，蕾丝的纯白薄纱盖在乌黑的长发上。若是细看，会发现她的皇冠上、裙摆上，绣着的正是山上正翠绿的片片茶的叶片。雨后的茶园，散发着淡淡的茶香，与小径上铺满的花瓣散发的淡淡花香相交相缠，若有似无地飘到鼻端，浅浅的，却有沁人心脾的香味。

苏沐暖深深吸一口气，嗅着空气中的香气，听着山间清脆舒缓的鸟鸣声，将纤细的手臂搭到苏恪仁的手臂上。苏恪仁挽住她的手臂，拾级而上，一步一步，将她送到人生的下一个段落。

道旁，她的亲人、朋友、同事，安安静静地含笑看着她。眼前，在小径尽头，与她携手共度未来的人，同样一袭白衣，手捧花束等待着她，越来越近。半年多前，顾西凉问她，想要什么样的婚礼。她靠到顾西凉胸口，抓着顾西凉的手指畅想自己的婚礼——

盛大？

华丽？

浪漫？

刻骨铭心？

受所有人瞩目？

……

她的人生规划中，只与眼前人，只有一次婚礼。苏沐暖想来想去，想要属于他们、适合他们、未来想起时仍旧能会心一笑的婚礼。

"我想在茶园结婚。"在春色无边时，在烂漫山色里，在他们相遇的茶园中，邀请花草做来宾，鸟虫做宾客，办一场甜蜜温馨的婚礼。"我不想有太多媒体观礼，也不要邀请那么多人。我参加过的应酬太多了，不要我的婚礼也变成应酬，我们只邀请亲朋好友，山上寂静，不要乱糟糟的一群人打扰山上的宁静。我想每个到场的都是真心祝福我们的亲人朋友，每个来宾都是真心祝福我们幸福的人。"

……

苏沐暖将手放到顾西凉手上，被他稳稳地、紧紧地攥住。

石阶上，满眼翠绿中，幽径变得开阔，两侧茶园间，忽然遍布玫瑰，红粉黄橙，如彩虹开在道边。玫瑰的香气渐渐浓郁。

苏沐暖转头，看见顾西凉爱意满布的眼睛，只听他低声道："我答应过,结婚时要帮你种一个玫瑰园。"

苏沐暖霍然想起他们第一次去逛花卉市场时遇到的玫瑰园。现在,盛开的玫瑰遍布行道,引他们入茶园。两侧的小小可爱的花童,从花篮中撒着花瓣。她说,只要多准备些花瓣就行了,他就准备了无尽的花瓣。苏沐暖眼中有了些许湿润,她总算明白这一周他神神秘秘在谋划什么了。共谋的陆之鹄正站在茶园入口,向他们眨着眼睛。只有他知道,在婚礼一周前才知道,为了在婚礼当天从山下到茶园玫瑰盛开,顾西凉默默租了花圃,悄悄培育了三年,只为这一天。

他们踏入茶园大门,早已布置妥当的荧屏亮起光,投放出他们在海洋馆合照的照片。苏沐暖怔了怔,顿时有些害羞,在别人朝她们望来时,送上明媚的笑容。甜美的音乐响起,他们在司仪引领下,缓缓迈向台上。

忽然,纯乐中响起人声。身为伴娘的小颜一句未听完已辨认出那是苏沐暖的声音!

Perhaps love is like a resting place
顾西凉不可置信地望向音响的方向。
A shelter from the storm
It exists to give you comfort
It is there to keep you warm
And in those times of trouble
When you are most alone
The memory of love will bring you home
苏沐暖轻轻地在他身旁低声哼唱,和音响中的声音合起来。
唐曦冰转头,看见和她并排而行笑得神秘而得意的陆之鹄。

一周前,苏沐暖拿着U盘找上陆之鹄:"婚礼音乐你能偷偷替换掉吗?"

那些可都是他和唐曦冰精心挑选又给他们俩挑选过的!

陆之鹄将U盘插入电脑,点开,第一首就是音质相当高的 *Perhaps Love*。他震惊得说不出话来:"这是?"

苏沐暖的手指放在唇前,嘘声道:"我们的婚礼,一定要与众不同!替我保密哦!"

此时,苏沐暖笑吟吟地望着顾西凉。

选吉日、拟名单、写喜帖、订酒店、定做婚纱、拍婚纱照、筹备婚礼、过流程……事无巨细，小至喜糖回礼包装设计，大至婚宴全局流程、婚礼上每张请柬。每瓶饮料的包装，每个桌上的喜糖，都是他们从夏至秋，过冬，又春，经历四季，一笔一画，亲手设计、亲自定做的。每一条线，每一个字，都是他们相伴商量的细节。桌上已经畅销三年的茶饮料换上了顾西凉亲手绘制的卡通水彩画。幼年编花环，长大后初遇于山茶花前，因茶结缘，一起采茶、点茶，岳麓山的约会，雨后初吻，天山下的流星，水族馆看白鲸……直至此刻，十指相扣，走向婚礼。点点滴滴，是他们从相识到如今，共度的寸寸时光。

If I should live forever
And all my dreams come true
My memories of love will be of you

他偷偷为她种花，她也悄悄为他准备了惊喜。

每一首歌、每一支曲，都是她精心挑选的，去录音棚一遍一遍录制的。浅唱低喃，歌声如心声，她要把全部的爱唱给他听。

……

苏沐暖垂眸，看顾西凉将婚戒戴上她的无名指，她也从盒子中取出婚戒，戴上顾西凉的无名指。双手相扣，近处亲朋笑逐颜开，茶翠如翡，远处缥缈雾霭，青山如黛。

两姓联姻，一堂缔约。良缘永结，匹配同称。看此日桃花灼灼，宜室宜家。卜他年瓜瓞绵绵，尔昌尔炽。谨以白头之约，书向鸿笺。好将红叶之盟，载明鸳谱。

"你是否愿意与他／她不惧艰险，白首不离？"

"我愿意。"

在亲友们的祝福声中，苏沐暖与顾西凉十指相扣，相拥而吻。

养在婚房的两尾金鱼在鱼缸中游动，构成一个心形；春风吹过轻柔的窗帘纱幔，将日光送入房间；一缕日光穿过金鱼游出的心，构成粼粼水光照耀在新培育的茶树苗上。

(正文完)

"三、二、一——"

手捧花被高高抛起，苏沐暖、顾西凉回头，好奇地朝身后望去。他们的伴郎伴娘们，目不转睛地盯着花，陆之鹄从伴郎中跃起，眼看要接到花，可那束花偏偏擦着他的手指，歪了一瞬，掉到他身后女郎的怀里。且不说全然怔住了的女郎，连陆之鹄都愣了一瞬。不过陆之鹄也不是一无所获，他从花捧中摘到了一朵玫瑰。观礼的亲友中，他的父母还有陪同而来的表姐韩畅、表姐夫禹邱无不惊奇。他们都知道，抢到捧花的人就是下一个获得幸福婚姻的人。韩畅结婚时，可是拿着手捧花追着陆之鹄塞，他都不要的。陆家家长热泪盈眶，铁树开花了，他们家陆之鹄想结婚了！

接到手捧花的女郎是苏氏签约合作的一名新媒体女主播云菱，二十出头，长着一张可爱的娃娃脸，声音甜美，性格飒爽，某个特定的角度，眉眼和新娘苏沐暖还有一丝相像。当年苏氏饮品刚刚上市时，办过开发喝法的活动，彼时她还在大学，刚刚决定做主播，正愁着不知发什么好，看到苏氏的

番外

活动,灵机一动,将苏氏的茶开发出了不少喝法。随后几年,她人气渐高,如今成了拥有百万粉丝的人气主播,和苏氏的合作也越来越深。

司仪自然认得她,玩笑道:"云菱知道手捧花意思是什么吗?"

云菱大方道:"知道。"她天生甜而软糯的声腔出来,无论什么语气,都带着一丝可爱。

司仪问:"那云菱有男朋友了吗?"

云菱摇头:"没有。"

不待司仪圆场,云菱捧着麦克风,朝尚未散去的伴郎群中望去,明媚地笑起来:"不过,我有喜欢和想要嫁的人,未来总有一天我能和他站到一起并肩而行,然后向他求婚。"众人纷纷随着她坚定的目光,径直望向错愕中的——沈凌城。

沈凌城不可置信地望着她,云菱朝他笑起来,亦如在校园初见时——

"你好,云菱小姐,我是苏氏饮品外宣总监,沈凌城。"

"你好!"云菱咬着奶茶,双眼圆睁,眨也不眨地望着他。过了一会儿,她忽然展颜一笑,大胆地望着他的眼睛,"我叫云菱,认识你很高兴。"

就在所有人吃惊、好奇、八卦、看戏、兴奋时,唐曦冰耳边忽然响起一声颇为哀怨的男声:"羡慕,我也想和喜欢的人结婚。"

唐曦冰的警戒瞬时推到最高级,她一不留神,没发觉陆之鹄竟然悄悄挪到了她身旁。

陆之鹄问:"你不羡慕吗?"

唐曦冰回怼加警告地反问:"你能像顾西凉对沐沐那样,保证结婚就是矢志不渝许诺一生吗?"

陆之鹄眨眨眼,意外唐曦冰潜台词中的松口和动摇。唐曦冰的话说出口马上就后悔了。

陆之鹄抢先道:"当然!这正是我所求所愿的!"

见陆之鹄激动起来,唐曦冰竟然紧张了,她就料到陆之鹄一定不会安生,警告他不许乱来:"今天是沐暖和顾西凉结婚!"

在她声音尚未落下时,陆之鹄张口求婚:"唐曦冰——"

唐曦冰伸手将他未出口的话堵回去,不料陆之鹄预判了她的动作,先她一步抓住她的手,将那朵玫瑰放入她手中。

陆之鹄含笑:"嫁给我吧!"

唐曦冰无语又无奈地瞪着他,可陆之鹄一脸喜气洋洋。她的愠怒成了打到棉花上的软拳,想气也气不起来,在陆之鹄温柔而坚定的注视下,唐曦冰感到脸颊渐渐发热。

这次,互瞪终于换成她被打败。唐曦冰躲开视线,叹息似的笑了一声。这人太烦了!算了,还是让他得逞好了。

图书在版编目（CIP）数据

你是我整个世界 / 云仔，枕梦绎心著. -- 北京：中国广播影视出版社，2025.3. -- ISBN 978-7-5043-9309-8

I．I247.5

中国国家版本馆CIP数据核字第20252GA859号

你是我整个世界

云仔　枕梦绎心　著

图书策划	宋蕾佳
责任编辑	宋蕾佳
责任校对	张　哲
封面设计	梦幻鱼
版式设计	雷志杰

出版发行	中国广播影视出版社
电　　话	010-86093580　010-86093583
社　　址	北京市西城区真武庙二条9号
邮　　编	100045
网　　址	www.crtp.com.cn
电子信箱	crtp8@sina.com

经　　销	全国各地新华书店
印　　刷	涿州市京南印刷厂

开　　本	880毫米×1230毫米　1/32
字　　数	336(千)字
印　　张	10.75
版　　次	2025年3月第1版　2025年3月第1次印刷

书　　号	ISBN 978-7-5043-9309-8
定　　价	48.00元

（版权所有　翻印必究·印装有误　负责调换）